U0467232

星火燎原

满地红

妍妤 著

陕西新华出版
太白文艺出版社·西安

图书在版编目（CIP）数据

星火燎原满地红 / 妍妤著. -- 西安：太白文艺出版社，2023.8
ISBN 978-7-5513-2384-0

Ⅰ.①星… Ⅱ.①妍… Ⅲ.①长篇小说－中国－当代 Ⅳ.①I247.5

中国国家版本馆CIP数据核字（2023）第104936号

星火燎原满地红
XINGHUO LIAOYUAN MANDI HONG

作　　者	妍　妤
责任编辑	蔡晶晶　葛晓帅
封面设计	王　洋
版式设计	建明文化
出版发行	太白文艺出版社
经　　销	新华书店
印　　刷	西安市建明工贸有限责任公司
开　　本	787mm×1092mm　1/16
字　　数	350千字
印　　张	25.5
版　　次	2023年8月第1版
印　　次	2023年8月第1次印刷
书　　号	ISBN 978-7-5513-2384-0
定　　价	68.00元

版权所有 翻印必究
如有印装质量问题，可寄出版社印制部调换
联系电话：029-81206800
出版社地址：西安市曲江新区登高路1388号（邮编：710061）
营销中心电话：029-87277748　029-87217872

目　录

第 一 章　重返故里……………001
第 二 章　要讲规矩……………005
第 三 章　兴师问罪……………009
第 四 章　男儿野心……………012
第 五 章　二哥武熙……………015
第 六 章　瞻仰遗容……………019
第 七 章　死因蹊跷……………023
第 八 章　追查仵作……………026
第 九 章　顽主三哥……………030
第 十 章　突然死亡……………033

第十一章　杀人灭口……………037
第十二章　秘密暗阁……………041
第十三章　深夜枪声……………044

第十四章	二哥救急	048
第十五章	马贼营寨	052
第十六章	个中隐情	055
第十七章	警长吊唁	059
第十八章	盛气凌人	062
第十九章	一枚银圆	066
第二十章	张家大少	069

第二十一章	谜样姐姐	073
第二十二章	抽烟打牌	077
第二十三章	大少示警	081
第二十四章	深夜造访	084
第二十五章	人情约定	088
第二十六章	上门退婚	092
第二十七章	难言之隐	095
第二十八章	邮局科长	098
第二十九章	关老当家	102
第三十章	小我大局	105

第三十一章	以物换人	109
第三十二章	慷慨陈词	112

第三十三章	完全取信	116
第三十四章	一石二鸟	120
第三十五章	二哥辞行	123
第三十六章	内贼难防	127
第三十七章	人情请求	130
第三十八章	深夜监听	134
第三十九章	紧急搜查	138
第 四 十 章	底气何来	142

第四十一章	叛徒汉奸	145
第四十二章	上海之行	149
第四十三章	临行对谈	153
第四十四章	夜半敲门	156
第四十五章	旧识突访	160
第四十六章	借酒浇愁	164
第四十七章	抓捕刺客	167
第四十八章	故布疑阵	171
第四十九章	继续演戏	175
第 五 十 章	深夜亡命	178

| 第五十一章 | 危难得救 | 182 |

第五十二章	破译密文	186
第五十三章	理想计划	189
第五十四章	连环戏码	193
第五十五章	城东女校	196
第五十六章	新的相遇	200
第五十七章	传统民乐	203
第五十八章	音乐合作	207
第五十九章	终于来了	210
第 六 十 章	真话假话	214

第六十一章	心理交锋	218
第六十二章	挣脱挟制	221
第六十三章	幸得留言	225
第六十四章	秘密据点	229
第六十五章	米铺放火	233
第六十六章	去留之争	236
第六十七章	争执不下	240
第六十八章	拼死保护	243
第六十九章	拼死阻截	247
第 七 十 章	南下北上	251

第七十一章	三度上山	254
第七十二章	过往传闻	258
第七十三章	成功会师	262
第七十四章	工作重心	266
第七十五章	接管生意	269
第七十六章	生意伙伴	273
第七十七章	作陪翻译	276
第七十八章	生意朋友	280
第七十九章	深夜接头	284
第 八 十 章	江湖义气	287

第八十一章	落入黑牢	291
第八十二章	严刑拷打	295
第八十三章	驱虎吞狼	299
第八十四章	乱中逃脱	303
第八十五章	密码界画	307
第八十六章	夺路而逃	310
第八十七章	再度落难	314
第八十八章	又落敌手	318
第八十九章	谈甚合作	322
第九十章	逃生无门	325

第九十一章	全身而退	329
第九十二章	江湖壁垒	333
第九十三章	封锁反击	337
第九十四章	山雨欲来	340
第九十五章	自我价值	344
第九十六章	过往信念	347
第九十七章	最后准备	351
第九十八章	夺取城门	354
第九十九章	兵不血刃	358
第一〇〇章	城狐社鼠	361

第一〇一章	炮声隆隆	365
第一〇二章	尝试突围	368
第一〇三章	折中办法	372
第一〇四章	个人判断	375
第一〇五章	枪法可行	379
第一〇六章	狙击计划	382
第一〇七章	狙杀成功	386
第一〇八章	惨烈悲壮	390
第一〇九章	时刻准备	394

第一章　重返故里

雪停了，天晴了。下雪不冷化雪冷，百孔千疮的火车站挡不住半点寒风。车站角落里挤满了人，或蹲着，或抱着团，或双手塞进胸腹的衣缝里取暖。

傅官熙取出猎鹿帽，轻轻掸了掸，在头上戴好，这才拎起行李包。他稍稍抬了抬手臂，身边穿着貂裘的若尾美子便默契地挽住了他的胳膊，半个身子贴在他的手臂上，二人相携而行。

"这就是我的家乡鹤梨城了。"

若尾美子是日本上流社会的名媛，没吃过什么苦，此时鼻头冻得通红，却没有抱怨。她扫视了一下车站角落里穿着破旧棉袄的旅客，也没有半点嫌弃的意思。

"我的家乡也这么冷。既然拥抱着同样的寒风，往后这里也会是我的家乡。我想我会在这里找到乐趣的，官熙君。"

她就是这么通情达理，仿佛时刻能看透他的内心想法。

傅官熙正想回应，一个声音如同冷箭一样，将他的话头给射回了肚里。

"花哥儿，在这儿呢！在这儿呢！"

喊话的是发小周烟炮。之所以叫"烟炮"，是因为他出生在一个刮着大烟炮的风雪天。

大烟炮是东北地区常见的气象。寒冬里暴风雪降临，漫天大雪，风烟如炮。也亏得周烟炮福大命大，否则哪里能撑得过来。

他是个浑不懔的性子，嗓门又大，开口就是傅官熙的小名儿。不过也正是他吼的这一嗓子，让傅官熙感受到了地道的家乡气息，彻底忘记了东京都的风情。

"你个大烟炮怎么来了？"

周烟炮抬手要拍傅官熙的肩膀，可见到傅官熙没有一丝褶子的呢子大衣，却不好下手，只得顺势挠了挠头，咧嘴干笑。

"家里忙不开，夫人就让我和六弦过来接你。"

张六弦又是另一种性格。他虽然没读过什么书，但天生带着股书卷气，此刻正不紧不慢地跟在周烟炮后头，眯着眼睛笑。

傅官熙将行李包放下，用力搂了搂周烟炮和张六弦。毕竟三人一同长大，虽然家境不同，但情谊却真挚。

不过他心里也有些疑惑，家里上下几十口人，人手不少，虽说父亲逝世，但总不至于找两个外人来接他这个奔丧的孝子，这多少有点不合规矩。难道说家里发生了什么事？

傅家算是鹤梨城的大家族。父亲傅淳风虽然做着大生意，但并没有为富不仁，平日里修桥补路、接济乡亲，口碑是极好的。

"这都几天了，家里还忙不过来？是不是出了什么事？"傅官熙故作随意地问了一句。周烟炮正要开口，却被张六弦扯了扯袖子。

"天气冷，熙少先上车再说吧。"张六弦这么一说，周烟炮赶忙去提行李，却是不敢抬头看若尾美子一眼。

"谢谢您。"若尾美子的中文口音倒是像苏州女子，令人听了心里头暖乎乎的，有一种无法抗拒的吸引力。周烟炮瞬时红了脸。

上了车，傅官熙从怀里取出黄铜烟盒，递了一根给坐在副驾驶座的周烟炮，后者用力嗅了嗅，夹在了耳朵上。张六弦开着车，周烟炮顺手替他接了。傅官熙又递了一根给若尾美子，擦了火柴帮她点燃，这才慢悠悠地给自己点上。

"说吧，家里出了什么事？"傅官熙再度发问。

周烟炮是个藏不住事的，当即回答说："你家里几个哥哥为了争家产都在干架呢。这都几天了，傅老爷也没能发丧下葬，乡亲邻里都看笑话呢……"

张六弦听不下去了，从旁解释道："傅老爷走得突然，没留下只言片语，兴许几位少爷和姑奶奶也不甚清楚该怎么做，所以……"

"行了行了，你就帮他们说好话吧。说到底咱们还是跟花哥亲近，又有啥不能直说的？虽然是二奶奶让你出去学了开车，但你也不能明摆着替他们说话，这群人就是……"

周烟炮吧啦吧啦说个没完，张六弦的脸上挂不住，傅官熙也皱起了眉头。

收到电报之后，他即刻出发，坐了邮轮，又转火车。这都四五天了，居然还没发丧。争家产他并不意外，但不让父亲入土为安，他实在不能容忍。

父亲是大家长，平日里对其他兄弟一视同仁，但对傅官熙却疼爱有加，否则也不会送他去日本陆军士官学校念书。

父亲尸骨未寒他们就争开了家产，这不是最气人的，毕竟他对几个哥哥的脾性也有足够的了解。但父亲至今也没能入土为安，这就过分了。

因为周烟炮的耿直言语，车里的气氛也有些尴尬。傅官熙默默抽着烟，不知不觉就到了家。

傅家的大宅院前立着进士牌坊，那都是祖上的荣光。虽然经常维护和修缮，但仍旧透出一股子陈腐和过时的气息。

东北比不得文风鼎盛的江南地区，祖上能出进士就足够吹嘘几辈子的了。更何况傅家转入商贾之道后，经营有方，如今已是富甲一方。

傅官熙看着大宅院发呆。周烟炮却忍不住了："花哥儿，我不方便进去，就先回家了哈。等你忙完了，咱仨再好好叙叙旧。"

周烟炮是个急性子，也不等回话就跳下车了。傅官熙摇下车窗，朝他招了招手，从怀里取出钱包，拿出一沓大钞塞给他。

"咱们兄弟就不说客套话了，这些钱拿回去，让我婶儿、弟妹和孩子吃顿好的。别让我在赌坊和烟馆见着你。"

周烟炮嘿嘿一笑，也不推辞："还是花哥儿大方！"

言毕，他意味深长地看了张六弦一眼，也不再多说，径直离开。倒是张六弦有些如坐针毡，毕竟傅官熙是四房幼子，而张六弦却是伺候二房的。

待得周烟炮走远了，傅官熙才摘下腕表，递给了张六弦。

"这是给你的。虽然你跟了二房，但今天能来接我，这份兄弟情我心里清楚。"

张六弦愣了愣，傅官熙将腕表塞到他的胸袋里，拍了拍他的肩膀，就下了车。

若尾美子不解地问："同样是金兰兄弟，我看周君比张君对你好一些呢。官熙君为什么要厚此薄彼？"

傅官熙笑了笑："周烟炮人不坏，却是好赌。我要是送器物给他，明天就进了当铺。并且怀璧其罪，说不定还会给他惹去麻烦，不如给钱实在。张六弦虽然跟着二房，但不甘心做个下人。他有野心，有想法，手表送他，他懂得珍惜。他眼界也比周烟炮高一点，识货，自然知道这份人情的重量。

"再说了，周烟炮心直口快，藏不住秘密。张六弦心眼儿却多，他知道的肯定也比周烟炮多。"

若尾美子能在上流社会左右逢源，自是一点就透。此时张六弦已经将行李都从后备厢搬了出来，然后屁颠屁颠地去家里喊人来搬运。

眼见着仆人、长工给傅官熙行了礼，忙不迭地搬着行李，张六弦才寻了个空当，压低声音朝傅官熙说："花哥儿若是得空，先跟二少爷叙叙旧吧，他这几日心事重一些。几位姑奶奶和少爷们之所以争吵，是因为还找不到傅老爷的生意账本。谁有账本，谁就能做主说话了。"

"谢谢了，回头一起喝酒。"傅官熙点了点头，待张六弦开车走了，才朝若尾美子投去得意的目光。后者温柔一笑，眼中充满了崇拜。

第二章　要讲规矩

看着朱漆斑驳的大宅门，傅官熙有些恍如隔世之感。因为周遭并没有任何布置，只是在门旁挂了一条白幡；家里也没有开正门迎接他，长工们走的是侧门。

二舅刘朝东正在侧门边上候着，一脸肃容。他是大夫人的胞弟，也是傅家的大掌柜，年轻时就跟着父亲傅淳风学做生意，几十年来也渐渐成了大管家。

"回来了？一路上可顺利？"

"还好。"

对这个二舅，傅官熙也谈不上喜或恶。父亲让他去账房支钱，二舅也从不怠慢。只是大舅对他也没有特别喜欢，倒是对大房的大哥，也就是他的亲外甥，从来都不加掩饰地偏爱。

刘朝东微微点头，让人取了火盆来，又拿来孝帽和麻衣，不冷不热地叮嘱道："远游归家跨火盆，去去晦气。然后披麻戴孝，过了门就使劲儿哭，这是对老爷的孝敬。"

"孝敬？父亲没能入土为安，几个哥哥为了家产争执不休，连灵堂都不设，门旁只有一条白幡。这还谈什么孝敬？"傅官熙心里如是想着，但嘴上没说。

兴许二舅刘朝东韬光养晦几十年，为的就是今日这一刻吧。父亲的账本下落不明，二舅这个大掌柜就变得至关重要。加上他又是大夫人的胞弟，是整个傅家的大管家，眼下给傅官熙这个浪荡幼子立点规矩，也能增加自己在傅家的话语权。

"先生，这是本土风俗吗？我是否也需要同样的穿戴？"若尾美子最擅长交际，这种事问出来也显得很通晓人情世故。

刘朝东却皱起了眉头："我不知道这位小姐是什么身份，不过小少爷与茶马商行的关家小姐有婚约。您应该不是他的妻子，外人是没有资格披麻戴孝的。"

如果说刘朝东对傅官熙还算客气，对若尾美子说的这番话可就半分客气都没有了。

所谓来者是客，若尾美子又是个女子，更是主动示好，刘朝东却提起傅官熙指腹为婚的事，根本不给若尾美子留半点情面。

这短短的几句话，傅官熙就看清楚了刘朝东的嘴脸和心思。若尾美子也很尴尬，却只是鞠躬道歉："实在抱歉，我并不清楚这里面的规矩。是我冒昧了，对不起！"

虽然若尾美子只是傅官熙的情人，但刘朝东不给她面子，就相当于给他下马威，傅官熙又岂能容忍？

傅家也算是豪门大族，各房子弟明争暗斗，里头的龌龊，傅官熙是打小看在眼里的。

不过自己的生母只是傅家小妾，这些年来他也只能忍气吞声。兄长们一个个势大，他便装疯卖傻，整日里浪荡。后来在家里实在待不下去了，母亲才提出让他留洋海外。

傅官熙对这个家没有归属感，也不会去争什么家产。可如果这些人认为父亲已经走了，就可以对他们母子肆意欺负，那就大错特错了！

刘朝东韬光养晦，他傅官熙何尝不是？

要不是因为父亲，他这次就带着母亲远走他乡，再不回这个鬼地方了。

说到这里，不得不感激他的父亲。若不是父亲送他去日本读书，让他接受新式教育，见识了外面的世界，说不定他比那几个哥哥也好不了多少。

看着脚下越烧越旺的火盆，傅官熙也没再留情面。

"外头能有什么晦气？家里这乌烟瘴气的，怕是父亲死都不瞑目。既不发丧，披麻戴孝给谁看？"

傅官熙如此说完，牵起若尾美子的手，绕过火盆走了进去，又扭头对刘朝东说："还有，就算她未过门，就算她只是外人，那也是我的朋友。二舅在我家也有些年头了。怎么，父亲走了，二舅连待客之道都忘了吗？还是说父亲尸骨未寒，你就想当家做主了？"

刘朝东大概也没想到，往时任人拿捏的软柿子竟变得如此硬气，眉宇间不再是浪荡轻浮的纨绔气，反倒英气勃发、不怒自威。

"可不敢这么说，只是姐姐和几位外甥在商量事体，这里里外外的事情都交给我来操持。我也是想照足了规矩来做……"

傅官熙可不再跟刘朝东客气，既然他们都已经做得这么难看，他又何必再讲道理。

"想照着规矩来做那就老老实实照着规矩做。先找先生择日，再给乡亲们发饼，去各家报丧，门头和灵堂立起来，这才是正经事。不是吗？"

刘朝东顿时额冒冷汗。傅官熙也懒得再理会，只对他说："我先回房安顿，一会儿去给大娘和姨娘请安。"

傅官熙带着若尾美子回到西厢院落，远远便见到母亲奉青兰在月亮门那里翘首以盼。

"花花，你真的回家了！"母亲热泪先落了下来。虽然只有两年未见，她人却消瘦了不少，也苍老了许多。可见没了儿子在身边，奉青兰也受了不少委屈。

"娘……"傅官熙上前来，扑通跪下，重重磕了个头。这一刻，他只有用这样的方式，才能表达自己对母亲的思念和愧疚。

若尾美子也有些看呆了。或许在她眼中，傅官熙举手投足都有着贵族之气，这是出身古老家族与生俱来的优越，这也使得他在社交场上无往不利。

直到此时，她才真切意识到，这个男人流露出对母亲的情感让他更真实。

但也正因此，他才显得如此有血有肉、有情有义。

奉青兰赶忙将他扶起来："你这孩子，这是在干什么。在人家姑娘面前失礼了。"

若尾美子鞠躬行礼，微笑着打招呼："伯母您好，很高兴认识您。"

奉青兰年轻时候也是见过世面的，曾经也在十里洋场讨过生活，而后才嫁给傅淳风当了小妾。此时她也是谦谦回礼，客气地说道："你好，快进来坐吧。"

"你呀，只顾着磕头，还没介绍这位美丽小姐的芳名呢。"

傅官熙不由苦笑，热衷交际的若尾美子遇到他的母亲，应该是不会觉得无趣了。

果不其然，若尾美子笑容满面，眯着眼睛又鞠了一躬："伯母您好。我叫若尾美子，您可以叫我美子。"

"好好好！名字美，人更美。外头冷，进来坐，进来坐！"

言毕，也不理儿子，拉着若尾美子的手，亲亲热热地进了茶厅。她身边也没个奴婢伺候，炉子上的热水咕嘟咕嘟地响着。她赶忙给若尾美子沏茶。

奉青兰举手投足之间带着一股子淡素风雅之气，古朴典雅的茶道技艺，让见多识广的若尾美子也是眼前发亮。

"我家官熙能在这个当口带你回家，就是没把你当外人。你也别客气，有什么需要就跟我直说。"

若尾美子正要说话，外头却传来了一阵脚步声。

"官熙，出来说句话吧。"大娘刘凤安带着二舅刘朝东出现在了院子天井里，身边则是眉头紧皱的大哥傅文熙。

傅官熙知道，没跨火盆，没有披麻戴孝，没有给刘朝东面子，大房终究是坐不住了。

第三章　兴师问罪

刘凤安的到来并未出乎傅官熙意料，但也未免太过着急了一些。

母亲眉头紧皱，眼中多了一丝惶恐。她正要出去解释，却被傅官熙一个眼神拦了下来。

远游求学这么久，母亲在家不知受了多少委屈。如今自己学成归来，又没了父亲这棵大树依靠，岂能再让母亲为自己出头？

"大娘安好啊！正说着放下行李就去请安来着，没想到行李还没放下，大娘倒是先过来了……"

傅家本是清朝富察氏的后裔，为了不招惹是非，才改了傅姓。早晚问安等大宅门里的传统礼节，成了他们铭记出身的一种方式。

也正因此，即便是舅舅辈分，刘朝东也不敢在傅官熙面前太过放肆。他不得不把大夫人刘凤安给搬了出来。

"大哥，好久不见了。"傅官熙没有给刘凤安磕头，只是鞠躬；又伸出手去主动与大哥傅文熙握手。

他也是想率先使用西方礼节，以免被家里的辈分压制，没法子反击。

傅文熙却不吃这一套，只是冷冷地质问："听说你拿了老爹的钱去喝了洋墨水，回来后整个人的脾气都大了不少，家里人也不放在眼里了。这一声大哥，我怕是受不起。"

奉青兰哪里听得下去，赶忙出来解释说："文熙你说的什么话。花花打小就乖巧，四里八乡、家里院外那都是看在眼里的，又何时闹过脾气……"

刘凤安抬起手来："行了行了！小四啊，你别替他说话了。孩子是不能宠的，骄纵惯了，往后怎么讨生活？如今老爷又走了，这家里雪上加霜。他必须拿出个样子来才是，不好再惯着了。"

奉青兰早料到家里这些人会拿他们母子出气。毕竟傅淳风最宠爱她，对傅官熙又格外疼爱，早就惹得其他各房羡慕嫉妒了。

"我明白姐姐的好意。等老爷的丧事都办妥了，我会带着花花好生过日子，不会给家里添麻烦的……"

母亲的姿态放得如此卑微，傅官熙心里也有些难受。可见这两年母亲是受尽了欺负，已成惊弓之鸟了。

"话不是这么说，不过你能明白我的良苦用心自是最好。老爷在天津有个绸缎庄，生意是顶好的。等过些日子，你带着花花去天津吧。那绸缎庄也足够你们娘儿俩过下半辈子了。"

不消多说，这是用绸缎庄来打发他们这一房，省得傅官熙再出手争家产了。

若是以往，以傅官熙不争不抢的性子，又不喜欢这大宅门的生活，带着母亲去天津生活倒也乐得自在。

可今次不同，他们实在做得太过分。因为找不到账本，迟迟不发丧，为了争夺家产，丝毫不顾父亲最后的体面，还对自己和母亲逼迫如斯，是万万不能妥协的。

"大娘的好意儿子心领了。不过天津我是去不了的，我今次回来……"

傅官熙尚未说完，刘凤安已经柳眉倒竖："这是家里的安排。你们的爹爹不在了，我这个娘亲说话就不作数了吗？"

奉青兰扯了扯儿子的衣角，也想着息事宁人。毕竟能有一座绸缎庄，往后的生活也有了着落，总比净身出户、被扫地出门的好。

然而傅官熙却不为所动，绕开刘凤安的话题，朝大哥傅文熙道："大哥，我为你正式介绍一下吧。这位是我的女朋友，若尾美子。"

若尾美子朝傅文熙正式鞠躬行礼："很高兴认识您。"

今次她用的却是日语！

傅文熙紧皱的眉头舒展开来，眼中满是惊诧，不由回头瞪了刘朝东一眼。这位二舅只是说傅官熙在居丧之时带了个乱七八糟的女人回来，可没说是个日本人！

刘朝东也是满脸愕然，冷汗直冒，他显然也没想到会是这样。

傅家一直暗中跟日本人做生意，这已经算是公开的秘密。傅文熙是父亲的得力助手，为此还特地请了日本翻译，专门学习过日语。

傅文熙这些年留学日本，对日本文化耳濡目染。若尾美子纯正地道的日语，他又如何听不出来！

"您好，小姐，很高兴认识您！"傅文熙赶忙回礼。刘凤安此时也是一脸惊愕。

"我的叔叔与山东省政府的后勤部门有些往来，我就他这么一个亲人，所以才请求官熙君带我过来。给你们添麻烦了，都是我的错，请你们不要责怪傅桑。"

汪兆铭的所谓"国民政府"正是日本人扶植的，山东更是重中之重。这位日本小姐的叔叔与山东省政府的后勤部门有关系，说明极有可能是日本方面的"钦差"，又岂是他们能得罪得起的！

傅官熙本不想若尾美子插手，因为这是家务事。再者，日本人终究是日本人。虽然他去日本留学，也参加日本的各种社交活动，参与诸多雅集诗会等，但并不代表他就认同日本人的做法，更不代表他能容忍日本人在中国犯下的罪行。

他傅官熙认同重庆的国民政府，也可以认同共产党。因为这都是中国的家务事。可日本人却是狼子野心。他之所以东渡日本，不过是想师夷长技以制夷罢了。

他不会用日本人来"狐假虎威"，更不会吃若尾美子的"软饭"。

事实上，若尾美子的话是七分真三分假。

她确实是他的情人，也确实是跟着他过来寻亲的。否则父亲过世，自己也不会带着一个日本女人回来奔丧。

只是没想到若尾美子太精于钻营，又擅长察言观色。打从进门到现在，她已经将这老傅家的情势摸了个大概，竟然主动给傅官熙出头挡枪。

傅文熙听到若尾美子的话，也是吃惊不小，赶忙和颜悦色地说道："家里的事情倒是让小姐看了笑话。既然是来省亲的，那就安心住下，等这阵子忙完了，我与四弟亲自送您去济南。"

济南是山东省府。如果她真要去济南，那么她的叔叔指不定真是要员。傅文熙也留了个心眼儿，想套一下话。

岂知若尾美子面不改色，顺着傅文熙的话头笑道："那就先感谢傅先生。这几天就拜托了。"

傅文熙心头发紧，转过脸去看自家弟弟，笑容却是尴尬了起来。没法用绸缎庄打发四房，让傅官熙插手进来，又是一桩大麻烦，毕竟分粥的和尚又多了一个。而且看这架势，这个日本女人可不是省油的灯，只怕争夺家产的局势要就此改写了！

第四章　男儿野心

送走了大娘刘凤安和大哥傅文熙，母亲奉青兰也松了一口气，但还是颇为担忧。

"花花，其实天津那座绸缎庄也不小的。咱们娘儿俩从来都不争不抢，我看不如……"

傅官熙自是明白母亲的意思。他本就没有争夺家产的打算，当即安抚说："娘，你是知道的，我不会跟他们争什么。只要父亲的丧事办妥当了，咱们就离开这里。你儿子到省政府谋份差事，也能过活的。"

虽然未必要去省政府谋职，但为了母亲能安心，傅官熙也夸下了海口。

奉青兰果真放下心来："那就好。你父亲一直疼你，送你去留洋读书便是对你最大的爱护。你有孝心，能送他最后一程，这就很好，很好了……"

奉青兰说着说着，眼眶湿润起来，又眯着眼睛微笑着说："倒是让美子小姐见笑了。你们先坐着喝口茶，我去叮嘱厨房给你们做饭吃。"

若尾美子又鞠躬行礼，送奉青兰出了房门。

但傅官熙却开心不起来。他对若尾美子说："美子，你不用为我出头的。男子汉大丈夫，父亲送我去陆军士官学校，本意就是希望我能独当一面。或许他早已料到今日的局面，我想他也不希望我躲在女人的背后，依仗女人的面子才能应对麻烦。"

他没有责怪的意思，但确实心存芥蒂。美子为他出头无可厚非，但他更渴望独立自主，想要保住大男子的体面。他可以理解若尾美子的做法，但整件事就是让他心中不舒畅。

若尾美子坐了下来，给他倒了一杯茶："傅桑，当初我要来中国省亲，只有你真心对我好。即便碰到伯父……碰到伯父仙逝，你仍旧没有嫌我麻烦。这份恩情我又怎能不回报？你们中国人不是说投桃报李吗？

"就当这是我回馈你的礼物吧，下不为例。"若尾美子从来都是一副稳重成熟的贵妇风姿，此时却如犯错的少女一般，调皮地眨眼吐舌头，跟傅官熙撒了个娇。

傅官熙心中涟漪被激起，将若尾美子拉过来，轻轻拥抱了一下。

"谢谢你的体贴。"

若尾美子稍稍沉默，突然轻声道："其实傅桑也很需要我的保护，不是吗？"

傅官熙身子顿时一顿："什么？"

若尾美子扭过身，正视着傅官熙："在日本的时候，你从没以女朋友的身份来介绍我，但刚才你向兄长介绍我的时候，却说我是你女朋友。所以，你其实是想让我帮你的，不是吗？"

傅官熙的手臂松开，气温仿佛瞬间降到了冰点。然而若尾美子却不以为意，继续说道："这也没什么，勇敢和鲁莽从来都只有一线之隔。

懂得利用所有资源来达成目的，才是聪明的男人。官熙君不是莽夫，否则我也不会跟着你来中国，不是吗？"

若尾美子完全不需要点破，但她还是这么做了。傅官熙能够感受到，这个日本女人很想将他玩弄于股掌之中，这一点倒是从来没有改变过。

无论是哪个国度，交际场上从来都是如此。男女之间其实就是一场相互征服的"战争"，不过双方并非打架，而是斗舞。虽然风雅一些，但本质是一样的。若尾美子这样的名媛，从来都不似表面表现的那么温顺。

傅官熙从不敢忘记这一点。不过他不愿争夺家产，往后脱离了家族，经济上会更吃紧，也就没什么资本与若尾美子交往了。她去了山东，两人的缘分也就走到尽头了。

想到这里，傅官熙难免有些失落。若尾美子却又说："其实我一直觉得官熙君很聪明。就像刚才，你也跟伯母说要去省政府谋职。陆军士官学校人才辈出，你们中国很多军政要员都出身于此。你可以去重庆政府、南京政府，甚至可以去帮助共产党。可你却说要去省政府……

"官熙君是明白我的心意的，虽然我在交际圈里生活，但我的心是纯净的。官熙君如果真的想跟我走下去，我可以向叔叔举荐你在省政府做事，对你对我都是很好的事。官熙君觉得呢？"

傅官熙确实考虑过这个问题，但被若尾美子当面说破，脸上到底有些挂不住。

若尾美子站了起来，替他整理了一下衣领："这是一辈子的事，官熙君不用着急，慢慢考虑。不过你也知道，我叔叔不会像我这样，为了爱情而盲目付出。如果他在你身上看不到价值，想让他为你铺路，也并不容易……"

"价值？我还能有什么价值……就算在士官学校，我也只是……"傅官熙不由苦笑起来。

若尾美子却往外扫了一眼："我知道官熙君出身豪门，不过没想到你们家这么大。如果能住在这样的豪宅里，叔叔应该会很放心我跟你交往了。"

傅官熙恍然大悟，原来若尾美子是在鼓励他争夺家产，作为与她交往、搭上她叔叔这条船的筹码！

不得不说，若尾美子确实很有野心。但他傅官熙一直"与世无争"，现在又失去了父亲这棵大树的庇佑，这一切真的能做到吗？

若尾美子替他整理了衣领之后，又帮他抚平了肩膀上的褶子，鼓励道："官熙君不要想太长远。现在嘛，不要胡思乱想，要专注起来解决当前的麻烦。我想，凭你的聪明才智，没有人能阻挡你追求想要的生活。"

傅官熙备受鼓舞，突然平添了十分勇气，朝若尾美子点了点头，便打开行李箱取了个盒子，夹在腋下，戴上猎鹿帽走出了院子。

诚如若尾美子所言，他的内心深处住着的从来就不是一只温顺的绵羊。他确实想要更好的生活。他也是父亲的儿子，这偌大的宅子是父亲留下的遗产，凭什么他就要拱手让人？

这些兄弟和姨娘们对待父亲的态度确实让他心寒，这样的人配得到父亲的遗产吗？

自己真心感恩父亲，父子之情也做不得假，反倒要成为局外人？

傅官熙没有再考虑这个问题。他目光坚毅，在大宅院里默默走着，脑海里又浮现出自己在这里生活的场景，每一处都很熟悉，但每一处都散发着别样的新奇。

他要去找二哥探探口风。或许从他将腕表送给张六弦开始，他就已经打算入局了，只是他不愿承认罢了。

第五章　二哥武熙

二哥傅武熙，人如其名，打小就喜欢舞枪弄棒。父亲还给他请了教八极拳的师父。虽然他体弱多病，但出人意料地坚持练拳这些年。

满十六岁之后，二哥便跟着商行的马队跑商，整日里和镖师们混在一起，虽然并不争强斗狠，但谁都看得出他的锐气。

镖师们虽然有些拳脚功夫，但跑商更多的是考验人际关系，马队每到一处地界，便先拜码头，给过路费。大多以和为贵，并不会动辄干架。

二哥傅武熙跑了几趟，便觉着无趣。彼时听说袁世凯在天津南郊练兵，由八极拳大宗师李书文担任枪棒拳脚总教头，他便偷跑去了天津。

虽说傅家也是一方豪门，但到底不是天下皆知，而李书文可是"钢拳无二打，神枪李书文"的大宗师。二哥能否成功拜师，大家心里都没底。

年仅十六岁的傅武熙，在半年之后回家了。

他遍体鳞伤，目光冷峻，身后背着一杆大枪，枪杆上是李书文亲自给他镌刻的一行小字。

二哥傅武熙从此声名鹊起，整个东北地区，没人敢再收傅家商队的过路费。不少人还慕名而来，要拜他为师。

那杆枪，此时就摆在二哥家的客厅里。

二哥醉心拳脚枪棒，很爱惜身体，不像大哥那样三妻四妾。他也没有接受家族里的利益联姻，妻子是他闯江湖的时候结识的，人很漂亮，就是说话结巴，给二哥生了一儿一女，生活美满。

虽然得了李书文的真传，又成了远近闻名的"武道宗师"，但二哥傅武熙并没有横行乡里，反倒为乡里做了不少好事。

就在前两年，奉系的一支残兵到城里来掠劫。人心惶惶之际，大哥与父亲商量着如何才能打发了这些兵痞。城里不少人家已经遭了殃，大门大户的更是胆战心惊。

然而二哥背起大枪，到城外的军营走了一趟，第二天，这些兵痞便灰溜溜地逃了。

在很多人眼中，傅武熙低调务实，在鹤梨城的声望俨然与父亲傅淳风不相上下。但他从不摆排场，也不会仗势欺人。

傅官熙走到二哥院子前，腿肚子却有些颤抖起来，仿佛前方是虎狼之穴。

在他小的时候，经常夜哭。每当此时，父亲就会背着他在房间里踱步，哼着小曲儿哄他。四个兄弟之中，只有他傅官熙有这个待遇。

长大了一些，二哥倒也背过他，平日里也时常带着他去玩耍，甚至教他打拳。傅官熙那时对这个二哥也是崇拜至极的。

直到他八岁那年，二哥傅武熙成了他的噩梦。

毕竟是大宅门，家里通常会给各房的孩子找保姆。二哥的保姆叫雪姨，雪姨带大了大哥傅文熙，是父亲极其信任的人。

但雪姨有点碎嘴子，时常会在二哥面前说大哥如何如何。许是在傅家做工太多年了，她俨然没把自己当外人，对舞枪弄棒上蹿下跳的二哥时常会有些言语教训，甚至会偷偷打他屁股。

每当二哥闯祸之后，在父亲和姨娘们面前，雪姨总是替二哥说好话，但背后却又对二哥唠唠叨叨。二哥也从未发过脾气。

后来，雪姨开始照顾老四傅官熙了，二哥仍旧对雪姨很是孝敬。很多人都说雪姨教得好，没让二哥走了歪路。

在傅官熙八岁那年，雪姨摔断了腿。虽然找了乡里的和尚接了起来，但到底是瘸了。彼时二哥已经十四五岁，就天天背着雪姨出去晒太阳，家里家外没一个不称赞的。

傅官熙当时是二哥的跟屁虫。有一天，他悄悄跟着二哥来到了城外的荒山，然后亲眼看到二哥把雪姨丢到了山沟里。

他不敢声张，这么多年没敢告诉过任何人。他记忆最深刻的不是二哥把雪姨丢下山之前说的那些藏在心里好些年的狠话，也不是他脸上狰狞的表情，而是他回到家里痛哭流涕、自责万分地诉说着自己如何不小心，导致雪姨摔下了山沟。

家里给了雪姨家属一大笔丧葬费，将她风光大葬，连带她的儿女也得了极好的安置。雪姨的儿子还给傅武熙磕了头，感激地说，他这个儿子都没这么背过自家母亲，是武熙少爷代他尽了孝云云。

傅官熙回想起这些往事，想起这个秘密，想起二哥傅武熙的好名声，再看着这座深幽的宅子，突然有些迈不开脚步了。

"都到门口了还愣着不进来，咱们兄弟啥时候这般生分了？"

傅官熙突然打了个冷战。抬头看时，二哥已经在院子的天井里站着，似笑非笑。

"二……二哥……"

从张六弦那里得了小道消息之后，傅官熙就考虑着要如何从二哥这里探听消息，只是临了才发现这需要多么大的勇气。

"见过大娘和大哥了？"傅武熙倒了一碗茶，推到了傅官熙面前。

大碗的苦丁茶，茶色很深，气味很浓，看着就发苦。但这样的大碗茶，二哥却喝了这么多年。

"是……"在二哥面前，傅官熙变得战战兢兢，即便他努力鼓起勇气，仍旧很难对抗心里的阴影。

"咱们兄弟四人，父亲对你最好。你是怎么个意思？"傅武熙掌握着话语的主动权，让傅官熙倒是轻松了不少。

"我只是想让父亲入土为安，大家和和气气，莫让人看了笑话，更别伤了兄弟和气。"

傅武熙点了点头："我也是这么个意思。不过我知道咱爹最心疼你，虽然他走得突然，谁也没能见着他最后一面，更没留下只言片语，但总得让你见他最后一面。要不是为了等你，我是不会任由大哥停灵这么久，委屈老爷子的。"

二哥如此体贴，傅官熙也难免有些感动。但想起那桩秘密，傅官熙心里又情不自禁地发寒。

"小四？"傅官熙恍惚之时，傅武熙似乎察觉到了什么。傅官熙赶忙将那盒子放在了桌上。

"回来得匆忙，也没带什么礼物。这是给二哥的……"

傅武熙皱眉道："你有这份心就够了。"

随意打开盒子，傅武熙却是眼前一亮，因为盒子里是一柄胁差短刀，看品相是有些年头的老物件了。

"说是战国名将真田幸村的刀，我也分不出个真假。知道二哥喜欢这些，我就买了……"

"这些鬼子惯会吹牛，动不动就是千古名将万人难敌，井底之蛙罢了。不过他们的刀确实打得不差。"

一边端详着短刀，傅武熙一边嘲讽。不过手和目光却没离开过那柄刀，过了许久才舍得放下。

"小四，眼下你也回来了，明日咱们就给老爷子把事情办了。不过大哥和三弟在这件事上不情不愿，我开声说话的时候，你得与我站在一边。"

傅官熙点头道："这是自然。"

傅武熙很是赞赏，感慨道："老爷子没白疼你。"

傅官熙正寻思着如何更深入地探听消息，傅武熙反倒主动问了起来。

"你与老爷子亲近，可知道他把账本藏在什么地方？"

傅官熙闻言，也是心头发紧，终于是要进入正题了。

第六章　瞻仰遗容

家人们都在寻找的账本，记录着傅家的所有产业。除了生意，还有各地的物业和固产等等，不管是明面上还是暗地里的，都巨细无遗。

明面上的生意也便罢了，大家伙儿都清楚。但傅家能走到今日，背地里的生意那才是真正的大头。账本里有掌柜朝奉和生意渠道等信息，没有账本，别说争家产，能不能把生意拿回来还两说。

傅官熙虽然没有涉足过家里的生意，但打小耳濡目染，这些还是知道的。二哥傅武熙素来是个令人看不透的人，眼下却开门见山地问起账本，竟也顾不得"吃相"，傅官熙都有些诧异了。

"二哥……你知道的，我打小就不争不抢。二哥……二哥同样是这么个性子，所以二哥才这么照顾我。这些年来，二哥也从来不去跟大哥争抢，为什么这次要闹得这么难看？"

傅官熙知道大哥有大娘刘凤安和二舅刘朝东撑腰，又是长子，名正言顺的第一顺位继承人，但二哥的名声和口碑更好。只要能解决二人的分歧，争家产的事情也就能消停了。

二哥傅武熙绝对是解决问题的突破口，但他不像自己，不可能用店铺或钱财轻易打发，他这么多年都在经营自己的人脉和口碑，傅官熙也就从这一点下手。

傅武熙却摇头道："我明白你的意思。四儿啊，二哥一介武夫，惯会舞枪弄棒，但从不会争强斗狠。我不爱女人，吃喝有度，也不碰赌，更没什么乐子。我争这些家产又有何用？"

"那二哥为何执意要跟大哥争……"

"你可知道二哥我为何练拳吗？"傅武熙没有正面回答，突然这么问。傅官熙倒有些蒙了，只得摇了摇头。

"你还记得五驼子山的那伙响马不？"

响马二字倒是让傅官熙想起一些事情来。虽然他当时小，印象不深，但父亲傅淳风后来却是跟他重新提过的。

"那年我才五岁，但已经记事了。响马进城，四处放枪。他们原本与各家都约好了的，乡亲们将钱粮放在家门口，响马不会伤人，拿了钱粮就走。

"可总有些不守规矩的，见了女人就生坏心。彼时咱们家里女眷多，父亲又带着镖师们跑生意去了，响马就闯进了咱们家。

"那时候你和老三还小，大哥已经十来岁了。父亲不在，大哥就是家长。可他却带着一家老小跪求响马饶命，还跟响马告密，说女眷全都锁在屋里了，并愿意给响马带路。"

傅官熙若是不知道内情，定要误会大哥傅文熙。但其实父亲跟他讲过，大哥是耍了个心计，把响马骗进了客房，全都给锁了起来。

傅武熙也不啰唆："想必后来的事情你都清楚了。那时候我就想啊，我要保护这个家，我要打跑这些响马，让所有坏人不敢再冒犯我傅家，伤害我的家人和乡亲！"

"既然是这样，那就更不该你争我夺，不是吗？"傅官熙趁机劝道，"大哥其实对咱们兄弟都挺好。为了咱们老傅家，一人让一步，让老爷子入土为安，把丧事办得风光体面，岂不是皆大欢喜？"

傅武熙眉头紧皱，摇头道："之所以说起陈年往事，就是想告诉你，我并不是为了争家产，而是为了保护老傅家……"

"既然为了保护咱家，那就更该……"傅官熙仍是不明白。

傅武熙迟疑了片刻，站起来道："你跟我来。"

傅武熙一言不发，后头的傅官熙是一头雾水。二人穿过回廊，又过了几进内宅，来到了祖宅厅堂。那是父亲停灵的地方。

傅官熙看到那朱漆棺木，突然停住了。

细想起来，打从在日本收到报丧电报，直到回到家中，傅官熙都没有流过一滴眼泪，甚至心里头没有半点悲伤。

他对父亲明明有着真切的父子之情，之所以要掺和争家产的事情，并非为了前途考量，而是为了让父亲安息、替父亲保护傅家。

若尾美子一路相伴，他这个男子汉不便在佳人面前落泪可以理解。可回到家中之后，他并没有马上去给父亲烧纸上香，而是根据张六弦提供的情报，到二哥这里来探听口风。

或许连他自己都没有意识到，他在陆军士官学校兴许没有努力读书操练，但不知不觉之中已经塑造了近乎冷酷无情的务实作风。

直到此时见到棺木，他才意识到，父亲真的走了，再也无法醒来了。他在若尾美子面前强颜欢笑，在大娘和二舅面前也没有屈从，甚至第一时间投入到了游说斡旋兄长们的工作中。这一切，都只是因为他不愿面对现实，不愿接受现实。

棺木就在眼前，厚实老旧的上好棺木在家里存了好些年，但朱漆和符箓却又新鲜刺目，无一不在提醒着他，是时候面对父亲的离去了。

傅官熙停步良久，脑子里一片空白，只是觉得手指尖像过电似的，麻木感如同巨大的触手般不断往上攀爬。

肩颈传来按压感，是二哥傅武熙在揉捏，力道适中却又让傅官熙打了个激灵。

"磕个响头。"傅武熙语气毋庸置疑。傅官熙如同傀儡一般扑通跪下，"咚"一声，额头触地。

悲伤藏在了内心最深处，就像被灌满水的气球。而磕头这样的仪式，就好像锋利的刀子，瞬间刺破了气球。悲伤瞬间释放，流淌一地。

过往的父子深情画面，终于一幕幕在脑海中闪现。傅官熙放开了嗓子号啕大哭。

然而他的眼泪刚刚喷涌出来，整个人却又被二哥如同小鸡一般拎了起来。

"先别哭。"

傅武熙显得很是无情，傅官熙能从二哥的眼神之中，感受到一股子诡异和阴沉。

他就这么被扯到了棺木旁，棺盖挪下三分之一，以方便孝子贤孙瞻仰逝者遗容。

傅武熙将父亲脸上遮盖着的红纸轻轻掀开。傅官熙下意识地别过脸去，暗自吸了一口气，才转过头来。

因为天气寒冷，又有专人精心整装，所以父亲看上去倒也安详。他的双眼已经被两块老银圆盖住，口中塞着玉蝉。

"二哥？"傅官熙实在不明白，这跟二哥争夺家产和保护傅家有什么联系。

直到……直到傅武熙稍稍扯开了父亲傅淳风的寿衣领子。

只见父亲脖颈左右两侧，竟显现出指印尸斑！也就是说，他生前曾被人掐过，甚至有可能是被掐死的！

父亲一生奔忙，身体本就大不如前。电报上只是说父亲死了，傅官熙一直以为是病死的。如今看来，事情却是不简单了！

第七章　死因蹊跷

傅官熙终于明白了二哥的心思，也终于明白了他为何说要保护傅家。没想到父亲的死背后还暗藏蹊跷。

脖颈上的指印尸斑，就像在肚皮里拼命挠着的爬虫，让人没法忽视。而二哥的意思也再明确不过——有人谋害了父亲，那么就一定不会放过傅家。如果不能调查清楚父亲的死因，只怕后患无穷。

但令他疑惑的是，如果为了调查父亲的死因而没有下葬，这是合情合理的。可主张调查的二哥，却又是急于埋葬父亲的那一个。这又如何说得通？

如果说二哥与父亲之死有关，那么他就不会带自己过来，特意让自己看到这个指印。

"二哥既然怀疑有人害死了咱爹，为什么不报警？"

傅武熙微眯双眸，目光变得有些凌厉，但也仅仅一闪而逝。

"不能报警。你没有插手过家族生意，并不清楚里头的门道。咱家的生意做得太大，有些生意难免见不得光。眼下爹已经没了，大哥和我想要镇住场子还有些勉强。让警察所的人来调查，无异于引狼入室，到时候凶手查不到也就罢了，可能还会把家里的生意都搭进去。"

傅官熙顿时恍然。虽然他没有插手家族生意，但并不代表他就是白纸一张。虽然他不清楚家里具体做了什么肮脏生意，但见不得光的生意确实是有的，而且还做得很大。

"不能报警，就只能自己调查。二哥是不是查出了什么来，所以才想着让父亲入土为安？"傅官熙小心翼翼地试探。

二哥傅武熙也坦荡，点头道："是。城里的老仵作来看过了，除了脖颈上的指印之外，在爹的指甲缝里，还发现了一些皮屑和血迹，也就是说咱爹死前曾与人搏斗过。"

"搏斗？在外头还是家里？"傅官熙很快就抓住了重点。

傅武熙也不啰唆："老头子这段日子犯了老肺病，大半个月没出门了。该是发生在家里……"

"家贼？！"傅官熙很震惊，因为他已经发现了一些苗头，二哥似乎正将矛头渐渐往大哥的身上引！

如果说哥哥们争夺家产还能够理解，但说这些兄长会杀害父亲，傅官熙还是不愿相信的。

傅家虽然算是豪门望族，但还没到不顾念血脉之情的地步。老爷子一妻三妾，膝下四子三女。虽然姐妹们都嫁出去了，但家人感情还是在的。尤其是四个儿子，父亲即便做不到一碗水端平，但也没有刻意疏离和厌弃哪个，又岂会发生弑父夺产这样的惨剧？

傅官熙还在惊诧疑惑之时，肩膀已经被傅武熙捏住。但听得二哥压低了声音说道："父亲身上的指印，还有诸多蹊跷，目前只有我知道。所以我才想着让父亲下葬，省得家贼毁尸灭迹。真到那个时候，老爷子别说入土为安，就是想留个体面都不能够了……"

这个解释多少有些牵强。不过大哥和三哥对这些并不知情，这也让傅官熙感到意外。按说他们联手对付二哥，难道不是知己知彼的吗？

"四儿啊，我知道你读书多，又喝过洋墨水，而且是真心感念老爷子的恩情，也确实想让傅家安安生生。这桩秘密我告诉了你，你就要保密，要支持我。你可做得到？"

傅官熙还在寻思，二哥已经将他的头和肩都扳了过去，逼视着他，等待着他的答复。

"我晓得怎么做，二哥放心。为了爹最后的体面，我一定会查个水落石出！"傅官熙目光坚毅。

却见傅武熙直摇头："你还是不明白。我不是让你去查，这件事太危险，二哥来查就好。我需要的是你站在我这一边。毕竟大哥是继承人，他已经联络了宗族的长老，还有与咱们家做生意的那些叔伯，想要束缚我的手脚……

"他们若是排挤我，想联起手来把我扫地出门，你可要帮着二哥。这才是你该干的正事儿，明白吗？"

原来他只是想让自己充当助力，这让傅官熙很是不舒服。但目前看来，二哥确实在顾全大局，自己没理由不帮他。

只是对于他的话，傅官熙也没有全信。他从来就不是个盲目听信别人话的人。他外表虽然唯唯诺诺，但内心却非常有主见，万万不会成为任由二哥摆布的棋子。

念及此处，傅官熙伸手抬了棺盖，想要检查父亲的手指甲，然而傅武熙却一把扯住了他。

"别再打扰老爷子了。二哥可曾骗过你？这桩事我只告诉了你，难道你还不信我？"

傅官熙能感受到二哥带来的压迫感。他心里寻思着，父亲也不可能今日就出殡下葬，大不了晚上再寻个机会过来细细查探，也就住了手。

"我自是信得过二哥。"

傅武熙满意地点了点头，对他说道："我不是不让你插手，但这个事情确实危险。你在家里没有什么说话的份儿，我也是为了你好。若果真闹大了，也是二哥扛着，你好歹能跟姨娘全身而退……"

傅官熙闻言，心头多少有些发暖，倒也真有些吃不准二哥哪句是真，哪句是假了。

离了灵堂，傅官熙回到自家院子。母亲已经摆好了饭菜，正与若尾美子在喝茶，等着他吃饭。

"娘，为我爹收殓的老仵作，您知道他住在什么地方吗？"

"老仵作？"奉青兰皱起眉头。毕竟是饭点，突然提起这个行当的人，到底是有些硌硬。不过她还是如实回答道："住在城西麻子饼铺后头小巷的巷尾。乡亲们都嫌他晦气，没人住他隔壁。他家院子破烂，阴森森的，一眼就能认出来的。"

言毕，奉青兰疑惑道："你问这做什么？"

傅官熙并未回答："娘，你陪美子吃饭，完了让下人给她准备热汤洗澡。我出去一趟。"

"傅桑……"

"花花，你不会要去找那个老仵作吧？"

若尾美子和母亲似乎都察觉到了这一点。傅官熙却只是笑了笑："没有的事，白日里答应了周烟炮和张六弦，要跟他们喝酒来着。"

"喝酒急什么劲儿啊。美子姑娘是贵客，你不作陪，去找什么大老爷儿们喝酒。你这孩子想什么呢？为娘什么时候才能看到你成家……"

奉青兰说到此处，朝若尾美子饱含深意地一笑。后者却大大方方地笑着说："官熙君是个做大事的人，不会被女色羁绊，这才是大男子的气概。伯母你就放心让他去吧。"

见若尾美子如此通情达理，傅官熙也是朝她笑着致谢，随后戴上猎鹿帽便出了门。

傍晚时分，暮色深沉，又下起了小雪，一路满是儿时的回忆。傅官熙却没有逗留，更没有兜转，径直往城西麻子饼铺的方向去了。

第八章　追查仵作

母亲说得没错，麻子饼铺后头这条巷子确实乌漆麻黑的，而且阴风阵阵，好似百鬼哀号。

那破烂的院子也确实好认，傅官熙很快便找着了。他也不犹豫，三步并作两步走到了大门前。

院子里黑灯瞎火的，没点人气。傅官熙也没打招呼，先在外头转了一圈，而后才拉开了柴篱笆，走到正屋前敲门。

"老耿头在家吗？"

傅官熙喊了几声，无人应答。他又攥起拳头敲了一通门，还是没人应门，反倒把虚掩着的门给震开了。

"没锁？不能够啊！"傅官熙顿时有种不好的预感，他划了根火柴往里头一照，屋里空无一人。

火柴很快燃尽，他又划了一根，这才觑准了一个油灯盏子，点了起来。

屋里收拾得一干二净，连铺盖都已卷走，只剩下一张脏得发亮的草席，看样子这个仵作老耿是搬走了。

这个节骨眼儿上搬家？

这就更是可疑！

"老仵作必然是发现了些什么，生怕惹麻烦上身，这才溜之大吉的……"傅官熙来回走了一遭，心里头就有了结论。

可当他扫视到房间角落的时候，又推翻了这个猜测。

房间角落里放着一个木箱子改成的神龛，供奉的是仵作行的祖师爷——大宋提刑官宋慈。木雕的神像前头放了一碗米，米里插着三枚老旧铜钱。

照着仵作行的规矩，应该是一枚开手钱，一枚洗手钱，中间那枚是压胜钱。

这些都是仵作的老家当，如果老耿真的是主动搬家，没道理会把这些玩意儿落下。估摸着老仵作是让人给绑走了！

念及此处，傅官熙又到外头转了一圈。外头雪并不大，他在门头上的积雪上找到了车辙。

仵作是个晦气行当，虽然照着规矩有开手钱、洗手钱之类的收入，但到底是底层，否则谁会干这个？老耿应该是没钱雇车，也没必要雇车出行。

经过细细推测，傅官熙得出结论来——老耿指定是知道父亲死亡的内情，有人担心他走漏了秘密，这才强行带走了他，以此来掩盖傅家老爷子的真正死因。

傅官熙顺着车辙追出去老远，直到车辙彻底消失在路上，这才悻悻而返，又到巷口的几户人家敲门询问。

此时已经入夜，又不是路不拾遗夜不闭户的年代，傅官熙若不是有傅家四公子的身份，还真就敲不开这些乡亲的大门。

不过诚如母亲所言，没人愿意亲近仵作行的人，都觉着他晦气，也就没关注他。傅官熙最终也没能问出什么来。

仵作老耿掌握着目前最重要的线索，傅官熙可不打算放过。麻子饼铺这边问不出个所以然，他就转头来到了城中市井之地。他也不消如何寻找，径直到了四喜赌坊，把周烟炮给揪了出来。

"花儿，你怎么来了？"周烟炮双眼发红，脸颊凹陷，却又显露着病态的红润，想来待在赌坊已是几天几夜了。

"我给你的钞呢，就这么祸祸干净了？家里婶子、嫂子和孩儿们吃不到肉，你这兄弟我不认也罢了！"

傅官熙佯怒之下，周烟炮也羞愧难当："花儿，你说这话可就不把我当人了。我烟炮好歹也是有血有肉的，又岂能让家里吃苦？这不是剩下些零碎散钱，才来碰碰手气嘛……"

见他死皮赖脸的样子，傅官熙也不好再骂，缓和了语气道："喝酒去！别整得赢不来钱还坏了身子骨。"

"哎！还是花儿仗义！"周烟炮露出黄牙嘿嘿笑着，便与傅官熙来到了赌坊边上的馆子。

这馆子专做赌鬼生意，也舍得落本钱，菜色并不精细，但都是硬菜。傅官熙不含糊，点了热腾腾软糯糯的酱肘子，让人看着就口水横流。

"先别急。有个事托你打听，有了准信儿才能下筷。"傅官熙用筷子敲了周烟炮的手背，后者到底是夹了一大块软烂肥肉，嚼得满嘴流油、肉香四溢。

"花儿你说！你烟炮兄弟别的本事没有，打听消息那是一顶一的！"

傅官熙正是看中了周烟炮这一点。他混迹街头，那些个三教九流就没有他不熟的。

"你去打听打听，这两天仵作老耿跑哪里去了，坐的又是谁家的车。"

"仵作老耿？你打听他干啥？"周烟炮有些纳闷。

"这老耿给我家老头子收殓，手脚不干净。钱财我看不上，搅扰老爷子安息我受不了，须是抓回去磕头赔罪！"傅官熙却是早已准备好了说辞。

"啧啧，看不出来啊。满以为这老耿头是个实诚人，没承想还有这么一手……"周烟炮摸着下巴上的胡楂子。

傅官熙这么一说，周烟炮也打消了顾虑，拍胸脯打包票："花儿你放心，等我一盏茶！"

"古有关二爷温酒斩华雄，杯中酒尚热；今儿我大烟炮顺藤摸瓜，找了准信儿肘子都未凉！"

傅官熙抬脚作势要踹，周烟炮嘿嘿笑着溜了出去。

虽然这馆子不甚干净，但傅官熙到底是饿了。他要了一碗大米饭便吃了起来。

周烟炮果然没吹大气，傅官熙这才吃了半碗饭，他已经满身霜雪地回来了。

抖落头上身上的积雪，手脚放在炉子上烤了片刻，周烟炮便凑了过来。

他先是囫囵吃了一大块肘子，又从炉子上倒了一碗热酒，咕嘟咕嘟

第八章　追查仵作　029

饮尽，这才朝傅官熙说："花儿，这老耿头还真是胆大包天。起初我是不信，眼下看来他是真的手脚不干净……"

"怎么说？"傅官熙前倾身子，逼视着他，也不给周烟炮卖关子的机会。

后者又夹了一大块烂熟的肥肉，含糊地说道："老耿头确实是让人架走了。有人见着他被丢进了你家的大车。"

"我家的大车？"傅官熙顿时心头发紧。

"什么样的大车？可知道驾车的是谁？"傅官熙一脸紧张。周烟炮也不敢再卖关子，压低了声音道："花儿，你被人捷足先登了。这次来的是你们的大管家刘朝东。"

"刘朝东！果然是大哥在搞鬼！"傅官熙心中顿时蒙上了一层阴影，有些愤怒，也有些悲凉，更有些难以接受。

第九章　顽主三哥

傅官熙不像大哥那般心机深、有城府，不像二哥那般艺高人胆大，也不像三哥那般玩世不恭。

他打小就识时务，韬光养晦、明哲保身，从不参与到家族的龌龊之中。或许也正因为他"与世无争"的性子，才得到了父亲格外的疼爱。

但眼下不同了。

依照从二哥傅武熙那里探听的消息，老仵作必是知道父亲的真正死因。可追查到这里，却又被大哥那边的刘朝东给截和了。

想要继续追查下去，必定会查到二舅刘朝东的头上，但这样一来，会直接冒犯大哥。到时即便他不想站在二哥这边，只怕大哥那边对他也难有善意。

再者，他已经得罪过刘朝东一次。虽然大哥忌惮若尾美子的身份，但他与若尾美子到底没有夫妻名分，真要闹起来，大哥的忍耐也是有限度的。

如果真像二哥推测的那样，大哥与父亲的死有关，这便是大哥最大的秘密，又岂会容忍傅官熙查到刘朝东的头上？

傅官熙迟疑良久，也想着从其他地方下手寻找突破口，诸如最后见着父亲的是什么人、是否存在目击者等。

但时间上并不允许，因为二哥已经说过，只怕明后日就要发丧出殡。父亲入土为安之后，想要从父亲身上调查死因，也就不可能了。

思来想去，傅官熙还是丢下周烟炮，回到了家里。他也没什么迟疑，便往刘朝东的厢房来了。

身为傅淳风的得力干将，为傅家几十年如一日当牛做马的大管家，又是孩子们的亲二舅，刘朝东也分了一个小院，舅母和孩儿们也都住在里头。

傅家可不是寻常巷陌的百姓所能比的，此时家宅里灯火通明，那可都是顶高级的电灯。

鹤梨城的电厂原本是德国人和日本人联手建造的，想在本土找个"买办"，最后还是傅家拔得头筹，成功参了股。傅家也是鹤梨城第一个通电的人家。

身为傅家的大掌柜，又是"皇亲国戚"，刘朝东的院子自然也是通了电，而且用起电来也毫不心疼。

傅官熙寻思了片刻，心里头有了计较。正要上前去敲门，院门突然就打开了，门头灯映照着里头走出来的两个人。他们抬头看见傅官熙，也是一脸愕然。

倒是傅官熙率先回过神来，朝为首的瘦高个儿年轻人点头打招呼："三哥。"

三哥傅百熙是个玩世不恭的人。他读书不如大哥，干架不如二哥，最大的喜好就是花钱，自称"顽主"。金玉瓷器、琴棋书画、斗鸡走狗、花鸟鱼虫，等等，就没有他不涉猎不精通的。

若没有傅官熙，父亲最疼爱的就该是傅百熙。因为明面上看似玩耍，但事实上傅百熙帮助家族将见不得光的资产洗白，有时候还用这些古董去做暗地里的交易筹码，抑或用来结交权贵，等等。傅百熙对人情走动、迎来送往仿佛有着与生俱来的天赋。

也正因此，身为大掌柜的刘朝东，时常需要仰仗三少爷傅百熙，替家里拉拢生意伙伴、接待各路达官贵人。

此时见到傅官熙，傅百熙也有些惊诧。他笑着走过来，亲热地搂着傅官熙道："听说你见过大哥二哥了，还以为你不把我这个三哥放在眼里。没想到你找到二舅这里来了。"

"其实我……"傅官熙话未说完，傅百熙已经扳过他的肩头，将他往自己院里拉扯。

"二舅要歇息了，去我那里坐坐。走走走！"傅百熙"久经沙场"，根本就不给傅官熙任何说话的机会，将傅官熙拖拽到了他的院子。

大哥的宅院有个花园，二哥的宅院里有个小小的练功房。而单说规模大小和建筑规格，两位兄长都比不过老三傅百熙。

因为这个顽主将很多大宗大件的古董玩意儿都用在了自己院落的装饰上，连脚下踩的，都是从辽东长城上撬下来的砖！

傅官熙不是第一次走进这座院落，但每一次进来都有不同的感受。院子里虽然可能只是些微的改动，又或许只是某一处摆设的更改，整体上却让人每一次进来都眼前一亮。甚至有人会产生一种错觉，认为这里并非人间所有，而是能随着时间不断变幻的洞天福地。

当然了，这些都得益于傅百熙的别出心裁，更得益于他运作之下的家族资产。

"三哥，我有两句话想先问问二舅，你且稍等我片刻，可成？"

傅官熙言毕，也眼巴巴地盼着三哥能够"通情达理"。毕竟他很善于人际往来，不可能听不出傅官熙的言外之意。

然而傅百熙却视而不见听而不闻般朝傅官熙说:"还有什么事比陪你家三哥喝几杯睡前酒更重要?"

"三哥,我真的有急事要问二舅……"傅官熙觉得,只要三哥尚未开口挑明,那就还有争取的余地。

然而傅百熙的下一个举动,彻底熄灭了傅官熙的奢望。

他非但没有允许傅官熙去询问二舅刘朝东,还硬拽着傅官熙往屋里去。甚至不惜让他院里的贴身奴婢拉扯傅官熙,无论如何都要将傅官熙拖入家中。

想要调查真相,错过了今晚,这样的良机将不再复返。虽然三哥同样不可小觑,但相较于大哥二哥,这位三哥的怒火,还是在可承受范围之内。傅官熙便斩钉截铁地说道:"三哥,我真的有要紧事想问二舅,你且放我走,明早我就过来给你赔罪!"

许是傅官熙油盐不进,三哥傅百熙终于是动怒了,脸色顿时沉了下来,朝傅官熙道:"你这是看不起我咯?分明已经去看过大哥二哥,轮到我老三,就绕过去先找二舅?你在日本留学,礼仪都丢到爪哇国去了是吗?"

傅百熙脸色难看,接着说:"还是说,你根本就是打从心底看不起我这个三哥?"

傅官熙知道解释也无用。因为三哥如果懂得体谅,就不会说这么过分的话。现在这样,分明就是不想让自己去找二舅!

第十章　突然死亡

三哥傅百熙已经站到大哥这边,二人联手来压制二哥傅武熙,如今又强势阻挠傅官熙去找刘朝东问话,难不成作作老耿头真的是被他们掳走了?

被三哥呵斥之后，傅官熙也不再隐忍。虽说长幼有序、尊卑有别，但到底是自家兄弟，就算不亲近，就算要讲礼节，也并非要处处委曲求全。

"三哥，刘朝东极有可能会坏了我傅家名声。有些问题，我必须找他问个清楚明白！"他本不想让三哥知道这些，但如今脱不了身，他也只好用些半真半假的话来打掩护了。

"哦？他到底是咱们二舅，往时可未曾克扣过咱们的银钱钞票。二舅虽然做生意奸猾狡诈，但对咱们家可是忠心耿耿。你这么说话可不要让大娘听见，否则必会将你扫地出门了。"

傅官熙可不想泄露从二哥那里听来的消息，自己调查所得更不可能说漏嘴，只好说："我可听说了，他跟贼人暗中往来，要偷咱家东西，还暗藏那个贼。等我抓住那个贼，就有他好看的了！"

"藏了贼？"听闻此言，傅百熙也是双眸微眯，似乎想到了些什么。

傅官熙一边说着，一边也没放过三哥傅百熙细微的表情变化。即便只是些许神色变化，傅官熙便看得出来，三哥对仵作老耿的事应该是知情的！

"怎么，三哥也参了股？是不是觉得跟着大哥没有前途，所以才打算跟外贼联手？"

傅官熙这么一说，傅百熙顿时勃然大怒："放你娘的狗屁！我傅百熙是这样的人吗？要是老头子还在，你敢这么顶撞哥哥吗？"

傅百熙的气势自然比不得大哥二哥，况且傅官熙既然已决定不顾念兄弟长幼，那么这位三哥色厉内荏的心虚言辞，自是吓唬不到傅官熙了。

他越是恼怒，反倒越能说明这里头有问题，而且是大问题。

"我也只是为了傅家着想，难道三哥不是这么个心思？既然三哥没有参与，那我可就去问二舅了。"

傅官熙本就不想在这里多逗留，之所以言辞激切，也是为了能及早脱身，去刘朝东那里调查。

可傅百熙似乎察觉到了他的意图。傅官熙还未迈开步子，就听得三哥说："你不消旁敲侧击，也不用去问二舅，直接问我吧。"

虽然怀疑傅百熙也有参与，但傅官熙没想到，三哥竟会承认得如此爽快。

想了想，傅官熙还是壮着胆问道："是不是刘朝东驾车绑走了仵作老耿头？"

傅百熙露出果真如此的恍然表情，而后回答说："不是绑，老耿头接了咱们家的活儿，却没干彻底，而且他还想出逃。我们认为他知道点什么，所以才请他回来解释一下。"

"知道点什么？那他知道什么呢？"傅官熙如此直截了当地问，倒是让傅百熙有些措手不及。他语塞良久后才吞吞吐吐道："听说他进咱们家给老爷子收殓整装之时，看到了一些不该看的东西。我和大哥想了解了解，就把他请了回来。"

傅官熙也有些恍然，原来不仅仅只是二哥怀疑早已联手的大哥和三哥，后者也同样在怀疑二哥。

既然是在傅家，又是给老爷子收殓整装，外人自然不得靠近。便是家里的奴婢和长工，也都避免接近堂屋。

这个时间点上，老仵作如果真的看到什么了不得的东西，也是不出奇的。三哥之所以这么说，想来是要将嫌疑推到二哥傅武熙的头上了。

虽然早有预料，双方一定会爆发冲突。但真正面临之时，傅官熙还是有些厌弃的。毕竟争夺家产无论谁最终胜利，都伤了手足亲情。

"那敢问三哥，老耿头他人在哪里？我要见他。"

"这……"傅百熙支支吾吾了好一阵，只是说老耿头接了外面乡镇的活儿，估摸着短时间内是回不来了。

"这么巧？有人见着那大车前脚刚把他拉进咱们家，这么快就又走了？"

面对傅官熙的质疑，傅百熙也不回避，大方回应道："他就是不在家里，你可以去搜，但这样很伤咱们兄弟之间的感情。我劝你还是三思。"

"搜？我又不是警察。三哥家虽然不是什么重地，但兄弟如手足，我也不好乱闯。不过嘛，我有话要问老耿头，不让我问的话，我只能让警察所的人来问了。"

"好好说话！别动不动就警察所。咱们是民，人家是官。警察是你能呼来喝去的吗？还是说咱们老傅家有这个本事？"

看来三哥对家族生意同样不放心，也与其他人一样，并不希望家里的老底泄露出去。所以一旦提及警察，就万分紧张。

"三哥，我只问你一句，人到底在不在你手里，或者说在刘朝东和大哥手里？"

傅百熙苦笑一番，向傅官熙这个幼弟劝道："你这些年正因为明哲保身，小心翼翼过日子，才算是过得安生。眼下漂洋过海回来奔丧，也是有孝心。还是回去好好歇着，别再纠缠这些无所谓有、无所谓无的事情了。"

傅官熙面色坚毅："我只想知道，是不是刘朝东把老耿头给带走了？"

三哥傅百熙沉思良久，嘴唇翕动，最终还是咬牙回答道："是。那件作确实是二舅带走了，可……可我们还没来得及盘问，他就……他就死了……"

"死……死了？"傅官熙有些傻眼了。

父亲的死已经是个意外，而后又得知父亲极有可能是被谋杀的，这已经足够震惊他的心神。没想到追踪过程中，唯一知道线索的件作老耿头，竟然也死了！

相较之下，父亲之死没有那么真切。而老耿头可是傅官熙亲自追查的目标人物，他突然就这么死了，又如何让傅官熙不吃惊？

"怎么死的？你们拷问他了？"傅官熙这么一说，三哥赶忙摆手否认:"话可不能乱说!

"我们只是让二舅接他回来,问他一些问题。并没有威逼他,更没有严刑拷打。只是前半夜突然发生了些意外,老耿头便死在了意外之中……"

傅百熙是否矢口否认其实已经没有那么重要了。因为傅官熙已经坚定了自己的想法,眼下不管是哪一方,不管他们说什么,自己都不会轻易相信,除非是自己调查验证得出的结论。

但随着仵作老耿头的死,这桩事就变得更加复杂了。

第十一章　杀人灭口

仵作老耿头的死,给傅官熙带来了极大的震撼。

虽说在陆军士官学校也经历过不少大场面,但他打小养尊处优,何曾如此近距离地接触过死亡?

偏偏此事又关乎父亲的死因。既然已经打探出消息,傅官熙也万不可能轻易放过。

"三哥,你们后来又是如何处置的?"

"处置什么?"傅百熙有些疑惑,而后恍然,"你说老耿头的尸身吗?这个……"

看着支支吾吾的兄长,傅官熙也是心头一紧:"不会还放在家里吧?"

傅百熙面露难色:"毕竟是个人,又不是一床破棉被或者一只死狗,总不能胡乱丢到山沟吧?"

傅官熙沉思了片刻:"带我去看看。"

"什么?"傅百熙一脸难以置信。

若非实在不得已,傅官熙也不想沾碰这个晦气。但他好歹在陆军士官学校进修学习,多少还有些侦察能力,若是能看出些眉目来,也不至于像现在这样毫无头绪。

傅百熙盯着自家弟弟许久，见傅官熙面色严肃，不像开玩笑，也只好叹了口气道："此事可大可小。若是传出去，会带来天大的麻烦。这老耿头举目无亲、孤寡一人，咱们只消处理得稳妥些，决计能神不知鬼不觉。"

傅百熙说到此处也不再多言，而是告诫弟弟说："带你去看可以，切莫把事情泄露出去……"

也无二话，傅官熙跟着自家兄长就来到了后院的地窖。

这地窖原本是存放食物的地方，平时里头全是一些大白菜和肉食。这里温度极低，尸体保存在里头，倒不怕腐坏，就是想想就瘆人，也亏得他们将食物全都搬走了。

老耿头已经冻得僵硬，也无法从尸僵推断死亡时间。不过他脖颈处的勒痕清晰可见，并无八字不交的痕迹，而是环状勒痕，可以推断是被人用绳索勒死的。

"知道这件事的都有谁？"无法通过尸体勘验找到线索，傅官熙也只能走盘查这条路子。

"我、大哥、二哥、舅舅、马夫刘二冷。"傅百熙也不再隐瞒，老老实实交代清楚。

这地窖位于傅家内宅后院，极其隐秘。而且老耿头掌握着傅淳风死亡的重要线索，是个要紧人物，所以地窖一直上锁。

也就是说，寻常人没法进来杀人，凶手只可能是他们其中的一个。

但无论是谁，都足够让傅官熙感到心寒，甚至有些悲愤。因为兄长们的所作所为非但牵扯到父亲的死，并且现在还干出了杀人灭口的事情。

傅官熙不是长子，在兄弟四人中的地位也最卑微，在这大宅门里并没有感受到太多的温暖，但自问这个家还是不错的，如今发生的事却是彻底颠覆了他的看法。

按说刘朝东的嫌疑最大，因为他掌管钥匙，随时可以进来。不过地窖并非只有一把钥匙，其他人也可以通过厨娘等渠道搞到钥匙。如果明目张胆地去排查，事情会闹大。

但刘朝东那样的性子，真的会凶残到杀人灭口吗？如果嫌疑落在刘朝东身上，那么害死父亲的凶手最有可能的就是长房大哥傅文熙了。

只是说到杀人这种事，在外头闯荡出江湖凶名的二哥应该是没有太大心理障碍的，最能下得了手的应该是二哥。倒是三哥傅百熙，平素里吊儿郎当，不像是会杀人的主儿。

当然了，这些都只是傅官熙自己的推测，是建立在他对各人的认知基础上的，没有实质性的证据支撑，也就作不得准。

"到底是谁杀了老件作……"傅官熙心里不断寻思推敲。至于老件作到底掌握着什么秘密，反倒已经不太重要了。

因为老件作被灭口就足以证明，父亲傅淳风的死绝不简单。只要查出杀人灭口的凶手，一切也就清楚了。

"把大哥他们都叫来吧，我有话要说。"傅官熙这么一说，傅百熙也有些愕然，这就要摊牌了？

他倒是想劝，只是不知为何，总觉得这个弟弟去士官学校读书之后，总有一股子难以抵挡的威严。

傅百熙很快就将两位兄长和二舅刘朝东都找了过来。几个人明争暗斗，自是没什么好脸色。矛盾其实主要集中在大哥和二哥的身上。

傅官熙是幼子，母亲又只是小妾，本没什么话语权。但他把若尾美子带回家，大哥没法忽视这一点；而二哥需要拉拢他，以抗衡大哥和三弟的联盟。如此一来，傅官熙反倒成了关键人物。

"事情很明显，你们当中有人杀了老件作灭口。我想你们也不可能承认。我只是希望这件事到此为止，不要再有人受害，更不能伤及傅家的人。

"老件作虽然是个孤家寡人，但到底是无辜的。如果有一天事情水落石出，我不会包庇任何人。但目前我也没法找出凶手。我只想知道，父亲到底是怎么死的。你们只要能给我个答案，老忤作的事情我可以假装没看见。"

傅官熙知道自己的话语权有限，如果将他们逼迫得太急，把自己看得太重，反倒适得其反，所以眼下也只能事急从权。

他不是什么正义使者，但老忤作确确实实是个无辜之人。这样的事情，但凡良知尚存，都没法去漠视。

"你们有什么想说的，可以私下找我，我可以替你们保密。不过明天必须让父亲风光大葬，莫让人看了傅家的笑话。至于家产，我不争，也希望你们不要争；但你们执意要争，我也不会阻止，只是不要闹得太难看，不能让父亲死后不得安生。

"我只有一个心愿，那就是保全傅家、保全父亲留下来的一切。谁与我同心，我就帮谁。话已至此，诸位哥哥各自权衡吧。"

傅官熙一气说完，也不等他们开口，便离开了地窖。

虽说话都已经丢了出去，但心头无论如何都没法畅快起来，总觉得老忤作的冤魂正在傅家大宅的某个角落里哭泣，等待着有人替他讨一个公道。

用力摇了摇头，努力将这些杂念排除，傅官熙不由自主地走到了父亲的主宅这边。

虽然生怕睹物思人，但两条腿带着他来到了这里，傅官熙也就推开了房门。

房中的角落里放着一个小木马，那是父亲专门给他做的。抚摸着光润如玉的马背，傅官熙终于接受了父亲死去的事实。他埋着头，默默地抽泣起来。

第十二章　秘密暗阁

在父亲房中哭了一阵，傅官熙很快就平静了下来，因为眼下不是伤感的时候。

大哥他们现在之所以有所忌惮，是因为他们没有找到父亲秘藏着的账本。如果自己能率先找到，那就掌控了一定的话语权。

念及此处，傅官熙便四处扫视。很显然，这个房间早已被翻找了无数次，大哥他们没有放过任何角落。

这么多儿女当中，傅官熙是幼子，也是与父亲相处最多、关系最亲密的一个。对于父亲的房间，傅官熙才是最熟悉的那个。

大哥他们掘地三尺，傅官熙也一度认为，父亲不会把账本藏在这个卧室之中。

但又一想，卧室是最私密的地方。如果有什么要紧物件，父亲大概率会藏在卧室。因为无论是家族的商行还是钱庄的保险柜，都并不可靠，毕竟生意上还有刘朝东等人插手。

也就是说，父亲其实并不信任他们之中的任何一个人。

"那么账本会藏在哪里呢……"傅官熙坐在小木马上，闭上了眼睛，过往的记忆不由自主地翻搅起来。他尽力控制住伤感的情绪，带着理性，思考着可能隐藏账本的地方。

床底、衣柜，这些地方早已被兄长们翻找过，甚至连地板都被撬开过。这真的是掘地三尺，半点都不夸张。

也不知过了多久，傅官熙突然睁开双眸，走到了卧室左侧的墙边。那墙上挂着一把黄铜算盘，是父亲年轻时候闯荡江湖用过的算盘。

犹记得小时候，父亲给他做了一把木头驳壳枪。傅官熙喜欢得不得了，整天炫耀，拿着木头枪四处追赶小伙伴。

直到三哥把他的木头枪给踩坏，他才哭着来找父亲修理，却发现父亲在午睡。而当他爬上床之时，却意外发现父亲的枕头边上，放着一把真正的驳壳枪！

他永远忘不了那把枪散发出来的铁腥气、火药气，和那股子独特的机油气味。

那时父亲突然醒来，差点把他掀下床。傅官熙被吓得直哭，父亲却没有立马抱他，而是取下黄铜算盘，打开了墙上的暗阁，将手枪藏好，这才过来抱起傅官熙。

当时傅官熙年纪尚小，父亲又严厉告诫，加上他当时被吓坏了，不断哭泣，这件陈年往事他也就慢慢忘了。

若非睹物思人，他今日怕是也想不起这段尘封的记忆。

傅官熙触电一般跳起来。他取下算盘，在墙上细细触摸，果真在墙面上摸到了一道缝儿，往下一摁，咔嗒一声，暗阁露出，暗阁上面是黑色的铁板，铁板上还有一个钥匙眼儿。

傅官熙循着记忆，端详了算盘好久，终于找到了机关。他将算盘的一根铁杆儿拔了出来，铁杆头果然扭成了麻花儿一样。照着钥匙眼儿捅进去，用力一拧，听得咔嗒一声响，铁板果真被打开了！

强忍心中狂喜，傅官熙将暗阁中的物品细细翻看了一遍，果真找到了那本生意账本！

账本上不光记录着家族在各地的产业，更多的是那些见不得光的生意，以及各地的联络人和秘密生意的掌柜们！

傅官熙呼吸急促，不断翻看着账本，脸色也渐渐凝重了起来。

因为他发现了一个天大的秘密！

外界一直在传说，父亲跟南京政府做生意。事实上不少明面生意也确实与汪伪政府有往来，傅官熙也信以为真。

可直到看了账本，傅官熙才知道，一直被人戳脊梁骨、咒骂是汉奸、二鬼子的父亲，竟然一直在暗中资助共产党！

这账本里分明记载着，父亲从日本的大阪第四师团购买了不少淘汰武器和弹药以及药品等军用物资，明面上输送到了汪伪政府的手里，但父亲却暗中克扣了很大一部分，通过地下秘密渠道，输送到了共产党的大后方！

傅官熙彻底震惊了。

他与大哥他们一样，都想维护傅家这个大家族。不管是重庆政府还是南京政府，抑或共产党，只要是中国人，谁主宰这个国家，他们都不太在乎。只要不是日本人，就没有任何问题。

所以父亲和汪伪政权做生意，挣日本人的钱给中国人用，他们并没有意见，也并不觉得丢人。但被人骂成汉奸和二鬼子，却成了他们心中的一根刺。

直到今夜，他找到了账本，才知道原来父亲并不是传闻中的汉奸，反倒是行走在黑暗中的大英雄！

傅官熙的内心充满了震撼。傅家能够延续至今，各代家主都是审时度势的高手，总能做出最正确的投资，总能选对该站的位置。

傅家本来就是大清富察氏的后裔，支持国民政府，而后支持重庆政府，这些都理所当然。父亲怎么就选择了共产党？这是傅官熙无论如何都想不明白的。

"难道说，父亲的死与这个有关？"傅官熙不得不做出这样的猜测来。

账本实在太厚，时间有限，傅官熙也不好再细看。他想了想，还是将账本放回到了暗阁里。

因为相比之下，这个暗阁比他的房间更加安全，大哥他们已经搜找过这个卧室，应该不会再来翻找。

除了账本，暗阁之中还有父亲那把驳壳枪。傅官熙想了想，到底是禁不住诱惑，将驳壳枪藏在了腰间。

眼下是特殊时期，老件作被杀之后，危机感也是潮水一般袭来。傅官熙不敢保证那几个哥哥会做出什么事来，这把驳壳枪用来防身，倒也不过分。

正打算关上暗阁，傅官熙又发现了一样东西。

那是一本巴掌大的笔记本，翻开一看，里头全是生僻陌生的符号，再翻下去，却是中文单字的翻译。

"这……这是密码本！"

也亏得傅官熙读的是陆军士官学校，对谍报人员的密码本并不陌生。

彼时的电报机用的是电波传报，只要调整到相同的频道，任何收报机都能收到敌人发报机的情报，除非对方用了德国生产的加密机，否则都能接收到对方的情报。

但是得拥有对方的密码本，才能破译接收到的情报。这密码本就像打开电波情报的钥匙。

敌人用密码本将情报转换成电波信号发送出去，没有密码本的话，是无法将电波信息转换成文字情报的。

地下的秘密生意、驳壳枪、密码本，所有的这一切都让傅官熙感到迷雾重重。

他是所有儿女之中与父亲最亲近的，也该是最了解父亲的一个。可此时的他却发现，自己对父亲同样一无所知。

第十三章　深夜枪声

从父亲的卧房出来之后，傅官熙并没有半点欣喜，反倒更加压抑。偌大的宅院变得极其陌生，又极其阴冷，像闯入了一座荒废几十年的老宅院。

母亲给他留了饭菜，就放在炉子上，热腾腾的。若尾美子正在与母亲聊着各地风物，前者时不时发出艳羡的惊呼。母亲尚在服丧，虽然没有笑容，但气氛也非常轻松。

她们也没有询问傅官熙今日之事，若尾美子还陪傅官熙喝了两杯酒。母亲察觉到儿子心事重重，就领着若尾美子去了客房，给傅官熙留出了单独的时间和空间。

喝着闷酒，傅官熙一直在等待。

他希望兄长们能给他一个交代。他听着门外的动静，期盼着脚步声临近。可惜，直到炉火暗淡，也没人来敲门。

无论知晓秘密的是谁，兄长们并不打算向他坦白。如果此事到此为止，未尝不是好事。

当然了，如果傅官熙没有发现父亲的秘密，这应该是一个不错的结果。

但现在，傅官熙必须继续追查下去。他必须查清楚，否则傅家永远处于悬崖的边缘，刀剑悬于顶也全然无知，不知何时就会覆灭。

眼下重庆政府正在大肆搜捕和刺杀共产党人，汪伪政府更是如此，日本人就更不必提。

父亲与共产党人的联系是非常密切的，有了这层关系，必然会牵连到傅家。甚至于杀害父亲的凶手，极有可能已经知晓这个秘密。

若果真如此，那么傅家此时已经走到了悬崖的边缘。兄长们如果知情，或许还能提前应对。

如果他们只顾着争夺家产，对这幕后的秘密一无所知，那才是真正的凶险。

夜色更深了，外面不知不觉下起了小雪。傅官熙盖上了炉子，打算回房歇息。正当此时，却有一道人影一闪而过！

下意识地摸了摸腰间的驳壳枪，傅官熙屏住呼吸，轻手轻脚追了上去。

虽然在日本只是为了镀金，但傅官熙好歹是学了不少东西。在这兵荒马乱的年代，追踪和侦察以及格斗、射击等，这些都是保命杀敌的硬本事，他是无论如何都不会丢下的。

第十三章　深夜枪声

得益于此，他轻松地跟了上去。那黑衣人很快就来到了后院的地窖，对内宅的路线竟一点都不陌生。

看来这是要处理老仵作的尸体了！

这人的目的性实在太强，直奔着地窖而去，根本不需要太复杂的分析。傅官熙也有些激动，只要能抓住这个人，应该就能够揭开凶手的面纱了！

若是等那人进入地窖，自是可以瓮中捉鳖。但此人身手不凡，又可能带有武器，跟他进入地窖，只怕会遭到伏击。

眼看着那人取出钥匙马上要打开门，傅官熙到底是忍不住了，掏出手枪来，咔嗒一声扳动击锤，朝他大喝道："别动！否则开枪了！"

黑衣人顿时僵住了身影。很显然，他对枪械足够了解，只是听声音，就知道傅官熙没有吓唬他。

"举起手来，慢慢转身！"傅官熙呼吸急促，心怦怦直跳。虽然他没有忽视操练，但到底没有实战经验。

毕竟是夜间，雪花又纷纷扬扬，傅官熙也没能看清楚对方的脸。若非走廊处还留有电灯，还真就看不清他的身影。

走近了两步，傅官熙才发现对方竟然蒙住了脸，又喝道："摘下面纱！"

那人慢慢放下手，绕到脑后。本以为他要摘下面纱，谁能想到他闪电般地抽出后腰的手枪，抬手就是一枪！

叭！

枪口的火光并不刺眼，傅官熙却如同被踩了尾巴的猫，不是跳起来，而是双腿发软，趴在了地上！

子弹擦过他的头皮，打在廊柱上，击得墙皮四处溅射。

傅官熙心头狂跳，头脑空白。毕竟第一次与人对枪，这与学校里的操练和演习根本就是两码事。

趴在地上之后，他也安心了不少，看到那人逃走，也抬手回了一枪。

叭！

虽然早已习惯了手枪的后坐力，但事发突然，光线又不好，能见度也差，准头上自是拿不住。

傅官熙本不作侥幸之想，谁知那人竟如木桩一般往前扑倒。

"打中了！竟然打中了！"

傅官熙颇有些瞎猫碰着死耗子的欣喜，赶忙从地上爬了起来，往那边快步跑去。

此人是揭开父亲死因的关键，如果被打死了，可就白忙活了。趁着还有一口气，必须从他嘴里问出些什么来。

傅官熙双腿发软，连滚带爬地奔过去，伸手想要将那人翻个面儿。谁知道那黑衣人突然翻身，黑洞洞的枪口对准了傅官熙！

"遭了！中计了！"傅官熙头皮发麻，感觉判官已经将自己的名字写在了生死簿上。

叭！

一阵剧痛，耳朵嗡的一声，傅官熙头疼欲裂，整个人倒了下来。他什么都听不到，短暂的黑暗之后，他又恢复了视力。

没死！他还能看见！

子弹从他耳边擦过，打掉了他的耳垂，侥幸保住了性命！

此时他才发现，黑衣人正与一人扭打在一处。黑衣人的手枪落在了一旁，而雪地上还插着一柄飞刀。

"是二哥！"

关键时刻，二哥傅武熙用飞刀扎中了黑衣人的手，否则这一枪可就要了傅官熙的小命了！

两人此时扭打作一团。傅官熙头晕目眩，如何都站不起来，只能在雪地里摸索自己的驳壳枪。但越是着急，越是找不着。

眼看着那人将二哥压在身下，顺手摸到了那柄飞刀，正要将飞刀刺入二哥的胸膛！

第十三章　深夜枪声

傅官熙终于激发出潜力，摸爬过去，捡起了黑衣人的鸡腿撸子！

这是南部十四式手枪，是日军配发的制式武器，设计于大正十四年（1925），也叫王八盒子，是傅官熙最了解的枪械之一，也是教官们讲解最详细的武器之一。

拿到了这把手枪，傅官熙的底气就上来了。只是为了避免误伤二哥，他还是往前扑了上去，随即枪口顶住黑衣人的后肩，果断扳动了扳机！

叭！

一声枪响，黑衣人的手无力垂落，飞刀掉落在二哥的脸旁。与此同时，黑衣人后肩上出现一个枪眼，而左前胸则炸开一个血洞，鲜血喷了二哥傅武熙一脸！

二哥用力一蹬，黑衣人翻落一旁，生死不知。傅官熙整个人彻底虚脱，瘫倒于地。

然而二哥却捡起了飞刀，照着那黑衣人的脖颈便扎了下去！

"留活口！"

眼看着到手的线索就要中断，傅官熙心头大震，赶忙出言制止。

第十四章　二哥救急

二哥在紧要关头救了傅官熙的小命。这到底是恰逢其会，还是早有所谋，傅官熙已经没时间去深思，更没有这个必要。

但这黑衣人深夜潜入，目标直奔老件作的尸身，必然与凶手有着莫大关联。眼见就要揭开疑云，二哥傅武熙却要杀掉这黑衣人，这就很值得怀疑了。

到底是哪位兄长杀掉了老件作，傅官熙心里也没底。但这到底是让他没法接受的事情。

如今二哥当着他的面，竟要对黑衣人下杀手，这无异于又一次杀人灭口！

黑衣人已经没有了反抗能力，二哥却急着要杀掉，只能说明他不想让黑衣人开口。

傅官熙也顾不得这许多，提起一口气，冲过去将二哥撞飞到了一旁。

"二哥！"

到底是生死攸关、劫后余生，傅武熙也渐渐冷静了下来。

傅官熙也无二话，刺啦一声便将黑衣人的面纱给扯了下来。

"这……这又是什么人？"

这人也就三十来岁的样子，脖颈处有一道被割喉的刀痕，如同丑陋的蜈蚣，看起来也是触目惊心。此时这人已然死透。

二哥之所以动手，想来是清楚此人身份。傅官熙断然不会放过这个机会，目光冰冷，死盯着自家二哥。

傅武熙迟疑片刻，到底还是开口道："他叫立花千门卫。"

"日本人？"

傅官熙也是心头发紧，顿时想起了父亲暗藏的账本和密码本。

"难道说……难道说就是他害死了咱爹？"

傅武熙沉默不语。傅官熙怒火满腔："二哥你清楚内情，对不对？你分明知道是他害了父亲，你为什么要瞒着我们兄弟几个？"

傅武熙抹了一把脸，朝傅官熙道："你又是怎么回事？"

"什么？"傅官熙也有些蒙了，怎么就扯到自己身上了？

傅武熙指了指掉在雪地里的那把驳壳枪，也不多说半句。很显然，他也认出了这是父亲的枪。

也就是说，他知道傅官熙已经找到了账本！

事到如今，账本已经是小事。傅官熙一把扯住了二哥的领子，怒问道："我只问你，父亲的死，跟你有没有干系？"

他的眼睛充血，如同愤怒的公牛。傅武熙也被吓到了，毕竟傅官熙这个幼子打小就软弱，不争不抢。不过他与父亲感情甚笃，这是他们几位哥哥都无法否认的。

"你先回去吧，我得处理好眼前这场面。被日本人的特务发现，咱们傅家可就真的完蛋了……"

"除非你跟我说清楚！否则……"傅官熙自是不愿走。

傅武熙也是一脸冷峻："你不是口口声声想保住父亲留下来的傅家吗？这个节骨眼儿上怎么就不分轻重？给我滚回去，我会向你说清楚的！"

傅武熙毕竟是杀气很重的一个人，威严一旦释放出来，没有几个人能抵挡。傅官熙看着二哥的眼神，也知道他说话算数。再者，现在已经发生了这么多事，二哥就算想隐瞒也瞒不住。他捡起雪地里的枪，回到了自己的房间。

一路上，被枪声惊醒的家人们很快赶到，纷纷往这边围拢。为了保密，傅官熙也是将大哥和刘朝东等人一一打发了回去。

想要睡着是不太可能，傅官熙坐在房里，也在不断推想着事件的来龙去脉。

其实也没有想象中那么复杂。

父亲傅淳风的地下生意是资助共产党，得罪了汪伪政权和重庆政府这是毋庸置疑的。而他的物资来源是日本的大阪第四师团，日本人若是发现了父亲的秘密生意，杀掉父亲也在情理之中。

如今要考虑的是，二哥傅武熙在这当中到底扮演了什么样的角色。如果真是他害死了父亲，自己又该如何面对这个哥哥？

他不知道二哥会如何处置那个日本特务的尸体，或许二哥会连老作作的尸体也一并处理掉。傅官熙只知道天微亮的时候，二哥终于敲开了他的房门。

只是过了两三个小时，二哥却好像思索了许多，整个人显得如此疲惫，看着仿佛苍老了许多。

炉子上铁壶里的水咕嘟咕嘟响着。傅官熙给二哥泡了一碗茶，是二哥常喝的苦丁茶。

吹都没吹，二哥便将一碗茶给饮尽，身子顿时暖了，人也平静了下来。

只是他嘴唇翕动，却无论如何都开不了口，就好似自己的一世英名毁于一旦，羞于在弟弟面前开口。

"二哥，我只问你，父亲的死，跟你有没有干系？"

傅武熙赶忙摇头，但很快又垂下了头。

"二哥！你知道的，如果你害死了父亲，我是不会放过你的！"傅官熙目光凌厉。

傅武熙长叹了一声，终于抬起头来，朝傅官熙道："跟我走。"

也没等傅官熙答应，他已经抬脚出了门。傅官熙刚要跟上去，想了想，又回头去将枕头底下的驳壳枪给带上了。

傅官熙不愿意这么做，但二哥对那个日本特务没有半点留手，他又是闯荡出赫赫凶名的江湖人，如果真要把他这个弟弟灭口，自己好歹得有个自保的手段。

出了大宅，天际发亮，张六弦已经站在车边等了许久，想来二哥早已做好了打算。

上了车，三人一路无话。傅官熙几次三番想开口，终究是被这压抑的气氛影响，将话憋了回去。

车子一路往北，出了城，乡道越发崎岖，车里颠簸得很，沿途都是挂满了雾凇的林子，积雪也越来越厚。

约莫大半个小时，车子终于开不动了，前面是子龙山，只能步行。

对于这座山，傅官熙半点也不陌生。因为当年的马贼就是盘踞在子龙山上，作乱一方。直到后来，二哥傅武熙背着那杆大枪回来，没几天就组织乡勇闯上山，听说把马贼彻底打跑了。

二哥常年练武，身子骨硬实得紧，雪地里跋涉不在话下。傅官熙虽然养尊处优，但毕竟在士官学校整日操练，也足以应付。

让人意外的是，看上去弱不禁风的张六弦，走起来也并不吃力。他轻车熟路，估摸着经常造访此地。

据说当年马贼曾在山上杀了不少人，全都丢在山上了，所以这里一度成为孩子们的禁地，便是大人也鲜有涉足。

二哥为何要带他来这里？这与那个名叫立花千门卫的日本特务有什么关系？与父亲的死又有何联系？

第十五章　马贼营寨

傅官熙没来过子龙山，也不知旧日的情景如何，今日才看到这里并未如何破落。到得前头，便见到了山寨的营栅和拒马，虽然半埋在雪中，但仍旧散发着铁血气息。

仿佛置身于旧时的演义小说之中那般，傅官熙也变得更加小心。然而二哥傅武熙和张六弦却显得很是轻松，尤其是后者。

到了营寨前头，左右突然跳出两个莽汉，手里是旧式的汉阳造步枪，看起来有些年份了。

"团长！"此二人见是傅武熙，当即行了个军礼。

傅官熙满心震撼。他毕竟是士官学校毕业，自然明白团长二字的含义。

"这……这是二哥的人？"

此地如今是伪满洲国的"统治区"，并没有其他武装力量的存在。那么很显然，二哥傅武熙把这座营寨攻破之后，在这里建立了自己的武装力量！

他早知道二哥是个枭雄，却从未想过，在家里过着低调生活的二哥，竟悄摸摸建立了自己的营团！

"进去再说吧。"

傅武熙没有回军礼，明显可以看出他甚至有些反感这样的礼节。

入得聚义厅，没见着白虎座椅，墙上倒是挂着一张东北战区的战术地图。大厅中间是个沙盘，上面插着黑白红三色的小旗子。

傅武熙环视了一圈，请弟弟傅官熙坐下。不多时，一个中年人带着一个毛子走了进来。

"武熙同志，辛苦你了！"中年人穿着一身发白的旧军装，没有肩章，也没有番号，头戴一顶狗皮帽，显得不伦不类。但那毛子却穿着皮夹克，脚踩雪地靴，腰间挂着手枪，高昂着头，用下巴和鼻孔看着傅武熙兄弟俩。

"杨政委，这位就是胞弟傅官熙，刚从日本回来，陆军士官学校毕业。"

中年人扶了扶眼镜框，快步走过来要握傅官熙的手，后者却下意识地退了一步。

"哦，是我唐突了。我叫杨军武，是东北抗日联军第一独立师的政委。傅武熙同志建立了咱们鹤梨县的武装力量，我与苏维埃的巴可洛夫同志，是过来协助武熙同志开展抗日和革命斗争工作的。"

"共产党？"傅官熙也是诧异万分。没想到这么个小地方，又是伪满洲国的腹地，竟会出现共产党！

至于那个名叫巴可洛夫的毛子，傅官熙倒是半点也不奇怪，因为东北地区的毛子实在太多，他早就见怪不怪了。

傅官熙虽然内心震惊，但对这些并不感兴趣。他只想知道二哥到底跟父亲的死有没有关系。

"二哥，你带我来这里是什么意思？"

傅武熙紧抿着嘴唇，默不作声。倒是杨军武走到前头来，掏出烟丝，娴熟地卷了根烟，递给了傅官熙。

"官熙同志如果不介意，我可以给你详细讲一讲。"

傅官熙没有接卷烟，只是冷淡地回了一句："我不是你的同志，也不是这个毛子的同志。"

杨军武并不气恼，只是笑着说："志同道合就是同志嘛。日寇侵略我大中国，是整个华夏民族的敌人。只要是有志抗日的，都是我们的同志。"

傅官熙眉峰紧皱，摇头说："我没打算抗日。就算要抗日，也不是你们的同志。蒋介石也抗日，又不是独你一家。蒋介石还有美国人资助，你们能靠谁？靠这个毛子吗？"

杨军武的脸色顿时一变，但很快就恢复了常态："咱们还是求同存异吧。蒋介石要是不打自己人，那也可以是好同志。大家都是为了保家卫国，只要奔着这个目的，何愁日寇不灭？这一点傅四公子总没有异议吧？"

杨军武倒是个好脾气。伸手不打笑脸人，傅官熙到底是取出自己的烟盒，递了一根纸烟给杨军武。后者笑了笑，抬手婉拒，点燃了自己的卷烟。

傅官熙又将烟递给了巴可洛夫。后者接过烟，擦着火柴先给傅官熙点烟，而后用东北话朝傅官熙说："以后别一口一个毛子了。你的性格不好，嘴也臭，但我相信你以后会是个好同志的。"

傅官熙听得此言，也是哭笑不得，朝二人说："二位，我现在不想谈国家大事，只想跟我二哥谈点家里的私事。劳烦二位回避一下可好？"

杨军武接过话头说："傅淳风是咱们的好同志。他不计个人名利，背着汉奸的名头也要为抗日事业做贡献。他的事是你们的家事，是私事，但对我们来说是公事。还是我来解释吧。"

杨军武这么一说，傅官熙看了看二哥，也就不再反对。

"请坐。"

傅官熙坐了下来。杨军武说："其实傅淳风同志一直在为我们抗日联军搜集紧缺的物资，也为大后方的同志们提供后勤保障……"

杨军武一边说着，一边偷偷观察傅官熙的反应，接着说："看来傅四公子也并非毫不知情……"

傅官熙不置可否，后者又继续说道："傅武熙同志在子龙山建立了个人武装。我们收到消息之后，就想通过傅淳风同志做一下他的思想工作。毕竟团结力量大，要是子龙山能加入独立师，必定能够壮大东北抗联的武装力量……

"只是武熙同志也有个人的一些考量，所以一时半会儿没能坐到一起，很遗憾也没能达成共识……

"说来也是怪我们工作不够缜密，在和子龙山来往的过程中被日寇的特务抓住了破绽，泄露了傅淳风同志的秘密身份，才引来了日寇特务的刺杀……"

"所以，我爹是被日本人暗杀的？"傅官熙腾地站了起来，烟嘴儿都掐断了。

"这个……"杨军武欲言又止。

"这件事其实怪我。如果不是我执迷不悟，爹也不会被日本人谋杀……"傅武熙终于开了口。

傅武熙一脸愧疚和痛苦。

"当初攻破营寨之后，里头有些马贼本性不坏，又没个生计，无处可去。他们推举我做当家的。我考虑着保护傅家，就让他们留在子龙山。谁承想他们不断拉拢兄弟，堂口也是越做越大……

"我寻思着日本人四处耀武扬威，咱们有人有枪，也不是坏事，也就暗地里资助子龙山。没承想引来了汪伪和日本间谍的觊觎……"

傅武熙说到此处，也是双眸喷火，难以压抑心中的愤怒。

第十六章　个中隐情

二哥傅武熙将这些过往娓娓道来，傅官熙也没想到事情的经过会如此波折。

汪伪政权和日本人想拉拢子龙山的武装，还给二哥开出了极其诱人的条件，甚至允许他"划地为王"，永镇鹤梨城。这对于傅武熙的诱惑是极大的。

然而纸包不住火。更何况父亲傅淳风才是真正的"地头蛇"，方圆百里的事情，根本就瞒不过他的眼睛。

父亲劝说傅武熙加入抗联，甚至还私自联络了杨军武，让他来子龙山做政治指导工作。

但傅武熙坚持认为，枪杆子只有捏在自己手里，才算是真正的安全。这里是伪满洲国的腹地，共产党的势力根本无法作为，子龙山反倒发展得挺好。

父亲越是劝说，傅武熙就越是反感，甚至已经开始暗中与汪伪和日本人的特务进行联络，还商谈了条件。

他们约定了下一次商谈的时间地点。但谁又能想到，日本人此举不过是为了引出傅淳风，借机对他下手。

傅武熙在不知情的情况下，就这样成了"帮凶"。他又担心事情败露之后，傅文熙和傅百熙不会原谅他，担心家族的内斗会令傅家四分五裂，最终父亲的遗产不但保不住，反而给傅家带来灭顶之灾。

他将子龙山的人全都派遣出去，四处搜寻日本枪手的下落，想要为父亲报仇雪恨。而傅文熙和刘朝东等人则不断追查，查到了老仵作的头上。

关键时刻，日本人又把老仵作给杀了，想要挑起他们兄弟间的内斗，以此来分化他们，趁机震慑和收服傅武熙。

傅官熙听完了兄长的讲述，也是久久无法平静。杨军武或许并不让人喜欢，这个人多少给人一种虚伪的印象。毕竟泥人尚有三分火气，他却能如此心平气和，未免太假了一些。

但有一件事他并没有说错，那就是日本人才是中国人的大敌，所有中国人在这个问题上面，都应该是站在一起的。

就像二哥傅武熙，他想"占山为王"，他想让傅家永远成为鹤梨城的"霸主",所以他不愿带着武装力量投靠任何一方。

可当他知道了父亲的真实身份,知道了父亲为共产党所做的一切,眼下不也跟杨军武和巴可洛夫一起坐在聚义厅里头嘛。

"官熙,立花千门卫是日本人的特务。他曾经威胁过我,让我投降,老实做汉奸,否则不会放过我们傅家。我们家族上下几十上百口人,他们都要杀光,你让我怎么办?"

想当初,二哥傅武熙凭着一杆大枪横行北方,组织青壮乡勇就能把子龙山的马贼队伍打散,是何等威风。现如今,却被日本特务威胁,也是让人愤慨。

傅官熙有些不解:"这里是伪满洲国,日本人和二鬼子可以光明正大来打傅家,为什么要暗杀?"

傅武熙转头看向了杨军武和巴可洛夫。那毛子也不含糊:"我们的抗联队伍已经壮大起来,虽然战线隐秘,但力量并不弱。日本人如果敢动傅家,有子龙山里应外合,他们会吃亏的。"

傅官熙摇了摇头,因为这实在有些牵强,鹤梨分明已经在伪满洲国的"统治区"里,还会怕你们这些散兵游勇?

再说了,他不相信抗联会为了一个傅家而拼命,他们或许只是为了保住父亲与他们之间的生意罢了。

"这么说来,二哥是决意要加入抗联了?"傅官熙也谈不上失望,只是觉得这些人都讲什么大局为重,是不会让二哥擅自行动,替父报仇的。

傅武熙沉默良久,开口道:"四弟,我知道你读的是日本士官学校,我也知道你想去重庆政府谋职,我知道你更看好蒋介石……

"但我也希望你给杨同志一个机会,给共产党人一个机会。我早先也与你有一样的想法,可经历了这么多事……

"你在日本留学,根本不清楚家乡这几年发生了些什么。往后你会慢慢明白过来的……"

傅官熙突然感到有些累了:"所以,你想要跟大哥争夺家产,也是

第十六章　个中隐情　057

为了养子龙山，为了保住父亲和共产党的地下生意，对吗？"

傅武熙想要反驳，但最后还是选择了沉默。

"值得吗？"傅官熙忍不住问了一句。

傅武熙却正气凛然，抬起头，没有任何的回避，严肃地回答："四弟，想想父亲吧。他为什么要做这么大的牺牲？你可曾想过，父亲考虑过值不值得这个问题吗？

"你不是说想要守护父亲留下来的一切吗？那就加入我们吧！"

傅官熙看着突然变得慷慨激昂的二哥，又看着眼中满是赏识和欣慰的杨军武和巴可洛夫，心里觉得很是厌恶。

"我只想给父亲治丧，这些事情以后再说吧。"

傅官熙转身要走，傅武熙又追了上来："你是不是拿到了账本？能不能……"

傅官熙抬手打断了傅武熙的话。

账本掌握在自己手里，才能拥有主动权。他对共产党谈不上厌恶，对东北抗联也很钦佩。但现在傅家上下百来口人的命就捏在他的手里。

虽然傅武熙和杨军武信誓旦旦、言之凿凿，可谁也不敢保证，傅家是不是下一刻就会面临灭顶之灾。

他不能拿傅家所有人的命，来冒这个险。

他固然想过父亲的动机。但父亲不也只是暗中做着地下工作，从不敢正大光明地选边站吗？

更重要的是，傅官熙相信重庆政府一定会把汪精卫和日本人驱逐出去。因为蒋介石有美国人支持，他甚至能搞到德国人的武器装备，连军中的教官都请的德国人。重庆政府财力雄厚，无论是兵力还是其他方面，都有着碾压性的优势。

他傅官熙不能只凭着一面之缘，只凭着杨军武的好脾气，只凭着他们的只言片语，就把全族人的性命都交到对方的手里。

"那是父亲的账本，傅家也永远是父亲的傅家。父亲不在了，谁能保住傅家，我就支持谁；谁把傅家往火坑里推，我第一个不答应！"

傅官熙没有再多留，昂首走出了子龙山的聚义厅。

第十七章　警长吊唁

从子龙山回来之后，家里已经开始布置灵堂。大门前的牌坊都披挂白幡，长工和仆人四处奔走。刘朝东内外指挥、东西支派，不少乡亲也来帮忙做事。

傅淳风是鹤梨城的大地主，家里的佃农和长工短工实在太多。虽然老家主去世了，但为了讨好新家主，这些佃农都积极过来听候差遣。

人多好办事，丧事也很顺利，从别处延请的和尚道士都在灵堂里诵经念咒，气氛一下子变得很哀伤。

傅官熙本想着让父亲风光大葬，可看到现在这一幕幕场景，傅官熙心里却有些不是滋味。

人死如灯灭，父亲的音容笑貌犹在，而这些场景却又显得那么不真实。

大哥傅文熙和三哥傅百熙披麻戴孝，只是默默地坐在厅堂里，守着那口上好的楠木棺材。

看到傅官熙回来，大哥的眼神颇有些埋怨，有些欲言又止。估摸着他是想问昨夜里发生的事情，只是最后也没有开口。

傅官熙在母亲的帮助下披麻戴孝，若尾美子则在房中回避，没有参与到丧礼之中。直到吊唁的宾客陆续登门，若尾美子才在黑衣上别了一朵白花，戴着黑纱帽，加入到吊唁的宾客当中。

宾客里有富有的乡绅，也有清贫的佃农。十里八乡的百姓都过来帮忙了。

当然了，不少人是冲着丧钱来的。

像傅家这样的大家族，自是不缺钱。乡绅们会献上帛金，以及一些挽联等致哀吊唁之物。但寻常百姓过来参加丧礼，大户人家会发白封包给他们，里头的钱银多少，全看大户人家的财力和大不大方。

别的不说，单是那些争着来当抬棺杠夫的人，就排起了长龙。

若是别家，估摸着会开个粥棚子，借着这个机会布施乡里，为逝者积德，也为生人攒名声。

但傅家这样的底蕴，自然是直接发钱。

傅淳风背地里资助共产党，这是天大的秘密。在明面上，他跟汪伪政权做生意，从日本人手里买卖东西，汉奸的帽子是无论如何都摘不掉的。

老乡们当面不敢说什么做什么，背后却早已将傅淳风的脊梁骨都戳断了。

虽然他们都得了傅家不少恩惠，收成不好的年节，傅家会减租甚至免租。诚如早前所言，傅淳风并没做过为富不仁的事，倒是修桥补路建造庙宇之类的善事做了不少。

可即便如此，这些人前来吊唁，仍旧没有几个是真心实意的。

或许这也是傅官熙心里不是滋味的原因之一。

杨军武说得很对，在抗日这件事上，全中国人民的态度都是一致的，对待汉奸二鬼子更是如此。

他为父亲感到悲凉、感到不平，但又不能将真相公布于众，这种感受别提多憋屈了。

傅官熙心不在焉之际，礼宾司仪突然高声唱喏："张德山警长致联吊唁！"

大哥和三哥顿时抬起头来，眼中满是惊愕。

虽说双方平素也有往来，生意场上也有些不甚干净的地下交易，但张德山身为警察所的警长，这等场合是万万不会屈尊前来的。

更何况，几个人往外头一看，张德山身边还带着两个荷枪实弹的马弁。这哪里像私服吊唁，分明是外出公干。

迎宾司仪习惯性地给到访三人奉上白毛巾。张德山却一脸嫌弃，连脸都没擦,只是象征性地擦了擦手,就将白毛巾丢给了司仪,大步走了进来。

到了灵堂,他用手绢捂住口鼻,皱眉轻叹道:"好歹是号人物,这耽搁了几日,真是可怜。"

大哥傅文熙快步上前去,勉强笑着问候:"警长大驾光临,有心了。我兄弟几个记下这份情意了。还请警长稍坐。"

张德山抬起手来,打断了傅文熙的话头,有些冷漠地说道:"不必了。所谓死者为大,张某过来也是应个礼数。待我给傅老爷鞠个躬先。"

也无二话,张德山脸色肃穆起来,干脆利索地鞠了三个躬。因为时间短,那司仪连唱喏主持流程都来不及,也是让人傻眼。

鞠躬之后,傅文熙正打算带着两个弟弟来答礼,张德山却不给他们开口的机会。

"答礼就免了。张某人的私事已经做完了,这是对傅老爷的敬意。接下来该办公事了。"

"公事?"傅文熙一头雾水。傅官熙却有种不祥的预感,像万只蚂蚁在心上爬着一样。

果不其然。张德山扫了宾客一眼,稍稍抬头说道:"我们警察所接到密报,声称傅淳风是被人谋杀的,现在要把尸体带回去进行尸检。希望家属能够配合。"

"什……什么?"傅文熙登时傻了眼。

兄弟们争来争去,耽搁了几日,已经让人看了笑话。如今好不容易达成了共识,要将父亲风光大葬。这十里八乡的人都聚集到家里了,若是父亲被警察所带回去尸检,这不是天大的笑话嘛!

再者,父亲死因蹊跷,他们根本不敢张扬。若是让张德山带回去,事情可就彻底掩盖不住了!

"张警长……我们是家属,俺们老爹是病死的,不可能有人去举告啊……"

张德山抬手打断了大哥的话："说了是密报。这是警察所的公事，你们这些乡民又岂能知道里头的详情？不过你们放心，张某接了这案子，必然会还你家一个公道。"

傅文熙彻底慌了："张警长，民不举官不究，这是古往今来的规矩。我家无人举告，就根本没这回事。今日是先父出殡下葬的日子，眼看着吉时已到，还请警长高抬贵手……"

张德山却"一身正气""铁面无私"，朝傅文熙说："傅文熙，你也是出去做过生意的，可知你老爹跟咱们南京政府做生意？"

傅文熙脸色大变，而张德山的眼神却变得如刀子一般犀利，微眯着双眸，盯得傅文熙浑身发毛。

傅官熙看着这一幕，知道大哥应付不过来，当即走到前头，朝张德山说："张警长，死者为大，生意什么的往后可以再谈。虽然不知道是谁举告，但这到底是我家里的事……我们对父亲的死没有异议。还请警长高抬贵手，让先父入土为安。"

傅官熙此言一出，张德山的脸顿时拉了下来。

第十八章　盛气凌人

张德山看上去五十岁左右，矮胖身材，留着西式山羊胡，身上是德国皮质军大衣，站在那里颇有些不怒自威的气质。

听到傅官熙说话，张德山脸色顿时冷下来，瞥了傅官熙一眼："这位就是留洋日本的傅四公子？听说读的陆军士官学校，前途无量啊……"

傅文熙顿觉脸上有光，心里似乎也有了底气，许是以为张德山会看在这个分儿上，放了傅家这一回。

"是是是。还带回来一个日本女朋友，叔父就在山东省政府。往后也是要去走动走动的……"

傅文熙当即将若尾美子给抬了出来，还故作随意地指了指宾客中的若尾美子。

张德山往那边扫了一眼，意味深长。

傅官熙并不想借若尾美子的势，更不想躲在一个日本女人的身后。但张德山身为警察所所长，那是实实在在的"土皇帝"。如果他真要硬来，要把傅淳风拉回去尸检，傅家人还真就拦不住。

"我可听说傅家老四跟茶马商关家有一门娃娃亲，如今他又光明正大地带个女朋友回来玩耍。你们这些大户人家是真的让人摸不透啊！"

张德山如此一说，傅文熙也是满脸尴尬："婚约那都是长辈们的口头约定。现在的年轻人追求进步，讲什么恋爱自由。他们又都是出去喝过洋墨水的，长辈不在了，我们这些做哥哥的也不好太约束……"

"原来如此……我看着偌大的牌坊，还以为你们傅家是讲老规矩的书香门第呢……"张德山毫不掩饰嘲讽的语气。傅文熙脸上有些挂不住了。

张德山没有继续讥讽，而是转向了傅官熙："不过嘛……傅四公子出去太久了，本乡本土的规矩可以忘，但国法可不能忘了。身为警察所所长，除暴安良、维护法治，那可是张某人的职责所在。

"傅淳风是本土乡贤，又乐善好施，口碑极好。如今张某收到他被人谋害的密报，于情于理、于公于私都不能坐视不管。

"这样吧，我给傅四公子一个薄面——哦，不对，是给你女朋友那个山东省政府的叔叔一个薄面。就给你们一天时间，让你们做做面子功夫，明日我再来拉人回去尸检。"

若是今日把父亲的尸身当众拉走，贻笑大方不说，亡者也不得安息。虽说给了一天时间，但也只是让傅家当下不至于太难堪，到底还是要拉父亲去尸检。

傅官熙摇了摇头，坚决地回道："父亲的死没有隐情，不需要再立案调查。我不知道是谁举告的，但绝不是我傅家的人。我们身为事主，既然没有举告,就不会有案子,这也同样合情合理。

"张警长若是与我父亲有私交,便留下来喝杯酒。若只是为了公事,我傅家只能招呼不周了。"

傅官熙这番话很是硬气,但大哥傅文熙却脸色大变。因为他知道,张德山这样的土皇帝最是吃软不吃硬。真惹急了他,傅家怕是没有好果子吃。

"四弟,怎么跟警长说话呢!张警长这也是关心地方百姓,他是照章办事,咱们配合还来不及的!"

这么一说,傅文熙又转向了张德山,赔笑说:"警长,你与先父也是朋友一场。我家弟弟虽然不懂说话,但意思也确实是这么个意思。死者为大,入土为安。这件事情警长能不能网开一面?

"毕竟四弟说得也没错,不是咱们傅家人举告的,这件事就作不得数……"

张德山看着初生牛犊不怕虎的傅官熙,又看了看世故圆滑会来事儿的傅文熙,突然皮笑肉不笑地说:

"你们傅家人不举告,就不成案子了?如果谋害傅老爷的就是你傅家的人,那又怎么说?"

"什……什么?这……这怎么可能?!"傅文熙身子一僵,整个人都紧张了起来。

张德山如同老狐狸一般,眸光如刀,仿佛要洞穿傅文熙内心最深处的秘密。

"怎么?大公子这么紧张,难不成也知道些什么?不如跟我回警察所好好聊一聊?"

傅文熙适才的软弱全然不见了,仿佛换了个人一样:"张德山,我傅家在这里扎根了多少年,你应该比谁都清楚。当年要不是有傅家老太公提携你,你能当上警察所所长?

"这件事情没什么好查的。念在你与先父有交情,你最好就此作罢，尸检的事情不要再提了！"

傅官熙看着大哥短短几分钟内的转变，也是大吃一惊。这判若两人的态度和气质，完全颠覆了自己对大哥的认识。

傅官熙难免又想起了关于大哥如何智斗马贼的往事，想想大哥能屈能伸，也并非常人所能及。

早先放低姿态只是想息事宁人，可以说他为了能够解决问题，根本不在乎自己的面子。从这一点来说，大哥是个极其务实的人，也难怪父亲一直带着他做生意。

但放低姿态不代表软弱可欺。傅家在这地界的能力有多大，傅官熙没有一个明确的认知。但他毕竟是傅家人，多少还是知道一些的。

张德山不怒反笑，只是笑容很是阴狠："傅大少好大的气派。不过呢，张某好歹也见识过不少大人物，你这架子还不足以吓倒我……

"再说了，举告人的密报里说了，凶手可就是傅家的公子哦。是你傅文熙……"

张德山用手指点着傅文熙，而后笑容突然凝滞，又将指头转向了傅官熙："抑或是你傅官熙？"

傅文熙当即脸色煞白。

张德山这才露出得意的神色，拍了拍额头道："你看我，你看我，也是被傅大少逼急了。傅四公子一直在日本，是回来奔丧的，应该没有嫌疑才对……"

他又转向了傅文熙："这么说来，凶手就只能是剩下的三位傅家公子了。你说该不该立案，要不要尸检？"

傅文熙终于怒不可遏，紧握着拳头，目光凶狠地盯着张德山。

"张德山，我傅家今日给足了你面子，今日治丧，不与你计较。恕不送客！"

张德山也昂首挺胸，颇有些针锋相对的意味。眼看着双方冲突一触即发，傅官熙的心中也开始飞快寻思对策。

第十九章　一枚银圆

傅官熙虽然没有大哥那样的城府，但也是聪慧之人。从张德山的话语之中不难听出，这位警察所所长并非虚张声势，他是真的掌握了不少内情。

当然了，傅官熙也很清楚，张德山真正的目的绝不会是破坏丧礼，以此来踩踏傅家的尊严和名望。因为傅家在鹤梨的势力是有目共睹的，张德山虽然是警察所所长，但也不会愚蠢到真的把傅家给逼急了。

张德山是一头豺狼，而傅家是一头雄鹿。虽然豺狼的爪牙很锋利，但雄鹿一旦被逼急了，也是会踢死豺狼的。

张德山说得没错，傅官熙是傅家四个公子之中唯一没有作案嫌疑的。或许也正因此，傅官熙能够很快冷静下来，理智地思考问题。

张德山不是为了破坏丧礼，甚至并非真的要把傅老爷拉回去尸检，那么他的真实目的是什么？

作为汪伪政府的警察所所长，与他有关联的也只能是傅淳风掌握的生意渠道了。

傅淳风是汪伪政府和日本大阪第四师团的秘密生意联络人，只是傅淳风扮演了双面间谍的身份，在生意中偷梁换柱、暗度陈仓，将物资往共产党那边送。

能让张德山如此逼迫傅家的，想来只有这件事了。

想通了这个关节，傅官熙也就有了应对的底气。因为父亲的账本就在他的手里，父亲死了之后，没人比他更清楚这些东西。

"张警长，此事可大可小。毕竟只是举告，相信张警长也不是偏听偏信之人。以咱们两家的交情，张警长一定会还我傅家一个真相。"

傅官熙这么一说，张德山也哈哈大笑起来，甚至鼓起掌："有趣有趣,你们傅家的几个儿子,可都是人才啊……

"我本以为只有傅文熙能屈能伸,没想到傅四公子这么快就上道了。好得很,好得很啊!

"只是现在套交情会不会晚了些,傅四公子?"张德山故作玄虚,也是不想让人摸透他的心思。

不过傅官熙深知以不变应万变的道理。只要搞清楚他之所求,就能够投其所好,不管他如何阴阳怪气,也完全不必在乎。

"套交情永远都不嫌迟。张叔叔这个警长要一直当下去,父亲虽然不在了,但我傅家也一样倒不了。往后我们还是少不了来往,现在套交情正是好时候。父亲的离去,不会是终点,而是我们年轻一辈与张警长交往的新起点。"

"啧啧,喝过洋墨水说话就是好听。很好啊,你打算怎么跟我套交情?我可听说了,你们兄弟几个为了家产可是争得头破血流,否则傅老爷也不会等到今日才出殡哦。"

傅官熙呵呵一笑:"让张叔叔看笑话了。先前是兄弟几个没闹明白父亲的遗愿,眼下是清楚了,大家也就和好了。一世兄弟,争争吵吵在所难免,最后到底是一条心的。"

张德山饶有兴趣:"傅四公子挺会说话。就是不知道你家大哥同不同意你的说法,你傅四公子说话可作得数?"

张德山言毕,目光转向了傅文熙。后者脸色阴晴不定,心中很是挣扎迟疑。

他不是傅武熙,知道的内情其实没有那么多。他没有见到父亲的驳壳枪已经被傅官熙拿到了,也就是说,傅文熙并不知道账本已经到了傅官熙手里。

张德山的意图很明显,就是要诓傅官熙为傅家出头做决定。在他看来,傅官熙尚且稚嫩,比傅文熙和傅武熙要容易对付。

傅文熙还在迟疑,傅官熙已经朝他说道:"张叔叔放心,我二哥痴迷枪棍，让我多照顾家里。大哥忙里忙外，大事小事都要他操持，也需要我来分担一些工作。是不是啊，大哥？"

傅文熙看着自家弟弟，终于挤出笑容来："是，官熙是喝过洋墨水的人，眼界高、格局大。我和武熙年纪大了，反倒畏首畏尾、束手束脚。让官熙出来做做事，我们也放心。"

张德山听得此言，又上下审视傅官熙。后者并没有躲避，而是含笑垂手。

"行吧，既然你两位哥哥都支持你，那我也不瞎操心了。不过说了给你们一天时间，就是一天时间。你们好好收拾一下，莫让乡亲们看了笑话就好。"

张德山掸了掸皮大衣，取出皮手套来慢悠悠戴着，嘴上说要走，却没有走的意思。

傅文熙是何等眼力，当即给刘朝东使了个眼色。后者快步出去，很快就小跑着回来了。

傅文熙赔笑说："这样的日子还让张警长跑一趟，是我们这些晚辈做得不周。家里备了点薄礼，已经放在外头车上了，还望张警长不要嫌弃才是。"

张德山这才哈哈笑了起来："这也太客气了。我这是执行公务，是本分，哪里算得什么辛苦。"

嘴上虽然这么说，但他已经往外走。路过门房的时候，突然又拍了拍脑袋。

"哦，对了，光顾着说公事，倒是把帛金给忘了。"

如此说着，便朝身边的马弁使了个眼色。后者从兜里取出一个封包来，轻轻放在了桌上。

司仪正要唱喏，却见礼簿先生打开封包，里头只有一枚银圆，一下子脸色尴尬，也就闭口不言了。

傅文熙紧握拳头，面上却笑呵呵地感谢，直言让警长破费了云云，好歹是把张德山给送走了。

"这该杀的王八犊子！"平素里从不说脏话的傅文熙，此时却是破口大骂。

傅官熙却看着远去的车子，也不知在想些什么。

"文熙啊，眼下该如何是好？难不成真要让他拉去尸检？"刘朝东问。生气归生气，事情还没解决，宾客都已经到了。这个事情如何措置，到底是要拿主意的。

傅文熙这才回过神来，挣扎了许久，才朝傅官熙说："官熙，你既然要揽下这个事，你就说说接下来该怎么办吧。"

傅官熙轻轻拈起那枚银圆，收入了口袋，朝大哥说："让拉去尸检是不可能的。事照办，给咱爹风光大葬，怎么热闹怎么来，照着昨日里的安排去做就是了。"

"四少你说得轻巧，张德山可不是好糊弄的……"刘朝东小声抱怨道。

傅官熙笑了一声，说道："放心，交给我就好。家里的事情办妥了，今晚我就去糊弄糊弄咱们的大警长。"

虽然不明白弟弟哪儿来的底气，但傅文熙已经没有更好的办法。

"这可是你说的，办不好你可是要背锅的，到时候可别怪大哥推你出去顶罪。"

傅文熙这话让人听着很不舒服，但他起码坦坦荡荡。傅官熙也不介意，毕竟他是真的打算入局做些事了。

第二十章　张家大少

虽然傅官熙已经打了包票，但家里头还是有些担忧。不过傅文熙咬了咬牙，到底还是把丧事给办了。张德山虽然是警察所所长，但总不能蛮横到挖人祖坟，把老爹再刨出来尸检吧？

他是打着"先斩后奏"的想法，傅官熙却不是。张德山的消息来源实在太古怪。

这桩事只有几个哥哥知道，张德山却主动找上门来，而且矛头直指哥哥们。可见他的消息极其精准，极具针对性，甚至不排除家里出了内鬼！

丧礼结束之后，傅官熙正打算去会一会儿张德山，探听一下他的口风，却被傅武熙拦了下来。

"四儿啊，张德山来者不善，必是掌握了咱们的底细。只怕他醉翁之意不在酒，今番是冲着子龙山来的……"

二哥这么一说，原本毫无头绪的傅官熙便又有了突破口。

二哥傅武熙在子龙山"占山为王"，身为警察所所长的张德山不可能毫无察觉。毕竟卧榻之侧岂容他人酣睡，更何况警察所也有密探监控着城里城外的动静。

"二哥打算怎么做？"

傅武熙沉吟片刻："弟兄们躲在山里，他便是想剿也难。怕就怕他对咱们家下手，以此来逼迫我……

"四儿，往时有爹坐镇，我也有些小名声，傅家地位稳固。可如今爹不在了，我又不能再强出头，免得被张德山抓住了把柄。往后这个家，就靠你了。

"你留洋读过书，还读的是军校，这在以前就是武举人。大哥不济事，这个家就由你来说话，二哥定然在背后给你撑腰！"

傅官熙也是摇头苦笑："二哥，这都什么年代了，哪还有什么武举人。再说了，我读的是鬼子学校，鬼举人还差不多。要不是为了去重庆谋个一官半职，这鬼子的学校我才不去……"

傅武熙正色道："不许这么说！杨政委说了，师夷之长技以制夷。这是正确的。毕竟知己知彼方能百战百胜。旁的不说，连最基本的鬼子话都听不懂，又如何把鬼子赶出中国？"

傅官熙也严肃起来："是，虽然读书的时候不太正经，但本事是没少学的。二哥既然都这么说了，我无论如何都要保得我傅家安然无忧！"

傅武熙欣慰地点头。傅官熙也无二话，让人封了银圆，去张家奉拜帖。

刘朝东有些不太乐意，还抱怨说："四少，人情往来不是这么走的。张警长今日来意不善。眼下去送拜帖，他是不会见你的。"

傅官熙知道刘朝东心向着大哥。如今自己使唤起他这个大管家，他心里头自是有些抵触。

但大哥傅文熙也想着以大局为重，让刘朝东听从傅官熙的吩咐，刘朝东也没个法子。

"你只管去就是。"

刘朝东不多时就回来了，不过面色却有些复杂，说不上高兴还是失望，又或者二者兼有。

"警长不收？"虽然早有所料，但傅官熙也难免有些失落。

"是。"刘朝东点了点头，"我早说过了，这个节骨眼儿不应该去的……"

傅官熙没听他的抱怨，径直问："见着警长了？还是门房马弁直接挡了下来？"

"无用的……就算知道又……"

"事无巨细，全都告诉我就成。其他事情我会斟酌着拿出主意来的。"

刘朝东无奈摇头："门房那里给了些钱，帖子是顺利送进去了的。不过不是警长回绝，而是张家公子把帖子丢回来给我的……"

"张天佐？"毕竟是小地方，又是同龄人，傅官熙对这个张德山的公子张天佐还是有些印象的。

这人也接受过新式教育，到上海和南京去玩过几趟，也加入过一些新诗社，与一些女学生有过来往。他回到鹤梨城之后整个人的衣着穿戴都变了个样，但还是丢不掉骨子里的一些老旧作风。

"他说了什么？"

刘朝东有些愠怒："今天送帖子本来就不合适。老爷这才刚下葬，二舅我早就有言在先，去了也是挨骂。四少偏让我去……怎么，因为我与你有误会有争执，眼下报复我？让我去吃闭门羹不说，还想听听张家大少怎么骂我，这才心里舒畅？"

傅官熙是为了家里大局着想，刘朝东却以小人之心度君子之腹。但傅官熙也懒得计较："二舅愿意这么想那就这么想吧。张天佐跟你说过的话都告诉我，一句也不准漏！"

刘朝东虽然是大管家，又是当舅舅的，但傅官熙毕竟是少爷，且又不是大奶奶生的。严格来算，刘朝东也不是亲舅舅。如今这桩事全权交给傅官熙这个四少来处理，他确实敢怒不敢言。

"张大少说他正要出去打牌，我家死了主人，又来报丧，晦气得很。让我滚蛋，往后傅家的人，他全都不待见。惹恼了他，就在他爹面前说孬话，让我傅家不得安生……"

刘朝东自顾抱怨，傅官熙却听出了一些眉目来："你可知道张大少要去哪里打牌？"

"四少，虽然大少把事情交给你，但你也不能这么糊涂。我说了这么多，都是张少爷骂我傅家的话，难道你就只听见打牌两个字？"

傅官熙也不听他啰唆："去给我打听打听，张大少到底要去哪里打牌。"

刘朝东甩手道："要打听你自己去打听！这个事情我做不来。你要是觉着我不听话，那就跟大少爷、大奶奶说，让他们把我扫地出门！"

傅官熙倒是想震慑一下这个便宜二舅，不过对方并不给机会，臭着脸转身就走了。

傅官熙本想着去找大哥理论，但想了想这样反倒要浪费时间争长论短，就把周烟炮给找了过来。

周烟炮得了傅官熙的好处，又在馆子里吃了一顿肉，心里正美，得了差事就屁颠屁颠出去了。

这小子的本事是真不小，市井街坊就没有他打听不到的消息。很快他就回来了。

"张大少最近都在奉阳商会，听说输了不少钱，脾气臭得很。花花……四少，你还是小心一些，别触了他的霉头……"

"奉阳商会？就他一个人？"

"哦，对了，他在南京带回来一个富贵人家的大小姐，名叫戴离，最近都跟戴离小姐出双入对。戴小姐漂亮大方，妖艳得很，别家少爷羡慕得眼都红了……"

傅官熙点了点头，取了几枚银圆。周烟炮也不推辞，嘿嘿笑着收了起来。

傅官熙得了消息，便找了若尾美子。虽然是晚上，但她没有早睡的习惯，正在房里抽烟。

"无聊了？今晚出去打牌？"

若尾美子双眸一亮："傅桑还真是善解人意呢！我这就换衣服！"

第二十一章　谜样姐姐

若尾美子说换衣服就换衣服。傅官熙正要回避，她却笑着说道："外面冷，傅桑在房里稍候片刻就好。"

傅官熙点了点头，坐回到炉子前，目不斜视地等了十来分钟，若尾美子也就收拾好等待出发了。

二人坐着家里的汽车，到了奉阳商会。张六弦停了车，自顾去大堂里喝茶，傅官熙带着若尾美子上到了二楼。

奉阳商会后台再大，也不能认不出傅家的公子。更何况傅官熙没留学之前，已经是本地人人皆知的玩家了。

"四少大驾光临，我们这里蓬荜生辉啊！傅少约了人？兰字房正好给四少留着呢……"

因为母亲的名字有个兰字，所以傅官熙每次来都会去兰字雅间。不过这次他却摇了摇头。

"今日心情欠佳，没约牌友，就想过来蹭一蹭局。不知道今天都有谁坐庄？"

迎宾还没开口，商会的馆长已经快步走了过来："四少大驾光临，有失远迎啊！今天有康少、黄三老板，还有刚从上海回来的何英武带着几位客人在吃饭……"

父亲刚刚下葬，就来牌馆厮混，便是再浪荡不羁之人，也是做不出来的。或许心里在鄙夷，但馆长面上却仍旧带着微笑。

"我今天带了女朋友，跟一帮大老爷儿们厮混终归不好，有没有带着女客过来的？"

原本不敢放眼去看的馆长，此时才颇具绅士风度地朝若尾美子点头行礼。

"原来有佳人作陪。何英武那边倒是有几位美女，不过……她们都是应酬场子的……"

傅官熙只是等着，不过馆长却没了下文。傅官熙故作扫兴："罢了罢了。老爹这么一走，连个打牌的地方都凉了。"

傅官熙转身要走，馆长的老脸却是挂不住了。他们是开门做生意的，尤其商会是这些大老板拉关系谈生意的地方。这傅家少爷如果往外头说人走茶凉云云的话，商会的招牌可就砸了。

"四少别这么说啊，咱们这也是没法子。带着正经女客的倒是有一位，但脾气不太好，咱们也不好再去惹他……"

傅官熙终于听到了想要的答案："哪家的少爷这么大的架子？"

馆长有些犹豫，到底还是开了口："是张天佐张大少。四少想必也知道，这位咱们也得罪不起……这不，云天阁装修了一半，他说要用，就只能用了……"

傅官熙"恍然"道："我说呢，原来是张大少，怪不得……既然这样，我也不能让你难做，改天我再过来吧。"

傅官熙这么一说，馆长也松了一口气。傅官熙却悄悄冲若尾美子使了一个眼色，后者笑着说："傅桑，我想用一下洗手间，外面风雪大，妆要花了……"

馆长听得"傅桑"二字，眼睛微眯，当即笑道："这位女士，请随意。我们商会随时欢迎傅少和您大驾光临。"

若尾美子也无二话，径直往走廊那边去了。馆长也不敢盯着她的背影看，朝傅官熙说："四少请先坐下来喝口茶，今天确实是招呼不周了……"

傅官熙随意地摆了摆手，就坐在了二楼露台的沙发上，点了根烟，慢悠悠地抽起来。

这才一根烟的工夫，馆长泡的茶还冒着热气，若尾美子已经回来了。

不过她身边却又多了一名披着白狐裘坎肩的女士。

此女二十五六岁的样子，身材高挑丰腴，盘着贵妇髻，珠光宝气却又透着典雅，高贵大方。虽然浓妆艳抹，却绝非庸脂俗粉可比。

周烟炮说张家大少的女朋友妖艳动人，羡慕坏了大户的那帮少爷们。傅官熙此时一看，这女人的身材相貌固然是一等一的美艳，但最吸引人的却是她的眼神。

那眼神像存着宝藏的洞穴，看着拒人千里，但又让人难以抗拒。

"戴……戴小姐……您怎么……"馆长也是吓了一跳。后者只是笑了笑，若尾美子却先道歉了。

"是我误闯到了戴小姐的包间。没想到戴小姐这么平易近人，我们算是相见恨晚，成了好朋友。张先生说戴小姐的朋友就是他的朋友，想邀请我们去跟他打牌。张先生真是个风度翩翩的绅士呢！"

"戴离。"

她主动伸出手来。傅官熙轻轻一握，虽然隔着蕾丝纱的手套，但还是能感受到她的手很温暖且柔软。

"傅官熙。"

"我知道你。"

"哦？这是傅某的荣幸。不知道戴小姐从哪里听说过傅某？"

"是美子小姐说的。"

傅官熙有些尴尬，只是笑了笑："我还以为……"

戴离也笑了，不过很大方："傅少仪态非凡、气质过人，说不定以前真见过呢。"

傅官熙想收回手，但戴离却稍稍用力，竟没有松开傅官熙的手。

她的嗓音其实并不算太动听，因为是沙哑的烟嗓，带着一股子极其成熟的沧桑感，仿佛在诉说着悲伤的故事，但又那样让人无法抵挡。

"姐姐这么美丽动人，如果傅桑以前见过，一定会过目不忘。只是没听他跟我说过。不过现在认识也不晚，傅桑是个很有趣的人，一定能跟姐姐成为好朋友的。"

虽然戴离不肯松手，仿佛是故意做给若尾美子看的，但若尾美子也不示弱。这么说着，戴离也松开了傅官熙的手掌。

"想做姐姐的好朋友可不容易……最起码得在牌桌上赢过我才行的。"戴离不可察觉地朝傅官熙眨了眨眼睛。傅官熙觉得像是幻觉，但心头的突然悸动，又真真切切地证明了不是。

"打牌嘛，娱乐而已，开心就好，输赢倒在其次。"

傅官熙这么一说，戴离却摇了摇头："傅少倒是看得通透。不过输了钱还能开心起来的人真心不多了，不信你可以去看看张大少。呵呵……"

戴离掩嘴一笑，虽然直言不讳，但又没有让人觉得唐突张天佐，言语和神色拿捏得恰到好处。

傅官熙讪讪一笑："输多了自然就看得开了。"

戴离也笑了，侧身做了个请的姿势："前面请。张大少输了好几天，总算碰到一个不怕输的了，你可不要让张大少失望哦。"

"女士优先。"傅官熙稍稍抬手，若尾美子自然而然地挽着他的手臂。戴离随意扫了一眼，便带着傅官熙和若尾美子来到了云天阁。

这才刚到门口，便听到房中掀桌的声音。麻将噼里啪啦掉了一地，一人跑了出来，头上脸上全是血。

"滚你娘的！"

若尾美子眉头微皱，戴离却微笑依旧，似在挑衅傅官熙一般："傅少，请？"

第二十二章　抽烟打牌

张天佐果真在大发雷霆。不放心跟在后头的馆长看到这幕，也是脸色尴尬，心想傅家四少今晚是要自讨苦吃了。

然而傅官熙却是脸色如常，甚至将那个跑出之人脸上的血迹擦了擦，呵呵一笑道："张少好大的力气。听说云天阁在装修，这么一砸，便宜了馆长，正好向他们讨要拆卸工钱。"

这么一调侃，倒是让馆长有了插入的话题，当即进去赔笑说："张大少也是常客，没有大少帮衬，这个会馆也没这么热闹。来人来人，给张少和傅少重新上好烟好茶！"

此话一出，早已听闻动静的那些侍者纷纷上前来收拾残局，重新奉上茶水果盘糕点香烟。

张大少也就二十来岁，不过面色有些差，看着有些羸弱，黑眼圈有些重,应该是让酒色掏空了身子。

他穿着收领子的黑色毛衣,嘴里叼着雪茄,斜靠在沙发上,跷着腿,皮靴锃亮,鞋头颇为粗鲁地冲着傅官熙。

"几年不见,傅少喝了洋墨水回来之后,口条好了,气度也大了,让人刮目相看啊!"

傅官熙微微摇头:"去吃了几年苦头。比不上张少,在十里洋场风流潇洒。"

"都坐下吧,站着说话不嫌累吗?"戴离走了进来。张天佐赶忙站了起来,变了个人似的,风度翩翩地与若尾美子点头致意。

戴离的烟嗓充满了男人的威严,但她本身又是个妖艳绝美的女人,强烈的反差,把男人们的心都死死捏在掌中。

"是是是,美子小姐请坐,傅少也坐。"

侍者看到诸人落座,赶忙也给傅官熙奉上雪茄。若尾美子却率先抬手,微微摇头婉拒,而后从她的手包里取出烟盒,给戴离和傅官熙递烟。

戴离自然而然地接过了若尾美子的烟,将自己的烟盒递给了若尾美子:"抽我的,顺一些。"

若尾美子也没有拒绝,眯着眼温柔一笑:"姐姐真是贴心呢,太感谢您了!"

戴离满意地笑了笑,取出一个晚宴式的烟托,将香烟插入烟托,才点燃了起来。

这烟托其实就是个烟嘴,吸烟时能避免,烟草碎屑吸入口中,又或者染了口红。而且烟托的通道能降低烟气的温度,入口更顺。

烟托这玩意儿是西方社交场合的宠儿,美观大气,时尚范儿十足。戴离用的是晚宴式的,也就十几厘米长短,影剧式的烟托要长一倍,歌剧式的更长一些。

若尾美子也想起什么来,从手袋里取出一个珊瑚珠装饰的戒指,双手送给了戴离。

"姐姐,这个小玩意儿算是见面礼,请您笑纳。"

这戒指样式有些奇怪,戒指圈儿上有一根五六厘米长的银支架,支架上有个圈儿,正好能放进去一根香烟。

"这个也是烟托,叫烟托戒指。用这个抽烟,就不怕熏黄手指了。虽然不算名贵,但在东京都风靡一时的。"

戴离见了也喜欢,从烟托里抽出香烟,卡在了戒指烟托上,还果真美观大方又好用。

"礼尚往来,我这个象牙烟嘴也是新货,回赠给美子小姐,还望莫嫌弃。今天来打牌,没带什么好东西,明天姐姐再登门回礼。"

若尾美子笑着摆手:"姐姐太客气了,只是一个小玩意儿。"

"礼轻情意重嘛。你我一见如故,不要这么生分,拿着拿着!"戴离这么一说,若尾美子便将烟托接了过来,点燃了轻轻抽一口,却是将烟托连带香烟一并递给了傅官熙。

傅官熙自然而然地接过,轻轻吸了一口,朝若尾美子温柔一笑。仿佛这已经是他们的日常,并无太多出奇的地方。

"二位真是让人羡慕啊……"戴离踢了踢张天佐的靴子,白了他一眼道,"你得多学学傅少,尊重女性可是新时代绅士的必修课,别整天跟个大老爷一样,再这样我可不伺候你!"

张天佐嘴角微微抽搐,但面上却哈哈大笑起来:"是是是,我得多学学。"

这么一说,他就伸手去拿戴离的戒指烟托。后者却躲开了:"让你学,不是让你照抄。这是美子小姐送给我的新潮货,女士专用,你休想染指!"

张天佐哭笑不得,尴尬道:"你想我怎么学?"

"冰冻三尺非一日之寒,这一时半会儿哪能说学会就学会。傅少和美子小姐都是有趣的人,以后常往来,一起打牌玩耍,想学什么不行？"

张天佐呵呵一笑："是是是！来，傅少，我们喝一杯。"

他站起来，倒了一杯威士忌，递给了傅官熙。后者笑着大方接过，轻轻碰杯，抿了一口，浅尝辄止。张天佐却是一饮而尽。

"打牌？"张天佐有意无意地看了看傅官熙的杯子，但到底没说什么。戴离则像个女主人一样："先打几圈，慢慢打慢慢聊，夜长着呢。"

象牙色的麻将哗哗地响起来，四人开始"砌长城"。

起初若尾美子赢了几把，高兴坏了，毕竟她对中国麻将有些生疏。后来渐渐得心应手了，反倒不怎么赢了，倒是戴离赢了不少，张天佐时不时会和一把。而傅官熙更像是来做陪衬的，总能在关键时刻给别人作嫁衣。

看得出来，他是在给若尾美子做牌。但若尾美子毕竟是新手，很多时候没办法接住，反倒漏给了戴离，让戴离赢下了不少。

张天佐的脸色也渐渐好看起来，虽然没赢多少，但与两位美女打牌，若尾美子又是个新手，比单纯赌钱要更有趣。

加上傅官熙故意做牌给若尾美子，很多时候却弄巧成拙，让戴离捡了便宜，张天佐的心情就更好了。

不知不觉打了十几圈，天色也晚了。若尾美子只是轻轻掩嘴打了个哈欠，戴离便知情识趣地说："今夜太晚了，不如就打最后一圈？"

若尾美子调皮一笑："姐姐太贴心了，再不走我的钱就要输光了。"

戴离笑了起来："你放心，傅少有的是钱。不过商会有豪华大房，夜路又黑又冷，你们不打算留宿一晚吗？"

"在外面住跟在家里住可不一样的哦！"戴离半开玩笑道。张天佐也是意味深长地笑了一声。

若尾美子却自然地说："今天毕竟是特别的日子，傅桑心情不好，所以才出来散散心。按照你们的规矩，留宿外面不是很合适。"

戴离恍然大悟地说道："傅少节哀。既然这样，就不留你们了，来日方长，咱们过两天再约喝茶好了。我跟美子小姐去洗洗脸，你们喝一杯暖暖身子，方便一会儿坐车回去。"

如此说着，两人便离开了房间，傅官熙也终于等来了与张天佐说正事的机会。

第二十三章　大少示警

房间里就只剩下两个大男人，气氛难免有些尴尬，尤其是缺少了戴离和若尾美子这样的气氛调剂者。

"几年不见，傅少气度变大了，居然学会输钱的本事了……"张天佐的一句调侃，虽然略带嘲讽，但很显然，他也明白傅官熙的用意。如此一来，也就不用废话了。

"男人嘛，事业和女人总归要有一样。我没能耐搞大事业，只好退而求次，博红颜一笑。"

张天佐认同地点了点头，毕竟他也是在混日子。

"在这方面，你可比我强多了，阿离今晚笑得真心实意。她对你可是很满意的，往后咱们可要多来往才是。"

傅官熙打蛇随棍上，趁机道："我倒是想多跟张大少一起玩儿，不过家里事情太多。令尊今日去我家的事，张大少想来也知道一点。"

这个暗示已经很明显。张天佐也不是拐弯抹角的人，开门见山道："傅少，我跟你交朋友，是因为阿离与美子小姐一见如故。若牵扯到我老爹的事情，这个朋友也不必再交了。"

这是断然拒绝。若换作别人，或许会就此作罢，但在傅官熙看来，张天佐仍旧坐着，没有拂袖而去，就还有可以商量的余地。

"张大少这话说得对。不过张大少似乎也说过，阿离小姐的朋友就是张大少的朋友。那么张大少的朋友，也是张家的朋友，自然也就是张警长的朋友了。"

张天佐意味深长地盯着傅官熙，到底是摇头苦笑道："傅官熙，你是个聪明人。不过想通过我来接近我父亲，走我父亲的门路，这样的套路我见过太多太多了。"

"所以，张大少还是不打算交我这个朋友？"傅官熙试探了一句。

后者却笑了起来："不，你这个朋友还是值得交的。看在美子小姐送了阿离见面礼的分儿上，我也送你一份见面礼。"

"洗耳恭听！"傅官熙没想到张天佐这么大方。只是接下来的话语，就让傅官熙心头发紧了。

"我今晚本不打算出来打牌的，只是……只是父亲召集了副官开紧急会议，我才出来回避一下。"

"紧急会议？"

"通常嘛，重大行动之前都要开会商量的。听说最近傅家有些不清不楚，这次行动嘛……"

傅官熙心头发慌，快速寻思了一番，朝张天佐道："多谢张大少提醒，日后定有厚报！"

张大少摆了摆手："这又不是什么机密，随口一说罢了。你若真想答谢，就谢阿离吧。她本来在十里洋场春风得意，跟我来到这么个小地方，憋屈得很。能让她多跟美子小姐谈谈心，逗她一乐，我就心满意足了。"

虽然记挂着家里，恨不得马上飞回去救急，但傅官熙面上还是保持着冷静，夸赞道："张大少对阿离小姐是真心实意了……"

张大少苦笑了一声："襄王有意，神女无心啊！虽说住在我家里，但阿离对我到底还是有所保留。我也是想尽早与她玉成好事……"

傅官熙正要说话，戴离和若尾美子已经走到门外走廊。前者问道："你们背着女士在说什么好事？"

张天佐有些心虚，傅官熙却微笑说："张大少说想给阿离姐姐一个惊喜，我这个狗头军师也厚着脸皮想想主意……"

戴离眯着眼睛笑了起来，目光却有些冷："可想出什么好点子了吗？"

张天佐尴尬一笑，朝傅官熙投来求救的目光。后者却洒脱地笑道："惊喜嘛，有惊才有喜，说出来了还算什么惊喜？"

戴离啧啧两声："傅少就是会说话。这次饶过你们了，我就等着明天你怎么让我有喜了。"

这句话有些双关之意，傅官熙心里也是一荡。只是张天佐似乎习惯了戴离的说话方式，并没有因此而吃醋。

"一定尽力而为。"傅官熙笑着与张天佐握手。戴离也主动伸出手来，只是她的手似乎没有擦干，手掌还有些湿润，因为没戴手套，反倒能感受到她细腻且柔软的手掌。

傅官熙带着若尾美子上了车，心情却有些复杂。

他见过不少社交名媛，似戴离这么大方开朗甚至有些"超过社交规矩"的也不是没有，但很多时候他都能保持冷静。

而面对戴离，这个女人总能够在最细微之处，用最平常不过的举动，撩得他内心蠢蠢欲动。

"傅桑，戴离小姐是个美丽而神秘的人……傅桑喜欢她吗？"

虽然早已习惯了若尾美子的直白，但傅官熙还是有些不知所措，只好如实点了点头："是，她的热情很难让人拒绝。或者说，她像个男人世界里的女王……"

傅官熙也是有感而发，回过神来觉得有些伤若尾美子的自尊，不过后者却只是捏了捏他的手。

"傅桑是个诚实的人。我很感谢你对我的诚实，因为我也喜欢戴离小姐，她是个很有魅力的女人。"

傅官熙知道这种事情不能再谈，他催促张六弦加快车速，回到了傅家。

此时已是深夜，灵堂的灯还亮着。大哥傅文熙已经回去睡觉，只有几个旁支的老人在守着。

第二十三章　大少示警

傅官熙送了若尾美子回房之后，本想找二哥傅武熙商量对策，只是四处走了一圈没能找到，问了才知道，二哥傅武熙急匆匆出了门。

越想越不对劲，傅官熙正打算出去看看，找找线索，张六弦却冲了进来。

"四少，大事不好！刚刚我回到房里，看到了山上留的密报，张德山带人上山了！"

傅官熙也是大惊失色。虽然他对杨军武等人并不太关心，但子龙山是二哥的据点，若这些人被张德山抓住，"贼头"这个名号一旦坐实，二哥保不住不说，只怕要牵连到傅家！

他想起了二哥对他的嘱托。为何要在今日说那样的话？难道说二哥也早已察觉到了张德山的意图？

如果是这样，还算是不幸中的万幸，因为察觉到了意图，起码能够提前防范。

饶是如此，傅官熙还是放心不下，当即朝张六弦吩咐道："去开车，咱们上山！"

回房取了父亲的枪，傅官熙果断跳上车，往子龙山去了。

第二十四章　深夜造访

虽然是深夜，但子龙山上火光摇曳，山下全是警察所的车辆。傅官熙抵达山下才醒悟过来，自己的出现到底能发挥什么作用。

他来子龙山是冲动之下的举动，但看到警察所的车，再看看山上的火光，他突然冷静了下来。

虽然看着动静很大，但没有枪声传来，说明双方应该没有爆发正面冲突。二哥虽是武夫，但绝不莽撞，不可能没有提前做准备。

思来想去，傅官熙还是让张六弦将车辆开到隐蔽处，两个人就潜伏在山下的路口。

过了不久，便看到张德山的人马浩浩荡荡下了山，只是并未见到杨军武等人，反倒是傅武熙被铐了下来。

他们将傅武熙塞入汽车，便收队了。

"四少，这该怎么办？"张六弦也急了。

傅官熙却出奇地冷静，朝张六弦说道："没有搞清楚具体状况之前，不要轻举妄动。

"你先去联络杨军武和那个毛子，看看到底是什么情况。我这边也会尽快打听消息。"

张六弦也无二话，将傅官熙送回家之后，便急匆匆出了门。

虽然三更半夜了，但傅官熙还是无奈地敲开了若尾美子的门。

"傅桑有事？"若尾美子裹着毯子开了门，脸色红润，睡眼惺忪，看得出也是打牌困倦了。

"二哥被捕了，我必须去探听消息。今晚……今晚要去找戴离。"

"找戴离？为什么不找张天佐？"

傅官熙也不隐瞒："张天佐已经回绝我了，戴离或许能知道些什么……她不是个简单的女人，张天佐被她掌控得死死的。她应该是个不错的突破口。"

"可是她不是跟张天佐在一起吗？这么晚了找过去，会不会……"

傅官熙也考虑过这个问题。但张天佐亲口承认过，他与戴离并未成好事，还在讨好戴离中。

"我明白了。"若尾美子转身走到旅行箱前，翻出一个精美的小盒子来，递给了傅官熙。

"这是送给戴离的礼物，以你的名义送，她一定会喜欢的。"

傅官熙打开一看，是时下最流行的美国产丹祺口红，确实是上流社会最时尚的礼物了。

"美子，你……你就不怕我跟她……"

若尾美子眯起眼睛温柔一笑："傅桑是这样的人吗？"

傅官熙微微一愕，似乎在扪心自问，而后又朝她笑了笑，没忍住在她额头亲了一口，这才出门去了。

商会的牌局通宵达旦，三楼则是贵宾留宿的豪华房间。傅官熙去而复返，馆长也有些意外。

不过傅官熙与张天佐打了大半夜的牌，里头又有说有笑，傅官熙带着日本女人离开之时，张天佐和女友还亲自送到门口，说明他们的关系已经比较熟络了。

"打牌的时候输了，这口红是赌注，劳烦馆长送过去。"

馆长也是叫苦不迭。张天佐脾气大，他睡觉的时候就没人敢去打扰。

若没有张德山的允许，这奉阳商会根本没法开起来，便是得罪了谁，他也不敢得罪张家大少爷。

"要不傅少把东西留下来，明早我亲自送？"

傅官熙眉头一皱："若是能明早送，我又何必大半夜跑这一趟？外头还不够冷吗？我不用睡觉的吗？

"你要是不敢，给我带个路，我自己去送。张大少便是气恼，也只会冲我来。"

馆长也是左右为难。这种事按说应该是他们代劳，但他们又不敢得罪张天佐，此时只好尴尬开口道："大少睡在鹤字房……"

"你还真想让我自己去送？"傅官熙语气并不好。

馆长也是为难："傅少毕竟与大少打了大半夜牌，你们的赌约也只有你们清楚，我也不好从中插一脚不是？"

傅官熙之所以要这么说，就是为了给馆长一个错觉，让他误认为傅官熙与张天佐的交情还没到位，不过是想让他们帮着送礼，靠着奉阳商会更进一步地拉近关系。

"行了行了，我自己送就自己送，横竖都来了。"

傅官熙这么一说，馆长也是松了一口气。但他很快就意识到，万一张天佐发难，怨他们没有拦下傅官熙，不也一样是失职吗？

如此一想，馆长只好又拉住了傅官熙："傅少傅少，您等一等。戴离小姐还没有睡，可以让她帮你代为转交不是？"

傅官熙等的就是这句话。虽然他知道戴离与张天佐不可能共处一室，但听说戴离尚未睡下，还是有些意外。

"戴离小姐在哪儿？"

"在风字房，刚刚还让我们送一瓶洋酒和一些小吃食过去……"

"好，你跟我一起去吧。大半夜的，总得避嫌。不然若是让大少知道了，说不得要扒我的皮。"

馆长犹豫了一阵，还是讪讪一笑："傅少还是自己去吧，我替你保密就是了。"

傅官熙摇头一笑："真不知道你是胆大还是胆小。行了行了，不为难你了，我自己去。"

"傅少顺便把洋酒和吃食一并送过去吧，好歹有个由头，开场不致尴尬……"

馆长将东西都取了过来，傅官熙也是笑了："你倒是替我安排得明明白白。"

丢下馆长，傅官熙来到了风字房。原本还能在馆长面前演演戏，可来到这房门前，他一颗心却又怦怦怦地狂跳不止。

深吸一口气，傅官熙还是轻轻敲了门。

"什么事？"

"是您要的酒。"

傅官熙话音一落，里头安静了下来。片刻后，戴离轻轻打开了门，一股子温香的暖气从房里扑面而来，傅官熙的脸一下就烫了起来。

"傅少到底是明白人。进来吧。"

房中有暖气，戴离的睡袍并不厚，她赤着脚，披散着头发，整个人很是放松。

但看着房间里的地毯，傅官熙也不敢落脚，将东西放在玄关旁，脱了鞋和大衣，才将放着酒和零食的托盘端进了房里。

"傅少打算开着门，还是关上门？"戴离转过半个身子，笑容带着一股难以抗拒的吸引力。

傅官熙强忍怦怦乱撞的心跳，关上了门。

第二十五章　人情约定

傅官熙的身体在发热，不知道是房中暖气太强，还是戴离的眼神太炽热。

洋酒倒入剔透的玻璃杯，撞击冰块，发出轻微的响声，伴着两人的呼吸声。

傅官熙自认也算是情场老手，孤男寡女共处一室也不是什么稀罕事。比戴离更美丽、更妖艳的女子，他也交往过。

但今夜他却无所适从，就好像十五六岁的少男一般不知所措。

戴离的气场实在太强大，由不得他抵抗半分。她就像一个高高在上的女王，睥睨着他这个卑微到生怕说错话的臣子。

"今夜走得匆忙，没有给戴离姐姐留下见面礼，所以……所以才冒昧打扰……"

傅官熙将丹祺口红轻轻放在了桌面上。戴离只是扫了一眼："就只是为了来送礼？"

明人不说暗话，傅官熙直言道："是有事请戴离姐姐帮忙。"

"我为什么要帮你？"戴离将酒杯推了过来。傅官熙没有迟疑，接过之后喝了小半杯。

"因为你给我开了门。"

"我还以为是送酒的侍应生。"

"戴离姐姐应该听得出我的声音。"

"你这么觉得的吗？"戴离前倾身子，凑了过来。傅官熙甚至能嗅到她嘴里美酒与口红混合的香气。

傅官熙这次不退反进，直视着戴离道："是，我傅官熙还是有着自知之明的。倒不是因为我英俊潇洒，也不是因为我风流多情，而是因为出门在外，总归需要朋友扶持。戴离小姐有用得到小弟的地方，我也一定不会推辞。"

戴离笑了起来："如果我没猜错，你想请我帮忙，是因为我能接近张天佐吧？"

傅官熙没有说话，算是默认。

"既然你有求于他，说明他比你强。我有他这么一棵大树傍身，又有什么能求到你的身上？"

傅官熙没有妄自菲薄："各人有各人的本事，张大少有的，我傅官熙或许没有。但总有些东西，是我傅官熙有，而张天佐没有的，不是吗？"

戴离用食指轻轻摸着杯沿，而后将手指放入口中轻轻啜了啜。

"你想要我帮你做什么？"

"我二哥夜里被捕了……"

戴离歪了歪头："你觉得我有本事放他出来？"

傅官熙寻思了片刻："我想知道张德山为什么要抓我二哥，他又是从哪里得来的消息。"

戴离没有隐瞒："警察所的密探到处都是，想得到消息还不简单？说不定你们家里就有老鼠，这又有什么好问的？

"至于你二哥为什么被抓，你应该是最清楚的。"

"我？"

傅官熙摇了摇头："我二哥在子龙山确实留有几个人，但绝不是占山为王。就算真是这样，那伙马贼在山上盘踞之时，也没见警察所去剿匪，为什么这个时候要对我二哥动手？"

戴离又给傅官熙倒了杯酒："我还真知道一些。不过这是天大的机密，如果我告诉了你，我也要担很大的风险，说出来你傅少可就欠下我一份大人情了哦。"

傅官熙喝了一口酒："戴离姐姐肯帮我，傅官熙一定铭记在心。"

戴离也不啰唆，与傅官熙轻轻碰杯，算是达成协议，而后开口说："张德山前几天就得了密报，说你父亲傅淳风是地下党。虽然他死了，但他手里掌握着与地下党的联络方式和接头人的信息。

"之所以抓你二哥，估计也是怀疑你二哥与此事有关。毕竟在他看来，你二哥才是最有可能接管傅家的人。

"解铃还须系铃人，对症下药才是关键。如果你真想救你二哥，那就去把联络名册和接头人找出来。只要把这些东西交给张德山，你二哥自然也就安然无恙了。"

傅官熙虽然早有猜测，但从戴离的口中得到证实，心里多少还是有些紧张。

父亲替地下党做事，连家人都不得而知，没想到警察所方面竟然能掌握这等机密情报。

细想起来，应该是立花千门卫的暗杀证实了各方势力的猜测。毕竟如果身家清白，就没有被刺杀的价值。

如果交出这些东西能保住二哥，甚至保住傅家，傅官熙会毫不犹豫地交出去。

但现在却不成了。

看过了账本的他，清楚地知道父亲到底做了些什么。

除了明面上那些生意，支撑着傅家的那些大产业全都跟地下党绑在了一起。可以说父亲明面上做着生意，暗地里其实早已将身家性命全都托付给了地下党。

把这些东西交出去，非但保护不了二哥和傅家，反倒会惹来杀身灭族之祸!

除非……除非他将那些生意挑挑拣拣,把傅家先择出来,壮士断腕,放弃所有地底下的生意。至于名册和联络人,用来换取二哥和傅家,也不是不可以。

但父亲拼死也要守护的事业,不到万不得已,傅官熙是不能交出去的。

"傅少看来知道得不少哦……"傅官熙还在沉思之际,戴离的目光却从未离开他的眼睛,仿佛已经从他的眼中洞察了所有的秘密。

傅官熙回过神来,苦笑道:"我是被吓到了。戴离姐姐或许不知道,傅家是富察氏的后裔,我们支持很多军阀,甚至支持姓袁的复辟,但我父亲是无论如何都不会支持地下党的。"

戴离没有追问,只是对他说:"你回去翻翻家里吧,或许能发现一些什么线索。总之想要救你二哥,只能用这些东西来换。张德山是要去南京邀功的,找不到这些东西,最终会把你二哥交上去。"

傅官熙将酒一饮而尽:"谢谢戴离姐姐,我这就回去看看。"

戴离一把摁住了他的手背:"都说傅少是个风流倜傥的公子哥儿,怎么这么不解风情?你就不想留下来?还是说你怕张大少知道了,会要你的小命?"

戴离的眼神充满了挑衅。傅官熙却摇了摇头:"我不怕张天佐。只是父亲今日才下葬,我这个当儿子的,还是要守一守老规矩。出来打打牌已经是不孝,再留宿这里,我自己心里都过不去……"

戴离含笑:"真是这样?"

傅官熙自然地收回手:"如果戴离姐姐真看得上我,过几天再找我,试试不就知道了?"

傅官熙这么一笑,戴离反倒放松了身子:"看来你不笨。好,我过几天再找你。不过你也抓紧吧,张德山不会给你留太多时间,你二哥说不定很快就会被押送到南京去了。"

傅官熙也不再逗留,马不停蹄地回到了傅家,走进了父亲的卧房。

第二十六章　上门退婚

父亲账本里的内容实在太过驳杂，里头是各地的生意以及联络人的信息，密密麻麻。傅官熙看到天亮，也只是看了极小一部分。

刚发现账本之时，他粗略扫了一眼，就已经发现了端倪，如今细细研究下来，就更是眉头紧皱。

二哥被捕的消息很快就传了回来，大哥傅文熙很快找上了门。

"小四，我相信你，才把事情交给你，武熙却被捕了。外面那些人都在盯着我傅家的一举一动，被咬了一口，别家就会一拥而上，将我傅家分而食之。你打算怎么做？"

虽然只是看了一小部分的账本，但傅官熙已经找到了目前的一个关键人物，他希望能够从他的身上打开突破口。但这个人的身份实在有些出乎意料。

"大哥，往常碰上这种事该怎么做就怎么做吧。"

"往时我傅家风光无限，何时碰上过这种事！"傅文熙有些气恼起来。

傅官熙却语气平静："父亲不在了，咱们兄弟几个总归要出头做事的。先走动关系，想法子把二哥捞出来，无非是到处撒钱。"

"你说得倒是轻松，这是钱的问题吗？这是面子的问题！

"用钱来解决问题，永远是下策。一旦咱们开始各处打点撒钱，说明咱们的面子已经不值钱了。到时候就不会有人再看我们的脸色，这些人全都扑咬过来，我傅家很快就会被撕碎的！"

对于一个商贾之家而言，说出这样的话来，也实在有些古怪。但傅官熙也看到了大哥的胸怀，他果然还是最适合接管傅家的人。

当然了，前提是他没有受到大娘和二舅的影响。他足够腹黑，城府够深，但这种性格反倒适合从政，而非经商。

"眼下还是要去各处打点，过了这一关再说吧。父亲走了之后，二哥的面子最值钱，不把二哥捞出来，谁来坐镇傅家？"

傅官熙这么一说，傅文熙也是气得语塞，但又无言以对。因为傅官熙所言是事实。傅武熙虽然不沾染生意，但威望口碑确实堪比父亲，甚至于强过父亲。

轻叹一声，傅文熙也只能接受现实："你最好清楚自己在做什么，别一时犯浑。眼下咱们傅家经受不起更多的折腾了。"

傅文熙撂下这话，正要出去，刘朝东却一脸难色地走了进来。

"关家来人……"

"关家？"

"昨天不是刚过来吊唁吗？今日还来，也算是有心了。让小四出去招呼吧，毕竟是亲家……"

傅官熙刚刚还有些迷糊，此时算是想起来了。

这个关家是茶马商出身的家族，生意做得很大。关家和傅家是世交，傅淳风跟关家定了一门娃娃亲，傅官熙的未婚妻正是关家的关幼薇。

傅官熙接受的是新式教育，崇尚自由恋爱，为了这件事情与父亲吵过架，但最后不了了之，婚约还是在的。

"正好，我要跟他们说退婚的事，我去接待吧。"

"退婚？小四，你可不能任性。如今父亲不在了，二弟被捕，咱们正需要关家来撑腰。我知道你把若尾美子带回了家，大哥不反对。但这个事情就不能缓一缓？"

傅官熙还没说话，刘朝东已经开口了。

"缓不了了。关家这次上门，正是为了退婚。"

"什么？他们主动要退婚？"

"二少被捕的事情早已传开了。虎落平阳，关家来退婚，也不算出奇……"刘朝东一脸不满，就好像所有的事都是傅官熙的错。

傅官熙的心情顿时复杂了起来："我去看看吧。"

关家今日登门的是关家大掌柜和关家大公子关叔满。前者穿着大棉袄子，戴着狗皮帽；关叔满却是西式夹克，里头还打了领结，戴着硬边礼帽。

"官熙，听说你回来了，这几天一直没敢打扰……"虽然见面次数不多，但关叔满也只大他五六岁，没有隔辈，倒也好亲近。

只是今天明明是来退婚的，还要套近乎，就显得很假了。

傅官熙本想着退婚，如此一来，反倒有些不情愿了。就算退婚，也必须是他傅家提出，断然没有让人落井下石的道理，否则一发不可收拾，谁都要欺负到他家的头上，这无疑会雪上加霜。

更何况两家是世交，父亲尸骨未寒，他们就来退婚，这做法实在是太过难看。没有雪中送炭就罢了，还来退婚，实在是过分。

"满哥好啊，我正打算过几天去找你呢。这次回来，我是打算在这里开枝散叶，挑上父亲留下的担子。正想去关家正式提亲，也算是圆了父亲的遗愿，他老人家九泉之下也能安息了。"

傅官熙一开口就将话语主动权抢了过来，完全堵死了关叔满的话头，他再开口提退婚，可就难看了。

果不其然，关叔满也是满脸羞愧，甚至有些无地自容，咬着牙根子，但最后还是挤出笑容来。

"我今天来呢，就是跟你说这个事。你看啊，大伯刚刚过世，听说你小子又带了个日本美人回来。家里头就商量了一下，想着成人之美，这个婚约不如……不如就算了……"

傅官熙故作惊慌："满哥你说什么呢？美子小姐是来投亲的，只是与我在邮轮上结识，也是缘分，就想着护送她一程。我虽然在日本读书，但从未忘记过这门亲事，一直洁身自好，从不敢辜负了这份婚约啊……"

关叔满有些犹豫，似乎想要揭短，但忍了忍，还是苦笑道："官熙你能有这份心很好啊，不过……这个事情还是请你认真考虑考虑，好吗？"

傅官熙正要开口，关叔满却捏了捏他的肩膀："先别急着开口，想清楚了再给我答复。你是聪明人，我相信你会明白过来的。"

关叔满松开手，拍了拍傅官熙的肩膀，而后朝大掌柜使了个眼色，后者将一封解婚书留在了桌面上。二人当即要出去。

傅官熙却突然开口道："满哥，我想清楚了，我不会退婚。既然是父辈的约定，要退婚就让关伯去我爹坟前说。否则等丧期过了，我就娶幼薇妹子过门！"

此言一出，关叔满终于恼了。

"傅官熙，别以为我不知道你是什么样的人！"

傅官熙露出笑容来，跷起二郎腿："满哥还是忍不住了哦。你倒是说说，我傅官熙是什么样的人？"

第二十七章　难言之隐

关叔满自是有备而来，傅官熙反问之下，他也毫不留情面了。

"你倒是告诉大家，昨夜里干什么去了？"

傅官熙没有正面回答："满哥你也跟着家里做生意，应该知道有些应酬是必须要参加的吧？"

"应酬？"关叔满冷哼了一声，"我是会应酬，但我不会在父亲丧礼的第一天就出去打牌，还是跟张家公子打牌。而张德山下午的时候还不许你们下葬，要把世伯拉去尸检！

"跟张家公子应酬也就罢了，你那个所谓投亲的姑娘，走到哪里都跟你出双入对，你让我家妹子怎么想，让乡亲邻里怎么看？

"这也就罢了。夜里跟张天佐打牌，把日本姑娘送回来，又去奉阳商会找张天佐的情人，这个事情又怎么说？"

这本是极其隐秘的事情，没想到关叔满居然也知道！

"你跟踪我？"傅官熙微眯双眸，此刻是真的怒了。

因为他与戴离私底下接触，一旦让张天佐知道，事情可就不妙了，这公子哥儿要是发怒，他再如何也没法把二哥傅武熙给救出来了！

更要紧的是，关家如果是单纯嫌贫爱富落井下石而退婚也就罢了，现在这样分明是筹谋已久，甚至还派人跟踪他傅官熙，这就是居心叵测了。说不定傅家的内鬼跟他关家也脱不了干系！

关叔满毫不忌讳地将这件事情说出来，傅文熙也是大吃一惊。

"你……你给张天佐戴了绿帽？你浑蛋！我傅家迟早要被你害死的！"

傅官熙问心无愧，面色如常："昨晚打牌是为了试探张天佐，想通过他来解决家里的事情。他不给这个机会，我只能让戴离去吹枕边风。大哥所说的龌龊事，我还不至于去做。不过……

"我现在才知道，我傅官熙在大哥心里原来如此不堪，你的弟弟就这么让你不信任？"

傅文熙被弟弟这么一说，也很是羞愧："就算是请托也得避嫌啊。若是让张天佐知道了，那就是黄泥巴掉裤裆里，不是屎也是屎。他要是报复起来，二弟哪里还能重见天日！"

傅官熙没有理会，而是转头朝关叔满道："挑拨我兄弟关系，满哥这一手倒是玩得好。现在满意了？"

关叔满没有半点得意，只是朝傅官熙说："长兄如父，世伯不在了，文熙大哥就是当家人，只要他点头，不也一样能解除婚约吗？"

傅文熙没想到矛头转到了他的头上，他眉头紧皱，说："阿满，你应该知道，眼下我傅家日子不好过。如果今天同意退婚，明天就会有退生意的。三天两头有来毁约的，我傅家又如何再撑下去？

"你我两家是世交了，这节骨眼儿上难道不该患难与共吗？这个时候抛弃我傅家，你们就这么心安理得？"

关叔满摇头道："文熙哥，你应该知道，非到万不得已，我关家绝不会做出这样的事情来的。家家有本难念的经，文熙哥是懂这个道理的吧？"

傅文熙也坚持己见："婚约不能轻易解除。你们家有什么难处，说出来大家一起想想对策。两家共克时艰，这才叫世交，不是吗？"

关叔满同样针锋相对："这桩事没法告诉你们。如果世伯在的话，他一定会同意。这不但是为了保全我关家，同样也是在保全傅家。你只需要知道，如果世伯在的话，他也一定会这么做，这就足够了。"

"没法告诉我们？呵呵，找借口也打个草稿吧，就这么轻易糊弄过去了？"

关叔满走了过来，压低声音道："如果不解除婚约，我关家无法独善其身，你傅家同样要遭遇灭顶之灾。眼下择干净，划清界限，对两家才是最好的选择。过了这一关，两个年轻人如果真有缘分，重新走在一起，我们绝不反对，但现在必须解除婚约！

"文熙哥，你该知道我爹与傅世伯的手足交情。这都多少年了，咱们一块儿长大，知根知底，你觉得我关家是背信弃义的人家吗？

"这难言之隐关乎两家存亡，身为大哥，还请文熙哥顾全大局。往后有机会，小弟一定会把其中内幕全都说个一清二楚，只是眼下不行。"

傅文熙也有些迟疑起来，因为他比傅官熙更了解两家之间的情谊，关叔满言辞恳切，他心里也很体谅。虽然对他口中的难言之隐好奇万分，但如果真的关系到两家存亡，确实应当以大局为重。

毕竟关家老爷与他们的老爹确实做过不少大生意，而且年轻的时候，两位父辈也是一同打拼，甚至一起出生入死过。

眼看着大哥动摇，傅官熙站了出来，朝关叔满道："两条路，要么全盘托出，一起商量法子，共克时艰；要么把你妹子嫁过来，跟着我傅家一起吃苦头。再没其他话了！"

关叔满也生气了："我家若是要强行解除婚约，你们又能怎的？"

第二十七章　难言之隐

傅官熙哈哈笑了起来："如果你们真要这么做，今天又何必上门来？虽然不知道为了什么，但你们定然有这样做的原因。我说得可对？"

关叔满紧握拳头，咬紧了牙关，最终还是没有把隐情说出来，只是愤怒道："官熙你好歹是个读书人，总得讲点道理！

"你这么不近人情，也别怪我关家不留情面！我家妹子会出去读书，你们不答应，这婚约就不了了之好了！"

话音一落，关叔满也不再纠缠，带着大掌柜拂袖而去。

傅文熙想说些什么，傅官熙却没给他机会："大哥，别管这件事，先把二哥救出来，看他们还敢不敢再提这一茬！"

傅文熙叹了口气，带着刘朝东离开了。

傅官熙虽然心烦意乱，但当务之急不是婚约，而是解救二哥，婚约的事情也就只能暂时放下，让张六弦开车送了他出去。

戴离的提醒并非没有道理，张德山很有可能押送二哥去南京邀功请赏。不管是哪家本土望族，只要跟地下党扯上干系，不死也得脱层皮。能不能渡过难关，就看这位从账本里找到的关键人物了。

第二十八章　邮局科长

这是傅官熙第一次来邮局。虽然有了电报服务，但都是大户人家专属，邮局很是挺冷清。

许是穿着打扮太过贵气，傅官熙畅通无阻地进入了邮局。他要找的是邮局的况景青科长。因为况景青虽不是生意人，但在账本里的备注却很重要。

父亲傅淳风似乎将他当成了第一紧急联络人，所以傅官熙才将他当作求助目标。

秘书进去通报之后，很快回来了，说是况科长工作太忙，没有预约的话不能接见，直接把傅官熙给打发出去了。

傅官熙已经自报身份，况景青作为父亲信赖的人，不可能不见，许是生怕惹人怀疑。傅官熙并没有失落，而是给秘书塞了钱，给况景青留了个字条，表面功夫做足。

而后他来到了邮局两个街口外的饭馆，开了个包间，在里头喝茶等着，直到中午下班时分，况景青才进了包间。

况景青也就四十出头，文质彬彬，戴着眼镜，穿着中山装，倒像个教师。

"傅少找我何事？"况景青还在试探，傅官熙看得很清楚。既然父亲将他列为第一联络人，可信度应该是没有问题的，也就没必要试探他了。

"况科长，我二哥被捕了。"

"你二哥被捕了为何要来找我？"

"是父亲的指引。"

况景青沉默了片刻，叹了口气："傅少拿到联络簿了？"

"是，所以才来找科长商量对策。"

况景青点了点头："那么你也该知道张德山为何要抓你二哥了吧？"

"傅少有没有自己的想法？"傅官熙点头承认之后，况景青似乎还想考验一下他。

"我的想法？"傅官熙呵呵一笑，"现在的我还不明白父亲为何要蹚这浑水，但我知道杨军武正在笼络我二哥，要不是他们，我二哥也不会被捕。你若没有办法，我会把东西交给张德山。只要能保住傅家，其他的事情我都不想管。"

况景青微眯双眸，盯着傅官熙好一阵，才摇头道："傅少何必说赌气话？你若真想这么做，就不会来找我了。

"傅少出生与成长在傅家，傅当家的又是秘密行动，你从小没有接触过这些，对革命事业有些误解也情有可原。但我相信傅少继承了傅当家的大义，这种事是做不出来的。"

傅官熙摆了摆手："这个问题我不想细讨论。你若有法子就告诉我，若没有我就把这秘密渠道交给张德山换回我二哥。往后咱们井水不犯河水，你们革你们的命，我傅家做傅家的生意。"

况景青摇头苦笑："张德山应该是尚未掌握这条线。否则就不会抓你二哥，而是会直接找我，或者找关家的麻烦。所以傅少还不必这么紧张。"

"关家？关叔满？"傅官熙心头一紧，但很快就摇头了，"况科长不要再考验我了，我耐性有限。关家根本就不在联络簿上，何必提关家？"

况景青呵呵一笑："关家与你们是同进退共生死的世交同盟，根本不需要写到联络簿上。眼下这条线的生意都在避嫌，能择清就择清，能撤退就撤退，就算傅少想用联络簿来救你二哥，也请给他们一些撤退的时间。"

傅官熙恍然大悟，难怪关家要来退婚，原来是为了保全这条秘密的地下渠道。

但试想一下，两家做的生意很多，交集也很深，又岂是退婚就能够撇清关系的？

抑或关家只是要做出这么一个姿态。如此一看，只要做表面功夫就能蒙混过去，说明况景青预料得没错，张德山所掌握的情报，并没有想象中那么详细。

但傅官熙很不理解，身为父亲信赖的第一联络人，况景青没有给出任何建议或者指引，而只是一味与傅官熙话语交锋。

而且从他的言语中能听出来，对傅官熙要用地下渠道来交换二哥的方案，他并不反对。

"既然况科长没有建设性的法子，那我就只能看着办了。真要惹出什么麻烦来，可就怪不得我傅官熙了。"

言毕，傅官熙干脆地站起来往外走。况景青却叫住了他。

"毕竟是世交，傅少这么做之前，去关家拜访一下老掌柜吧，于情于理都该这样的。"

傅官熙本想反讽一句，但到底没有开口。想了想，出门之后还是来到了关家。

关家虽然没有牌坊，家宅也并不如何出众，但底蕴并不比傅家差多少。

门房通报进去没多久，就有人迎了出来，但不是关家当家人关通衢，而是傅官熙的婚约对象关幼薇。

关幼薇比傅官熙小几岁，所以小时候也没能玩到一块儿去，而且她很小的时候就被送去了寄宿女校，所以二人见面的机会就更少了。

对她的印象还停留在几年前，现在一个亭亭玉立的大姑娘突然站在自己面前，傅官熙也有些惊讶。

关幼薇剪了女学生常见的齐耳发型，干净利索。虽然身材娇小，但气质出众，漆黑的眸子充满了灵气，同龄女孩的纯真和懵懂都没有，反倒有着一股超龄的成熟感。

不过她的脸色并不好看，见了傅官熙就怒气冲冲地质问道："亏我还把你当成可以信赖的哥哥，你也是接受过新思想的人，思想怎么还是这么老旧？我跟你没有交往过，为什么就一定要……就一定要坚持这门婚事！"

傅官熙坐在门房里，慢条斯理地喝着茶："幼薇，读了洋人的书，就可以不讲老祖宗的规矩了吗？你官熙哥哥好歹是客人，待客之道总该拿出来，一开口就骂人，这样是不对的。"

傅官熙是在故意激怒她，关幼薇也毫不掩饰，越发愤怒起来。

"就是你这一套老封建思想，愚昧至极，故步自封，不思进取，这个社会才变成这个样子。既然读了书，开了眼界，见过外头的世界，就应该承担起责任，改造这个社会，振兴这个国家。目光岂能这么短浅！"

关幼薇就像满腔热血的男儿一样，豪言壮语从她的口中说出来，没有半点生涩，就仿佛她生来就是为了拯救这个国家的一样。

傅官熙在这一刻一度产生了一种错觉，总感觉关幼薇有些不清醒，就像活在自己的梦里一样。

"话倒是说得挺好听，不知道的还以为你关家有多了不起，怎么听说要逃难了？"

傅官熙这一句嘲讽，让关幼薇脸色铁青，肺都气炸了！

第二十九章　关老当家

或许在关幼薇的眼中，只比她大几岁的傅官熙已经成了活在旧世界里的老顽固。这都什么年代了，他脑子里居然还残留着指腹为婚这种封建余毒。

傅官熙本就想来关家看一看，尤其知道关家的当家人与自家父亲一样是地下党之后，就更是如此。

不过如今看来，两家的情况并不太一样，不知道父亲与关家老当家哪一个才是聪明人。

父亲将身份和地下事业藏得死死的，直到死了都没有告诉任何一个家人。

或许关老当家也是这样，但他又有所不同。关幼薇可以去读女校，可以"大放厥词"，可以"离经叛道"，如此一来，反倒没人会去怀疑老当家。

"我关幼薇不会因为一个口头约定就葬送终身的幸福，我更不喜欢你傅官熙。婚约这个事情你不要再提，以后也不要再来我家胡搅蛮缠！"

关幼薇不是寻常女流之辈，她不会隐忍，不会有苦往肚子里咽，她勇于斗争，所有的这一切行为，都非常"出格"。

傅官熙其实见过不少这样的新时代女性，对她们也非常尊重和敬佩。但今天来关家不是为了这些，所以一直在故意激怒她，想要看看她到底能做到什么地步。

关幼薇也不给他留任何面子。话已经说到这个份儿上，傅官熙仍旧是不紧不慢，笑着说道："我又不是来见你的，更不是来逼婚的，只是从海外归来，照规矩来拜访长辈。我要见的是关伯伯，不是其他人，更不是你。没什么事你闪一边去，再骂我，我可就要翻脸了，说不定过了头七我就来提亲，你信不信？"

关幼薇脸色铁青："伯父才刚刚下葬，你心里就只有婚约的事，我真替你感到羞耻！"

"你再这么骂我，更羞耻的事我都做得出来，你看我敢不敢！"傅官熙没有半点羞愧，仍旧泰然地喝着茶。

关幼薇气到语塞，如果眼神能杀人，傅官熙早就死八百回了。

"无耻之徒！"

傅官熙摆了摆手："去吧去吧，我等着关伯伯见我呢。"

关幼薇总不能跟傅官熙动手。她又不是那种刁蛮泼妇，拿水泼人或者拎着扫帚逐客的事情她做不出来。动手不行，言语斥责也没能让傅官熙这个没脸没皮的人少一块肉，她心里是又气愤又无奈。

"幼薇，怎么能这么没礼貌！这是你官熙哥哥，又不是外人，你说的都是什么话！"

关通衢从内院走了出来，他穿着简朴的袍子，虽然略显单薄，却没有半点佝偻，腰杆子硬朗，络腮胡，看起来满面红光。

傅官熙对于这样的气度并不陌生，这是练家子才有的状态，他家二哥就是这样。他从小就听说关通衢是个练家子，只是印象中关于这个伯伯的，只剩下他用钢针一样的胡须来扎自己的小脸，玩得不亦乐乎的情景。

"大伯……"傅官熙站了起来，关通衢摁住了他。虽然个头只到傅官熙的肩膀，但给人一种错觉，仿佛他比傅官熙还要高大。

"这才两年不见吧？养气功夫不错啊。你大哥呢，有些能力，但沉不住气；你二哥倒是能沉住气，但杀气太重；你三哥比上不足比下有余。倒是你，刚刚好，最像你父亲。"

关通衢的一顿夸赞，显得没有水平，因为他抬高傅官熙的同时，贬低了其他三位哥哥。

这并不像久经商场的大商人，因为这话听起来很是得罪人，更有背后论人是非的嫌疑，但却让傅官熙感到莫名亲近。

关幼薇看不过眼，因为自己将傅官熙骂了个狗血喷头，老爹上来却是一顿猛夸，怎么看都是拆她的台。

"爹，你……"

关通衢戳了戳女儿的头道："放你出去读了几天书，心都野了。去让厨房备点小酒小菜，我跟你官熙哥哥喝两口。"

"爹！"

"去吧去吧，再啰唆我可要生气了。"

关通衢嘴上虽然这么说，但脸上一直洋溢着笑意，就好像小辈们吵得天翻地覆也只是他眼中的玩闹罢了。

"为了婚约的事？你能这么紧张这桩事，也不枉我跟你爹死咬着这个约定这么多年。不过幼薇的性子变了不少，你往后怕是没安生日子咯……"

"大伯也赞成解除婚约？还是说这本来就是大伯的想法？"

傅官熙开门见山，关通衢脸上有些挂不住，尴尬地笑道："我要把一些生意迁到别处去，过几日说不定要搬家，往后还不知道能不能回来……"

"举族搬迁？"

"倒也不至于。人漂泊在外都想着落叶归根，我半截身子入土了，是不打算走的，只是年轻人想出去多闯荡罢了。"

"走了就能跟我家撇清干系？"傅官熙这么一说，关通衢脸上的笑容也消失了。

"官熙你为啥这么说？"

傅官熙没有隐瞒："我见过况科长了。"

关通衢脸色一变，但很快就恢复了常态，轻叹一声说："淳风到底是最疼惜最看重你。没想到啊，你们几个哥哥争争吵吵，东西最后还是落到了你小子的手里。

"干系是撇不清的，只是做个姿态。表面上要热热闹闹的，打个掩护罢了。咱们的地下组织已经开始转移，只是需要不短的时间……

"官熙啊，我听说武熙被捕了。你若真想拿东西赎回他，我不怪你。但能不能拖延几日，给我们留点撤退的时间？"

关通衢倒是通情达理得很。傅官熙忍不住问了起来：

"大伯，你为什么不劝我加入你们的组织？之前我跟着二哥去子龙山，杨军武和那个毛子可是毫不犹豫地拉拢我。"

关通衢呵呵笑了起来："你的性子像你爹，骨子里就不是能劝的人。只有你自己经历了那些事，才会看清楚如今这个时局。到时候不用劝说，相信你也会做出最正确的选择。"

傅官熙微眯双眸，盯着关通衢："所以，我要把关家卖了，去换我二哥，大伯也不劝？"

关通衢也笑了："你会卖吗？"

第三十章　小我大局

关通衢的气定神闲，让傅官熙感到有些厌烦。虽然他满脸慈祥，全是对他这个后辈的信任，但傅官熙就是有些反感。

"父亲把家底留给我，我要保全这个家，希望大伯能理解。你们用我做幌子打掩护，就别怪我卖你们换我二哥。"

傅官熙并非只信一面之缘的戴离，而不信世交关通衢，实在是因为局势如此。在没有其他收获的情况下，张德山只有拿二哥邀功这一条路可走。

而且戴离的推测并没有错，这件事很快就会发生，因为子龙山被翻了个底朝天，张德山已经无法再扩大他的功劳。

如果不能上交足够的筹码，二哥很快就会被押送到南京，届时想要救回来就更难了。

再说了，关通衢没有杨军武那样的说教和拉拢，但他的态度更坚定。虽然什么游说话语都没有，可那眼神那语气就好像在说，傅官熙走自己父亲的老路已经是铁板钉钉的事。

傅官熙一直想去重庆政府任职，对地下党没有太多的认知，更没有太多的认可。目前的他，并不认为把脑袋别在裤腰带上去做什么地下党有多么光明的前途。

重庆政府要兵有兵，要枪有枪，在国际上得到大多数认可，不少国际盟友都在大力支持，自己凭什么不去重庆，而要选择地下党？

只是此时的傅官熙根本没想到，不久之后，他的观念会发生天翻地覆的改变。不过这些都是后话了。

关通衢的信任让傅官熙感到不舒服，所以他就坚定了不惜一切代价去救二哥的想法。

"我关家退婚确实不厚道，你为了救家人而出卖关家，也无可厚非。总之，官熙啊，你放手去做吧，但求夜里能安睡，这就够了。"

"我爹都说到这个份上了，你还是这么不开窍吗？你个糊涂鬼！"关幼薇端着托盘过来，想是听了他们的对话，更为气愤。

关通衢跟父亲是拜把子的兄弟，傅官熙虽然有些反感，但确实从他身上感受到了长辈的关爱和理解。

但关幼薇的胡搅蛮缠，实在让他有些坐不下去。

"大伯，你们抓紧时间吧。"

傅官熙站了起来，关通衢也没有挽留，关幼薇要追出来骂，终究是被父亲喝止了。

回到家里之后，傅官熙也是考虑良久，坐在房里一直到天黑。

傅文熙已经派人去各处打点，但收效甚微，好在打听到了一个确切的消息。张德山已经计划三天之后把傅武熙押解到南京。非但如此，他明天就会下达正式的搜查令，要来傅家进行"抄家式"的搜查。

傅官熙不清楚关家要撤走地下的生意需要多久，但估摸着时间不会太短。没有其他办法的情况下，傅官熙更倾向于保住二哥。

但关通衢的笑容一直在他脑海里挥之不去，就算自己的做法合情合理，但只要想到这老人的笑容，傅官熙就感到万分愧疚。

"你去关家走一趟，就说我三天后要接二哥回家。"傅官熙派了家里一个长工去关家，好歹知会一声，让他们早做准备。

这种事情，傅官熙本想亲自去走一趟，可想起关通衢的慈祥，傅官熙就有种没脸见他的复杂情绪。为了不让自己动摇，干脆派个长工过去。

长工还没回来，关幼薇已经找上门来了。

她没有大吵大闹，也没有咄咄逼人，甚至不敢怒目而视。早先的她就如同高傲的孔雀，现如今却低下了高贵的头。

"傅官熙，我希望你能明白一个道理。你可以不接受我们的理念，也可以不支持我们的事业，但你要想想伯父，他把大半辈子的心血都奉献出来了。

"你既然已经拿到了联络簿，就该知道，你家的核心产业全都在哪里。不仅仅是你傅家，我关家，还有其他家族，大家都在同心协力做大事，是为了人民、为了国家。你为什么就只想着你傅家？

"你口口声声说要保护父亲留下来的东西，说到底还是为了这份产业。咱们的同志来自五湖四海，不分贫富，有钱出钱有力出力，心里头就只有一股子热血，骨子里只有信念。

第三十章 小我大局

"你一时半会儿理解不了,我也不怪你。但请你不要这么狭隘。就算你的志愿是去重庆做高官、享厚禄,也不能卖友求荣,不是吗?"

关幼薇言辞恳切,但傅官熙却听出了她言语中的刺儿。

"我是为了高官厚禄吗?我是为了救我哥哥。三天之后他就会被押送到南京,再不救他,往后就救不了了!

"你口口声声让我牺牲,放弃我二哥、放弃我傅家。我二哥在子龙山也有人马,他在杨军武的引导下,也加入了抗联,他也是你们的一分子。为什么不能牺牲你关家来救我二哥?

"横竖所有冠冕堂皇、大仁大义的话和理儿全都让你给占了,所有付出和牺牲就轮到我傅家。你们站在道德制高点,让我家人来吃亏牺牲,这是人干的事儿吗?"

关幼薇哑口无言,但很快又反驳说:"牺牲不分大小,但要顾及大局。傅武熙同志被捕,我们也着急,也在想方设法营救他。而且他及时收到消息,子龙山的同志们都安然撤退了,组织上信任傅武熙同志,相信他不会吐露半点秘密。

"眼下的形势,如果有足够的撤退时间,我们就能够把整个地下线安全地转移和撤退,我们的同志们就能够及时隐藏起来。这是舍弃小我、保全大局,是值得的!"

傅官熙冷笑一声:"连一个小我都保不住,还谈什么大局?如果你们的事业只是不断舍弃小我,最终什么都要舍弃,我为什么要支持你们,忍痛割舍我二哥,甚至放弃去重庆求职?"

关幼薇气得浑身发抖,终究是认输了:"我终于明白父亲的苦心了。跟你这样的人,是没办法谈理想的,只有你自己经历了,才能深刻地意识到个人在社会变革中是多么渺小。"

傅官熙也烦了,不再跟她扯皮:"行了行了,有这工夫跟我磨嘴皮子,还是赶紧回去收拾东西滚蛋吧。我会让人盯着警察所的动静,要是我二哥被押送,我一定会卖了你们,别在我身上浪费工夫了。"

关幼薇逼视着傅官熙，脸色铁青，紧咬下唇，终于是走了，临走前还说了句："傅官熙，我看不起你！"

第三十一章　以物换人

关幼薇离开了，傅官熙却久久无法平静下来。

他不知道张德山何时会行动，二哥随时有可能会被押送。思来想去，他还是翻开了账本，将关家以及一些周边的地下生意联络人的名单都列了出来。

正在忙活时，家里仆人来通报，说是戴离找上了门来。傅官熙赶忙迎了出来。

若尾美子已经在茶厅招待戴离，傅官熙也是客套寒暄了一番。

"你们先聊着，我去让厨房准备午饭。"若尾美子知情识趣地离开。

戴离也不含糊，开门见山地问："事情怎么样了？张天佐那边我打听到了，今天晚上他们就会送傅武熙南下。你要抓紧时间了。"

"这么快？"傅官熙也有些诧异，因为事态变化太快，早先还以为有三日，现在看来，得赶紧行动了。

戴离点了点头："当断则断，否则反受其乱。做大事者不拘小节，傅少还是早做打算的好。"

傅官熙沉吟了片刻，朝戴离道："姐姐能带我去见一见张德山吗？"

戴离摇了摇头："我的身份不合适。带你去见张天佐吧。"

傅官熙也只能退而求其次，给若尾美子留了话，就跟着戴离出了门。

见了张天佑，将装有名单的信封轻轻放到桌上推给他，傅官熙连茶都没喝，就开口说道："我在父亲的遗物里找到了这个，希望能对警长的工作有所帮助。我二哥属实是无辜的，虽然他喜欢舞枪弄棒，但与地下党绝无半点干系，还请张大少代为斡旋一二。"

张天佐细细看了名单，也是眼前一亮，有些喜不自禁。

他这种反应也没有出乎傅官熙的意料。两人一样，都是纨绔子弟，他们都想要得到父辈的认可，所以会抓住一切机会表现自己。

能弄到这份名单，就是天大的功劳，张天佐是没法拒绝的。

果不其然，张天佐呵呵一笑说："本以为傅家误入歧途，如今看来，有傅少这等识时务的聪明人，乃是傅家之幸啊！"

傅官熙谦逊一笑。张天佐拍了拍大腿，站起来道："傅少稍等，我这就去找父亲。"

客厅里就只剩下傅官熙和戴离，他也免不了问起来：

"姐姐不像是贪慕名利的人，为什么要跟着张天佐？"

戴离许是觉得有些突兀，似笑非笑，凑近了问道："那官熙弟弟觉得姐姐应该是什么样的人？"

傅官熙也不躲不避："姐姐目光长远，不计较蝇头小利，野心又大，应该是做大事的人。"

戴离没有否认："如果我真的要做大事，你会助我一臂之力吗？"

傅官熙没有马上拍胸脯，而是谨慎地说道："我欠了姐姐人情，固然是要还的。只是姐姐也知道，我只是想保住父亲留下来的遗产，只要不与这个相悖，傅官熙自是不遗余力。"

戴离点了点头："有你这句话就够了。我确实有些事情要做，不过现在还不是时候。"

傅官熙越发觉得看不透戴离，但这句话也印证了他的某些猜想，只是眼前也顾不得去多想。

两人聊了些闲话，戴离似乎从不肯放过任何逗弄傅官熙的机会，仿佛在她眼里，傅官熙就只是一个初出茅庐的天真小伙。

张天佐很快就回来了，他也是干脆利索，竟把傅武熙也带了回来。

傅官熙惊喜不已。上前一看，二哥虽然憔悴了一些，但并没有受伤，想来也没吃太多苦头，只是脸色并不好看。

"兄弟重逢，可喜可贺。你们回家好好聚聚，我就不打扰了。"张天佐委婉地下了逐客令。傅官熙也不多留，带着二哥便回了傅家。

傅武熙被捕之后，傅家翻了天，人心惶惶，不可终日。尤其是大哥傅文熙四处奔波，到处打点，却没有半点收获，家里人更是心急如焚。

如今看到傅官熙把人带了回来，傅文熙也松了一口气。

傅武熙却少见地没有多说什么，只是默默回到自己院落，洗了热水澡，换了干爽衣服，却一脸愁容。

傅官熙倒是想去跟二哥多谈一谈，但大哥却拉住了他，一脸严肃，甚至将家族里的叔叔伯伯等老人全都请了过来。

用他们的话来说，虽然只有短短的几日，但无论是傅淳风得以顺利下葬，还是傅武熙成功被解救出来，傅官熙都起到了决定性的作用。

可以说，没有傅官熙力挽狂澜，傅家仍旧在泥淖里挣扎。所以他们觉得往后家里的事情，可以让傅官熙来做主。

这无异于将家主的位置交给了傅官熙。当然了，或许他们也已经猜到，家族账本应该是落到了傅官熙手里，否则他根本没法解决这么多麻烦。

另一个层面来说，一直对傅家有所忌惮的张德山，竟然将麻烦找到了傅武熙的头上，说明傅家的情势已不容乐观，往后说不定还有更大的困难与麻烦。

这种情况下，让傅官熙挡在前面，阻力会小很多。反正家主又不是会独吞家族的生意。

在他们看来，责任让傅官熙扛，好处自然会多分一点给他，但他傅官熙也不可能独占。只是看到他雷厉风行的办事能力，不给他任何好处，面子上也说不过去，所以走了这么一个过场。

傅官熙倒谈不上高兴，只是觉得傅家的人到底还是没有丢掉父亲的教诲，关键时刻还是能以大局为重的。

送走了这些人，傅官熙还是来到了二哥这边。只是没想到，二哥当头就给了他一记耳光！

"父亲的账本是用来做大事的，不是让你卖友求荣的！"

傅官熙脸上火辣辣的疼，心里头却没有半点惊愕和愤怒，因为他早料到二哥会这样。

二哥傅武熙是个江湖义气极其重的男人。尽管傅官熙出卖关家并不是为了荣华富贵，而是为了他这个哥哥，但在傅武熙看来，这仍是让他极其不齿的一件事。

"我不能眼睁睁看着你被押送到南京，没了二哥坐镇，傅家撑不了多久。自身都难保，为何还要顾虑这些？"

傅武熙失望地摇头道："杨政委说得没错，你的觉悟还有待提高。或许等你经历更多的事情，才能明白共产党才是中国的希望吧……"

听闻此言，傅官熙顿时想起了关幼薇。他们就好像走火入魔了一样，脑子里全是这种伟大到虚无缥缈的理论，仿佛整个中国的存亡都扛在他们的肩上一样。傅官熙不喜欢这样的感觉，甚至有些厌恶。

当然了，这也跟傅官熙的人生经历有关，目前阶段的他，只会这么想。但连他自己都不会想到，往后的他，对这份信仰的坚定，更甚于关幼薇和傅武熙。

第三十二章　慷慨陈词

傅武熙知道没有足够的时间与弟弟争论，现在也不是教导弟弟的好时机，抓了件衣服就往外走。

"我有事出去一趟。既然连大哥都信你了，这个家就交给你来掌管了。"

傅官熙心中顿时起疑。

按说他将关家和名单交上去之后，傅武熙被释放，那么张德山下一步肯定是去找关家麻烦，抢在关家撤退之前控制住所有人。

但傅武熙回家之后并没有马上去关家报信，而是洗了热水澡、换了衣服才出门。

更让傅官熙感到不安的是，傅武熙走到墙边，把那杆大枪也取了下来，这根本就是一副慷慨赴义的悲壮样子！

"二哥！"

"你这么喜欢保护傅家，就留下来保护傅家吧。我还有事要做。"傅武熙变得冷漠起来。

"我要保护家人，保护父亲留下来的家业，何错之有？"傅官熙很是心痛，甚至感到悲凉。

但傅武熙却只是冷哼一声："你拿到了父亲的账本，就应该知道父亲这些年都在为什么而奋斗。他不惜搭上整个傅家都要做的事情，现在已经被你毁了一半了。"

傅官熙摇头说："我傅家传承百年，兴旺繁盛，为何要做这杀头的买卖？这又有什么好处？

"父亲送我去士官学校，难道不是让我在重庆政府谋职吗？在重庆不也一样大有可为，为何就一定要像老鼠一样躲在地下？"

傅武熙欲言又止，但到底还是规劝道："小四啊，你的眼里看到的是一条容易的路，但这条容易的路，沾满了人民的鲜血。

"重庆方面大肆搜捕和刺杀地下党人，说什么攘外必先安内，根本就是为了一己之私，而非为了中国的未来。残害同胞的人，又如何信得过？

"不过你倒是很适合去追随他们，毕竟现在你已经开始出卖关家，走残害同胞这条路了。

"人啊，就是这样，有了第一次就有第二次。这次你可以为了救我而出卖关家,下次呢?会不会为了救其他家人而出卖其他朋友?"

"到了最后,你会不会为了救我而出卖二舅、出卖大哥?"

傅武熙也是不吐不快,傅官熙却陷入了悲痛之中。他明明不是这样的人,他明明是背负着骂名来救二哥。为何二哥反倒对他冷嘲热讽,再无半点温情?

他的表情越发难看。傅武熙许是有些不忍心,不再看他,扛着大枪就出去了。

傅官熙哪里肯留在家里,拿上驳壳枪就追了出去。然而傅武熙已经跳上张六弦开的汽车,快速离去了。

"二哥有说去哪里吗?"傅官熙在家里打听了一下,但人人摇头,并不清楚。

傅官熙心头越发不安,匆忙赶到了关家。此时关家早已乱作一团,众人收拾包袱,准备逃难。

关通衢在门房里坐着,端着一把小茶壶,慢条斯理地品着茶。桌边是一把马刀,皮鞘斑驳,看来也是新近才翻出来的。

"来了?"关通衢没有太过意外。

傅官熙本不想过来,就是怕面对关通衢,此时也是羞于开口。关幼薇和关叔满等人正在装车,见到傅官熙,也不骂了,只是怒目而视。

车子很快就启动了,关幼薇兄妹俩与关通衢诀别,强忍泪水,踏上了汽车。

家里头的人很快就走得一干二净,唯独一些老人与关通衢守在家里,只是他们都带着武器。他们竟想武力拒捕吗?

"大伯不走?"

关通衢呵呵一笑:"张德山已经掌握了我们的信息,若是大家一起走,反倒走不掉。我们这些老头子都是安土重迁的老封建了,与其如此,还不如留下来拖延一下时间。

"他们身上有枪,心中无情。你们留下来凶多吉少,放弃抵抗吧……"

傅官熙虽然被他们将生死置之度外的气势好生震撼了一番，但到底认为胳膊拧不过大腿，又何必做无谓的牺牲？

见了这一幕，他也知道二哥去干什么了。

或许他已经召集子龙山的人，这次估摸着要跟张德山大干一场！

傅官熙对子龙山的人手和武器并不了解，但他却知道张德山的那些人都是荷枪实弹的，真要打起来，大刀哪里干得过枪！

关通衢指了指前面的椅子，让傅官熙坐下。可后者哪有这个心情。

关通衢也不勉强，朝傅官熙说："我跟你爹躲了好些年。其实我们在上海做生意的时候，就接触到了共产主义的思想，就像打开了新世界的大门。

"我知道你无法理解，因为你在这样的家庭中出生成长。其实我们这些老东西比你们年轻人要更顽固，早先也跟你一样，甚至比你更抵触。但经历了很多事情，我们知道，这才是唯一能拯救中国的信仰。

"人哪，不怕无钱无势，就怕心里没信仰，眼里没光芒，一辈子浑浑噩噩、麻木不仁，只是一味盯着那点银子钞票。

"我们已经老了，但我们的子孙后辈还有个盼头。现在跟你说再多，你也听不进去。你先好好看一看吧，我们这些老东西，给你们年轻人打个样儿，好叫你们知道，有些东西确实比命还重要。"

傅官熙在他的身上，看到了关幼薇，看到了傅武熙，同样的义无反顾，同样的慷慨陈词，同样的坚若磐石。

可越是这样，傅官熙就越是迷惑不解，共产主义到底是怎样的一种信仰，能让这些人，无论是陈腐老旧的商人父亲，还是行走江湖的二哥，抑或是接受过新式教育的关幼薇，都这般炽烈地信奉？

或许，他真的该认真去接触了解一下。但眼下的情况并不允许。

关家留下来的都是些老人，一看就是螳臂当车。而二哥已经去召集人手，到时候一场冲突爆发，伤亡是无论如何都避免不了的。

无论是关通衢，还是傅武熙，他都不愿意看到他们再次受到伤害，傅官熙必须阻止这场冲突！

为了给那些地下渠道争取撤退的时间，他们竟然用性命来拖延，这一切难道真的值得吗？

傅官熙并不想去深思，既然劝不动他们，就只能想方设法帮他们拖延。如何才能做到？

第三十三章　完全取信

阻止这场暴动，拖延足够的时间让关通衢也能够逃走，这是傅官熙的当务之急。

既然劝不动关通衢和二哥傅武熙，也就只能阻止张德山带人过来围剿关家。这显然不容易做到。

不过想要拖延张德山的行动，未必没有机会。

傅官熙离开关家之后，又找到了戴离这边来。

因为张德山已经离家，估摸着正在召集人手。张天佐为了立功，也参与了此次行动，倒也方便了傅官熙。

门房通报之后，戴离很快就把傅官熙带了进去。

"你想阻止是不可能的，不过想要拖延却未必不能办到。"戴离没有拐弯抹角。

傅官熙大喜："怎么做？"

戴离犹豫了片刻："想要做这件事，你必须完全信任我，你能做到吗？"

"完全信任？"

"对，毫无保留地信任。"

傅官熙有些为难了。

因为他与戴离并未深交。虽然她帮助过自己，但她显然不是个简单的女流之辈。她留在张天佐的身边，似乎也另有所图。

这样的一个人，傅官熙能不能完全信得过，并不是一个马上能够得出答案的问题。

戴离这次也没有让步，而是静静地等待傅官熙的答复。

"即便我说完全信任你，你会信吗？"傅官熙这么一说，戴离却信心十足了。

"这个你可以放心，我自然有办法让你付出诚意。我只问你，愿不愿意交我这个朋友？真正的朋友。"

傅官熙寻思了良久，到底是伸出手来。戴离露出笑容，用力与他握手，而后站了起来："跟我来吧。"

两人离开了张家，来到了城北的一处民房，看布置应该是戴离的私人住宅。

戴离也不含糊，带着傅官熙绕过主屋，来到了后院的小厢房，朝傅官熙道："帮我把书架挪开。"

傅官熙将书架挪开之后，戴离也不卖关子，拆下了书架后面的木板。没想到书架本身只是一个伪装起来的架子，背后藏有暗格。

傅官熙一眼就看到了一台熟悉的设备，竟然是一台发报机！

"你……你到底是什么人？！"

戴离没有直接回答，而是朝傅官熙道："我明白你的心思。我只能告诉你，我不为日本人卖命，这样足够了吧？"

傅官熙逼视着她的眼睛，选择了相信。

因为他在日本读书，与若尾美子交往，也在日本的上流社会混迹，对日本人并不陌生。戴离不是日本人，这是可以确定的，从言行举止等等细节都推测得出来。

至于她会不会是二鬼子汉奸，这个没法确定。但她能说出这句话，就说明她看透了傅官熙的心思，知道傅官熙的立场，一旦选择深度合作，相互交换秘密，就意味着她很清楚欺骗傅官熙是何等下场。

再者，如果她真是日本间谍，也就没必要把这么重要的东西暴露出来了。

"我们可以利用这台发报机发一封密电，把张德山引到别处，来一个调虎离山。这样一来，就能够拖延足够多的时间了。"

"密电？什么样的密电能支开张德山？如果是南京政府的密电，必须有官方的密码本，你不会这么巧就有吧？再者说了，你怎么知道张德山一定会上当？"

戴离摸了摸发报机，就好像在抚摸自己珍藏的宝贝。她抬起头来，对傅官熙说：

"不是南京政府的密报，而是地下党人的密报。"

"地下党人的密报？"

"对。张德山是个多疑的人，他们官方发报连时间都加密，这次的发报会预约下一次发报的时间。突发状况的发报，他们会用不同的密码本。所以这个法子没用。

"但如果我们发地下党人的密报，让他们截获，这就不一样了。

"眼下关家正在撤退，地下党人必然会接应，这个时候发的密报才有足够的价值，张德山是万万不会忽视的。"

傅官熙恍然道："这个法子确实行得通。但问题是你有地下党人的密码本吗？"

戴离微眯双眸，嘴角含笑："我没有，但……你有！"

"我有？你怎么知道我有？"傅官熙尽量压抑自己的情绪，掩饰自己的表情和反应。

因为密码本确实在他的手里，非但有密码本，还有一台发报机，那都是父亲藏起来的秘密。

他也终于明白，戴离为何要他完全信任她，也终于能理解她的话，她确实有法子来考验他的信任。

这是父亲最大的秘密，如果承认自己有地下党的密码本，无异于承认自己跟地下党有牵连。如果她是日本间谍，甚至是张德山派来故意给他下套的人，那么傅官熙就是自投罗网了。

到底该不该信任她，这就成了傅官熙最需要考虑的问题了。

"给我一个信任你的理由吧，你这是要我把全副身家都押在你身上，不是吗？"

戴离目光灼灼地盯着傅官熙，缓缓贴了上来，鼻尖几乎要碰到傅官熙的嘴巴："你没有选择，要么信任我，要么就看着关通衢和你二哥去跟张德山拼命。

"横竖我的秘密已经展现在你面前，大门也敞开着，你可以随时离开，就当今天的事情没发生过，要么利索些把密码本拿出来。"

傅官熙后退了半步，久久没有说话。

戴离失望地叹了口气，要将木板重新装回去，嘴里还说着："唉，你这么优柔寡断，是做不成大事的，算我看错你了。"

傅官熙的内心挣扎着，终于是咬了咬牙，抓住了她的手腕。

"就算有了密码本，你又如何保证张德山一定会截获这封密报？"

戴离的眼睛重新亮了起来。

"我一直在监听张德山，他那些发报和收报的通信员都逃不开我的监听。他们虽然没有截获过地下党的密报，但一直关注几个频道，只要我们选择其中一个频道发出去，他们一定能截住的。"

"就算他们截获了，没有密码本，又怎么翻译出来？"

"不要小瞧了张德山，更不要小瞧了汪精卫手底下的特务。再说了，我又没说全都用你父亲的密码本。"

戴离这么一说，傅官熙更是迷糊了。

第三十三章 完全取信   119

第三十四章　一石二鸟

傅官熙虽然不能完全信任戴离，但不得不说，戴离的计划是可行的，甚至是目前为止最好的一个计划。

"你打算发什么内容？或者说，你打算把他们引到哪里去？"

戴离没有含糊："子龙山。"

"子龙山？那可是我二哥的地盘！"非但如此，傅官熙认为，二哥匆匆离去，就是去子龙山了。

虽然第一次围剿的时候，张德山只抓住了二哥，其他人都及时撤退了。

但这次二哥主动召集人手，要保护关家撤离，不惜要与张德山正面冲突，如果失败，损失可要比上次更加惨重。

"你这是要灭掉子龙山？"傅官熙虽然没有接受杨军武和那毛子的邀请，但也不会把他们交给张德山。

虽然能给关家争取到足够的撤退时间，但子龙山同样有可能被张德山的人马掀翻。这不是调虎离山，这是趁火打劫！

"你二哥此去必然有所准备，说不定能打张德山一个措手不及呢？"

"万一不能呢？"

戴离呵呵一笑："反正对我没坏处。"

"对你没坏处？"傅官熙心思飞转，也是心头一震，"你是重庆方面的？"

思来想去，也只有这种可能了。

戴离如果是重庆方面的谍报人员，那么无论张德山还是子龙山那边吃亏，对她而言都没有坏处。

因为一个是汪伪政府，一个是地下党，都是重庆方面的打击对象。诚如她所言，如此一来，对她还真没有坏处，反倒是坐山观虎斗的大好局面！

"这是你说的，我可没承认哦！"戴离笑了笑，突然又说道，"不过嘛，我在重庆确实认识一些人。我知道傅少一直想去重庆政府谋职，不如就把这次行动当成投名状好了。

"只要你协助我完成这次任务，我就给你当介绍人，怎么样？"

戴离虽然有些半开玩笑，但傅官熙还是能够听出七八分真假。然而他心里想的却不是这些，而是二哥曾经对他说过的话。

是啊，他已经开始在走这条路了，为了二哥出卖关家，为了傅家出卖子龙山，下一次呢？到了最后，只剩下良知可以出卖了。

可他正是因为出卖了关家，此刻才在积极补救。他希望关家的人能够全部撤离，包括义无反顾的关通衢，只有这样，他的良心才不会痛。

二哥明知道关家如今是龙潭虎穴，仍旧去召集人手要保护关家。他们全都将个人安危置之度外。虽然他们的慷慨陈词让傅官熙感到反感和厌烦，但并不代表傅官熙不敬佩他们。

能让人甘愿付出生命代价的信仰，到底是什么样的信仰，傅官熙很好奇，却又有些敬而远之。

如果真的答应了戴离，他才算是真正踏上这条不归路了。

目前的他，仍旧认为重庆政府才是他投靠的第一选择，但不能以这种方式来达到自己的目的。

"我不会这么做的。"傅官熙坚决地摇头，否决了戴离的提议。

"那太可惜了，不过我并没有意外。官熙，你是个好人，但这世道最不缺的就是好人。人的野心就像一头猛兽，用良知是压不住的，要么会让野心无限膨胀，要么会彻底把野心压死。你想当好人，就不要有大野心，否则就会首鼠两端，最后两头都不讨好。"

戴离言毕，就要收拾东西，这次是头也不抬，只是冷漠地说道："你走吧，今天的事就当没发生过。如果消息走漏了，你应该清楚会是什么样的下场吧？"

傅官熙没想到戴离竟威胁自己，当她抬起头来之时，眼中杀气毕露，全然没有了先前的温情脉脉。

许是傅官熙的表情太过惊诧，戴离走了过来，捏了捏傅官熙的脸道："是我太小心了，咱们官熙一直想着投靠重庆，又怎么会出卖我？"

傅官熙没有拍开她的手，反倒抓住了她的手腕。

"戴离，就没有别的法子了吗？"

"我确实想替重庆做事，但我不会出卖二哥。除了我的能力，更不会再出卖任何东西！"

戴离敲了敲他的手背："你倒是想一干二净，但世上哪有这么便宜的事？"

"你也替重庆做事，难道戴离姐姐也不干净了吗？"

傅官熙此言一出，戴离的脸色顿时有些难看起来。

她似乎陷入到了过往的记忆之中，眉头微蹙，眼中满是伤感。只是过得片刻，又恢复了平静。

"官熙，你这话倒是有点伤人了。不过，你想知道我干不干净，试一试不就知道了吗？"

戴离这么说着，整个身子都贴了上来。傅官熙也是心头荡漾，身子都有些僵硬了。

面对热情如火的戴离，傅官熙到底是冷静了下来，轻轻将她推开。

"戴离姐姐就不要再跟我开玩笑了，现在不是时候。我知道姐姐或许不算好人，但也绝不是泯灭良知的恶人，表面的浪荡不过是伪装罢了。不，与其说是伪装，不如说是自我保护。"

戴离呵呵笑了起来："哟，咱们官熙弟弟要看穿我的心思了呢！如果打从一开始我就看上你了，所有的一切，与若尾美子的偶遇、打牌，包括后来与你私会，都在我的算计之中，那又如何？"

傅官熙不禁愕然，但细细回想，还是摇了摇头："不会的。"

因为这里头有太多偶然，就算他一开始去奉阳商会是奔着张天佐去的，但接下来发生的事情，根本就不是戴离能预测和引导的。

戴离别有深意地打量着傅官熙："这么有信心？"

傅官熙没有把话接下去，而是朝戴离说："帮我这一次，我不会让你后悔的。"

戴离嗤笑道："你当我是女诸葛吗，想怎么样就怎么样？这已经是最好的方案了，除非你有更好的计划。

"你要真能想出更好的办法，我帮你一次也不是不可以。不过这个人情必须要记清楚，以后要还的。"

戴离虽然松了口，但这个前提条件也不轻松。并且还人情债还是小事，能不能想到更好的法子，才是傅官熙此时头疼的事情。

而且时间紧迫，由不得他深思熟虑，必须尽快拿出方案，否则就算戴离能等，张德山也要带着人马扑向关家了。

第三十五章　二哥辞行

戴离答应帮忙，傅官熙也松了一口气。但如何才能利用好这个发报机，傅官熙一时半会儿也没有很好的想法。

她有信心让张德山的人截获情报，自然有她的办法，傅官熙需要思考的只是密报的内容，如何才能拖延张德山。

如果把他引到子龙山，对于戴离而言是必赢的局面，最好双方同归于尽，她反倒是高兴的。

张德山的人被打成什么样子，傅官熙是半点不关心的，他就怕二哥傅武熙会吃大亏。

既然不能引到子龙山，又没有足够的时间去向二哥示警，那就只能选择另外的地点。

但这个地点的选择必须有前提条件。

张德山的人没法突然袭击子龙山，更不能让他们截住下山的傅武熙，但又必须让傅武熙提前发现张德山的人。

傅官熙对子龙山附近的地形并不熟悉，毕竟那曾经是马贼的巢穴，傅官熙年少时又不是一个上山下海的野孩子。

"定远仓库，去定远仓库！"傅官熙经过深思熟虑，最后给出了这个地点。

定远仓库是关家的仓库，张德山必然对这个情报深信不疑。而定远仓库里头有不少高大的货柜，将整个场地隔成了迷宫一样，能够极大地拖延时间。

进入到仓库里头之后，张德山这边的枪手实力会大打折扣，能给二哥的人制造近身肉搏的机会。

定远仓库在关家外围，只要张德山的人奔向仓库，关家的人一定会提前知道。

到时候无论是关通衢还是二哥，他们想要战斗还是想要逃走，都有选择的余地。

"定远仓库？你确定了？"戴离没有问关于仓库的详细信息，说明她早已清楚这个地方，或许这个地方也曾经是她考虑过的选择之一。

"是。"傅官熙点了点头。

戴离也不再迟疑："你回去拿密码本吧。"

"不用，大概内容我已经有了腹稿，我这就把密文写给你。"

"不用密码本？"戴离也有些惊愕。她没想到的是，傅官熙在士官学校最喜欢的课目就是情报学，电信技术过硬，一般的密文转译都不在话下。

对戴离的真实身份虽然猜了个八九不离十，但傅官熙没有完全信任她，自然不可能把密码本拿出来。

无论是账本还是密码本，这些资料放在哪里都不安全，只有放在脑子里才安全。所以傅官熙当时就刻意去记，虽然没有全部记住，但也差不多了。

更何况，这些信息储存在自己脑子里，人身安全就能够得到保障，不怕戴离或者其他人杀人夺物。想要情报，只能留着傅官熙的命。

敲了敲太阳穴，傅官熙笑道："密码本都装这里头了，姐姐放心。"

惊愕之后，戴离也笑了："官熙，你真的很适合这一行。你要真想去重庆，不如我当你的推荐人，往后跟着我一块儿干情报算了。"

傅官熙确实有些心动。不过他知道，情报这一行是刀头舐血。就拿戴离来说，她明明就不喜欢张天佐，却又不得不待在他的身边。

虽然她并没有让张天佐得手，但谁又敢保证她一直能够守身如玉？

这就又回到了傅武熙对自己的告诫上，走上了这条路，根本不知道自己哪天就出卖了底线。

"先过了这关再说吧。"傅官熙没有立刻答应，戴离也不多说，两人合作着，将情报转换成密文，由戴离发了出去。

戴离在操作发报机的时候，傅官熙一直在观察着她的动作，由此也可以看出，她绝对是个老手，也越发证实了她的身份。

发了报之后，两人火速离开了戴离的"秘密基地"。

傅官熙没有跟着戴离回张家，也没有回傅家，他倒是想去仓库看一看，但又想自己无法提供实质性的帮助，去了反倒平添麻烦。

思来想去，傅官熙还是来到了关家附近，暗中观察了一番，发现关家已经没人了，但也不敢进去。

过了一阵，倒是听见了仓库传来的枪声，周遭的乡亲们也是关门闭户，躲在家里瑟瑟发抖。

枪声持续的时间并不长，频率也是零零星星，估计受限于仓库的地形，双方已经开始近身肉搏，一切似乎都在傅官熙的意料之中。

若是近身搏斗，傅官熙并没有太多担忧，傅武熙是个中好手，子龙山那些人亦是如此，白刃战他们应该不会吃亏。

一直等到晚上，张德山终于带着残兵败将撤退了。

傅官熙在关家附近等了很长时间，也没有见到关通衢等人回来，只好回到了傅家。

没想到傅武熙已经回到了家里。再度见面，傅武熙的脸色缓和了不少。

"张德山为什么会去仓库？是你搞的鬼吧？"傅武熙是个聪明人，知道如果无人从中干扰，张德山好端端地不会将目标转到仓库去。

他能够回到傅家，说明这一仗他们该是打赢了的。

傅官熙没有承认，也没有否认，只是问了关通衢的情况，傅武熙也没有隐瞒。

听说关通衢顺利带着人撤退了，傅官熙也松了一口气。

傅武熙的身份没有暴露，倒是让傅官熙感到意外。不过傅武熙没有闲着，很快就叫来了大哥傅文熙和三弟傅百熙。

父亲死后，兄弟四人第一次这么正经严肃地坐在一起开会，气氛也没有好到哪里去。

傅武熙率先开口说："我要离家一段日子，或许是很长一段日子，家里往后就交给你们了。"

傅官熙并不意外。傅武熙虽然在战斗中没有暴露身份，但张德山一定知道他是其中一员。

再者，这次吃了亏，张德山必然会再度找他麻烦，傅武熙留在家里太过危险。

"二哥打算去哪里？"傅官熙问。

傅武熙没有回答他的问题，只是笑了笑："我出去也是迟早的事情，既然决定了要追随同志们搞革命，连性命都舍出去了，又何必在意去哪里……"

这还是他第一次在兄弟们面前提到革命两个字。傅文熙和傅百熙自是诧异万分，絮絮叨叨在劝诫。但傅官熙知道，二哥走上这条路是不会回头的。

"大哥，小四虽然没有经手家里的生意，但论计谋论格局，他都比我们略胜一筹。往后家里的事情，多问问他的意见吧。"

傅文熙这次倒没有再争，只是点头应下，四人之间多了一份兄弟温情。

傅武熙举起酒碗来，朝兄弟仨说道："一世兄弟，往后不知道还能不能见着，多保重了！"

此言一出，也是平添诸多伤感。

第三十六章　内贼难防

虽然发生了诸多事情，但傅官熙回家奔丧其实也没几天时间，兄弟四人第一次坐下来喝酒，却是给二哥饯行。

从一开始的争夺家产，到如今一致对外，个中经历此时也不必再提，四人皆感慨万分，难免痛饮一番。

似乎回想到了过往时光。兄弟们虽然算不上太亲近，但好歹血脉相连，一时间也是伤感得很，那些争执和利益也就不足道了。

喝到下半夜，都醉了，也算尽兴，各自回去睡觉。傅武熙却突然变得很清醒，把傅官熙留了下来。

"大哥虽然没有明确表态，但往后算是你当家了。不过在此之前，你还必须做一件事。"

"什么事？"傅官熙也是疑惑。

傅武熙没有拐弯抹角："抓内贼！"

"内贼？"

傅武熙点了点头："张德山如何知情，这很蹊跷。首先，父亲被日本人杀害，这件事情连我们都是后来才知晓，他却主动登门，以此要挟。这很奇怪。

"其次，你跟关家的约定，应该也是家里人泄露出去的，否则张德山不会马上就对关家动手。

"如果没有内贼，关家会有足够的时间撤退，我们也就没必要打这一仗，我也不用这个时候离开……

"这个内贼一天找不出来，我傅家就一天不得安生。这个事情不能让大哥和三弟知道，只能你去做。"

傅官熙也意识到其中的蹊跷，只是不明白二哥为何托付给他："二哥是连大哥和三哥都怀疑？"

傅武熙苦笑了一声："没有找到内贼之前，谁都有嫌疑。但你没有，因为你一直在日本，最近才回来。"

傅官熙也不置可否，但二哥说的并没有错。

"小四啊，你是个有本事的。不过如果选错了路子，越是有本事，反倒死得越快。二哥说话不好听，但道理就摆在这里，你也是时候考虑自己的出路了……"

傅官熙知道，二哥不会放过游说自己的机会。

其实二哥心里也清楚得很，无论是关幼薇、关通衢，还是他自己，他们为之甘愿奉献生命的事业，在傅官熙的眼中、心里，还没有太多的体悟。

对于让他们狂热的共产主义信仰，傅官熙有了直观的了解，却没有亲身的体会。相较之下，他认为戴离的提议更适合自己，起码目前来看确实是这样。

"二哥，我明白你的意思。不过我还是想再看看。"

傅武熙捏了捏他的肩膀："小四，我一直认为咱们兄弟四个，大哥做生意最像父亲，而要说到性情，其实你才跟父亲最像。

"你跟父亲一样，都很谨慎，都想着分了胜负再投注，不做没有把握的事情。诚然，现在我们的同志确实面临着内部外部各种困难和阻力，但越是这样，就越能展示我们的决心。

"或许我们没有重庆方面的财力、人力、物力，但我们有信仰，有信心，也有勇气。毛委员说过，星星之火，可以燎原。你会看到红旗遍地的那一天。"

傅官熙没有说话，傅武熙也不再多劝："我希望我们兄弟再见面的时候，不会是敌人……"

傅官熙欲言又止。傅武熙也知道自己逼迫太急，呵呵笑道："我就不啰唆了，你好好歇息吧，内贼的事一定要抓紧。"

傅官熙这才点头，二哥径直回去了。

傅官熙没能睡着，一直在思考二哥的话，到了破晓时分，才迷迷糊糊睡了一阵，没多久又被大哥叫了起来。

"张德山带人去关家了！"

大哥的语气多少有些兔死狐悲之感。虽然人员全都撤离了，关家就剩个空壳子，但张德山带人去抄家了，往后这地方，就再没有关家了。

张德山升官发财的梦到底是没能做成，但他一定会将傅家盯得更紧。正如二哥所说的，抓内鬼的事情已经迫在眉睫。

想到此处，傅官熙便问道："二哥呢？"

傅文熙摇了摇头，轻叹了一声："连夜走了……"

"大哥知道二哥去了哪里吗？"傅官熙也有些失望。

傅文熙迟疑片刻道："应该是藏在子龙山吧，起码最近应该是在子龙山的。"

"怎么还在子龙山？万一张德山再带人上去又该怎么办……"

傅文熙呵呵一笑："张德山在仓库被打了闷棍，元气大伤，最近哪里还敢上子龙山。

"你二哥好歹是个大英雄，实力还是有的。说实话，连我都不知道他在子龙山有多少人，否则他这次又怎敢带人去打张德山？

"你要知道，这个事儿往前面一点说，那跟造反也没差别了。虽然这里是汪精卫这个大汉奸的地盘，但民不与官斗，这老话不是没道理的。

"你二哥敢跟官斗，就足以说明里头的意思了，往后他是要做杀头的大事了。只是咱们老傅家，风雨飘摇，不知道能撑到什么年节。你二哥说得对，往后还得靠你了……"

傅官熙看着大哥，突然觉得他苍老了好多，一时间也是恍惚起来。

原本想从大哥开始调查，现在傅官熙反倒从心里排除了他的嫌疑。

傅官熙在家里转了一圈，旁敲侧击，又找那些长工、短工和仆人都问了话，一时半会儿也找不出个头绪来。

"傅桑最近在忙什么？"一连几天的调查，傅官熙没有怎么休息，更是冷落了若尾美子，后者主动找上门来，傅官熙才觉得有些失礼。

他确实疲惫了，习惯性地想对若尾美子倾诉。但一想到杀害父亲的是日本间谍立花千门卫，若尾美子又是日本人，傅官熙到底是把话留在了心里。

"二哥出去了，家里的事情要我接手，这几天都在忙。等过几天闲下来，我带你去拜访戴离姐姐可好？"

若尾美子有些惊喜，不过很快就平静了下来："家里的事情要紧，傅桑不用费心。我前两天去找过戴离姐姐，她好像也很忙……"

"哦？戴离姐姐在忙什么？"

若尾美子摇了摇头："她也是神神秘秘的。我总觉得这个姐姐不简单……"

傅官熙盯着若尾美子，到底是没说什么，或许抓内鬼的事情该找一找戴离，毕竟当局者迷旁观者清，说不定她能提供什么线索呢。

第三十七章　人情请求

张天佐又开始打牌了。

张德山因为一系列行动的失败，虽然抄了关家，但没有抓到关键人物，在仓库被伏击，伤亡也不小，所以很是挫败。

张天佐本以为这次能够得到父亲的赏识，没承想招来的只是父亲的责备，也是心灰意冷。

相约打牌并没能让他开心起来，即便傅官熙仍旧不动声色地输钱给他和戴离，他也兴致缺缺，打了几圈就停了，差点没掀桌子。

四人就开始喝红酒，天南地北闲聊着。借着上洗手间的空当，傅官熙还是找到了跟戴离说话的机会。

"二哥怀疑家里有内鬼，我这几天都在查，但毫无头绪。姐姐有没有什么想法或者建议？"

"你偷偷溜进女士洗手间，就为了跟我说这个？"戴离正在拨弄着头发，此时贴上来，眼神妖媚。傅官熙也是浑身发热。

"说正事，别逗我！"傅官熙后退了一步。戴离也就收了炽热的眼神，朝傅官熙说道："为什么找我？或者说，是什么让你觉得我会知情？"

傅官熙还是打算有话直说："虽然你对傅家不甚了解，但你一直监听张德山。如果你能把监听的情报分享给我，顺藤摸瓜，说不定能追到源头……"

"很有道理。不过你又不是我男人，更不是我儿子，为什么我要接二连三地帮你？何况你还欠着我人情，不知道什么时候还，不知道你有没有能力还，更不知道到时候会不会赖账不还。"

傅官熙也是摇头苦笑："又是这个问题，姐姐什么时候才能信我？"

戴离有些认真起来："你加入我们，或者……或者你抛弃若尾美子，跟我好，这样我才能信你。"

傅官熙哑然失笑："都什么时候了，姐姐能不能别开玩笑……"

戴离却仍旧一脸认真："我不是开玩笑。你没有完全信任我，又想让我完全信任你，天底下哪有这么便宜的事？

"张天佐为了得到我，舍弃了多少东西？要不是知道他的真正意图，说不定我早就被他感动了。

"这么一对比，我更像是倒贴了你这个小白脸，你说我能不委屈吗？"

洗手间的环境本就有些暧昧，戴离又说起这些话，傅官熙难免心旌摇荡。若非他知道戴离的真实身份，真真就禁不住这份诱惑了。

"再这么说话我可要走了……"傅官熙也只能以退为进，戴离也就不再挑逗他了。

"我可以把情报交给你分析。不过最近我遇到了不小的麻烦，你得先帮我一个忙。"

傅官熙没有迟疑："什么忙？"

戴离压低了声音："张德山已经开始怀疑我，我的安全屋必须尽快转移，里头的东西绝不能曝光。但他们盯得太紧，我没有机会出去，只能你来做。"

"我？"傅官熙有些惊诧，毕竟安全屋是戴离最大的秘密，她能让自己去收拾，说明是真的信任他，反观自己却并没有完全信任她。

"对，不到万不得已我也不会让你去。你想要的情报也都在里面，我的监听情报全都在，你可以分析一下，说不定真能找出傅家的内贼。"

傅官熙寻思了片刻："什么时候去合适？"

戴离估算了一下，回答说："明早吧，天亮的时候最好。"

"为什么是白天？"傅官熙多疑起来，因为白天很容易暴露，不排除戴离故意设下陷阱，把他当成替罪羊的可能性。

"你都认为夜里安全，张德山的密探当然也会这么想。最危险的反倒最安全，要的就是出其不意。"

话虽是这么说，但这实在太过冒险，傅官熙也在权衡她的话到底有几分是真。

"怎么，怕了？"戴离略带讥讽，"连这都信不过，那就算了，往后也别再找我了。还说什么欠我人情，这点事都做不了，往后能指望你做什么？"

戴离没再给傅官熙说话的机会，径直离开了洗手间。

傅官熙回到房中之时，若尾美子与张天佐正聊得火热，后者甚至换了个位置，坐到了若尾美子的旁边，而戴离只是稍显冷淡地在一旁喝酒。

张天佐的目光有些闪烁和心虚。傅官熙也看得出来，在他去洗手间的空当，这个张天佐应该是跟若尾美子说了些什么尴尬的话。

因为与戴离"不欢而散"，所以气氛也有些怪异。张天佐倒是一扫先前的低迷，主动活跃气氛，反倒使气氛显得更尴尬。

戴离心情不好，喝了一会儿酒，就说累了，要回去。张天佐虽然有些意犹未尽，但还是带着戴离回家去了。

傅官熙与若尾美子回到家中，他没有问起张天佐到底对她说了什么，后者也没有主动向他提起。

两人喝了醒酒茶，不咸不淡地聊了一会儿，就各自回房休息去了。

傅官熙是没法子睡着，心里一直在想着戴离要他去做的事。最终他还是决定去安全屋帮着收拾残局。

且不说戴离对他的帮助很大，务实一些考虑，往后还用得着戴离；说得矫情一些，经过这几次的事情，戴离对他付出了很多，这个人情确实是要还了。

因为去过一次，安全屋的位置和里头的环境也都不陌生。但傅官熙还是制订了一个计划，甚至想着找个可靠的人来帮忙。

不过这种事知道的人越少越好，他最终还是决定单干。

简单准备了一番，傅官熙就躺了下来，寻思着先休息一会儿，养精蓄锐，破晓时分再行动，时间上应该是刚刚好的。

饶是如此，他还是辗转反侧，到了下半夜仍旧毫无睡意。正打算起来坐一会儿，却听得外头传来了轻微的动静！

傅官熙虽然不像二哥是个练家子，但好歹读的士官学校，侦察和反侦察能力还是有的。

更何况家里发生了这么多事，他一直小心警惕着，此时又是夜深人

第三十七章　人情请求

静，他的心绪又有些不安，本就有些预感，此番动静听得更真切了。

傅官熙将枕头边上的驳壳枪摸了出来，赤脚走到了门后头，借着外头走廊的灯笼，能看到一道人影渐渐出现在窗格上。

"笃……笃笃……笃……"

敲门声很轻微，傅官熙看着窗格上的剪影，却已经从体形身段辨认出这个人是谁了。

他赶忙将驳壳枪收了起来，而后打开了房门。

第三十八章　深夜监听

傅官熙今夜去参加牌局，本是为了让戴离帮助揪出内鬼。然而半夜的时候，戴离竟主动找上了门来，傅官熙也很是意外。

"怎么这个时候来？"

戴离直接问道："房里还有别人吗？"

傅官熙微微一怔，而后摇了摇头。戴离似乎也松了一口气，也不多说，径直走进了卧房之中，将身上的背包解了下来。

"张德山已经找到了我的安全屋，等不到明天了，幸亏及时收到了线报。不过那地方用不了了，设备必须放在你这里。"

虽然只是短短几句话，但傅官熙也感受到了里头的惊心动魄。想要骗过张天佐，把设备和情报取出来，个中经历如何，想想就有些紧张。

"放这里该是没问题，不过你有没有危险？"傅家还是有隐秘地方的，父亲藏账本的暗阁保险箱就是其中之一。但如果戴离的身份被暴露，傅官熙也避免不了嫌疑，迟早要追查到他的头上来。

戴离微微一笑："不会有事。不过有个麻烦需要解决。"

"你说。"

戴离帮助过自己不止一次，如今她有难，傅官熙也想着投桃报李，还了人情。

"我必须知道张德山的下一步行动,因为我还不确定他是否真的看穿了我的身份。所以……你必须继续帮我监听他。"

"我?监听张德山?"虽然情报学是他最感兴趣的课目,也是成绩最好的课目之一,但真到了实践的时候,傅官熙也难免有些紧张。

"你不是一直想去重庆谋职吗?我说要给你当介绍人也是认真的,只要你做好这件事,就算是半个军统的人了。"

"所以,你是军统的人?"这还是傅官熙第一次从戴离口中听到关于她真实身份的信息,算是她自己承认了。

戴离不置可否:"记得监听。他们的例行发报时间通常在凌晨,重要的汇报会在晚上九点,时间段要记住。"

叮嘱了一番,戴离又匆匆离开了。

傅官熙不知道她是怎么找上门来,还没有被傅家的任何人发现的。如果说先前还有所怀疑,如今是真的确定她是军统的谍报人员了。

这设备虽然不算太大,但藏在哪里都不安心,傅官熙果断藏到了父亲的卧房里头。

毕竟父亲已经过世,卧房闲置了下来,家里人也不会靠近,只有他时不时会去坐一会儿。

因为他与父亲的关系最亲近,所以家里人都觉得他睹物思人,进去是为了缅怀父亲,自然不会有所怀疑。

加上父亲的卧房里有保险箱暗阁,藏在里头最合适不过。

傅官熙将戴离早先的情报记录全都筛选了出来,白天就在书房分析这些情报。因为有密码本可以对照,其中一部分又被戴离转译过,所以也算轻松。

不过情报量实在太大,一时半会儿想找到内贼的线索,除非运气爆棚,否则只能老老实实排查。

这侧面也反映了一个事实:戴离监听张德山不是一天两天了,从情报来看，她几乎掌握了张德山的全部行踪，也截获了不少有价值的情报。

抓内贼已经是当务之急，傅官熙将自己锁在书房里一整天，分析了大量的情报，但仍旧毫无头绪。

不过从这些情报里头，他却看到了另一个世界，对当今的局势又有了全新的认知，也算是一个重要收获。

到了夜里，傅官熙草草吃了晚饭，便转到了父亲的卧房，九点钟准时监听张德山的动向。

这还是他第一次执行任务，自然有些紧张，注意力也没法太过集中，总担心突然有人闯进来撞破他的事情。

虽然只是常规的例行发报，但对于傅官熙而言，却是不错的实战演练。他从收报到转译，渐渐熟悉了起来。

这个工作通常需要两个人来做，一个收报，一个转译，一个人很难完成。傅官熙先将密电记录下来，而后再转译，虽然会滞后，而且容易出错，但人手有限的情况下，只能这么做。

他相信戴离也是这样完成的，想想她那些大量的情报。都是这么一点点转译出来的，傅官熙也是感到由衷佩服。

九点钟的例行发报，虽然只有短短几个汇报，但傅官熙一直忙到十一点多，才算是彻底转译过来。

正打算休息一阵，一会儿监听凌晨的情报，没想到电台开始发出警报声。傅官熙也是吓了一跳，赶忙将听筒给拿了起来。

戴离这套设备也着实先进，除了收发之外，竟然还有明语通话的监听。她似乎已经调到了张德山的固定频道，所以才会发出警报。

但估摸着从傅家到张家距离有点远，所以信号并不好，听筒里的电流声太大，语音也断断续续，非常刺耳和难以辨别。

饶是如此，傅官熙还是压抑着紧张激动的心情，静下心来监听这一通明语通话。

明语通话在情报交换里头是大忌，绝大部分情况下，不到万不得已，是无论如何都不会动用明语通话的。

当然了，张德山只是警察所的警长，此地又并非前线战地，或许他只是为了贪图方便，并没有将这些作战禁忌放在心上。

傅官熙虽然紧张，通话语音也很不清楚，但他对自己的名字还是非常敏感的。

是的，他竟然在通话里听到了自己的名字！

虽然无头无尾，内容没法衔接起来，但傅官熙敏锐地洞察到了张德山的动向。

他们肯定是怀疑到自己的头上了！

如果是警察所内部的行动，只需要通过口头传达，或者书面，乃至于电话，而不需要电台。

张德山用上了电台，只能说明他们并没有完全掌握情况，所以没有让警察所的人出动，而是动用了汪伪政府的密探。

这些密探盯上了傅官熙，或许是因为傅官熙与戴离往来密切，既然怀疑戴离，肯定要追查到他傅官熙的头上来。

傅官熙赶忙将设备拆卸下来，而后简单整理了一下，全都藏在了父亲的秘密暗阁之中。

虽然对这个藏宝之地很有信心，但这些密探也不是吃素的，就怕他们掘地三尺。真要被他们找到这些设备，可就全都完蛋了！

这才刚藏好没多久，外头就传来了动静。傅官熙的心脏也是狂跳不已。

这些秘密警察横行乡里，可不会像戴离这样行走在黑夜之中。他们的行事风格粗暴蛮横，但又拥有着极大的权力，就如同古时候的锦衣卫，让人闻风丧胆。

傅官熙深吸一口气，还是打算回到自己的房间，起码能把他们的注意力从父亲的卧房转移走。

这才刚回到房间，秘密警察已经到了。

第三十八章　深夜监听　137

第三十九章　紧急搜查

这些秘密警察并没有想象中那么低调。虽然都是便衣出行，但竟公然强闯傅家，直奔傅官熙的卧室。

刘朝东的脸上还有红肿的巴掌印，可见家里人根本挡不住这些秘密警察。

"你就是傅官熙？"

为首一名便衣上下打量傅官熙。后者点了点头，那便衣队长便抬了抬手，身后两人上前来捉住了傅官熙就要铐。

"别搞得这么难看。我不会跑，打又打不过，手铐就大可不必了。再说了，所谓师出有名，无罪推定这一套估计在你们这里也不管用，但好歹给我个说法。虽然父亲不在了，但我傅家也不是你们想捏就捏的软柿子。"

傅官熙冷冷地盯着为首之人。那便衣队长使了个眼色，左右两人便松了手。

"搜！"

傅官熙知道要找他看搜查令也是徒劳，但好歹要争取一下。就像他说的，名不正则言不顺，该做的还是要做，往后才能占住道理。

"长官，搜查令也不打算出示一下了吗？"

那便衣队长冷哼一声道："这是张警长亲自指示的紧急搜查，情况特殊，可以便宜行事。有什么问题你可以去警察所投诉举告，我们只是奉命行事。"

此时便衣们已经闯入傅官熙的房间，很快传来翻箱倒柜的动静。过了十几分钟，有人喊了一声："队长，有发现！"

傅官熙心头也是咯噔一跳，跟着过来的傅文熙和刘朝东等人也是面色大变，都朝傅官熙投来了焦急的目光。

便衣队长露出阴险的笑容。傅官熙转身一看，见那便衣手里捧着一支枪，不由大松了一口气。

"傅少，不打算解释一下吗？"便衣队长接过手枪，咔嗒一声拉开，瞅了几眼，也是眼红得很。

"居然还是王八盒子，这可是军官才有资格用的玩意儿，傅少可以啊！"

傅官熙呵呵一笑："我读的是陆军士官学校，带支枪回来留念有什么出奇？"

这话刚落地，就好像要配合他一样，另一个便衣找到了一个盒子，盒子里装的是士官学校的纪念章。

便衣队长也是无可奈何，因为民国政府不禁枪，甚至鼓励民众武装起来保家卫国，所以流落民间的枪械武器非常多。据说民国初年的时候，广东番禺一个县城地区都有十几万支枪，整个广东的枪械以百万计。

队长不发话，这些便衣就只能继续搜查，但最不起眼的角落都翻遍了，也没能找到什么线索。

傅官熙伸出手来，便衣队长却没有把手枪还给他的意思，傅官熙也不强夺。

便衣们待在房中，只是拿眼神去请示队长，又不敢擅自走出来。

傅官熙看在眼里，朝便衣队长说："队长，我与张大少好歹打过几次牌，你们究竟想找什么，可以直接跟我说，我帮你们找，省得弄乱我的东西。"

那便衣队长脸色难看，朝便衣们下令道："别的房间也一并搜！"

傅官熙脸色沉了下来："你说紧急搜捕是权宜之计，我可以容忍。但要是骚扰到家里的女眷，我让你吃不完兜着走！"

便衣队长连做样子的心思都没有，大大咧咧就闯进来，嚣张至极。

第三十九章 紧急搜查

现在被傅官熙这么一说，脸上顿时有些挂不住了。

"哦？傅少这是威胁我们？"

在他看来，傅官熙刚从日本回来，还搞不清楚本地状况，根本不知道他们这些秘密警察的厉害。

本还想留三分情面，此时队长突然改了主意。

"去搜！傅少这么说，肯定是做贼心虚，咱们就重点搜查女人的房间！"

"是！"

便衣们应声领命，当即有人推开了隔壁房间。然而此时，突然传来了一声惊呼。

"啊！"

傅官熙听得真切，那是若尾美子的房间。

心思飞转，傅官熙快步奔了过去。只见若尾美子用衣服挡住了胸口，身上只穿着睡袍。

傅官熙知道，这是若尾美子在给自己制造机会，当即冲上去，扯住那便衣的后领，一把将他丢出了房外。

"浑蛋！"傅官熙大骂一声。便衣们见兄弟吃亏，纷纷上前来，要擒拿傅官熙。

后者也不再忍让。这些横行乡里的秘密警察，并不是真正的警察，虽说鱼肉乡里，但到底只是张德山的走狗，并非政府的正规编制人员。

他们不过是狗仗人势。傅文熙等人都是做生意的，讲究以和为贵，不敢得罪张德山，自然也就不敢得罪这些秘密警察。

但傅官熙不一样，他连张德山都不惧，又怎会忌惮这些狗腿子？当即施展拳脚，将另外三个便衣也打倒在地！

这些人没有经过正规训练，只知道恃强凌弱。傅官熙虽然没有二哥的武功，但在士官学校的搏击课可不敢偷懒，三下五除二就打趴了他们。

便衣队长见状，有些慌了，下意识去掏枪，手里却还拿着王八盒子。

他倒是想用这支王八盒子，可这毕竟是傅官熙的枪，他搞不清楚底细，而且用自己的枪也是发自本能。

就在他手忙脚乱之时，傅官熙一个箭步冲上去，劈手将手枪夺了回来，咔嗒上膛，枪口就顶住了队长的脑门儿。

"你……你敢！"

傅官熙满目杀气："我给张德山面子，就算没有搜查令，也让你们搜查，这已经是最大的忍让。但如果你以为这样就能蹬鼻子上脸，那可就大错特错了！

"我的房间你可以随便搜，那是我脾气好。但若尾美子小姐你们也敢动，这就是找死！不信你回去问问张德山，看他是夸你还是打你！"

那队长听到若尾美子四个字，下意识地往她身上看，那咬牙切齿的样子，应该是咽不下这口气。

"傅官熙，你好大的胆子，你敢用枪指着警察！"

傅官熙呵呵一笑："那就麻烦您出示一下警官证？"

他们都是张德山私人雇佣的狗腿子，哪里有什么警官证。傅官熙却是戳中了他的软肋，踩了他的痛脚，队长更是气恼起来。

"我们在县城办事还需要证件？我们的脸就是证件！放下枪！"

傅官熙不为所动。傅文熙也怕了，在一旁劝道："小四，放下枪，有话好好说……"

傅官熙看了大哥一眼，缓缓放下了枪口，就在这个节骨眼儿上，那队长却突然动手要去掏枪！

傅官熙握着枪柄的手突然扣动扳机！

叭！

一声枪响，镇住了所有人！

第四十章　底气何来

这一声枪响吓坏了在场的所有人，大家都被吓了一大跳，忍不住要往后躲避。

那队长的手定在枪套边上，脸白如纸，呼吸都屏住了，双眸大睁，一脸的难以置信。而傅官熙的眼中满是杀气。

便只是短短的一瞬间，傅官熙眼里的杀气又消退了，取而代之的是嘲讽和戏谑。

寂静的空气被滴滴答答的声音打破，那队长的裤裆湿了一大片，黄尿滴落在地上。

这一枪亏得没有抬手，只是打在地上，再抬高三分，这便衣队长可就保不住命根子了！

之前被打倒在地的便衣们纷纷爬了起来，见得此状也是脸色煞白。

"队……队长！"

他们从背后向傅官熙扑来。后者却没有留手，转身抬手，又是一枪打在了地面上！

叭！

"啊！"这一次连傅文熙都忍不住逃到了走廊，躲在了廊柱后头，而那些便衣更是双腿打战，哪里还敢动半分！

他们只不过是张德山的狗腿子，平时欺负欺负普通老百姓而已，身上配枪的就只有队长一人。

傅官熙震慑了便衣之后，又转向了队长，将他的枪套连带里头的枪一并摘了下来。

"我就不送各位了，枪我会亲自给张警长送回去，各位请回吧。"

那队长平日里只是一味欺负别人，何曾受过这种耻辱？他不是前线战士，也不是潜伏在后方的刺客，甚至连开枪都有些生疏。

他此时被傅官熙一枪吓破了胆子，又当众出丑，羞愤难当，也不理会这些狗腿子，后退了几步，腿软了下去，强撑着爬起来，灰溜溜逃了出去。那些个便衣也连滚带爬地跑了。

傅文熙也是目瞪口呆，此时才大口喘气，颤抖着跑过来抱怨道："小四啊，何必闹得这么僵，这次事情可闹大发了！"

刘朝东也是冷汗直冒。想想傅官熙刚回家那会儿，他居然还想着给傅官熙一个下马威。当时觉得傅官熙不知天高地厚，迟早要玩儿完，没想到这家伙胆大包天到这个地步，敢对张德山的人开枪。

当初傅官熙硬顶着张德山的压力，让家里给老爷风光大葬，张德山最后也没有来拉老爷的尸身回去做尸检，但他们心里终究是没有底气的。

虽然不知道傅官熙从中做了些什么，问题好歹是解决了。到了营救傅武熙，又是傅官熙一个人力挽狂澜，同样是做了不少"出格"的事情。

比如父亲下葬的当天晚上，他居然就带着若尾美子夜里出去打牌等等。或许也正因为傅官熙出其不意的做法，对解决问题才能起到奇效。但这些都算小打小闹。今天他可是开枪了，而且对象居然还是张德山的鹰犬！

傅官熙没有多说，将枪收了起来，安抚若尾美子："没事吧？"

若尾美子摇了摇头："傅桑，会不会给你惹麻烦？"

很显然，刚才她是故意为之。估摸着是在房间里听到了外头的动静，所以才故意换衣服，给傅官熙制造了机会。

傅官熙看着她的脸，似乎对她又有了全新的认识。

在日本的时候，他本以为自己已经足够了解这个女人，所以才答应了带她一起回来，往后真的打算找机会护送她去山东找亲戚。

但现在看来，反倒有些看不透这日本女人了。

第四十章 底气何来 143

她总能够在关键时刻为他制造机会，提供帮助，而且拿捏得恰到好处，看似无意而为，但又好似有意为之。

旁的也就不去说了，单说刚刚傅官熙开了两枪，傅文熙和刘朝东等人都吓白了脸，但若尾美子却没有半点惊恐之色，这就足够耐人寻味！

"内鬼会不会是她？"傅官熙的内心免不了浮现出这样的想法。

但想想也就否决了这个念头。

原因无他。当初二哥认为他最可信，是因为他刚从日本回来，无论动机还是时机，都没有嫌疑。

同样的道理，若尾美子与傅官熙一道回来，她甚至不是傅家的人，更没在中国生活过的经历，就更加没有动机当这个内鬼了。

如果真要找个理由，在打牌的时候，傅官熙与戴离曾经找机会单独相处过。反过来看，他们单独相处的时候，便只剩下张天佐和若尾美子二人。

除非张天佐说服若尾美子，让她成为傅官熙身边的内应，否则很难想到第二种可能。

但这样仍旧说不通，因为若尾美子也不知道父亲暗阁里的秘密，更不清楚他与戴离之间的暗中交往。

张天佐并没有从一开始就怀疑傅官熙，即便真有怀疑，也不会让若尾美子来坏事，反倒希望若尾美子能够煽风点火，好让傅官熙的罪名坐实，他们才有借口抓捕傅官熙。

这么一想，傅官熙也就排除了这种想法。

但无论如何，若尾美子却是给傅官熙留下了一个极其可疑的印象，或许她还有别的动机。

傅官熙在心中暗暗提醒自己，往后遇到重要的事情，对若尾美子还是要有所保留才行。

"不会有麻烦。你先回去休息吧，我整理一下房间。"

傅官熙摇了摇头，朝她温柔一笑，对她的及时出现表示感谢，后者也就回房去了。

傅文熙见得弟弟气定神闲，自己却无论如何都无法保持淡定，便朝傅官熙问道："这个事该咋办？"

说话之时，他的目光定在了那个枪套上。傅官熙当然明白他的意思。

"我先想一想吧。"

"想什么？"傅文熙急不可耐地追问了一句。

傅官熙却泰然自若地笑了笑："到底是亲自送回去，还是等着张德山上门来，这个我要想一想。"

"什么？你还要等张德山亲自登门？！"傅文熙仿佛以为自己听错了一般，他实在忍不住了，朝弟弟问道。

"小四啊，你行事出格，一次两次没出大事是运气。我实在搞不明白，你到底哪儿来的底气？"

"哪儿来的底气？"傅官熙心里也是苦笑。他曾经靠着若尾美子解决过几次麻烦，但若尾美子这个日本女人绝不是自己的底气来源。

他之所以敢这么做，是因为他政治学没有偷懒，他相信自己对局势的分析。但没办法给大哥详细解释，因为现在连他自己都有些犹豫不决了。

因为他曾坚定不移地认为重庆政府才是最值得依靠的，是中国的未来，是百姓的救星。

但经历了这几件事，看着关幼薇和二哥他们的表现，傅官熙有些吃不准了。

第四十一章　叛徒汉奸

傅官熙最大的底气是他审时度势的本事，这也是他原生家庭的环境造成的。

因为母亲不是正室，他从小就学会了察言观色，如履薄冰地生活着。

长大之后亦是如此。所以即便他是幼子，又是庶子，他在家里仍旧没有吃什么苦头。他深知得到父亲的赏识是多么重要的事情。

留学后就更是如此，因为走出去看过世界，他比国内的人更清楚天下大势，所以才坚定地认为重庆政府是拯救中国的希望。

回到鹤梨城也同样如此。张德山虽然是地头蛇，但傅官熙看到了傅家等传统名门望族的能量。

张德山这个警长要有所作为，必须得到乡绅阶级的支持。别的不说，单说财力方面的支持，就足够让张德山重视起来。而作为交换，张德山同样需要顾及这些大家族的颜面。

有鉴于此，他才判断出张德山万万不敢彻底撕破脸皮。这其中的关系很是微妙，需要把握其中的尺度。而张德山每次做得太过火，傅官熙必须还以颜色，如此才能保持这种关系的平衡，否则迟早要被张德山压在头上作威作福。

傅家作为传统大家族的领头羊，即便父亲已经去世，影响力却还是在的，如果连傅家都不出头，那他们会彻底失去主导地位。

当然了，这种影响力以及底气，也有限度，傅官熙一直在把握这个尺度，所以他会"阿谀奉承"张天佐，故意输钱讨好他和戴离，也同样敢对便衣队长这类狗仗人势的鹰犬大打出手。

傅文熙是做惯了生意的人，在这方面或许也有经验。但正因为他身在局势之中，没法做出突破，会像其他家族一样，渐渐被张德山拿捏，最终再也翻不了身。

傅官熙没打算亲自登门去归还那支枪，因为他知道，下一回合轮到张德山出招了，如果自己操之过急，反倒丧失了主动权。

屋子被翻了个底朝天，傅官熙一直整理到后半夜才告结束。确定外面没了动静，他才溜到父亲的卧房，用黑布遮住了门窗，开始进行监听。

也不知为何，每次他监听的时候，肾上腺激升的感觉很让他上瘾，仿佛他天生就是做间谍的料子。又或许是太过刺激，以至于他不由自主地爱上了这个工作。

监听和破译的过程其实并不有趣，甚至有些枯燥，就像渔民在解一团乱糟糟的网，需要的不是技巧，更多的是耐心。只要耐心足够，迟早能解开。

他享受的不是这个过程，而是结果。

当他破译了张德山那边的密文，翻译出信息来的时候，就好像打开了盲盒，得到了惊喜，即便是最稀松平常的例行信息，每次都能给他带来一种成就感和新鲜感。

而今晚，傅官熙又截获了新的消息！

"徐济泰到了上海！"

虽然不知道这个徐济泰到底是什么人，但简短的一句话，却用了几种密文，可见此人的重要性了。

傅官熙没有等待凌晨后的第二次监听，而是匆匆出了门。

来到了张家，傅官熙没有靠近宅门，而是在侧院的路灯杆上挂了个鸡蛋大的晴天娃娃。

晴天娃娃不断摇曳，倒影正好投在了戴离二楼房间的窗户上。没过多久，戴离就打开了窗户，藏在暗处的傅官熙稍稍站出来一点点，戴离马上就关上了窗户。

这是他们约定的见面方式，但戴离也交代过，除非是万分紧急的事情，否则不要这么冒险。

张家地处中心地带，旁边有个老园林。那园林虽然有人打理，但夜里黑灯瞎火，两人就约在了湖边见面，有时那里有平湖映月的微光。

"什么事这么着急？"

虽然两人深夜见面如同偷情一般刺激，但傅官熙和戴离都没有这方面的心思。

"徐济泰是谁？"

第四十一章　叛徒汉奸

"你说徐济泰？你截获了？"戴离惊喜万分的表情，也让傅官熙越发肯定，这个徐济泰必然是个分量极重的大人物。

"是，监听到他近期会抵达上海……因为加密太严，所以我觉得这消息应该很重要，有必要让你知道。"

"何止重要！"戴离很是激动兴奋。

"这徐济泰到底是什么人？"

戴离目光灼灼："徐济泰原本毕业于西北陆军学校，后来又到了中央军校，是第八十九军的旅长。他后来背叛了党国，投靠了汪精卫，现在是伪军第三军的军长！"

"国军的叛徒？"傅官熙恍然大悟。这徐济泰的出身这么好，但在国军只是担任旅长，到了汪伪政府却能担任军长，也难怪会叛变。

但并不是说因为筹码大就能够背叛，傅官熙一直秉持这样的理念。他想要去重庆任职，但他也不排斥地下党人，因为双方都以是中国人为傲，而汪伪却甘当二鬼子，最为人所不齿。

对于徐济泰这样的叛徒大汉奸，又是汪精卫的心腹大将，戴离这样的军统特工必然是要除之而后快的！

"张德山对我的怀疑依旧没有打消，因为内鬼的出卖，又查到了你的头上。也幸亏今晚有惊无险。但这么下去不是办法，你必须想个法子让我脱身。"

"我能想什么法子……"傅官熙也是摇头苦笑。

戴离却满脸严肃："我要去上海，我要刺杀徐济泰。你帮不帮我？"

傅官熙迟疑片刻，也同样正色回应："徐济泰这样的大汉奸，人人得而诛之。我想帮你，但张德山控制了你，我该怎么做？"

戴离沉思了片刻，突然问道："听说今天你打了张德山的人一枪？"

傅官熙没有否认："总不能让他们欺负到头上来，偶尔也要强势回应，否则往后就再难抬头了。"

戴离笑了笑："我不是责备你的意思。张德山是咽不下这口气的，必然会去找你的麻烦，不过他不会亲自去，估计要让张天佐出手。你只要搞定了张天佐，事情就好办了。"

"从张天佐入手吗？"傅官熙陷入了片刻的沉思，而后抬头朝戴离道，"我先回去想想法子。"

戴离突然握住了他的手。她是溜出来的，也来不及打扮，这次没戴手套，就这么握着傅官熙的手。

"你这次一定要帮我！只要这次成功，你往后就算不欠我人情了。我必须除掉徐济泰！

"有了这份功劳，你如果不愿意跟我做事，我也能保证为你在重庆谋个政府职务甚至是军中官职！"

第四十二章　上海之行

回到家之后，傅官熙每天仍旧在凌晨进行监听，不过都是关于徐济泰抵达上海的消息，并无太大出入，几乎可以确定这件事了。

他思考着戴离的话，结束监听之后又开始翻看父亲的账册，从中寻找合适的联络人，希望能够找到对策。

几天后，傅官熙才算是有了些眉目。

陪母亲和若尾美子吃过早饭，傅官熙也在饭桌上就打算去上海的事情旁敲侧击了一番。母亲倒是通情达理，认为男儿汉就该四处闯荡。上海是大城市，她非常支持傅官熙出去走走。

至于若尾美子，她本是要去山东投靠亲戚的，只是在傅家逗留，此番听说可能要去上海，她竟然没有表示反对。

她的态度似乎在表明，傅官熙去哪儿，她就去哪儿。

而且她还隐晦地问起傅官熙想去上海的念头是如何产生的，背后的原因是什么。

傅官熙只是敷衍，推说得罪了张家，要到上海去避一避，顺便找些大人物，希望能够摆平这件事。

有了这样的借口，倒也能把若尾美子应付过去，这件事算是初步达成了共识。

早饭过后没多久，张天佐果真找上了门来。虽然张德山对戴离产生了猜忌和怀疑，但张天佐还是带着戴离。

傅官熙选择了留在房里，让若尾美子出面接待。

因为傅官熙知道，若尾美子是个聪明人，一定会把她和自己要去上海避难的消息透露给张天佐。

既然要暂避锋芒，就要放低姿态，表明自己不愿参与这种伤和气的争斗。若尾美子擅长社交，这一点手腕还是有的。

如果自己主动提出去上海，必然会引来怀疑，但让若尾美子"被动"泄露出去，自己反倒能够掌握主动权了。

果不其然，傅官熙到了客厅之后，张天佐的脸色也好了不少，朝傅官熙问道："听说傅少要到上海去散心？"

傅官熙心里有数，面上却故作苦笑说："哪里是什么散心，只是不想再给令尊添麻烦罢了。不过呢……

"家里在上海有一处洋行，最近跟花旗银行有些生意要谈，我确实要出门一趟。"

"花旗银行？傅少的人脉可真是广，居然连花旗银行的人都认识……"

傅官熙早就看穿了张天佐的心思。

这个公子哥儿一直想要得到父亲的认可，想要成为父亲的左膀右臂，甚至想要成为父亲的继任者。但纨绔成性的他屡屡受挫，很难得到父亲的赏识。

他本想着替父亲做些事情，争取一些成绩，但如今看来并不容易，毕竟在这么一个小地方，英雄也难有用武之地。

张天佐到底是出去见识过大世界的人，听到上海，听到花旗银行，不动心那才是怪事了。

在这件事上，傅官熙再度发挥了自己审时度势、察言观色的特长，将张天佐的心思拿捏得死死的。先让若尾美子欲擒故纵，泄露出消息，如今又抛出花旗银行的诱饵，根本就不怕张天佐不上钩。

"怎么，张大少也感兴趣？"傅官熙有些明知故问。

"哦，我倒是忘了，大少早先在上海也是做过经理人的。如果大少真有兴趣的话，我可以从中牵线搭桥。以张大少的本事，在花旗银行担任经理人也是易如反掌的事。"

"真的吗？傅少真愿意为我作保？"张天佐双眸放光。

傅官熙呵呵一笑："好歹咱们一起打牌消夜，美子和戴离姐姐又是闺密。这个忙都不帮，哪里还算朋友！"

张天佐哈哈笑了起来："傅少仗义！"

转念张天佑又问道："美子小姐不是要去山东投亲吗？这次也跟着傅少去上海？"

若尾美子接过话头说道："山东那边已经去信了。上海毕竟是十里洋场，繁华之地，我也想去见识见识。到了大中国，不到处玩一下就可惜了。到了山东，叔叔那个老古板要是把我锁起来，哪里还有机会跟张先生和戴离姐姐玩耍？"

张天佐点了点头，下意识看向了戴离，心里估计也是在寻思着，如何才能说服父亲，让他带着戴离去上海。

傅官熙基本上已经可以预见，此时的张天佐估摸着已经在心里规划自己的未来梦想，开始做如何在大上海大展拳脚的美梦了。

"美子太客气了，是我请求她跟着我去的。十里洋场也不是好混的地方，尤其是那些上流社会的人最喜欢交际。这方面美子小姐最为擅长，有她帮忙，不管是交朋友还是谈生意，都事半功倍。"

傅官熙表面上是奉承若尾美子，又何尝不是在给张天佐一种心理暗示。

张天佐虽然想要银行经理这样的身份,但他骨子里有小地方百姓的自卑,当初从上海灰溜溜回乡,同样是因为在那里吃不开。

戴离的交际手段比若尾美子更强,自己这次想要出人头地,令父亲刮目相看,就必须带着戴离小姐去上海——这就是傅官熙不断往他脑子里灌输的想法了。

果不其然,张天佐看了看戴离,朝她笑道:"还是傅少想得周到。我们也好久没有出去玩了,阿离这次跟我一起去好吗?"

戴离只是笑了笑:"上海我倒是熟悉得很。你们男人的生意我可不想掺和,不过我倒是想带美子小姐四处逛逛,吃喝玩乐,那才逍遥自在。"

张天佐哈哈笑了起来:"能一起去就好,能一起去就好啊!"

傅官熙其实并不担心张德山不放行。因为傅官熙截获的信息,本来就是发给张德山的。

这个消息之所以传得这么快,就是因为徐济泰的身份太特殊,身为伪军要员,多少人想要巴结。如果张天佐能够得到徐济泰的垂青和赏识,前途可比他这个警长更加高远,他又有什么理由阻止儿子去上海?

毕竟机不可失。再加上傅官熙有意为之,已经将张天佐引到这个瓮中,哪里还能逃得脱。

张天佐心情大好,拍了拍大腿,站起来主动伸手:"那就先谢谢傅少关照了。"

"客气,都是朋友,有什么好谢的!"

张天佐点了点头,转身要走,突然又停下来,拍了拍脑门儿道:"哦,对了,听说昨天手底下的人在这里发生了一些不愉快,等我回去教训他们,改日再让他们过来给傅少道歉。"

傅官熙摆了摆手:"我给大少添麻烦了才是,道歉什么的就莫提了。昨天那队长走得匆忙,枪套落在我家了,一会儿我让门房亲自送到府上。"

张天佐赶忙说:"不用这么麻烦,一会儿我走的时候顺带去门房取回去就行。傅少好好策划上海之行才是正事。"

傅官熙笑了笑："这是自然，等我定好行程后就通知大少。"

"好，静待佳音！"张天佐走路都有些飘了，可见心里多兴奋。

戴离跟着离开，却在背后朝傅官熙竖了个大拇指。

第四十三章　临行对谈

送走了张天佐，傅官熙又征询了若尾美子的意见。

"美子，你真的愿意跟我去上海？"

若尾美子笑着回答说："我刚刚说的都是真心话，十里洋场的繁华，我确实想去看一看。都说大中国地大物博，如果有可能，以后我还想去其他地方都看看呢。"

"多亏了你们日本军人，现在整个中国狼烟四起，战火连绵，又能去哪里看这繁华……"

傅官熙也是下意识的话语，开口后就知道不应该在若尾美子面前说这些。

后者却也没有气恼，只是抱着歉意道："我与傅桑一样，讨厌战争，讨厌那些战争狂人。我们国内反战的声音也很多，傅桑在日本也两三年了，应该能看到听到的……"

傅官熙勉强笑了笑说："只是随口这么一说，我知道你是个善良的女子。"

若尾美子也笑了一下，朝外头看了看，有些羞涩地小声道："傅桑好久没有……没有来我房间了，今晚……"

这个话题实在有些突兀，但又情有可原。自打回到家之后，傅官熙确实没有与她如何亲近。

可此时傅官熙的脑海中浮现的都是戴离的笑容，竟然有些心虚起来。

"嗯，最近也是太忙了，事情接踵而来，我都有些不知所措。等我先把上海之行定下来，再好好休息一两天吧……"

若尾美子双眸如水，颇有些迷离，凑近了羞涩道："正因为太累了，所以才该来我房间，好好睡个安稳觉……"

即便在日本，若尾美子也没有这么主动大胆过。傅官熙本该兴奋激动才对，可此时却心静如水，甚至感到有些害怕。

"美子，我……"

若尾美子的自尊心受到了伤害，但她仍旧故作无事地笑道："跟你开玩笑的啦！傅桑还是去忙正事吧。"

傅官熙讪讪一笑，正要离开，又听若尾美子幽幽地问道："傅桑是不是喜欢戴离姐姐？"

这突如其来的一问，使得傅官熙心头一紧，就好像做贼被抓住了一样。

"戴离美丽大方，美子你难道不喜欢？"

若尾美子眯着双眼笑了："傅桑说得很对呢……"

虽然笑容依旧，但傅官熙仍旧能够感受到她浓浓的酸楚。但是这种事情没法解释，他只好逃也似的离开了。

翌日一早，张家派人上门，送来了张天佐的手信，说是张德山已经应允了他们的上海之行，还给出了大概出发的日子。傅官熙就派人去订了船票。

傅官熙找到大哥傅文熙，说这样做也是为了转移傅家的压力。只要让张天佐去花旗银行做经理，修复关系固是其中一点，更重要的是，张德山会消停一阵子，傅家也就有了喘息之机。

傅文熙自然没有反对的道理，因为他知道，傅官熙并非池中之物，迟早是要离开傅家，出去闯荡，创建自己的事业的。

这段日子若没有傅官熙，傅家说不定会像关家一样，被张德山抄了家。

傅武熙已经出走，眼下也没有确切的消息传回来。傅百熙是个扶不上墙的。傅官熙展现出了自己的本事和手腕，傅文熙是心服口服的。

如今这个弟弟要出去做事，傅文熙也不遗余力，让人联系了傅家在上海的商行，给傅官熙提供后勤服务。

一切安排妥当之后，傅官熙又跟张天佐见了一面，后者的态度也变得非常友好，可见这一招是初步见效了。

眼看着起程的日子渐近，邮局那边突然来了电报，指名道姓要傅官熙来签收。傅官熙接了电报一看，才发现并非电报，而是邮局科长况景青的密信。

照着约定的时间地点，傅官熙又见了况景青，后者的脸色并不好看。

"听说你要带张天佐去上海。你这是要攀附张家？"

况景青的语气并不好，傅官熙更没有什么好脸色。

"况科长什么时候开始关心我傅家的事情了？要知道上回我来找科长求个法子，科长可没给我一句明白话。"

"关家因此却被抄了家，从此背井离乡、颠沛流离！"况景青原来是为了这而恼怒。

傅官熙没有辩解，只是朝况景青反问道："如果换作况科长，会做出什么样的选择和决定？还有比这个更好的结果吗？"

况景青微微一愕，短暂沉思之后，只能无奈摇头："就算这件事只能这样，但你跟张家走得太近了。这是玩火，迟早要烧到自己身上的。"

傅官熙固然知道这个道理，他也并非要攀结张家。诚如他无数次告诫自己的一样，他可以选择去重庆任职，也可以选择继承父亲的遗志，追随二哥的脚步，成为地下党。但他绝不会成为汪伪政权的狗腿子，帮着日本鬼子来残害同胞，这是他的底线。

对于张德山，他更是深恶痛绝。如今只不过是权宜之计罢了，或许他没有这个能力，但他相信只要给戴离足够的帮助，她一定能够除掉张德山这个祸害。

"科长这次又有什么好建议？有的话最好现在就提出来，否则等我做出什么事来，就不要又来怪我了。"

第四十三章　临行对谈

况景青摇头道："傅官熙，你眼光高远，格局也够大，但觉悟不够，太执着于当下，并不是好事。"

傅官熙反倒不想说气话了："况科长是父亲信得过的人，对晚辈如此教诲也理所当然。但很多时候我们这些晚辈，要的不是教训人的大道理，而是切切实实的指引。"

"科长对我的期许或许太高了些，又或者太高看我傅官熙了。这段日子以来的行事，我都有些迫于无奈。科长与其大谈道理，不如实实在在给我一些帮助来得好。"

况景青眉头紧皱："你怎么知道我没有帮你？若没有我暗中帮你，傅家早就被一锅端了，你还有机会站在我面前侃侃而谈？"

傅官熙心思飞转，将这段日子所发生的事情都过了一遍，但终究没有找到有人暗中相助的迹象。

如果真有，那可能就是二哥离家之后，张德山也果真没再穷追猛打，甚至没有再派人去子龙山围剿了。

对于这个况景青，傅官熙一时也有些吃不准了。

"我要去上海，希望科长这次也能暗中保护我，我相信最后的结果不会让您失望的。"

况景青顿时有些警觉了起来："你想要我做些什么？就我这点本事，也不能做什么，只是……"

傅官熙本想说戴离一定不会袖手旁观，但终究是忍住了。

第四十四章　夜半敲门

况景青对傅官熙如此"务实"的言语似乎有些反感，但似乎还在他的容忍程度之内。他轻叹了一声，终于是选择了妥协。

他从口袋里取出一块老怀表，交给了傅官熙。

"收好这个东西，轻易别让人看见，走投无路的时候，就拿出来救急。"

傅官熙接过怀表，内外端详，一时半会儿也看不出个端倪来，便开玩笑说："哟，这都什么年代了，你们还玩锦囊妙计这一套？"

嘴上虽然这么说，但傅官熙到底是有些欢喜，毕竟这也算是实实在在的帮助了。

虽然还看不出里头的秘密，但况景青既然这么说了，定然有着不小的妙用，估摸着是地下党人的信物之类的东西。

况景青一听这玩笑话便不乐意了，劈手要夺回去："不要就最好！"

傅官熙赶忙躲了过去，将怀表收了起来。

"别啊，这等救命的好东西，我怎么舍得还回去？"

况景青白了他一眼，又忍不住叮嘱道："出门在外，敌人不可怕，身边人才可怕。一人不进庙，二人不看井，三人不抱树，独坐莫凭栏，这些出门在外的道理，你该清楚的。"

傅官熙啧啧道："你跟我二哥应该能谈到一起去，这些老江湖的经验，传给我多可惜。"

况景青终于是笑了："你要是有你二哥一半的觉悟，也就不至于四处结交些狐朋狗友了。"

傅官熙见他又要讲那些老道理，赶忙举手投降："您老人家可打住吧，也没多大年纪，怎么搞得跟个老婆子一样样的，我不爱听这些！"

"不爱听还不赶紧滚！"况景青没好气地笑骂了一句。

傅官熙也趁机开溜。走到门口，傅官熙突然又转身问道："你觉得我家老头子是个什么样的人？"

况景青沉默了许久，抬起头来，一脸的肃穆庄重："他是个值得敬佩的斗士！"

傅官熙摆了摆手："当我没问过，太矫情太做作了。"

虽然这么说着，但傅官熙却百感交集。因为在他的认知当中，父亲

第四十四章　夜半敲门

被骂奸商，甚至被骂汉奸，即便修桥补路，也没法弥补口碑。

父系身为地下党，为百姓、为国家付出和牺牲了多少，只有看过账本才会知道。傅官熙有时候会痛恨这一切，不明白父亲为何要做到这一步。

如今听得况景青这样的评价，傅官熙心里其实很是不平，因为那些干地下党的，如今都活得好好的，为什么只有他的老爹被杀害？

当然了，这也只是傅官熙自己愤愤不平而已，因为他也知道，很多人像关通衢和关幼薇一样，前仆后继，付出和牺牲并不比父亲傅淳风少。

这些事迹给了他很大震撼，让他感到恐慌，所以他才会这么问。

"谢了。"

饶是如此，傅官熙还是朝况景青道了谢，而后转身离开，心里却也在默默地替他祈祷，希望他不要走到父亲这一步。

须知况景青潜伏在邮局里，同样危机四伏，一旦身份暴露，下场会比父亲更惨。

与况景青分别之后，安心整顿了一天，他们终于踏上了开往上海的轮船。

张天佐仿佛恢复了元气，心情舒畅，精神焕发，加上戴离和若尾美子的陪伴，旅途也就变得轻松许多。

靠岸之后，傅家商行的经纪人早早就领着工人在码头等着，顺利把傅官熙四人接到了宾馆。

傅家的商行在老租界里头，宾馆虽然不是他家的产业，但也是相熟的生意朋友开办的，装修时尚不说，还请了外国女人在唱歌跳舞，一个洋人在大堂里弹钢琴，颇有些格调。

这般时尚的地方，瞬间就让张天佐神清气爽起来，仿佛龙回大海一样畅快。

安顿下来之后，四人到酒吧里喝洋酒闲谈消遣，傅官熙让商行的掌柜去请了花旗银行的人过来，给张天佐牵线搭桥。

见识了傅家的能量，与花旗银行的人见面之后，张天佐知道傅官熙所言不虚，心情更是大好，与对方又是应酬谈天，喝了个七荤八素。

直到深夜，大家才尽兴而归。

若尾美子又给傅官熙暗示，后者也有些心动。但到了房间之后，傅官熙还是有些不安，到底是找了个借口，回到了自己的房间。

若尾美子也不知道是借酒浇愁还是如何，平素里绝不会多喝的她，很快醉倒，轻轻打起鼾来。

傅官熙倒是保持着清醒，洗了澡出来之后，又拿起那块老怀表来研究。

眼看着到了后半夜，正打算入睡，戴离却敲开了他的房门。

做贼似的扫视了走廊，傅官熙心虚地关上了门，只觉得房间里的气温都陡然上升了不少，心脏小鹿乱撞似的跳着。

戴离着实喝了不少酒，虽然洗过澡了，却仍旧没能醒酒。她脸色潮红，眸光迷离，一进门就趴在了傅官熙的床上。

傅官熙站在床边，有些手足无措。直到戴离翻过身来，朝他勾了勾手指道："傅官熙，你过来。"

傅官熙只觉得自己的双腿有些打战。他不是欢场雏鸟，逢场作戏的事也经历得不少了。可面对戴离，他总是很紧张。

愣愣地站在原地，他正寻思着如何开口，戴离已经抓住了他的手，一把将他扯了过去。

窗外的狂欢之声渐渐消退，街上的霓虹灯还在闪烁不停。月亮挣脱了楼宇的束缚，光辉却被这城市的灯光给掩盖了。

乌云四处笼罩过来，吞掉了月亮，月亮又挣脱乌云的束缚，反反复复、缠缠绵绵，直到破晓时分，才算是消停了下来。

黎明前最是宁静，呼吸声都清晰可闻。傅官熙没有半点睡意，只是点了一根烟。

刚抽了一口，又被懒洋洋的戴离夺了过去，轻轻吸了一口，将烟雾吐到了傅官熙的脸上。

第四十四章　夜半敲门

烟雾缭绕之中，戴离变得那么不真实。

"你考虑好了吗？"

"考虑什么？"

戴离没有半点羞怯，率先打破了宁静，傅官熙却仍旧有些不敢正视她的眼睛。

后者没有正面回答："明知故问。"

她又把香烟递了回来。傅官熙接过香烟，轻轻吸了一口，朝她点头道："是，我考虑好了。"

"那就很好，早知道你吃这一套，就该早点来敲你的门了。"

傅官熙苦笑一声："你经常敲别人的门吗？"

戴离的脸色并不好看，掀开被子的一角，露出被单上刺眼的痕迹，反问道："你觉得呢？"

傅官熙此时才确定了心中的猜想，觉得有些不可思议，但又暗自窃喜。

第四十五章　旧识突访

傅官熙与戴离自然是心照不宣，虽然没有明说，但都知道所考虑的正是傅官熙要不要加入军统的事情。

起初傅官熙还有些忧虑，但他与戴离的牵扯纠缠以及合作，都已经达到了一定的深度，傅官熙也再没有顾虑了。

再者，傅官熙也经过了深思熟虑。戴离有一点说得没错，那就是以傅官熙的留学经历，到了重庆确实能够得到重用。

虽说与况景青的对谈让他产生了一些动摇，但发生了昨夜的事情之后，一切都发生了变化。

国军之中不少人都是毕业于日本陆军士官学校，他也不求学长们讲校友情谊。除了戴离这块敲门砖之外，只要能协助戴离完成任务，带着功劳进去，就算不是平步青云，也一定能受到重用。

"接下来要做什么？"傅官熙本想着问戴离具体的任务。但戴离也不知道有意无意，只是暧昧一笑："天就快亮了，还要不要睡觉可就随你了……"

傅官熙摇头一笑，心头却荡起了涟漪。

等戴离回到自己房间之后，傅官熙躺下就睡了过去，直到下午才起床，只觉得腰酸背痛，但回味了一番，又满心欢喜。

若尾美子找了过来。傅官熙也平复了心情。虽然他极力掩饰，但若尾美子似乎还是察觉到了什么，晚餐的时候只是跟张天佐有说有笑，对傅官熙和戴离却有些冷淡了。

傅官熙和戴离自然故作平常，张天佐坐了一会儿，就约了花旗银行的人，出去应酬去了。

戴离自然要跟着过去。若尾美子兴致缺缺，婉拒了张天佐的邀请。张天佐以为若尾美子身子不舒服，干脆也不让傅官熙去了。

两人默默无言，回到房间之后，若尾美子几次三番欲言又止。傅官熙倒是想坦诚以告，但若尾美子没有开口，他也不敢主动坦白。

"我有点累了，想休息了，傅桑先回房去吧。"

傅官熙鼓起勇气来："我有几句话想跟你说……"

若尾美子侧过身去躺着，用后背对着傅官熙，有些冷漠地说道："傅桑昨晚应该是很累了，先回去休息，有什么话下次再说吧。"

傅官熙把到嘴边的话都咽了回去，老实地回到了房间。

这才刚坐下，便有人来敲门。傅官熙以为若尾美子想通了，便开了门。只是没想到，来客竟是关幼薇！

"你怎么知道我在这里？"

关幼薇是什么身份傅官熙非常清楚，也亏得戴离跟着张天佐去赴约了，若让她撞见，只怕不妙。

反锁了门，关幼薇也不啰唆："况科长已经发报给我们了，所以……"

傅官熙恍然大悟。但他心里清楚，关幼薇不可能是来叙旧的，毕竟来见他可是很冒险的事。

"我已经决定要去重庆了，往后我们还是少往来，我帮不了你们什么了。"

关幼薇脸色一变，眼中满是愤怒。因为傅官熙有言在先，明知道她是来求助的，却仍旧这么表态，率先将门给堵死了。

但她还是咬牙忍耐了下来。

"你去哪里不关我的事。组织上让我来找你，是因为你是傅淳风的儿子，即便你没有这个觉悟，但看在傅伯伯为了革命事业而牺牲的分上，我们还是希望你能够帮一次忙。"

傅官熙也不客气："你们都这么不通人情的吗？我已经如实相告，就是要跟你们划清界限，免得以后大家都麻烦。我不想做你们的同志，但也绝不想与你们为敌，你明白的话就赶紧离开吧。"

关幼薇已经气恼到不行，但她还是坚持了下来。

"况科长给你饯行的时候，给了你一样东西，你就不能看在这个人情上，帮我们一回？"

傅官熙没想到她会拿这个说事，也很是不悦："要不是你们，我爹也不会被杀，现在居然还让我来做事，你们到底还有没有良心？"

关幼薇仿佛没听到傅官熙的抱怨一样，撇开了所有废话，开门见山地说："我们截获了日本人的情报，只是密文用的是东岛语，我们这边没法破译，听说若尾美子是冲绳那边的人，应该是懂得东岛语的……"

傅官熙恍然大悟，原来是为了这个。

说实话，若尾美子确实懂得东岛语，而且相当精通。不止于此，傅官熙本人就懂得东岛语。

之所以选择若尾美子作为伴侣，东岛语正是傅官熙所考虑的因素之一。

当初在日本的时候，傅官熙出入上流社会，在文化娱乐圈子里混迹，与若尾美子交朋友最主要的目的就是学习东岛话。

彼时日本人的文化圈，有个比较特别的现象，当然了，也不算太新鲜，那就是喜欢掌握一些冷门的技艺或者收藏一些珍稀藏品。

不少人会去学习尺八之类的古乐器，古玩珍品之类的只要有钱就能够弄到，但想学习一门技艺，却需要花费很多工夫。

傅官熙没有那么多的时间，所以他选择学习一门冷门的当地方言，为的也是与那些圈子的文化人拉近距离，起码有值得交流的资本。

为了尽快学会东岛语，他与若尾美子几乎形影不离。这也是为何若尾美子会因为他和戴离太过亲密而吃醋，毕竟他与若尾美子算是"患难与共"过。

帮助关幼薇破译密文并不算什么难事，但他已经答应了戴离，就必须与关幼薇划清界限，否则一旦被戴离发现，后果会极其严重。

他深知首鼠两端、左右讨好的后果是什么。而且他也知道戴离目光如炬，自己如果在她面前撒谎，是无论如何都骗不过的。

眼下国共两党的矛盾已经无法调和，国民党的特务正在大肆搜捕地下党人，双方几乎到了不死不休的地步，他只能选边站，而不能犹犹豫豫。

"我不懂东岛语。你可以去找若尾美子，但不要牵扯到我。"

关幼薇没想到傅官熙如此绝情，但她还是耐着性子。估摸着这个密文真的事干重大，否则她早就被气跑了。

"我们信不过若尾美子，所以打算将密文拆分开来，由你一点点让她翻译出来。"

关幼薇竟然连破译策略都想好了，也算小心谨慎，连若尾美子都没能得到他们的信任。

"你们觉得若尾美子不可靠？"傅官熙却听出了她的言外之意，因为自己曾经也怀疑过若尾美子，所以不得不多个心眼儿。

关幼薇目光凝重，稍稍点了点头："是，她信不过。"

第四十六章　借酒浇愁

傅官熙并非铁石心肠，关幼薇也是晓之以理动之以情。但傅官熙已经决定了自己的前路，在他看来，戴离能给他更好的未来。

他不会首鼠两端三心二意，否则会失去戴离的信任，这对他没有半点好处。

更何况如今国共两党的矛盾已经无法化解。当然了，他相信关幼薇等人的说法，或许共产党是愿意合作的，只是国民党穷追猛打罢了。

但无论如何，照着大局来看，国民党的赢面更大。傅官熙相信自己出色的审时度势的能力，他认为国民党不可能输，这就是他的判断。

既然如此，他就没道理选择关幼薇等人，而放弃戴离这样的引路人。

关幼薇不会相信若尾美子，但傅官熙的态度让她找不到任何能够说服的理由，只好悻悻离开了。

离开之前，她还是给傅官熙留下了联络方式，希望傅官熙能够回心转意。

傅官熙将联络方式记了下来，就撕掉了字条。

"老是住酒店也不是办法，张天佐租了一栋别墅，咱们今天搬过去吧。"

"别墅？"

"他要跟人家应酬，面子功夫还是要做的。咱们一块儿搬过去，总比在这里强。"

戴离这么一说，傅官熙自是没意见的。两人跨出了第一步之后，难免有些你侬我侬难舍难分，傅官熙更是对她言听计从。

"有客人？还是女人哦？"

戴离到底是特务，目光停留在了桌上的茶杯上，当即就起了疑，又嗅了嗅鼻子，似乎空气中还残留着关幼薇的体香。

傅官熙本想着撒谎，但到底还是如实相告了。

戴离摸了摸他的脸颊："乖。"

"你能老实告诉我，这就很好。你如果要跟着他们做事，我也不反对的。当然了，我还是希望你能跟着我。

"你应该明白我的意思，这个必须选边站。既然选择了，就要坚定不移，千万不能做个双面人，否则下场会很惨的。"

傅官熙自是明白这个道理，也不需要跟戴离信誓旦旦做表态，只是将关幼薇找他的细节告诉她，两人之间也就没什么挂碍了。

"我去让美子收拾东西。"

傅官熙正要走，戴离却拉住了他的手："我们的事，找个机会跟她说清楚吧。就说等此间事了，就送她去山东投亲。"

傅官熙也知道这种事没必要隐瞒，拖延更是要不得。但在他看来，戴离不是个小肚鸡肠的人，此时主动提议，难免有些操之过急了。

"姐，这么突然？你是不是对她有什么意见？"

戴离欲言又止，但还是如实相告："你先前让我帮你调查内鬼，虽然没有确凿的证据，但我总觉得若尾美子有问题……"

傅官熙是个聪明人，他也曾经怀疑过若尾美子，此时听戴离这么一说，心里也有些犯疑。

"我之前也怀疑过，但她似乎没有这个动机……"

戴离呵呵一笑："她是个日本人，这就是动机。"

傅官熙摇头，并不同意这种说法："我在日本留学的时候也结交过不少反战人士。虽然大部分日本人都很狂热，但也有很多善良的，姐姐总不能一棍子打翻一船人。"

戴离表情严肃起来："她绝不会是一船人中的一个。这个女人并不简单，从她主动结识我开始，我就觉得她不是普通女人，我的直觉不会错的。"

傅官熙解释说："她本就是日本上流社会的交际名媛，而且跟我过来也是……"

傅官熙说到这里，就停住了。

戴离微眯双眸："是的，顺着这个念头再想想，回想你跟她是如何相识，又是如何谈到要来中国的。仔细想想，往深处想……"

傅官熙沉思了片刻，脸色也有些难看起来。

家里刘朝东等人对他或许颇有微词，但若说是内鬼，还不至于。而张六弦是二哥的人，此时已经跟着二哥去干地下党了。

周烟炮这种人虽然唯利是图，但与傅家接触并不多，也没法接触到家里的秘密。至于家里头那些长工和佃户等，更不可能接触到傅官熙的事情。

如果真要找个怀疑对象，若尾美子的嫌疑还真是最大。问题是傅官熙已经调查过，从时间上看，若尾美子并没有破绽。

但经过戴离这么一提醒，从动机上来说，若尾美子还真就没法洗脱嫌疑。

"行了，也不必多想这些了，狐狸总有露出尾巴的一天。先稳住，别让她看出你的心思，这就够了。"

戴离揉了揉傅官熙的肩膀。傅官熙收拾了心情，便来到了若尾美子的房间。

虽然只是下午，但房间里酒气很冲，若尾美子似乎在借酒浇愁。她满脸潮红，看着傅官熙进来，眼中充满了幽怨。

"美子……"

"我要是离开了，你会为我感到伤心吗？"若尾美子的言语之中充满了苦涩。

"我看得出来的，也不会让傅桑说为难的话，我会祝福你跟戴离姐姐……"

言毕，她举起酒杯来，大半杯洋酒咕嘟一口又下了肚。

若尾美子虽然不是东京都的名门贵族出身,但能跻身上流名媛圈子,也颇有教养和风度,若非真的伤了心,万万不会这般失态。

看到她这般模样,傅官熙也有些于心不忍,甚至有些愧疚。

虽然他们没有山盟海誓,更没有谈婚论嫁,甚至只是逢场作戏的一时欢愉,但也是有着感情在的。是自己先"移情别恋",傅官熙又岂能心安理得?

"美子……"

傅官熙刚要开口,若尾美子却抬起手来,伸出食指抵住了他的嘴唇。

"傅桑不必多说了,我都知道的,只是自己有些不甘心罢了,全不怪你……"

她越是这么说,傅官熙就越是愧疚。但这种事情是不能强求的。也确实是这么个道理,长痛不如短痛,也难怪戴离要他找机会与若尾美子说个清楚了。

傅官熙心情复杂,若尾美子也不多言,倒了一杯酒,递到了傅官熙的手里。

"傅桑陪我喝了这杯酒,这件事情就算这么过去了。"

傅官熙看着"善解人意""通情达理"的若尾美子,将酒一饮而尽。

第四十七章 抓捕刺客

浑身燥热,傅官熙想要爬起来喝水,却只是觉得一颗头有二百斤重。迷迷糊糊之中,依稀记起之前发生的事情。

若尾美子在借酒浇愁,他也只好陪着,洋酒一杯接一杯,之后若尾美子就将他往床上推。关键时刻,是戴离走进了房间,似乎她们还说了些什么,只是傅官熙已经听不清了。

他只知道戴离把他搀扶到了房间,给他脱了衣服,伺候他洗脸洗手，又给他喝了解酒茶，忙到了大半夜，才陪着他睡下。

只是傅官熙伸手往旁边一摸，半张床却是空的，戴离已然不在身边。

脑袋昏昏沉沉，傅官熙躺下又要再睡，此时却听到外头突然传来了杂乱的脚步声。

傅官熙好歹读的士官学校，当即警觉，勉强爬了起来，打开窗户缝儿往外扫了一眼，便见不少人已经包围了别墅，正从一楼往上冲。

也亏得是别墅，外头路灯通明，傅官熙分明看到那些人荷枪实弹，一下子酒就醒了。

傅官熙跑到床边，想要翻找手枪，却发现自己的衣服上竟然有血迹！

戴离不在房间，自己的衣服上有血迹，楼下是荷枪实弹的陌生人，傅官熙彻底蒙了。

嘭！

大门被破开，而后是各个房间的门被撞开的声音，他听到了一楼仆人们的尖叫。

而后是噔噔噔冲上楼梯的声音，紧接着就是若尾美子的尖叫和张天佐的怒吼声。

张天佐刚吼了两声，就发出惨叫，而后傅官熙这厢的房门也被撞开了。

"举起手来！"

傅官熙刚要举手，两人已经冲到跟前，将他压制在了地上，不由分说就铐上他的双手，将他拖到了一楼客厅，丢在了地上。

傅官熙的脸砸在地上，亏得地毯柔软，饶是如此，他也被摔了个七荤八素。

若尾美子只穿着睡袍，此时衣衫凌乱。张天佐一边脸肿得厉害，嘴角还挂着血迹。

仆人们瑟瑟发抖，那些人却在各个房间翻箱倒柜，而后将傅官熙带着血迹的衣服丢到了他的面前。

"是他！"

傅官熙根本就搞不清楚状况，抬头看了一眼，这些人虽是便衣，但身上却是制式枪械，而且他们的言行举止，无一不透着一股子训练有素的职业军人的气质。

"你到底是什么人？竟敢行刺徐军长！"

"我？行刺？徐军长？"这几个关键词一冒出来，傅官熙很快就串联了起来，得出一个让他难以置信却又惊恐万分的结论。

戴离这次要来上海，除了摆脱张德山之外，更主要的原因应该就是刺杀汪伪的伪军第三军军长徐济泰！

戴离身为军统特务，徐济泰又是国军的叛徒，不可能游说徐济泰回心转意，只能是刺杀。

眼下自己的衣服上有血迹，而这些伪军口口声声说他刺杀徐济泰，只怕是戴离对自己使用了美人计，要他傅官熙来背这口黑锅，给她当了替罪羊！

"我酒气还未消，走路都不稳，又怎么可能刺杀什么军长！"傅官熙哈出一口酒气来，为首的伪军也不禁掩住了口鼻。

砰！

那人抬脚踢了过来，傅官熙上下牙都磕出血来，脑子里一片空白。

"闭嘴！血衣还在，竟敢狡辩！"

那人一把将傅官熙拎起来，傅官熙只看到他脸上坑坑洼洼的痘印，以及钢针一般的胡楂。

"我们一路追踪到这里，再没别人，肯定就是你们！"

傅官熙扫视了一圈，并未发现戴离，心里已经确认了七八分。

他无论如何都想不通戴离为何要陷害他，因为她前不久才以身相许。如果只是为了获取自己的信任，根本就没有这个必要。

戴离潜伏在张天佐身边这么久，仍旧是完璧之身，可见她是有本事的。

如果只是为了获取他的信任，根本不需要委身于傅官熙。再者，嫁

第四十七章　抓捕刺客　　169

祸给他还不如嫁祸给张天佐。

因为张德山同样是她的目标，借这个机会除掉张天佐，是一举两得，又何必利用他傅官熙？

也正因此，傅官熙连供出她的心思都没有，因为这实在太不合情理了。

傅官熙只是稍有迟疑，但在这些人看来，已然是畏罪。

张天佐抢先辩白道："各位，都是误会。我父亲是鹤梨警长张德山，我是张天佐。我这次到上海来，正是为了拜谒徐军长。都是自家人，又怎么可能行刺？"

"张德山？鹤梨是什么地方？"

"鹤梨就是……"张天佐刚要解释，那人又是一脚，踢掉了张天佐的门牙，口鼻都让鲜血给糊了，张天佐嗷嗷哭了出来。

"老子需要知道那种鸟不拉屎的地方吗？老子看得上一个小小的警长吗？

"你知道行刺军长是多大的事儿吗？"

张天佐忍着剧痛，捂住嘴巴，含糊不清地解释道："长……长官，我们真的没有……"

傅官熙也不明白，张天佐为何要替他辩白，因为这些人找出了血衣，矛头也只是对准了他傅官熙。

但看了看张天佐，又看了看若尾美子，傅官熙似乎有些明白了。

因为他身上也有酒气。刚才只觉得若尾美子衣衫不整，此时看得仔细一些，才发现原来她穿了件男士睡袍，因为睡袍太大，无法遮掩，所以才更显得凌乱。

这么一看，也就恍然大悟了。

估摸着若尾美子赌气还是怎么的，与张天佐混到了一起，所以张天佐一定知道傅官熙与若尾美子喝过酒。

正因为知道傅官熙喝了酒，所以才确定傅官熙没时间去行刺。如果傅官熙都被冤枉，那么他和若尾美子也一样跑不了。

"你们？这么说你是承认自己是同谋咯？"

那人果真不含糊，顺着话锋将张天佐给带上了。

张天佐真是怕什么来什么，听得这句话，就更是急了。

"诸位长官先听我说，我真没有行刺！我是张德山的儿子，劳烦各位长官回去翻一翻名录，张德山啊，我爹张德山啊！"

说着，他的声音渐渐带起了哭腔，而且声音颤抖，显是害怕到了极点。

这个时候他终于意识到了，决不能把自己给搭进去，即便自己与若尾美子混到了一块儿，自认为给傅官熙戴了绿帽子，但这个节骨眼儿上，根本就管不了这许多了。

"对了对了，你们不是搜到了血衣嘛，那就是傅官熙的衣服。是他杀的人，可不关我的事，要抓抓他！"

第四十八章　故布疑阵

傅官熙早料到张天佐是这么个德行，可亲眼见到、亲耳听到他这么做这么说，心里还是免不了气愤难当。

不过那人却不这么认为，只是朝张天佐冷笑道："张少爷，你太天真了，刺杀军长是多大的罪你现在还没拎清吗？

"都给我毙了！"

话音一落，便有人将傅官熙架了起来。

张天佐一边挣扎一边哭喊，但很快就吃了一枪托，整个人都老实了。

傅官熙被架到了别墅前的小花园，丢在了地上。

"跪下！"

张天佐和若尾美子被拖到了门口，距离傅官熙不算太远，前者一直在哭求着，若尾美子却出奇地沉默。

"执行枪决！"

那人一声令下，枪口便顶住了傅官熙的后心。

"等等！我有话要说！"傅官熙心思飞转。

然而那人却俯下身来，在傅官熙耳边说了一句话："听到枪声就给老子倒下！"

傅官熙心头剧震，还没反应过来，便感觉后背一阵剧痛，强大的冲击力几乎要将他的后背捶烂一样，根本就由不得他，顿时往前扑倒。

"空包弹！"

虽然那人给了暗示，但傅官熙还是惊诧到了极点。也亏得那人将枪口拉远了一些，否则即便是空包弹，单凭这枪口的冲击力，也足以打断傅官熙的骨头。

依言扑倒于地之后，傅官熙也是强忍剧痛，那人又将张天佐和若尾美子都拉了过来，只是与傅官熙保持了一些距离。

"各位爷，你们要什么都成，求求你们放过我，放过我吧！"张天佐听到枪声，知道对方是真的要命，早已吓破了胆子。

而一直沉默不语的若尾美子，终于也开声了：

"你们不能杀我，我是立花千门卫少佐的人！你们可以去我房间，衣柜最底下那一格，有个化妆盒，盒子底下有夹层，里面有我的身份证明！"

"立花千门卫少佐？日本人？"那人与其他人嘀嘀咕咕了一阵，终于还是派人上楼去搜查。

傅官熙的心中却早已翻起了惊涛骇浪，原来若尾美子真的是日本间谍！

只是他不明白，为什么她会盯上自己？

难道说她在日本的时候，就已经将他的身家来历调查了个一清二楚，之所以跟着进入傅家，就是为了调查父亲傅淳风的生意？

或者说，她跟着回来，只是将傅官熙当成一个跳板或者掩护？

若不是今夜之事，若尾美子一直潜伏在自己身边，又该是多大的隐患？

无论自己追随戴离还是相信关幼薇，日本人都是死敌；最终若尾美子都会对自己动手的。

可她为何又因为自己跟戴离的事情而这么悲伤？还是说她的悲伤全都是装出来的？

傅官熙其实更倾向于后一种猜测，因为她最终还是跟张天佐混在了一起，抑或是他们早就已经混在了一起？

傅官熙原本还因为自己"背叛"了她而感到愧疚，直到此刻，他才意识到自己多么可笑。

楼上的人很快就搜到了身份证明，那人便朝若尾美子说："既然是少佐的人，那就跟我们回去吧。"

若尾美子松了一口气，朝那些人说道："张天佐不可能行刺徐济泰，让他跟我一块儿走吧。"

那人也不置可否，但到底还是将二人一起带走了。

过得片刻，傅官熙才缓了一口气。只是因为这突如其来的变故，傅官熙遭受了沉重的打击。

正当此时，一双温热柔软的手，将他轻轻搀扶了起来。

"怎么样，我就说若尾美子有问题吧？"

听得这熟悉的声音，傅官熙也是身子发紧，抬起头来，果真看到了戴离的脸。

"一切都是你安排的？"

从那人吩咐他听到枪声就配合演戏那一刻开始，傅官熙就隐约猜到会是戴离在背后，可当她真的现身之后，傅官熙还是吃惊了。

虽然明知道自己不会有生命危险，但演了这么一出戏，就为了逼出若尾美子的原形，这也是傅官熙第一次如此真切地感受到特务间谍的可

第四十八章　故布疑阵

怕之处。

戴离却习以为常，只是笑了笑说："你以后会慢慢习惯的，这些都不过是小伎俩罢了。"

傅官熙正要询问仔细，戴离却捏了捏他的肩膀："先别急，戏还没演完呢。"

"什么？还没演完？"傅官熙后背疼得厉害，但他对戴离的计划也生出兴趣来。

因为戴离掌控着整个局势的发展，他很好奇，戴离究竟能将这样的把戏进行到什么样的程度。

而且也是因为戴离，他才看清楚了若尾美子的真面目。虽然他也是其中的一颗棋子，但到底是有惊无险。经历了这件事，傅官熙对戴离是彻底信任了。

戴离盯着他的眼睛，问道："你刚刚听清楚若尾美子的话了吗？"

傅官熙得了提醒，细细回想起来，心中怒火顿时熊熊燃烧了起来。

是的，刚刚若尾美子提到了一个日本人的名字，立花千门卫！

这个人正是杀死父亲的真正凶手。不过这个人不是被二哥给杀了吗？

傅官熙回想起来，那天夜里，立花千门卫要来偷老件作的尸体，却被傅官熙发现。傅官熙差点被枪杀，多亏二哥从旁杀出。自己正要留活口之时，立花千门卫却被二哥给杀了。

这件事且抛开不说，若尾美子是立花千门卫的人，也就是说，她并非只是将傅官熙当成跳板或者掩护，而是早在日本的时候，就已经知道了傅官熙的家庭状况，更清楚傅淳风的真实身份！

打从日本开始，这个女间谍就一直在欺骗他傅官熙！

"你是说立花千门卫？他已经被我二哥杀了啊……"傅官熙隐约察觉到有些不对劲，但还是如实告诉了戴离。

果不其然，戴离呵了一声道："你二哥杀的不是立花千门卫，那只不过是一个替身罢了。真正在背后发号施令的立花千门卫贵为少佐，是日本方面的间谍头子，极少现身，根本就不可能为了一个老仵作而去你傅家。"

"我之所以潜伏在鹤梨城，除了张德山之外，最主要的任务也是为了揪出真正的立花千门卫。不过关家撤离之后，他们也进行了转移。徐济泰之所以来上海，正是为了跟立花千门卫碰头。"

傅官熙恍然大悟："这才是你来上海的真正目的，为了刺杀真正的立花千门卫？"

戴离阴冷一笑："徐济泰也是我的目标。无论是侵略者还是卖国贼，都该死！"

第四十九章　继续演戏

傅官熙还在满怀震惊之时，戴离又压低声音问道："想不想报仇？"

傅官熙自是想起了父亲之死。二哥满以为杀掉了真正的立花千门卫，但戴离所言合情合理，立花千门卫作为日本的间谍头子，又岂会亲自到傅家去收拾烂摊子？

既然二哥没能为父亲报仇，这个事情自然要他傅官熙来做！

"姐，你打算怎么做？"

戴离摸了摸他的后背："你能撑得住？"

傅官熙挺直了腰杆："我要报仇！"

戴离点了点头："我们的人伪装成了伪军的秘密警察，会把张天佐和若尾美子看守起来，用她提供的联络方式，把立花千门卫引过来。到时候能不能成功复仇，就看你的本事了。"

傅官熙恍然，但心里还是有些疑虑："他会孤身前来？"

戴离颇为欣慰："你能考虑这些，说明你很适合这个工作。不过你要多想一想，身为间谍头子，必然要低调行事，不可能招摇过市，更不可能带太多随从。我们的人手足够对付他们了。"

傅官熙想了想，也觉得自己多虑了，便说道："现在该怎么做？"

戴离整理了一下他的领子："你该换一身衣服。"

傅官熙振作起精神，老实地回去换了一身衣服，而后带上了驳壳枪。但戴离却将他的驳壳枪留了下来。

"用这个吧，不容易被识破。"她递过来一把鸡腿撸子。傅官熙也为她的缜密心思感到佩服。

准备妥当之后，戴离就领着傅官熙，来到了一栋小洋房前。

见得一楼客厅开着门，他赶忙跟着戴离躲到了门口右侧的小菜园里。

菜园边上有个花肥房，虽然低矮了些，但足够藏身。

若尾美子和张天佐正坐在客厅里，其他人则不知去向，估摸着正潜藏在暗处，又或者出去联络立花千门卫去了。

张天佐的声音很大，正在向若尾美子抱怨，当然了，也少不了讨好一番，语气颇有些劫后余生的轻松。

"你就躲在这里，一会儿立花千门卫来了，你会认得的。到底该怎么做，相信不用我教。

"得手之后，从右边围墙翻过去，那里已经搭好了踏脚石。一直走到巷弄的尽头，左转会有个粮油铺，门没锁。穿过粮油铺，从后门出去，会有车子接应你。"

傅官熙微眯双眼，仔细一看，隐约能看到菜园边上有个砖头搭起来的踏脚之处，正好可以用来翻越围墙。

看来戴离把一切都筹划好了，虽然是为了完成刺杀任务，但给了傅官熙亲手报仇的机会，也算是煞费苦心。

傅官熙点了点头，戴离钻出花肥房就要离开。

"姐，你要走？"

戴离也是哭笑不得："我不走，谁去开车子接应你？"

傅官熙也有些尴尬："那其他人呢？"

戴离没有拐弯抹角："咱们的人如果太多，必然会引起警惕，所以暂时撤走，隐藏在周围。等你枪声一响，他们会制造混乱，让立花千门卫的人不知道该往哪个方向追击。

"立花千门卫是只老狐狸，所带随从绝不会超过三个。他们不会进入洋房，只会留在门口把守，你放心。"

戴离似乎把所有细节都考虑得一清二楚。但傅官熙到底是第一次做这种事，心里头没底，一直在发慌。

可一想到父亲被害死，想起日本人在中国大地上烧杀掠夺，傅官熙义愤填膺，再难把持。

"放心吧，保证完成任务！"

傅官熙面色坚毅。戴离也一脸肃容，端端正正地给傅官熙行了个军礼。傅官熙心中更是感动，同样回了个军礼。

戴离果断离开，毫不拖泥带水。傅官熙躲在花肥房紧握着枪柄，想了想，总觉得有些不踏实。他又从花肥房溜了出来，躲在了房子后头，以免在房子里影响了视野，也不方便逃走。

蹲在花肥房后头等着，客厅里不时传来张天佐的声音，若尾美子却出奇地安静，甚至有些懒得理会张天佐。

傅官熙遥遥偷看着垂头丧气的若尾美子，心里免不了冒出一个想法来："她会不会因为我被'枪决'而伤心难过？这份伤心里，有多少是因为她真的爱上了我，又有多少只是因为她失去了一个很好的掩护？"

想起他们在日本交往的日子，又想起了旅途中的事情，再想想与她之间的默契，更想到了她的真实身份。他明白，所有的这一切，从一开始就是欺骗。傅官熙又压下了心中仅有的那一点点幻想。

她是日本间谍，是来祸害中国同胞的。单凭这一点，傅官熙就能毫不犹豫地杀掉她，更何况是接下来要见到的立花千门卫！

傅官熙不断给自己打气，甚至幻想着完成任务之后，与戴离能够离开上海，回到重庆，从此以后踏上抗战的道路。虽然与二哥走了不一样的路，但同样能够救国救民。

诸多思绪在心中不断闪现，傅官熙也渐渐变得冷静下来。

虽然他不是刺客，但好歹是士官学校的毕业生，虽然实战不多，但演习是家常便饭。

再加上刚刚才经历了一场逼真至极的"枪决"大戏，戴离又替他揭露了被欺骗的事实。诸多事情，让傅官熙冷静下来，而且冷静得极其可怕。

握着枪柄的手，此时已经不再颤抖，傅官熙不断幻想着杀父仇人的相貌，想起儿时与父亲的欢乐时光，想起二哥毫不犹豫杀死那个假冒的立花千门卫。傅官熙此时的心理建设，已经完全做好了！

又等了半个小时左右，大门外亮起了车灯，发动机的轰鸣声戛然而止，而后便是车门开启和关闭的碰撞声。

"来了！"

虽然戴离没有描述立花千门卫的外貌，但戴离说过，只要见到他，傅官熙一定会认出来。傅官熙也觉得这并不是什么难事。

毕竟是少佐级别的人物，又是间谍头子，是主是仆，自然能认得出来。如果连这点眼力都没有，傅官熙这几年的士官学校也就白念了，更别提往后跟着戴离去重庆做事了。

又给自己打了打气，傅官熙双手握枪，瞄准了门口的位置。

他屏息凝神，微眯着双眼，在枪口的范围之内，终于出现了一行三人。立花千门卫的随从果真没有超过三个！

第五十章　深夜亡命

虽然做足了心理建设，但目标人物出现之后，傅官熙还是免不了手抖。

握了握手枪，傅官熙满手都是汗，呼吸越发急促，如何都平静不下来，仿佛又回到了第一次练习射击的光景。

诚如戴离所言，目标人物并不难认：两个随从挎着手枪，戴着鸭舌帽；目标人物矮胖，戴着的是英伦风的爵士毡帽，拎着一根绅士棍。

单从外貌上，是无法辨别他到底是日本人还是中国人的。不过傅官熙在日本待了不短时间，从气度和举止来看，此人却没有太多东瀛风。

似乎看到了客厅里的状况，两名随从稍稍分散，左右警戒。目标人物却大大咧咧，毫不在意地往前走。

傅官熙躲在花肥房的后头，待他们走过去后，悄无声息地绕到了他们的身后，也不说话，照准了那胖子的后脑就开了一枪！

叭！

突如其来的枪声令两名随从发自本能地趴在了地上，而那大胖子木桩一样往前扑倒，该是活不了了。

傅官熙虽然手抖脚抖，但知道逃走的时机不容错过。他趁着随从没爬起来，就往右侧跑了过去，踩着踏脚砖往上爬。只是手抖脚软的，差点没翻过墙。

随从不断吹着哨子，外头突然齐刷刷地冲了一队人马进来。他们很快发现了墙头的傅官熙，立即一通乱枪扫射。

傅官熙头皮发麻，直接从墙头翻了过去。外墙是爬山虎，下面有不少花盆，傅官熙哐哐当当就踩碎了一大片。身上疼痛得紧，却也顾不得许多。

埋头往巷弄里狂奔，身后枪林弹雨，打得墙皮四处溅射，傅官熙真成了亡命之徒。到了铺子，果真没锁门，他又从后门穿了过去。

然而出了后门之后，傅官熙傻眼了。

因为戴离的车子并没有出现，戴离也没有出现！

身后巷里的追兵在大呼小叫，别墅那边也是一片混乱，傅官熙只能

第五十章　深夜亡命

缩回铺子里，把前门给反锁了起来。

扫了一眼，傅官熙又把旁边的掌柜台给挪了过来，死顶着门，背靠着掌柜台。此时他也是心如乱麻。

戴离没有来接应，他已经意识到不对劲儿了。

此时冷静下来，竖起耳朵一听，外头大呼小叫声虽然断断续续，但仍旧能听出些眉目来。傅官熙也是心凉了半截。

他刚刚杀掉的不是立花千门卫，而是正儿八经的伪军第三军军长徐济泰！

在别墅里，戴离利用栽赃他刺杀军长，揪出了若尾美子这个日本间谍，从而获取了他的信任。

如今他才发现自己是多么幼稚，因为这根本就是环环相扣的计中计！

戴离的真正目的并非帮他揪出若尾美子，而是获取了他的信任之后，让他帮着刺杀徐济泰。

如今事成了，戴离却没有来接应，分明是把他给卖了！

傅官熙如今被困在铺子里，只怕是插翅难飞，要彻底沦为戴离的替罪羊了！

傅官熙深吸一口气，强迫自己冷静下来，寻找着逃生之道。

后门是去不得了，因为戴离既然让他背这个黑锅，那么后门必然不是什么生路。

铺子也只能暂时藏身，若不能及时想出法子来，迟早要被发现。

而上海这么个地方，巷子太深太乱，傅官熙人生地不熟，此时又是晚上，像无头苍蝇一样地逃，太过冒险。

这些伪军必然比他更精熟路径，追击起来可不要太方便了。

此刻，他恨透了戴离，也终于明白为何二哥不愿去重庆，而选择了地下党。

因为戴离这些人不择手段，对同伴没有半点仁慈。他们为了达到目的，可以抛弃自己的良知，用欺骗等下三烂的手段。

窥一斑而知全豹。戴离是如此，重庆是个什么样的环境，傅官熙也就大概了解了。

此时的他，颇有些悔悟，如果能听关幼薇的话，抑或听从关通衢、况景青等人的告诫，选择另一条路，自己或许就不会是这么个处境了。

被人欺骗的滋味，傅官熙才刚刚从若尾美子那里品尝过。本以为戴离是一心一意待他，谁又能想到，自己不过是从一个坑，跳到了另一个坑里罢了。

稳了稳心神，傅官熙又走到了后门冲外面张望了一番，巷子里没有半点声响。穿过巷子就是马路，但马路上太过空旷，即便过了马路，也会成为靶子。

周遭倒是有不少民宅，但早已关门闭户。巷子也有不少，但不知道是不是死胡同，万一钻错了，无异于自寻死路。

这铺子想来应该是戴离的安全屋，短时间内还能躲藏一下。但随着脚步声临近，伪军已经开始地毯式搜查，挨家挨户闯进去检查，根本就没放过半寸地方。

傅官熙只觉得四面八方都是敌人，自己只能躲在铺子里瑟瑟发抖。听着死亡的脚步声越发临近，他难以压抑心中的恐慌。

正当此时，房门被猛烈敲打。外头的伪军已经开始喊话，要进来搜查，话音没落就开始撞击房门。

显然，越是堵住房门，就越是容易引起他们的疑心。

傅官熙紧握手枪，咬了咬牙，还是从后门冲了出去。他刚要选择一条巷子，伪军已经绕到了后门来。

"站住！检查！"

傅官熙倏然停步，两个伪军举着长枪准备过来。傅官熙看准机会，砰砰开了两枪，逼退了那两人，闷头就撞进了巷子里。

伪军大叫起来，哨子声刺耳至极，很快就将周围的伪军全都召集了

第五十章 深夜亡命　　181

过来。

傅官熙拼命往巷子深处逃窜，一路上也不知碰翻了多少民宅旁边花盆之类的杂物，沿途一片狼藉，只是他根本顾不上了。

这巷子可没有路灯，乌漆墨黑的，傅官熙也只能凭借夜里的微光奋力逃命。

到了巷尾，傅官熙心头一紧，整个后背都发凉了。

好巧不巧，这是一条死巷。巷子的尽头彻底被堵死，根本就无路可走！

手枪里只剩几发子弹，傅官熙又没有备用的弹夹，被捕或者被击毙只是时间问题！

第五十一章　危难得救

情势越是危急，就越要冷静理智。傅官熙不断告诫自己，一定要保持头脑清醒。

他最后找了个掩护，见后方火把摇曳，手电光四处照射，混杂得很。应该是伪军追击过来了。

虽然仅有几发子弹，傅官熙还是想先声夺人，震慑一下追兵，好歹能够为自己争取一些思考时间。

砰砰放了两枪。因为藏在暗处，傅官熙冷静瞄准，还真有点百发百中的意思，竟放倒了对方两人。

两人这么一倒，追兵顿时来了个火力压制，子弹几乎要将旁边的杂物全都打烂。亏得傅官熙躲藏在掩体后头，才没有被乱枪打到。

子弹就剩下两发。傅官熙尝试着敲了敲门，压低声音喊了几声老乡，但里头根本就没反应，推了推门，里面早已顶死了。

傅官熙原本也没抱太大的希望，毕竟人人自危，谁敢冒险开门？

靠着火力压制，伪军一步步往巷尾逼近，子弹四处乱飞，枪口的火焰格外刺目。

傅官熙被压制得不敢冒头，找了个空当还了一枪，也不知道击中了没有，剩下一颗子弹已经舍不得再打出去了。

眼看着伪军已经逼近，就在十来步开外，傅官熙都要放弃抵抗了。突然间，轰的一声巨响，一团刺目的烈焰在人群之中扩散开了。

"手榴弹！"

硝烟弥散，刺鼻得很。对面的民宅突然打开了门，一个壮汉端着一挺歪把子，嗒嗒嗒就扫出一梭子弹来。

伪军实在太过密集，巷道又窄又直，根本不需要瞄准，这一通扫射也不知道倒了多少人。其余伪军连忙往两侧逃窜扑倒，根本不敢冒头。

"这边走！"

傅官熙哪里会迟疑，借着枪火掩护，便冲入民宅之中，跟着那壮汉从厨房的矮墙翻了出去。

跑动起来才发现，这壮汉是个跛子，拖着一条瘸腿。但他速度并不慢，而且非常熟悉地形，带着傅官熙七弯八拐出了巷子。到了马路边上，早有一辆汽车在接应。

"上车！"

也无二话，傅官熙跳上了汽车。汽车发动机轰鸣着，在马路上疾行，总算是甩开了追兵。

傅官熙劫后余生，抹了一把汗水，此时才朝壮汉道谢："谢谢！救命之恩，无以为报。"

上海这地方藏龙卧虎，但傅官熙对这个壮汉的身份已经有了自己的猜测。

毕竟刺杀的是伪军第三军军长徐济泰，所以救他的要么是戴离的人，要么就是地下党。硬要第三种猜测的话，一些民间义士也有可能。

但这些民间义士万万不可能知道这个刺杀任务，也就不可能及时出现。

傅官熙心里倒是生出万般的期待，希望这是戴离的人。或许戴离同样被追捕，无法来接应自己，所以才派了这两个人来。

但这个期望很快就破灭了。

"不用谢我，要谢就谢关幼薇同志吧。"

傅官熙感到失望，甚至绝望——对戴离的绝望。但与此同时，他也感受到了希望。这一刻，他已经幡然醒悟了。

想起他万般绝情地拒绝了关幼薇，没有帮他们破译密文，傅官熙心中就满是愧疚。

然而他们并没有因此放弃他，而是在关键时刻救了他的命，从这一点来说，就足够傅官熙改变自己的执念了。

"幼薇……唉……"傅官熙有些心虚，转了话题，"还没请教您二位的尊姓大名呢。"

跛脚的壮汉只是冷哼了一声，对傅官熙似乎没有什么好印象，更没有给他什么好脸色。

反倒是开车的那一位，带着笑意回答说："他是赵大海，我叫许太白。我们都是特别行动科的队员。"

"幼薇也是？"

"是，幼薇同志是咱们的骨干了。也正得益于幼薇同志提供的情报，咱们的行动才得以成功。"

傅官熙一时半会儿也说不出话来。一来是劫后余生，惊魂甫定；二来也是心存愧疚。

许太白倒是体贴，宽慰说："你也不要有什么心理负担，什么事都有个过程。咱们回到安全屋再说吧。"

话音甫落，他就递过来一个水壶："先喝点水，压压惊。"

傅官熙接过水壶："谢谢。"

打开了盖子，傅官熙正要喝，想了想，取出一块手帕来，蘸湿了递给赵大海。

"敷一敷手臂，免得烫伤加重。"

这赵大海也着实是个猛人，刚刚端着歪把子就是一通扫射，手臂上被灼伤了一大片，还烫出了密集的水泡。

傅官熙是个观察入微的人，见赵大海手臂上还有旧伤疤，看得出他是个老枪手了。

赵大海却不领情，闷闷地回了一句："用不着！"

傅官熙也是尴尬，手帕停留在半空，嘴里却说："虽然不知道您为何对我有意见，但犯不着跟自己的身体过不去，不冰一下的话，这手往后还怎么握枪？"

赵大海粗声粗气地说："别用生意人那一套来对付我，油嘴滑舌讨人厌！"

傅官熙摇头苦笑，开车的许太白也笑了。

"傅官熙同志，你还剩下一颗子弹？"

"是。"

傅官熙有些讶异，毕竟许太白没有参加战斗，只是在后方接应，但对自己的情况竟然这么了解。

"零星的枪声是你的，我听得出来。刺杀徐济泰应该用了一颗或者两颗子弹，推算一下，应该差不离。"

"放倒了几个人？"许太白也是老实人。他这么一问，傅官熙也回想了一下："保守估计是两个吧，徐济泰是偷袭得手，不是正面交锋，所以不算在里头。"

许太白点头表示认可，而后朝赵大海问道："这样的枪法，临危不乱的气度，再加上主动示好。赵大海，这总该赢得你一点点敬意吧？

"虽然咱们是无产阶级战士，你赵大海对地主阶级有成见，但只要目标一致，就是咱们的同志，以后是要精诚合作的。毕竟团结就是力量，是也不是？"

第五十一章　危难得救

许太白这么一说，赵大海才嘀咕了一声，却没有接手帕，而是夺过了水壶，将凉水倒在了自己的手臂伤口上。

许太白笑了笑："他就是这么个脾气，往后你就知道了，心肠热乎得很。"

"往后吗……"傅官熙听到这个字眼，也是心情复杂。不过车子不多时就抵达了安全屋，一脸焦急的关幼薇早已等候多时了。

傅官熙看到车头灯光中的关幼薇，心里多少有些紧张，倒是不知道该如何面对她了。

第五十二章　破译密文

关幼薇没有了先前的咄咄逼人，更没有什么坏脸色，取了医药箱来，帮赵大海处理了烫伤，而后问傅官熙有没有受伤。

这时傅官熙才感受到身上的疼痛，毕竟刚刚翻墙的时候，整个人都摔在了地面上，那些花盆都碎裂了一地。

虽然嘴上说着没甚大碍，但关幼薇还是帮傅官熙检查了一番，做了简单的处理。

傅官熙几次想开口，但终究还是没有说话，关幼薇也没有主动开启话题。

眼看着手头上的活计就要结束，傅官熙到底忍不住，朝关幼薇坦白道："你猜得没错，我确实懂得东岛语。虽然没有文字，但他们的发音能用五十音拼写出来……"

"所以，我现在翻译密文还……还来得及吗？"

关幼薇顿时愕然，但很快就眯着眼睛笑了起来："加入我们的队伍，什么时候都不晚。我这就去拿密文。"

收拾了医药箱，关幼薇有些雀跃地转身离去，到了门口，突然又停了脚步，扭头朝傅官熙道："我知道你本心是好的，我没有看错你。"

傅官熙反倒愧疚起来，摇头苦笑说："我不好，否则关家……关家也不会被抄家……"

关幼薇很严肃："不，要不是你用计，在仓库重挫了张德山，我爹他们也没法成功撤离。现在想想，你的法子是唯一的选择。"

傅官熙感到暖心。关幼薇迟疑了片刻，还是笑了出来："总之，谢谢你，替我爹、替关家、替咱们的同志，也替中国的老百姓。谢谢你，傅官熙。"

她这么正经地说话，倒是让傅官熙感到了一股子别扭，但心中不知为何油然生出一股庄严肃穆之感，总觉得热血沸腾。

这种感觉让他变得很轻松，这是在戴离面前无法感受到的。

长久以来，傅官熙的目的很简单，就是要保护傅家，后来则是想谋求官职和前程，他总觉得关幼薇之流太过理想化。

可如今再看，自己也体会到了这种使命感所带来的动力和鼓舞，这种热血上头的感觉，使人的灵魂得到升华，抛弃了低级趣味和欲求，能让人活得坦坦荡荡。

傅官熙陷入沉思之时，关幼薇已经出了门，一会儿又跟许太白一道进了房间。

"这是密码本，你先看看。"许太白将册子递了过来。傅官熙翻开一看，也是大吃一惊。

虽然许太白不懂东岛语，但却用一种图形和符号来解密，附带的草稿纸上密密麻麻全是标注，尝试了不下二十种解密方法。

"许兄弟……哦不，许同志厉害啊！"傅官熙到底是觉得同志两个字有些别扭，但入乡随俗，他还是改口了。

许太白反倒谦逊一笑："傅少觉得别扭的话，就叫我一声小白哥好了。以往同志们叫我太白，总觉得占了诗仙李白的便宜，叫小白亲切一些。"

许太白与杨军武一样善解人意，也通情达理。但杨军武多少有些形式化，许太白则很亲切很自然。

"小白哥在哪里读的书？应该是电信科毕业的吧？"

这才刚刚认识，问起人家的出身，到底有些唐突。但许太白没有半点隐瞒："我是个幸运儿，能得到组织重视，被送去俄国伏龙芝进修电信，又怎么能不卖命学本事……"

"伏龙芝？难怪了……"伏龙芝军事学院那可是世界有名的军校，许太白看起来书卷气很重，像个老师，没想到竟是伏龙芝的毕业生。

得益于许太白的标注，傅官熙很快就看透了密码本，开始转译密文。许太白从旁协助，速度倒也不慢。

因为是五十音，所以翻译过来又用了威妥玛拼音，而后才转成中文。

当看到密文渐渐成形，傅官熙的内心也变得越来越复杂。

密文的内容实在让他汗颜不已，被戴离欺骗的那种愤怒又涌上了心头。

照着密文的意思，这次的行动并非戴离主导，竟然是若尾美子一手策划！徐济泰之所以现身，是为了见若尾美子，同时也充当诱饵，为的就是引来戴离的刺杀，从而抓住戴离。

但从目前的情况来看，戴离应该是提前截获了密报，反而将计就计，再加上傅官熙这个出其不意的帮手，竟是反杀了徐济泰！

如果傅官熙早早接受关幼薇的求助，就能够提前识破这个计划，也不会成为戴离手里的杀人刀。

若不是自己执迷不悟，也不会走到这一步了。

许太白轻轻拍了拍傅官熙的肩膀道："戴离的外号叫家雀，是军统局最厉害的特务，我们也吃了她几次大亏，傅少不用感到挫败。下一次，咱们一定能够抓住她的。"

傅官熙欲言又止。许太白轻叹一声，摘下眼镜擦了擦。

"家雀最擅长蛊惑人心，因此，她才能潜伏在暗处，极少有人能见到她的真面目。傅少跟她相处过，是咱们这么多人里头最了解她的人，往后可就靠你了。"

委以重任永远比苍白的语言更能宽慰人心，傅官熙也燃起了熊熊斗志。

"小白哥，我一定会亲手抓住她！"

许太白笑了笑："我相信你一定会做到。不过饭要一口一口吃，急不来，咱们要先解决眼前的麻烦。"

"眼前的麻烦？"傅官熙顿时恍然。

是啊，眼前才是最麻烦，因为他刺杀了徐济泰，必然会成为通缉犯，偌大个上海，只怕他连藏身都难，又哪里谈得上去抓戴离？

"傅少，你刺杀徐济泰的时候，可曾被人认出来？"

傅官熙细想了良久，摇头道："应该是没人认得……"

那时候若尾美子和张天佐在客厅里，傅官熙一直躲在花肥房后头，而且是背后开枪，得手之后他就翻墙逃走了，应该没人见到他的脸。

许太白长舒了一口气："这就好这就好。"

这许太白虽然像个文弱书生，但也不知为何，他总能给人一种稳如泰山的安全感。

"怎么个好法？"傅官熙是发自内心地感到好奇，总觉得许太白有扭转乾坤的本事，心中充满了期待感。

第五十三章　理想计划

傅官熙还在担心自己会被通缉，许太白显然看出了他的担忧，朝他笑着说道："傅少你先冷静下来，稳一稳心神，然后再想想，他们真的会通缉你吗？"

也不知为何，见到许太白的笑容，傅官熙就生出莫名的安全感来。虽然看起来他年纪比傅官熙不会大太多，但就是觉得他沉稳可信。

稍稍闭上眼，沉思了片刻，傅官熙也被自己蠢笑了。

早先戴离用计谋逼出若尾美子的时候,已经上演了枪决他傅官熙的戏码,而且若尾美子和张天佐两人都在场。

在若尾美子的眼中,傅官熙已经是个"死人"了,又岂会刺杀徐济泰?

"是啊,我确实没有被通缉的可能了。"傅官熙摇头苦笑。

"你怎么能确定?"许太白谨慎地问道。傅官熙就将先前发生的事情告诉了对方。

许太白也有些尴尬:"这个我倒是不知道。不过这样省去了不少麻烦,咱们也不用再浪费心思去筹谋这件事情了。"

本以为许太白知道戴离设计若尾美子的事情,没想到他全然不知,可见这个特别行动科也并非全知全能。

许是察觉到了傅官熙的心思,许太白也讪讪一笑:"没有人能做到无所不知,我不能,家雀也不能,所以我们可以利用这个信息差来对付家雀。"

"小白哥打算怎么做?"傅官熙这么一问,许太白也赧然:"不是我想怎么做,而是你想怎么做。"

"我?"

"对,我想让你来制订这个方案。"许太白目光灼灼。傅官熙却有些惊讶:"你们……你们信得过我?"

毕竟他还没有明确加入他们的组织,这么大的事情,让他傅官熙来统筹谋划,着实让人意外。

许太白却不以为然:"幼薇已经跟我说了不少关于你的事情。当初组织上打算放弃对你的争取,但幼薇同志坚持,我也同意她的看法。所以,你得到了我们两票的支持。"

傅官熙想想自己对关幼薇的所作所为,此时听到这样的消息,心里就更是无地自容。

既然他们信任自己,自己又岂能辜负了他们!

傅官熙陷入了长久的沉思,许太白和关幼薇也没有催促。过得良久，傅官熙终于是睁开了眼睛。

"我父亲留下的密码本，是不是咱们组织通用的密码本？"

许太白点了点头："咱们的密码本不止一个，不同的任务会用不同的密码本。但咱们这条线上，傅淳风同志的密码本，确实可以算是通用密码本。"

"那就好。"傅官熙顿时有了信心。

虽然戴离没有见过这个密码本，但傅官熙曾经用这个密码本帮她转译过密文，以戴离的本事，肯定能够反推一些代码。

如果自己利用这个密码本来发报，而且用的代码与上次相差不多，戴离应该是能够转译出内容来的。

"我需要一个战场。"

"战场？"许太白有些摸不着头脑。

傅官熙也不拐弯抹角："戴离掌握了密码本上的一部分内容，如果我利用这一部分内容发报，她应该能够截获并转译。

"所以我要用一个假的安全屋，引诱她出来。"

许太白眉头微皱："计划是不错。但家雀在上海安插了不少枪手，昨夜里想必你也见过了。他们人多势众，她未必会亲自过来，怕是不容易上钩……

"再者，我们的人手不够，武器装备也有限，火力比拼不过。作为特工，咱们还是地下工作比较稳妥，正面交火对我们非常不利……"

许太白对自己的顾虑也是直言不讳，傅官熙对他的坦诚也感到很欣赏。

但这并不是傅官熙的全部计划。

"不需要我们来对付。我可以用东岛语转译，发报给若尾美子，让她来对付戴离。这么一来，两虎相争，我们就省事了。"

傅官熙的计划固然巧妙，也用上了兵法，但实在太过理想化，实际操作上并不容易。

第五十三章　理想计划

"发报和收报再加上截获和转译，会产生很大的时间差，变数太大，如果戴离或者若尾美子其中一方没能得到情报，这个计划就会失败，咱们的电台也要暴露。

"他们手里有追踪电台的设备，利用三角定位法，能初步追踪到我们发报的区域。他们的监听车不断移动，很容易定位我们，咱们需要不断换地方。想要找个安全屋让他们自相残杀，她们必然会起疑。"

许太白不愧是老成之人，很快就找出了傅官熙计划的诸多破绽。但傅官熙也不是没想过。

"正因为我们不断转移，才更容易迷惑他们，让他们相信。为了确保他们能够截获情报，我们必须多次发报。风险肯定很大，但收益同样也大，不是吗？"

傅官熙这已经是剑走偏锋的险招。在他看来，许太白等人应该不会这么做，毕竟太过儿戏，万一不成功，极有可能会被一锅端掉。

但许太白看了看关幼薇，还是朝傅官熙道："你写个计划书，我们再商量商量。另外，我也需要征求上线领导同志的意见……"

许太白这样的表现，已经足够让傅官熙刮目相看了。

本以为他们都是小打小闹、谨小慎微、不敢冒险的人。但许太白展现出来的气度，着实令人惊艳。

傅官熙点了点头，便开始伏案写计划书。可就在此时，赵大海突然冲了进来。

"快走，咱们暴露了！"

"暴露了？"许太白也吃了一惊，但很快就稳了下来，"哪方面的人？"

"军统！"

"军统？他们怎么会找到这里来？"许太白也是百思不得其解。

傅官熙却心头剧震："是戴离，一定是戴离！"

"她怎么会知道咱们的安全屋？"许太白更是不解。

傅官熙心中却已是万分笃定，因为他实在太了解戴离的行事作风了。

"咱们先撤，回头我再跟你们细说。"

许太白也不啰唆，几个人简单收拾了东西，跟着赵大海便撤离了安全屋。也亏得天还未亮，借着夜色的掩护，他们到底是逃脱了。

但傅官熙的心里却如何都安宁不了。

第五十四章　连环戏码

车子在街道上疾驰，傅官熙的思绪也快速地飞转着。

戴离惯用连环计，他已经意识到了这一点，所以安全屋会暴露，他也能猜到。

"戴离先用我来演戏，让若尾美子暴露在我面前，获取我的信任，再利用我来刺杀徐济泰。无论是谁，都认为这出戏该谢幕了。

"但早在若尾美子暴露身份的时候，我也产生了同样的想法，可戴离却上演连环戏。所以我认为，咱们直到现在还在戏中。"

许太白听闻此言，也陷入了思索当中。

傅官熙继续说出自己的想法。

"如果没有我，他们很难找到你们的位置。就算他们用三角定位，监听车四处跑，只要你们不是持续发报，他们也不会找到你们的精确位置。

"她原本打算在后巷接应我，但最后没有出现，为什么？

"我一直在思考这个问题。小白哥你们又是怎么知道这个情报，及时来救我的？"

傅官熙这么一说，许太白也恍然大悟。

"原来她一直在利用你找到我们！"

"完全正确！"傅官熙有些激动起来。

"她故意泄露计划给你们，然后不来接应我，就是为了让我顺利加入你们。

"如果利用电台追踪，他们很难找到你们，但如果不是追踪电波，而是追踪我这个人呢？

"她把我打造成了明面上的棋子，就是为了确定你们的位置，是想通过我来将你们的秘密基地彻底端掉！"

傅官熙想通了这其中所有的环节之后，也是后怕不已。

许太白有一句话没有说错，傅官熙确实是最了解戴离的那个人，甚至于两个人用计的方向和手段都差不多。

他们不是想着如何截获对方的情报，而是故意放出情报，永远将主动权掌握在自己的手里。

通常的情报人员，都将收报和截获地方情报作为最主要的手段。但戴离不一样，她最擅长的反倒是撒出情报来引诱敌人。

"如果真是这样，那我们的计划必须暂缓一阵子。"许太白也意识到了问题的严重性。现在不光不能主动出击，而且要做好防守，否则整个地下组织都要被波及。

"是，你们要暂时切断跟我的联系。我要从地下转到地上一段时间，先观察她到底掌握了多少，也需要等待时机，才能展开反击。"

"你要转到地面？那不是更危险？"关幼薇有些不解，言语中也未掩饰自己的担忧。

傅官熙对此却有着自信。

"放心，戴离是个老狐狸，她需要靠我来找到你们，不会对我下手的。而且……"

傅官熙说到此处，想想还是把话头掐断了。

倒不是他认为戴离会顾念他们之间的情分，而是因为他太过了解戴离，这个女人从来都是放长线钓大鱼。

在她的眼中，傅官熙如今的价值，就是许太白身后的组织。她要的不是傅官熙身边的这几个人，而是整个地下组织，她要连根拔起。

今晚的追击行动，也只是她在试探虚实，否则赵大海即便提前察觉，他们也不会这么轻易放走傅官熙几人。

她就像垂钓的渔夫，不断挑动鱼饵，不断一收一放，既是试探，也是引诱。这是傅官熙目前的个人判断。

所以从地下转到地面，反其道而行之，反倒更加安全。

戴离不会揭穿傅官熙的身份，反过来会保护傅官熙，因为只有保住傅官熙，才能利用傅官熙来拔出许太白这条线。

虽然傅官熙已经被"枪决"，更名改姓，换个身份，对特工们而言并不是什么难事，但如果张天佐或者若尾美子找上门来，戴离也一定会帮着掩藏。

傅官熙必须要这么做，才能够逼迫戴离走出地下，只有这样，才能寻找到反击的机会。

如果一直隐藏在地下，只能被动防御，迟早有一天会被她端掉。

将自己的想法全盘托出之后，许太白也点头表示认同。

"虽然这个想法太大胆，也太冒险，但确实有点意思。不过这必须建立在一个前提之上，那就是你对家雀的心理揣测都是正确的。

"你有几分把握？"许太白虽然曾经夸赞过傅官熙，认为他的长处是他们所不具备的，那就是对戴离的了解程度。

可这个事情关乎傅官熙的个人安危，甚至牵连到整个组织，并不是傅官熙逞个人英雄的事情。

将整个组织的命运，寄托在傅官熙对戴离的个人心理揣测上，这是非常不明智的做法。

许太白虽然没有明说，但傅官熙也能够想到，他能这么问，已经是很不容易了。

"小白哥，你放心，尽管切断与我的联系。我们先看看效果，再考虑下一步的行动，怎么样？"

傅官熙的这个计划已经将许太白等人择出去，算是将他们的风险降到最低，而他自己一个人承担了所有的风险，这也是许太白没有一口否决这个做法的原因之一。

他们这样的工作，本来就少不了相互试探，唯有不断地侦察和反侦察，才能找出对方。有短期的凶险，但同时也是需要长期的潜伏，需要极大的耐心和坚忍的意志，以及沉着冷静的思考。

许太白沉思了片刻，到底还是点头道："好，我们先试一试，摆脱之后我们给你制造假身份，给你找个掩护，让你上街一段时间，看看你的猜测到底有几分符合。"

傅官熙受到了极大的鼓舞。毕竟双方才刚认识，无论是他们对自己的信任还是关怀，他都能够感受得到。

他们的表达是直白的，但不会让你感受到压力和负担，一切都那么光明磊落、坦坦荡荡。与之相比，戴离接二连三地欺骗，甚至美色诱惑，让傅官熙感受到了天差地别。

许太白能认同自己的看法，同样对自己计划的漏洞和破绽也直言不讳。他充满了理性，但又不缺乏人情味；是个天才，却绝不是不通人情的书呆子。

或许也正是这样的人，才能够在上海这样的地方潜伏下来，与国民党、伪军以及日本人周旋，斗智斗勇而不落下风。

傅官熙不免对接下来的特工生活产生了十足的期待。

而且他很好奇，许太白会给他一个什么样的身份作为掩护。

第五十五章　城东女校

傅官熙心中挺好奇许太白的想法。这个书生气浓重的地下特工给了他足够的安全感，同样也给他带来了极大的神秘感。

不过许太白对傅官熙似乎很坦率，甚至坦率得有些过分。

天亮的时候，车子开到了上海城东女校，从学校后门进入，径直停在了校职工宿舍楼前。

"到了。"

"学校？"傅官熙也有些出乎意料，本以为地下特工们都过着见不得光的日子，谁又能想到，他们会如此"明目张胆"。

许太白却呵呵笑道："我在学校里教书，幼薇同志也毕业于此，目前正打算留校任教，你来了正好跟我们做伴。"

傅官熙就更是愕然了。

"小白哥，我刚刚是不是说要切断与你们的联络？"

许太白似乎并不太在意："家雀既然能布下这个局，说明她已经掌握了我和关幼薇同志的身份，隐藏也没有用。

"她要的不是我们这几个人，她要的是我们整个地下组织。既然要转到地面上来，那我们当然也要共同进退了。"

虽然说得轻巧，但傅官熙能感受其中的凶险。毕竟是特工，如果戴离失去了耐性，等不到挖出整个地下组织，想要刺杀许太白他们几个，那目标实在太过扎眼。

傅官熙还要再说，许太白却扯开了话题："听说傅少是个多才多艺的人，又是士官学校毕业，想必留校做个兼职教员应该不难吧？"

"让我做教员？"傅官熙也是苦笑。虽说他确实懂些才艺，但距离传道解惑还是有些距离的。

许太白反问道："怎么，傅少没信心？不然给我做助教也成。"

"小白哥教哪个专业？"

"我教的西方美术。"

傅官熙哑然失笑。虽然他从小读书，也接触过国画和工笔画，但要说西方美术，他是一点都没沾过的。

"琴棋书画，我偏生不会画。学校里有没有什么杂活可以干？我随便找个工作留下来就是了，没必要误人子弟……"

第五十五章　城东女校

许太白哈哈笑了起来,道:"那就先安顿下来再说吧,横竖这不是一蹴而就的事情。咱们要跟敌人斗智斗勇,也要做好打持久战的心理准备。"

也不多说,许太白带着傅官熙上了宿舍楼,给他安排了一个小房间。

"条件有限,就委屈傅少了。吃饭都是在食堂,凭票吃饭,当然了,也可以付现钱。先用我的饭票吧,用现钱太招摇了些。"

太过招摇什么的分明只是借口,许太白是个体贴的人,偏生又不会让你感到刻意而为,与他相处实在是挑不出半点毛病来。

傅官熙却有着自知之明:"不用,我身上带着不少备用金,足够用了。再说了,小白哥,我既然加入了你们,就不要一口一个傅少。虽然我思想觉悟还有待提高,还算不上你们的同志,但叫我一声官熙就好。"

许太白竖起大拇指来:"就冲官熙你这句话,就够得上咱们的同志了。不过这个事情也不是开玩笑。

"咱们虽然要团结一切可以团结的力量,但必须是一条心,组织上对人员选拔也有标准,要的是久经考验的革命战士。我会将官熙你的情况汇报上去,等组织审查,我相信你会成为我们的同志。

"不过……咱们要跟家雀斗一场,暂时不能发报,用明面途径来汇报风险又太大,所以才说要委屈你一段时间了。"

许太白解释得这么清楚,傅官熙又岂会介意。他摆手说:"这些都是次要的,能抓住戴离,能把这个事做成,才是最重要的。"

许太白点了点头:"这都折腾一晚上了,你先休息,我去教务处找几个人谈一谈,看看有没有什么合适的工作。"

也不啰唆,许太白当即就离开了屋子。至于赵大海,他根本就没有来这个房间,虽然不清楚原因,但他确实对傅官熙有着不浅的成见。

关幼薇就站在门外,与许太白点头致意,并未离开,但也没有走进房间来。

"给你拿了点生活用品,先用着,过几天再上街去买一些。条件差了一些，比不了在家，但……"

"已经很好了……"傅官熙虽然是大户人家的孩子，养尊处优，但并不是吃不了苦的人，否则也不会跟周烟炮他们玩得这么好。

傅官熙本以为关幼薇会拿进来，或许她也认为傅官熙会走出去取，两人就这么站着，倒是出现了短暂的尴尬。

"进来坐坐？"

关幼薇脸都红了。毕竟是学校，而且还是女校，估摸着她也是怕人说闲话，赶忙摇头，将东西放在地上，转身就走了。

这还是傅官熙第一次见到如此羞涩的关幼薇。想起她到傅家去退婚，指着他的鼻子大骂的泼辣样子，再看看此时的背影，真是判若两人。

关幼薇也是贴心，竟然还带了一壶热水。经历了这惊魂一夜，傅官熙也着实太过累乏，倒了点热水，洗了脸，擦了一下身子，也就睡下了。

这一觉睡到傍晚，傅官熙才被饿醒了。

虽然饥肠辘辘，但整个人的精神恢复了过来，格外轻松。

打开窗户往外一看，夕阳西下，远处的小操场上，有些女学生在踢毽子。这个学校的女生都剪着齐耳短发，她们或怀抱书本，匆忙走过；又或者坐在树下背书；抑或三五成群，悄声说着话，时不时传来笑声。

她们的脸上都洋溢着幸福快乐的笑容，很难想象校园外的华夏大地，正饱受着战火的蹂躏。

傅官熙摸了摸肚子，走下楼，就往食堂的方向去了。

学生们端着食盒，络绎不绝地往食堂走，见到高大英俊、穿着时髦的傅官熙，一个个都避让开来，却又忍不住偷看两眼，而后窃笑着，脸颊发红。

傅官熙并未觉得不自然，而是保持着微笑，与学生们目光相触的时候，会稍稍点头，极具亲和力。

到了食堂之后，傅官熙倒是有些尴尬了。

因为食堂里全是女生，基本上看不到男子的身影。

正打算转身，一阵香风扑鼻，一道身影突然从里头闪了出来。来人竟与傅官熙撞了个满怀，哐当一声，饭盒落地。

那人吓了一跳，一脚踩在了饭菜上，当即就滑倒下去。傅官熙赶忙伸手去扶，谁知道那人力气太大，竟是连傅官熙也一并拉倒在了地上。

第五十六章　新的相遇

傅官熙本就有些尴尬，急着想离开，没承想忙中出错，居然被拉倒在地，就更是尴尬了。

此时抬头一看，对方也是目光惊慌，有些不知所措。

她应该是个女教师，盘着时兴的头发，穿着毛呢立领荷叶边连衣长裙，外面还罩了条貂绒的小披肩。

这身打扮低调中透着一股贵气，与女校的朴素风尚有些格格不入。

这女老师看起来二十七八岁的年纪，面颊消瘦，上唇薄、下唇厚，口红很艳丽，左眼下还点了一颗假痣，妆容颇有些西洋风。

"你没事吧？"傅官熙伸出手去，要将她拉起来。后者满目惊愕，下意识要伸手，但很快就察觉到了周围安静的环境。

食堂本来就安静，饭盒掉落已经惊吓了大家，此时更是鸦雀无声，学生们甚至不敢抬头，好像多看一眼就会得罪这位女老师一样。感觉得出来，她们很敬畏这位老师。

女老师自己站了起来，也不答话。傅官熙看见门边上有打扫的工具，就将地上饭菜清理了，朝女老师说："实在抱歉，我再帮您打一份饭菜，请稍等。"

傅官熙捡起饭盒来四处看了看，就打了热水，清洗了饭盒。他正要去打饭，回头一看，那老师已经匆匆离开了。

厨房里的大婶此时才走了出来，朝傅官熙问："您是新来的先生吧？"

傅官熙也不清楚许太白给自己找了什么工作，一时半会儿不好回答，就只是笑笑。

大婶也是厚道，对傅官熙说："咱们学校教职工和学生共用食堂，大家吃一样的饭菜。不过先生们喜欢带回去吃，这样的话学生们也自在一些。"

"谢谢您，那我也带一份回去吃。"

傅官熙也不知道饭钱多少，就取了几张钞出来。那大婶有些愕然，估摸着真如许太白所言，大家都用饭票。不过毕竟是新来的，应该也能理解。

大婶接了钞票，退了三张回来，略带歉意地说："大家都用饭票，我们身上也没零钱，我看着给您多添点菜？"

傅官熙道谢，大婶又将目光投向了傅官熙手里的饭盒。

"咱们食堂没有多余的饭盒，要不先用顾老师的饭盒？您用完了洗干净再送回去给她就好了。"

傅官熙笑了笑："我也不认识这位顾老师，没经过同意，不好用人家的东西。要不您的先借我用一用，或者我向您买一个？"

傅官熙又将那三张钞票递了过去。那大婶却笑了起来，神秘兮兮地压低了声音说："我见先生高大俊俏，顾老师又没嫁出去，你们这么一撞，也是缘分，想着撮合你们一下。先生也真是厚道人……"

傅官熙也是哭笑不得，这大婶看起来憨实，没想到心思这么活络。

"顾老师单身是单身，您怎么就知道我没成亲？"

大婶稍稍昂头："我也见过不少人吧，眼光还是有的，成没成亲还是能看得出来的。"

傅官熙倒是来了兴趣："哦？我倒是想知道，成亲没成亲怎么能看得出来？"

大婶颇有些得意："眼神！"

"眼神？"

第五十六章　新的相遇

"是，眼神不一样的。这东西也说不清楚，横竖是这么个意思，道理我也说不上来。"

傅官熙倒觉得这大婶实在有趣，摇头说："您这次看走眼了。还得劳烦您帮打饭。"

大婶不服气："我才不会看走眼！一会儿记得把饭盒送还顾老师。

"哦，对了，顾老师闺名顾繁花，住在琴楼那边，就是那栋二层小红楼。"

碰着这么"热心肠"的大婶，傅官熙也是觉得好笑。那大婶很快就端着饭盒出来了。

"这饭盒送你了。人顾老师是英国留学回来的，虽然年纪大了些，但漂亮啊……"

傅官熙也是哭笑不得，拿着饭盒就出去了。

一路上，傅官熙就在想啊，许太白刚来那会儿，会不会也是这样的待遇？就好像举全校之力也要帮顾老师寻个好归宿一样。

不过想想也情有可原，毕竟是女校，男职工比较少，女老师又想找登对的、有共同语言的，婚姻问题老大难也不奇怪。

想想顾繁花刚刚的反应和表现，再看那些学生对她的敬畏，估摸着她脾气不会太好，只怕也是她单身至今的原因之一。

傅官熙回到宿舍，填饱了肚子，等了一会儿，也没见许太白和关幼薇过来。想了想，就拿着饭盒往琴楼走。

一楼是教室，虽然入夜了，但还是能够看到里面挺宽敞，应该是音乐教室。有楼梯通往二楼，隐约能够看到灯光，但教室已经反锁，傅官熙也不好敲门，还是回到了宿舍。

这才刚到楼下，就看到了许太白。

"教务处那边商量好了，打算让你去当音乐课助教。"

"给顾繁花当助手？"傅官熙不禁失笑，这绝不是巧合吧？看来自己猜得没错，整个学校都在为这位大龄女青年的终身大事操心。

"见过面了？"

"碰过面了……"

"碰过面？"

"嗯，连人带饭盒碰地上了……"傅官熙摇头苦笑。

许太白倒是兴奋了起来："可以啊，缘分挺足。那就这么办吧，明早记得提前去打扫卫生。"

"打扫卫生？"傅官熙还在疑惑，许太白已经丢了一串钥匙过来。

"助教的任务可是很多很重的，全都要管，全都要做，除了辅助授课，其他的也都要做。这么说吧，顾老师让你做什么，你就做什么……"

许太白说到这里，还颇为"阴险"地笑了一下。

傅官熙也是无奈。他对戴离是付出过真感情的，被欺骗之后，心里其实很受伤。目前的他只想着抓住戴离，并没有心思考虑男女感情。更何况他跟顾繁花的相遇，并没有一见钟情，对她甚至谈不上什么喜恶。

不过既然决定在这里蛰伏下来，工作自然是要做的，接了这个任务就要完成好，这是最基本的。

到了第二天，傅官熙早早起床，往琴楼这边来了。

只是许太白昨晚并没有多提醒他一句，一楼是教室，二楼是顾繁花住的地方。

第五十七章　传统民乐

既然选择了当助教，傅官熙就要把活儿干得漂漂亮亮。进了教室之后，先是打扫卫生，将桌椅和乐器全都擦拭干净。

熟悉了环境之后，傅官熙发现琴房旁边的杂物房里竟然有个地下室，进去扫了一眼，里头堆放着不少老乐器，全都是传统民乐的乐器。

现在推行西学，不少学校都教授西方的文化知识，但将老祖宗留下的精粹全都丢在地下室，傅官熙心里难免一阵伤感。

他最先用"三百千"开蒙，要不是出生晚了，傅家还打算让他参加科举考试来着，平素里接触的那些东西，也都是传统文化。

傅官熙心头悲凉，想了想，就将这些乐器全都搬了出来，一件件擦拭干净。毕竟丢得久远了，多少有些损坏，傅官熙又开始修修整整。

这一沉下心思，就不知道外头的状况了。

说起来也不怕笑话，傅官熙最拿手的乐器是琵琶。因为少年得意之时，他也曾流连烟花之地，听惯了那些个民俗曲调。琵琶和二胡是最常见的乐器，为了博得美人笑，傅官熙自是要去学。

一开始也不如何痴迷，权当玩耍。可登堂入室之后，他突然发现了其中神妙，也就停不下来，为此还被家里人斥责了几次。

他还记得有一次读书之余，拿了琵琶乱弹，父亲突然从外头回来了，而且在他房外听了许久。

本以为父亲会把琵琶给砸了，或者骂他玩物丧志之类的。但父亲只是笑着点头，没过两天，父亲还送了一块玳瑁拨片给他。

虽然只是一个小玩意儿，但傅官熙喜欢得不行。他在意的不是玳瑁拨片如何珍贵，而是父亲对他的欣赏，那才是最难得的。

想起这些，傅官熙摸出钱夹子，那玳瑁拨片就装在一个丝绸小袋里头，取出来摩挲把玩，父亲的音容笑貌又浮现在脑海之中。

傅官熙也是触景生情，调音定弦之后，拨动了丝弦。这琵琶虽然放得久了，声音有些干涩，但好歹是丝弦，反倒更加古朴，嘶哑之中透着一股子悲情。

傅官熙也是随心而为，即兴弹奏。后来情绪上来了，不知不觉就往曲调上走，弹的是《霸王卸甲》。

弹着弹着，他的眼眶就湿了，低声哼唱了起来，没有唱词，只是哼着。

回来这么久了，不断经历着那些事情，根本就没有时间好好哀悼一下父亲。如今一个人待在地下室里，仿佛隔绝了外界的一切，只剩下他和父亲的过往回忆。

当最后一个音袅袅消散之时，傅官熙轻叹一声，吐出一口气来，抹掉了眼角的泪水。

"是你的父亲？"

声音很突兀。傅官熙猛然回头，见得顾繁花不知何时已经站在了杂物房的门口。她披着睡袍，双手抱臂，估摸着是被傅官熙的琵琶声给吵醒了。

傅官熙点了点头，也不想多说："打扰您休息了。"

顾繁花轻轻摇了摇头："没想到这乐器的感情这么充沛……"

傅官熙有些讶异："您没听过？"

在他看来，顾繁花是音乐教师，不可能没接触过。但顾繁花却真真没接触过，否则她也不会把这些民乐器全丢到地下室来了。

"我从小接触的是钢琴和小提琴，父亲说琵琶这些都是低俗的东西，不值得学……"

"低俗？"傅官熙哑然失笑，"俗是俗，却不低的。音乐本就来自民间，后来才用作祭祀。但祭祀的东西也不是整天在捣鼓，音乐能流传下来，靠的正是民间传承。俗不该是贬义词。"

顾繁花双眸一亮："这理论倒是不错，虽然有些强词夺理的意思。"

傅官熙呵呵一笑："顾老师从小就活在高楼里，没接触过这些，有这样的想法也正常。"

顾繁花抿了抿嘴唇，似乎没有尽兴："这里头还有你会的吗？"

傅官熙刚刚才整理完，心里有数，朝她问："你喜欢哪一样？"

顾繁花摇头说："哪一样都不喜欢。我没听过，但都拨弄过，音色并不好。不过刚刚听你弹的琵琶，倒是有些喜欢了。"

傅官熙不置可否，挑了个最不起眼的，是个梆子，声音从平和到悲壮，轻声唱着《孙夫人祭江》。

"喜欢吗？"傅官熙唱完之后，带着微笑，也带着一点点挑衅。

第五十七章　传统民乐

这么一问，顾繁花也撇了撇嘴："还行。"

傅官熙又挑了一样，还是个老物件，是一只陶埙，这可真真有点年头了。

埙算是最古老的一种乐器，音色上就占了大便宜，轻轻一吹，仿佛回到了上古时代，那个猛兽横行、洪水滔天、原始先民们咆哮号叫驱赶野兽的场景，充满了上古洪荒的野性和宽广。

傅官熙刻意放轻了声音，可越是压制，那种直冲云霄的天地宽广之感就越是压不住。

傅官熙挑选的都是小件的东西，但却又能带出巨大的感染力，将顾繁花好生震慑了一番。

也不再要求欣赏其他乐器，顾繁花朝傅官熙说："收拾一下吧，准备上课了。"

傅官熙点头说好，见她转身要走，又开口说：

"昨天的事情抱歉了。饭盒我送回来了，也不知道你喜欢吃什么，问了食堂的人，照着昨天的给你打了份早饭，算是道歉。"

顾繁花扭过头去，想来看到了讲台上自己的饭盒，迟疑了一下，还是朝傅官熙说了声谢谢。

傅官熙整理好这些乐器，来到教室的时候，学生们也陆续进入了教室，虽然一个个表情严肃，但座位却四处散落，把傅官熙早上整理的行列全都打乱了。

傅官熙也有些尴尬，本以为是教室桌椅太乱，此时看来，平时他们上课应该就是这么个样子。

中间一架钢琴，学生的座位四处摆放，如此或许能更好地聆听到音乐，抑或是顾繁花有着自己独特的教学方式。

顾繁花换了一身衣服，与昨日完全不同，但仍旧是低调中透着一股高贵华丽的气质。

学生们给顾繁花行礼问候之后，顾繁花并没有示意她们就座，而是伸出手来，指了指角落的傅官熙，介绍了这位新来的助教。

学生们窃窃低语并捂嘴偷笑，看了看高大帅气的傅官熙，又看了看在她们眼中暗藏贵气、总给人高人一等之感的优雅老师，小心思溢于言表。

第五十八章　音乐合作

顾繁花上课很严肃，学生们眼里只有崇拜，却看不出喜爱，半点也不轻松，教学很严谨。

她端坐在钢琴前，就像下凡的仙女一般，冷若冰霜，赏心悦目，却给人一种无法接近的高冷感。

傅官熙是见过世面的，也见过不少西洋女子弹钢琴，但都比不上顾繁花，她那种高贵是从骨子里散发出来的。

她一边弹琴，一边教学生们唱歌，类似唱诗班的感觉。

课间的时候她上楼小憩，学生们才放松了下来，一个个鸟儿似的飞奔出去。也有些学生对钢琴产生了极大兴趣，却不敢上去摸一摸。

傅官熙这个助教其实也有些尴尬，不少学生见他可亲，对他投来笑容，但又羞涩得不敢过来说话。

终于有学生拿着曲谱过来问了些问题。傅官熙看不懂五线谱，也回答不出个所以然来，只能让她们先唱，自己再纠正一些音准之类的小问题。

傅官熙的交际能力极其出众，整个教室很快就充满了欢声笑语，学生们也聚拢过来，都围在他身边。

学生们起哄之下，傅官熙就教她们唱了一首《花好月圆》，那是上海大明星周璇唱的一首歌曲。

这首歌曲还没有出唱片，此时也还没有传唱开来，只是私底下的宴会有人听周璇唱过，在上流圈子里小范围流行。

傅官熙这么一唱，学生们就更是激动起来，听说是大明星周璇的私家歌曲，一个个两眼放光。

外头打铃了，学生们都没有察觉，好在傅官熙一直关注着，赶忙让学生们回到座位。

此时顾繁花刚好从二楼下来，她看着意犹未尽的学生们，微微皱起眉头。学生们好像做了亏心事一样，见得她的目光，都有些心虚。想来平日里老师并不允许她们接触这些流行歌曲。

"你们这么喜欢傅助教，那这节课就由傅助教来领唱吧。"

顾繁花这么一说，傅官熙叫苦不迭，学生们却欢呼雀跃。

钢琴声一起，竟然就是刚刚那首，傅官熙也有些惊诧。

顾繁花即便刚刚听到他们唱歌，想要短时间内配上钢琴和弦，也不是容易的事情。当然了，或许她的钢琴造诣就有这么高。

要么就是她也听过周璇的这首私家歌曲。毕竟她浑身散发着低调的贵气，家境必然是极好的，又是上海本地人，参加过宴会，听过这首歌，也是极有可能的。

傅官熙从来都是听人唱歌，如今要领人唱歌，也很是难为情。但许太白为了让他在这里逗留，二话没说就给他安排了这么个工作，他总不能辜负了人家。

顾繁花多少有些让他难堪的意思在里头，又或许只是想看他好笑的样子，傅官熙只能硬着头皮上完了这节课。

不过效果是极好的，学生们欢天喜地，仿佛卸下了什么重担，前所未有的轻松活泼，顾繁花也是嘴角带笑。

待得下课，学生们都离开了，顾繁花才朝傅官熙笑着说："傅助教的嗓子条件倒是不错，可以考虑当歌手，说不定能成为大明星。"

虽然明显能够感受到里头的嘲讽，傅官熙却没有在意，毕竟自己是助教，不该打乱她的教学计划。

"学生们偶尔放松一下还行，课堂上还是讲学术，我这个助教活跃活跃气氛就好……"

顾繁花面色稍霁："讲到学术，有件事我倒是想跟傅助教合作一下。"

"合作？合作什么？"

顾繁花稍稍转身："我想让你把一些传统民乐的曲谱写下来，将它们转成钢琴曲，说不定又是另一种风味的演绎。"

"用钢琴来演奏民乐？

"民乐的灵魂就在于乐器，先有乐器，而后才有乐曲。西方是用乐器来给歌曲配乐，音色上怕是没法同步……"傅官熙没有讨好顾繁花，这才是对她的尊重。

顾繁花却仍旧坚持己见："如今是战乱年代，往后是什么日子，谁也不知道。如果能将这些传统民乐保留下来，对后代子孙也是好事，你觉得呢？"

傅官熙想了想，也同意了这个看法。

"只是我了解的有限，而且我不懂五线谱，民乐用的是减字谱和工尺谱，如何转换，咱们还得商量商量……"

顾繁花也不含糊："这个简单，我教你五线谱，你教我工尺谱，咱们互通有无，这才叫合作。"

虽然不知道顾繁花的用意，但觉得她不是开玩笑，傅官熙自是答应了下来。

他不是专业的音乐从业者，平素里只能算票友，突然接触到这么宏大的计划，仿佛要给后世留下音乐遗产这么高大上的学术命题，也实在有些拿不准。

不过这好歹是个不错的开始。顾繁花脾气不太好，很难接近，他已经有了切身的体会，难得找到了与她相处和工作的方向，傅官熙也没理由拒绝。

只是这样的节奏，让傅官熙感到不安，这一切好像太过虚幻，没有真实感。

就在不久之前,他还刺杀了伪军的军长,在枪林弹雨之中疲于奔命,跟着许太白几个人被追杀。现在却又岁月静好,甚至搞起了风雅的学术研究。

傅官熙总觉得这份平静来得太突然,他很珍惜这样的生活,但不该迷恋这样的生活。

但自己决定从地下走到阳光之下,就该有这样的觉悟。

事实上,他一直在等待着,等待许太白能够找到戴离的踪迹,甚至更进一步抓住她的尾巴。

他相信以戴离的性格,很快就会坐不住。她会主动找上门来,她会强势地逼迫傅官熙,用某些事、用某些人,虽然还不清楚,但她一定会用尽手段逼迫傅官熙,以此来挖出许太白背后的地下组织。

看着顾繁花,傅官熙突然有种错觉:这个女人,并不理解外面的世界,或许她一辈子就该生活在象牙塔里;这些女学生们,也应该生活在这样的时代。

而许太白等人,正是为了这样的生活而付出和牺牲。

这一刻,他在这个音乐老师的身上,看到了从未见过的东西,他更加明白关通衢等人为何要这么"执迷不悟"了。

第五十九章　终于来了

既然决定要合作,傅官熙也认真了起来。

虽然助教只是掩饰的假身份,但傅官熙还是想把事情做好。

他懂得的曲谱确实不少,但想要重新谱写出来,光靠脑子还不行,必须一边演奏一边记录。

他本想把地下室的乐器借回来,在宿舍完成这项工作,但会影响宿舍楼里的其他教员休息。

顾繁花倒是给他提了个建议，让他在地下室完成这项工作。虽然她住二楼，但地下室的门关起来之后，并不会影响到她休息。

再者，这样也方便他们相互交流，有什么问题能够第一时间解决。

傅官熙本以为孤男寡女会遭人非议，顾繁花毕竟是姑娘家，多少会顾及声誉。但很显然，她更看重的是学术研究。

顾繁花光明正大，傅官熙也就磊落坦荡，每天下课之后，就在地下室演奏民乐，然后撰写曲谱。

下课之后到晚上的那段时间，顾繁花会在教室里，五线谱和工尺谱的相互教学，速度倒也不慢。

因为有了这桩合作，两人的关系也融洽了不少。虽然顾繁花仍旧冷淡如水，除了学术上的话题，从不提及生活，但好歹不再有先前的尴尬了。

日子好像就这么平静了下来。傅官熙在琴楼乃至于整个学校，也渐渐被更多人认识——因为他出众的身高相貌，温文尔雅的谈吐，以及平易近人的性格等。

再加上与顾繁花整日里相处，学校里的人已经"默认"他们在一起一样。

许太白和关幼薇等人除了工作之外，倒是很少来找他，傅官熙却不敢放松警惕。

他一直等待着，等着戴离来找他。他相信自己的判断，许太白这边一直蛰伏不动，戴离就一定会坐不住。

因为傅官熙和许太白先前的计策已经起效，现在整个上海的伪军特务都在掘地三尺地追查戴离这个刺客。

戴离的日子并不好过，拖得越久，对她就越是不利，她一定会找上门来，给傅官熙施加压力。

这样一直到了六月份，天气热了起来，傅官熙躲在地下室里实在是热得很,他打算以后要早点回去休息,不能熬太晚。

眼看着就要结束二胡部分的曲谱,傅官熙决定再熬一夜。

顾繁花已经先回二楼休息了,傅官熙把自己关在地下室,也不敢发出太大的声响。

到了半夜,外头突然传来一些动静。因为实在太过安静,傅官熙第一时间就警觉了起来。

顾繁花有时候睡不着,也会过来跟傅官熙说说话什么的,但她时间把握得很好,绝不会在这么晚还进来。

傅官熙的心顿时提了起来。因为在学校里,他也不可能随身配枪,此时就轻轻将琵琶拎在了手里,躲到了地下室的门后面。

傅官熙屏息凝神,躲在门口,手掌心不断在冒汗。但外头的动静却又消失了。

等了四五分钟的样子,他能感觉到,好像有人就守在门外,俩人就这么僵持着,比拼着耐性一样。

可刚过两分钟,傅官熙就有些待不下去了。因为刚才他忽略了一个问题,琴楼里除了他,还有一个人——顾繁花!

轻轻推开门,地下室只有五级阶梯,所以他一眼就能看到门外没人。走到教室来,傅官熙变了脸色。

顾繁花坐在钢琴前,但有个倩影却靠在钢琴上,正是戴离!

因为天气炎热,顾繁花只穿着薄薄的睡衣,此时花容失色,只是用手捂着胸口。戴离将手枪放在钢琴上,抱着双臂,就好像一个臭流氓一样盯着顾繁花。

"官熙,你终于出来了呢。天气挺热的,要不要也脱一件衣服?"

傅官熙迈腿要走,戴离却扫了一眼手枪,朝他说道:"人过来就行,琵琶就不用带了。我跟顾小姐的品味一样,不喜欢民乐。"

傅官熙只好将琵琶放在了地上,动作重了些,琵琶嗡一声响,傅官熙也想着尽量发出声响,说不定外头会有人进来察看。

但戴离却识破了他的小心思:"放心吧,不会有人来的。咱们好不容易重聚,你就这么不待见我?"

傅官熙咬了咬牙:"你想干什么?"

戴离戏谑一笑:"官熙,一日夫妻百日恩。你我虽无夫妻之名,却有夫妻之实,我心里想你,来看看你也不行?"

顾繁花听得此言,稍稍抬头,却被戴离的目光抓了个正着:"哟,人都说日久生情,看来咱们的顾小姐喜欢我家官熙了哟,我都闻到醋味了。"

戴离低下头,正视着顾繁花,有些不知羞耻地说道:"你有没有幻想过跟我家官熙好?我家官熙又温柔又体贴,不仅白天,夜里也是一样的哦。"

傅官熙有些听不下去,走过来朝她说道:"你到底想干什么?别故意说这些恶心人的话。"

戴离摇了摇头,啧啧道:"我有点失望了,官熙这么快就移情别恋了?"

她的目光又转移到顾繁花的胸口,朝傅官熙说:"你知道的,她不如我。"

傅官熙怒斥道:"你够了!"

戴离摆了摆手:"好了好了,不说就不说。你喜欢的就是我喜欢的,你这么心疼顾小姐,我也心疼她。"

言毕,戴离离开了钢琴,顺手把枪也捏在了手里,枪口有意无意地指着顾繁花。

"咱们好久没见了,陪我去散散步吧。"

傅官熙松了一口气,只要她冲着自己来,不伤及无辜,起码也算是万幸。

当然了,傅官熙心里也有底,戴离深夜前来,是不敢张扬的,一旦闹大了,外头的伪军特务很快就能锁定她的位置。

第五十九章 终于来了 213

"那就走吧。"

傅官熙往门外走，戴离却拦住了他："别急啊，我们前脚一走，顾小姐后脚就大喊大叫，我还怎么安心？"

"顾老师，麻烦你回房间，过几分钟去找许老师，就说戴离小姐找我出去谈事情了。"

戴离明目张胆地过来找他，傅官熙也不玩这些虚的。戴离不由赞赏道："咱们的官熙是真的成长喜人，这才几天啊，就沾染了他们那一套光明正大的作风。我要是不来找你，过几个月你该像关通衢他们一样，为了革命事业不惜牺牲自己了吧？"

"行了，就别说这些无谓的话了，走吧。"傅官熙催促着。

戴离却没有挪步："想走可以啊，你们亲个嘴再走。"

"什么？"

"我说，你们亲个嘴。在我面前，亲个嘴。"戴离将枪口移到了顾繁花的太阳穴上。

第六十章　真话假话

傅官熙自以为很了解戴离，当她提出这种无理要求的时候，傅官熙心里其实很清楚，她不过是想让顾繁花更加惊慌罢了。

顾繁花这样的学校老师何曾碰到过这么惊心动魄的时刻，眼下也是彻底慌了。

傅官熙白了她一眼："满意了？"

戴离狡黠一笑："怎么，玩一玩都不行？真的喜欢她？我看她蛮喜欢你的，要不真就考虑一下？"

傅官熙无奈摇头："行了，走吧，再不走我可就要喊了。我就不信你敢开枪。"

傅官熙伸出臂弯来，戴离果真走了过来，将手枪放在口袋里，却是自然而然地挽起了傅官熙的手，就好像一对久别重逢的情侣一样。

"野花终究比不过家花哦！"戴离朝顾繁花眨了眨眼，满是挑衅的意味，顾繁花一脸愕然，而后又羞又愤。

"上楼吧！难道真等着亲嘴吗？"戴离突然变了脸色，隔着口袋的枪口又对准了顾繁花。后者脸色发白，赶忙往二楼房间跑。

看着她的背影，戴离也笑了起来："啧啧，身材是真的好，官熙你就不心动？"

傅官熙有些忍不住了："再这样说就都别走了。"

戴离这才作罢。虽然挽着手，但口袋里的枪口还是顶在了傅官熙的腰际。

"外面有车，直接出门就行，不要有其他想法。虽然我确实不希望开枪，但你知道的，我可是心狠手辣哦！"

傅官熙老实往外走，尽量放慢脚步："我不明白，就算你不跟我……就算不跟我好，一样能骗我，为什么要这么做？"

戴离微微一愕，然后笑着说："我就是单纯馋你身子。我也二十几岁了，还没试过，想试一试。你高大帅气，又温柔体贴，经验又老道，是最好的人选。"

傅官熙有些恼怒："跟你说认真的，就不能别开玩笑吗？"

戴离果然认真了起来："我是个特务，为了任务可以出卖一切，包括我的身体。不知道什么时候就要为了情报献身给那些糟老头子。与其如此，为什么不挑一个看得上眼的？"

傅官熙摇了摇头："张天佐也不差，为什么不挑他？"

戴离哈哈笑了起来："他还不配。

"怎么听起来反倒是你吃了大亏一样？官熙，你这是看不起我啊？"

戴离又有些不正经。傅官熙欲言又止，终于开口："所以……你有

第六十章　真话假话

没有真的喜欢过我？"

戴离沉默了良久："有意义吗？我这么欺骗你，你心里只剩下仇恨，再说这些又有什么意思……"

傅官熙转头凝视她的眼睛："这是你的工作，是你的任务。对你而言确实没意思，但对我来说，却意义重大。"

戴离轻叹了一声："还以为官熙你学足了他们光明正大那一套，没想到你还在打感情牌。不过呢，确实漂亮。可惜啊，我是不会上当的。"

傅官熙确实想掌控主动权，因为不知道戴离会把他带到哪里。无论如何，她既然找上门来，又用这样的方式，背后必然隐藏了大阴谋。

戴离一如既往地谨小慎微、老谋深算，根本不给傅官熙一点机会。傅官熙也谈不上失望，因为这正是他所了解的戴离。

之所以这么做，一来是试探，二来也是为了扰乱她的心绪，即便她有所防备，也一定会分神。

"如果你不是军统的人，你会真的跟我一起生活吗？"傅官熙又问了一句。

戴离有些反感了："差不多就行了，这招对我没用的。"

傅官熙点了点头："那我就不绕圈子了，你打算怎么做？"

戴离微微一笑："这才像话嘛。

"把你劫走，许太白他们一定会着急。他们人手不够，必然会向组织求援，我们就顺藤摸瓜，一网打尽。如果是你，会不会也这么想？"

傅官熙点了点头，又摇了摇头："逻辑上是这么个推算，但你从一开始就错了。"

"哪里错了？"

"我还没加入他们，他们不会为我兴师动众。"

"你没加入他们，能在女校混迹？"戴离翻了个白眼，"别把我想得那么蠢好吗？废话不必多说，想交心就说真话。"

"他们不像你们。组织上正在审核和考验我，我是真的没加入，这个你不会没想过吧？"

戴离点了点头："确实像他们的作风，明明手底下没几个人，还要横挑鼻子竖挑眼。能用就用，韩信点兵多多益善的道理都不懂。"

"谁说不是呢。戴离姐你倒是不挑，最后不也是拿我当垫背的了吗？替死鬼当然不需要考验，不是吗？"

戴离尴尬一笑："哟，耿耿于怀哦你。换作是你，会不会这么做？"

傅官熙摇头："不会。因为当时并非别无他选，大不了不杀徐济泰，为何要把自己人逼入绝境？"

戴离苦笑一声："那是你没有真正入行。等你入行了就知道，机不可失，不把自己人逼入绝境，就会错过这个机会，一旦错过了，就再也没有了。

"不过呢，说到这里，刺杀徐济泰这个汉奸，确实是大功一件，眼下让你跟着我去重庆，你会不会去？"

"你觉得我会再次上当吗？"傅官熙不加掩饰地嘲讽道。

戴离也笑了："就知道你是这么个反应，我没看错你。那你就铁了心跟着许太白他们吧。不过我丑话说在前头，跟了他们，你我就是死敌，迟早要生死相见，我可不会手软的哦！"

傅官熙目光往下，移到她口袋里的枪口上："现在不也没手软吗？"

"现在你是诱饵，还有大用，暂时不会杀你，放心好了。"戴离竟然安慰起他来。

傅官熙却没有半点宽慰："你真的想错了，现在的我对他们没有任何价值，他们不会因小失大的。"

戴离摇头说："你是他们之中唯一懂得东岛话的，没有你，他们根本不可能把我的消息故意泄露给若尾美子，你觉得自己价值还不够大？"

"再说了，就算你没有价值，他们也一定会为了救你铤而走险的。"

第六十章 真话假话

"这不合情理。"傅官熙摇了摇头，否定了她的说法。

戴离却咬了咬牙："你还不够了解这群人。虽然你还在等待组织的考验，但他们心里已经将你当成了同志，他们从不抛弃任何一个同伴。"

"只说这一点，这群笨蛋真的蠢得让人佩服……"

傅官熙微微抬头，看着戴离的眼睛，他知道，这句是真心话。

第六十一章　心理交锋

车子离开女校，两人在车中交谈了一番，戴离便将傅官熙的眼睛蒙了起来。

虽然目不视物，没法记路线，但傅官熙也不再说话，而是用指节在计时，默记路上的转弯，以便往后能推断目的地的位置。

戴离非常谨慎，每隔一段时间，特别是转弯的时候，都会挑逗傅官熙说话，以此来打乱他的记忆。

约莫过了半个小时的样子，车子终于停了。

戴离扯下了他的遮眼布，傅官熙稍微眨了眨眼也就适应了过来。外头黑漆漆的，车灯也灭了，司机也不知去向。

阵阵清风钻入车中，傅官熙也听到了浪花拍岸的声音，他们竟然来到了黄浦江畔。

下了车，戴离仍旧挽着傅官熙的胳膊，口袋里的枪口仍旧顶在傅官熙的腰际。

他们走到河滩上，夜间散布的游人像黑暗中的飞蛾与蚊虫，都聚集在了路灯周围。

昏暗之处都是一些偷偷摸摸的恋人，就好似戴离和傅官熙一样。

见到此状，傅官熙也是稍稍心安，如果戴离真要杀掉自己，是不会选择这么一个地方的。

之所以选择这里，估计也是不想暴露自己的位置，这种公开场合反倒不会太过引人注目。

而且因为在河边，地势开阔，一目了然，不必担心被人围剿或者追捕。

只是从这个地点的选择，就能够推断出不少信息，傅官熙心里也一直在推想戴离的动机。

"带我来这里想干什么？"傅官熙知道自己想破脑子也未必能想得出来，但与她交谈，不管她如何表态，都能够获取一些信息。

戴离似乎看破了他的心思："你这么聪明，应该能想到的吧？"

傅官熙摇了摇头："我要是照着你的思路去想，只怕又被你耍一道，何必呢？眼下我已经是砧板上的鱼肉，任你宰割罢了，懒得再去想。"

戴离没头没脑地说："你该感谢我才对。"

"感谢你？你拿枪顶着我，我还得感谢你？"

戴离撇了撇嘴："你就没拿枪顶过我？"

傅官熙脱口而出："我还真没拿枪顶过你。"

"你再想想？"戴离眼中满是暧昧，咬着下唇，满是挑逗。傅官熙顿时明白了她的意思，饶是欢场老手，此时傅官熙的心绪也不禁荡漾了起来。

不得不承认，戴离极其擅长操控人心，甚至像个蛊惑人心的妖女一样，她的一举一动、一颦一笑，总能够轻易撩拨人的心弦，让人陷入迷离的旖旎之中，从而丧失理智，任由她操控，失去客观判断的能力。

傅官熙已经被她接二连三欺骗过，而且差点付出了生命的代价。吃一堑长一智，更何况吃过大亏，此时很快就醒悟过来，哪里会再上当。

"你到底想干什么？"

戴离只是笑着说："就是想跟你重温旧情，来这里散散步。放心，一会儿你想回去的话，就让人送你回去，不想回去就留下陪我。

"有一件事我是认真的，如果你愿意冰释前嫌，我们可以重修旧好，我明天就带你去重庆，咱们之间的承诺仍旧作数。"

第六十一章　心理交锋

虽然只是短短几句话，但傅官熙却听出了满满的危机！

为什么是明天？为什么戴离这么笃定明天就能带他去重庆？

戴离是军统的特务，以傅官熙的了解，她最主要的任务应该是刺杀徐济泰这个国军叛徒，如今算是完成了任务。

但细想一下又并非如此。

如果是刺杀徐济泰，那她应该前往伪军第三军部的驻地，抑或常驻南京，为何要潜伏在鹤梨，躲在张家？

若不是傅官熙帮忙截获了密报，她根本就不知道徐济泰抵达了上海。也就是说，刺杀徐济泰只不过是意外之喜罢了。

因为如果刺杀徐济泰是她的任务的话，那么任务已经完成，她早就该离开了，没必要再跟许太白等人明争暗斗。

之所以留下，说明她的任务还没完成，而明天就可以离开，意味着她认为明天过后，她就能够功成身退了。

照着早先的推断，她必然要挖出许太白背后的地下秘密组织。也就是说，今夜，她就能够达成这个目标。

这意味着许太白等人有危险。或许真如她所说的那样，傅官熙被她劫走之后，许太白会不惜一切代价救人，军统的人就能够趁机端掉许太白这边的人！

"不会的，他们不会这么蠢的……"傅官熙在心中不断否认着，因为许太白是个聪明人，他相信许太白能够做出理智的判断。

傅官熙之所以决定去女校，决定从地下转到地面来，就是为了引诱戴离现身，只要她现身，许太白等人就能抓住她。

只是没想到，戴离这边技高一筹，竟然瞒过了赵大海等人，径直进入到女校，将傅官熙带了出来。

这里头或许有惊心动魄的斗勇，也有波谲云诡的斗智。而当时的傅官熙只是在地下室里写曲谱，所以没办法知晓。

但无论如何，这一回合戴离还是略胜一筹，把他成功带了出来。

傅官熙突然就明白了她的用意和动机，或许她真的只是想与傅官熙来这里散散步。

原因无他，因为她不能待在自己的秘密据点，更不能前往安全屋。

为了搜救傅官熙，许太白那边必然会发动反击，如果她回到自己的地盘，必然会被追踪到，所以只能选择这种开阔的地方，为的就是不给许太白追踪她的机会！

虽然这个对策非常明智，但同时也暴露了一点：面对许太白，她并非胜券在握。正因为底气不足，所以她才会选择这样的做法。

明面上云淡风轻、自信满满，可实际上不过是色厉内荏罢了。了解到这一点，对傅官熙而言非常重要。

因为他跟戴离之间，在话术争斗和心理交锋之中，谁先洞察到对方的软肋所在，谁就能够掌控主动权。

很显然，傅官熙现在已经彻底弄清楚了她的意图，这就能够转被动为主动了！

当然，这里头还有个底线必须要弄清楚，那就是戴离会不会真的杀掉傅官熙。

这个问题很简单，自己对戴离还有没有价值，还有多少价值，这个价值有多高，是否能达到保命的标准，这就是需要思考的了。

如果自己已经没有足够的价值，必要的时候，戴离会毫不犹豫杀掉他，傅官熙对此毫不怀疑。

那么自己对戴离的价值在哪里？

第六十二章　挣脱挟制

戴离对自己有多少感情，这个事情傅官熙并不想去考虑。因为对于一个军统特务而言，谈感情是非常奢侈的事情。

傅官熙想的是，自己对戴离的价值到底在哪里，这份价值又有多少。

眼下的价值当然是作为诱饵，同时也能逼迫许太白向上级组织求援，以此顺藤摸瓜，掌握地下组织的渠道脉络。

戴离笃定了许太白不会放弃他，傅官熙虽然嘴上不承认，但心底是认可这个说法的。因为这些人都是视死如归的理想派，为了心中的信念，他们做出什么事来都不会太奇怪。

想让戴离的阴谋破产，作为诱饵，傅官熙能做的事情并不多。但有一件却能产生最直接的效果，那就是摆脱戴离的挟制。

只要自己挣脱戴离的禁锢，许太白等人就不必因此而冒险。

但戴离这边必然是准备妥当、筹谋周全，否则他们没法绕过赵大海，直接到琴楼里去抓傅官熙。

黄浦江畔虽然看着稀松平常，但背地里也不知潜伏着多少军统特务和枪手，傅官熙能逃出去的可能性其实并不大。但横竖要试一试。

只是这种心思刚一生出来，戴离就有些警觉了。

"你打算怎么逃？"

傅官熙指了指黄浦江："找个机会跳江。子弹在水里威力会大减，超过一米应该就杀不死我了。"

戴离点头表示认可："不错，是个好法子。不过你一旦靠近江岸，我就会开枪，你可别逼我杀你。"

傅官熙转头朝她问："你真的会杀我？"

戴离点头，一脸认真："一定会杀。不要质疑我的决心，我是真的喜欢你，但也真的会为了完成任务而杀你，这个你不用怀疑。"

傅官熙苦笑道："你别多想，我从不怀疑这一点。"

"既然想明白了，就不要有侥幸心理，老实跟我待在这里。我们派出了三辆追踪车，正在追踪电台信号，等我们把许太白的安全屋给铲了，胜负既定，我相信你会做出明智的选择。"

傅官熙扫视了四面，不断搜寻着可疑的人物，但他们距离人群实在太远，人脸都看不清。

不过戴离一直不敢走到太深处的黑暗之中，与江边步道上的人遥相呼应，估摸着她的接应就在上面。

"不走了吧？既然都是等，找个地方坐着等，何必浪费这个脚力？"

戴离马上警惕了起来："不行！继续走！"

"许太白的人一定在四处找我，根本不会有人跟过来。你怕定点会受到狙击？就算走来走去，以咱们这个散步的速度，一样能狙杀你，又何必多此一举？"

戴离摇头说："走动起来才不会被注意。定点的话很容易被观察，移动的目标却没有这样的困扰。"

两人都是有话说话，不像敌人，反倒像分享经验的战友。但心理交锋有多激烈，只有两人心里最清楚。

傅官熙一直在试探她的底线，见得前方有个长条石椅，就走过去，一屁股坐了下去。

"不走了，坐着好歹有点机会，再走就半点机会也没有了。

"现在你们应该还没有找到他们的位置，你一旦杀我，枪声一响，必然会引发骚乱，他们知道我死了，你就再也抓不住他们了。"

戴离将口袋里的枪顶在了傅官熙的脑门上，不过她到底不敢把枪掏出来。此时一坐一站，傅官熙的鼻尖都快贴到她的下腹了，远远看着，像一对难以按捺情愫的野鸳鸯。

"你怕是忽略了时间差。就算我现在开枪，引发整个河滩的骚乱，他们也不可能第一时间收到消息，甚至他们根本就等不来找到你尸体的那一刻。"

傅官熙笑了起来："常言道，说多错多。果然是不错的，你这话可就有点那意思了。

"如果你不担心周围有他们的眼线，又何必拖着我不断走动？还不

第六十二章　挣脱挟制

是担心周围有他们的潜伏者嘛，要不你开一枪试试？"

戴离将击锤扳了起来，咔嗒一声，又顶了顶傅官熙的脑门儿："你以为我不敢？不要再挑战我的耐性，起来！"

傅官熙顺势一躺："我不起，有本事你开枪！"

戴离眼露杀气，紧咬牙关。此时傅官熙却借着躺下的姿势，右脚猛然踢在了她的手腕上！

叭！

戴离控制不住，扳动了扳机，朝天开了一枪！

江滩步道上的游人惊声尖叫，四处逃散。傅官熙微眯双眸，只是扫了一眼，就发现了五六个人非但没有逃窜，反而快步往这边飞奔了过来。

那些都是戴离安插在上面的密探，枪声很快就让他们暴露了身份。

可当他们往这边飞奔的时候，其中一人却突然开了枪，那些密探展开反击，双方在江滩步道上就发生了枪战。

"果然有许太白的人！"

戴离听到火拼的声音，也是心头大惊。她被枪声吸引只是一瞬间的事，但她很快就汗毛倒立。

这是发自本能的反应，但同样因为本能的反应，弱化了傅官熙在她心里的戒备等级。

等她回过神来，傅官熙的双腿已经夹住了她的腰腹，双手死死抓住她的手腕，来了个近身格斗里的关节锁！

咔嚓一声，她的腕关节都快被扭断，手枪啪一声落地，傅官熙从石椅上滚落，将戴离彻底压在了身下。

戴离是精锐特务，格斗和近身搏杀的本事自然是有的，只是让傅官熙占据了先手，此时被压制得死死的，哪里还能翻身。

虽说如此，傅官熙也没法腾出手去捡手枪，一旦他放松一丁点儿，戴离就会如泥鳅一般挣脱出来。

傅官熙横着手臂，压在了戴离的脖颈处，只要两三分钟，戴离就会因为脑部缺氧而昏厥。

但江滩步道那边的枪战已经分出了高下，许太白那边的人势单力薄，火力上吃了大亏，很快被压得不敢冒头。

而四五个密探已经分了一个人来协助戴离，虽然与步道那边有一段距离，但那密探的速度并不慢，两三分钟足够他赶到这边来。

他与戴离在僵持，这个密探一旦顺利抵达这里，死的就是他傅官熙了！

第六十三章　幸得留言

戴离到底是小看了傅官熙的搏击功夫，更忽视了他反击的决心。此时被钳制，视野渐渐模糊，她才意识到危险的临近。

在她看来，傅官熙有没有杀人的决心，到底会不会杀掉她，或许她根本没考虑过。

但傅官熙满目杀气，震慑了她的内心，她终于体会到了那种恐惧。

眼看着特务从步道那边狂奔而来，傅官熙也是心焦。

戴离已经被锁住，只要再坚持一会儿，她就会昏过去。但照着判断，应该是来不及了。

傅官熙只好夺了手枪，丢开了戴离，拔腿就往黑暗处疾跑。

只有黑暗才能彻底掩护他的身形，否则等那些特务抽出手来，他就跑不脱了。

戴离不断咳嗽，傅官熙已经跑出十几步远，身影渐渐融入了夜色之中。

傅官熙不知道他们的下一个目的地，却知道他们的下一步计划。

他们的电台追踪车一直在搜索，想锁定许太白的安全屋。而许太白根本不知道傅官熙已经逃脱，并不在戴离的手里。

傅官熙并不清楚他们的安全屋在哪里，现在能做的就只有返回女校，希望许太白留了人在学校里。

如果关幼薇和赵大海等人全都离开了，傅官熙就算回到女校，也没法及时阻止他们了。

傅官熙对上海并不算熟悉，但河滩不远处就是马路，傅官熙很快拦了一辆黄包车，催促着赶回女校。

黄包车比汽车要慢很多，但车夫熟悉路线，傅官熙让他尽量抄近道，到底是回到了女校。

毕竟是学校，没有守卫力量，看守大门的老大爷已经锁了门，估摸着顾繁花已经通知了许太白他们。

傅官熙来了也有一段日子，看门大爷认清了他的脸，就开了个小门，放他进来。

"赵大海呢？"

赵大海在学校打杂兼职保安，通常情况下都是赵大海看守大门，此时换成了老大爷，赵大海应该是行动了，但傅官熙仍旧抱着希望。

果不其然，老大爷摇了摇头说："他半夜里把我叫起来顶班，说有急事要出去。"

傅官熙又问许太白和关幼薇，毕竟这里是出入学校的必经之地，谁出去谁进来，老大爷是最清楚的。

结果也不容乐观，他们果真倾巢而出，并没留人。

傅官熙刚刚加入，许太白也没透露过安全屋的具体位置，如何向他们示警，这是个大难题。

想了想，傅官熙只能来到了许太白的宿舍，寻思着他会不会留下一些线索或者留言之类的东西。

但简单地搜索了一番，并没发现有价值的东西。

女校虽然相对封闭，但对于特务而言，防御太差，否则戴离的人也不会直接进到琴楼来，把傅官熙给掳走。

鉴于此，许太白应该是不会把机密的东西存放在宿舍里了。

眼下一筹莫展，傅官熙只能来到琴楼。顾繁花已经从里头反锁了门，询问确认了几次，才开门见了傅官熙。

"你没事吧？"

看到傅官熙回来，顾繁花也松了一口气。

傅官熙却没有时间多啰唆，摇了摇头，示意自己没什么大碍，就开门见山地问道："你去找许太白的时候，他有没有跟你说些什么？"

傅官熙本来没抱太大希望，毕竟顾繁花不是组织里的人。可没想到无心插柳柳成荫，顾繁花竟是取出了一张便笺交给了傅官熙。

"这是他交给我的，说是十二点之前如果你能回来，就交给你，过了十二点就让我销毁……"

傅官熙展开便签来扫了一眼，心里很惊喜。

许太白是个聪明人，留的是密文。

傅官熙没有许太白这边的密码本，所以他应该用的傅淳风的密码本来转译。

果不其然，傅官熙尝试了一下，顺利得到了密文的内容。

没做太多停留，傅官熙告别顾繁花，匆匆往外头去了。

许太白留下了安全屋的位置，傅官熙必须及时赶过去，否则就来不及了。

夜上海的名号可不是白叫的，虽然时辰不早了，但外头霓虹闪烁，人声喧嚣，正是热闹的时候。

傅官熙也安心了不少，人多反倒安全，毕竟掩护也多，不容易引人注目。

照着密文的地址，傅官熙尽量挑大街来走，根据路牌的指引，不断往前。

约莫二十分钟，便转入巷弄里去了。

第六十三章　幸得留言

巷弄虽然不比街道热闹，但老上海人都在家里抽烟打麻将，氛围也同样热闹。虽然关门闭户，但窗户透出灯光来，也不显昏暗。

一路上傅官熙也特别留意过往的汽车，因为戴离的电台追踪车正在四处游弋，所以傅官熙也在观察。

电台追踪设备放在车里的话，这个车辆的选择就比较讲究，不可能是家用车或者敞篷车。

傅官熙见着绿篷的货车都会暂时躲避，暗中观察车辆的动向。

虽然街面上很是热闹，但傅官熙总觉得每个人都显得鬼鬼祟祟，说不紧张那是假话。

避过了这些，谨小慎微地走了一段，拐进前头的石库门，傅官熙在拐角处逗留了几分钟，确认身后没有跟踪者，这才大大地松了一口气。

石库门里有民宅，有报社，有商行，虽然比不得外面热闹，但三教九流聚居此地，也是鱼龙混杂。

街面上的行人大多昂首挺胸，闲庭信步，谈笑风生，但石库门里的人却是行色匆匆、藏头露尾，要么低头疾走，要么鬼鬼祟祟。

傅官熙见过不少压低着帽子，只露出下巴的人，穿着风衣，看起来就非常可疑。

但奇怪的是，傅官熙内心的安全感反倒增强了不少。

街面上富丽堂皇，光照刺目，但觉得每个人都形迹可疑。到了石库门这边，行人都鬼鬼祟祟，光线也有些昏暗，反倒让人觉得很容易融入其中。

傅官熙没多想，甚至放松了观察四周，低头猛走，很快就来到了一家报社门口。

报社里亮着灯，隐约能够看到有人在写字桌前加班，绿色的灯罩使得光线看起来有些诡异。

但傅官熙并没有走进去，而是匆匆路过，到了转角处，才闪入暗处，小心观察了起来。

第六十四章　秘密据点

傅官熙在士官学校不是最刻苦的,甚至在很多同期生的眼中,他有些无心向学。

但一些关键课程,诸如情报、射击和侦察反侦察等,傅官熙的成绩却又极其出众。

刚刚他不过是"钓鱼"罢了,因为他在报社停留过,虽然只是短暂时间,但如果有人跟踪自己,必然引起注意。

然后他再暗中观察,确认了没人跟踪,这才从报社后面绕了过去,来到了一间米铺。

米铺已经打烊,黑灯瞎火。傅官熙观察了四周环境,过了几分钟,才上去敲了门。

虽然许太白没有留下暗号,但傅官熙还是用摩斯电码的节奏敲了几声。

"铺子已经关了,贵客要买米面请明天赶早吧!"

但傅官熙还是开口说:"我是城东女校那边过来的。"

虽然主动透露身份会有很大的危险,但建立在顾繁花可信的基础上,密文应该没问题,那么这个地址应该也没问题,自报家门反倒省事很多。

"实在对不住,太晚了,不方便开门,贵客还是明天再来吧!"

傅官熙没有放弃,而是继续说道:"我姓傅,是傅家商行的经理,来跟老板谈生意的。"

无奈之下,傅官熙只能抬出自家生意,其实为的是隐晦地进一步透露自己的身份。

果不其然,里头沉默了良久,听得脚步声窸窸窣窣,一会儿又去而复返。门扇微开，露出个小缝来，里头有提灯亮起，光线之下，只看到一个身影。

傅官熙微眯双眸，背光处看到一双眼睛，如同出洞觅食的头狼，满是警惕，可不正是赵大海嘛！

"赵大哥，能见到你真是太好了！快切断信号，千万别再发报，他们有监控车！"

傅官熙压抑着声音，第一时间提醒道。赵大海一把将他拉了进来，便把门给关上了。

"进去说！"

从柜台绕到后头，内室的架子已经被推开，露出一个地洞口，那是存放米粮的地窖。里头很是闷热，一个低功率的昏黄灯泡，照着许太白和关幼薇。

"官熙，你脱身了！"许太白快步走了过来，紧紧握住了傅官熙的手。

"小白哥，千万别再发报了，外头有军统特务的监控车，一路上我已经见着三台了！"

许太白脸色一变，转头看向了发报机。虽然早已经关闭，但密电显然已经发出去了。

"有没有被跟踪？"

傅官熙摇了摇头："我走走停停，暗中看了很久，应该是没人跟得上我。"

许太白点了点头，但眉头紧皱，也很是为难。

傅官熙察觉到了他的心思："小白哥召集人手了？"

许太白苦笑道："你被戴离劫走，我们总不能干坐着。靠我们几个做不成这个事，只好发报给周边的同志们……"

傅官熙暗道不妙。眼下他已经逃脱，如果再发报取消行动，那被监控车捕捉到信号的可能性极大。

可如果不发报，其他同志纷纷往这边聚集，人越多，安全屋暴露的可能性就越高，就怕被戴离一锅端掉。

"必须尽快想个法子，这事不能心存侥幸。其他同志大概有多少个？"事到如今，傅官熙也不再避嫌。

许太白也没有隐瞒："潜伏在附近的同志都来了，统共有八个人。我让他们携带了武器……"

"这么多？"傅官熙也没想到，竟然会有八个人这么多。但戴离那边的人手就更多，单是河滩上就好几个了。

"哦对了，我在河滩上逃走的时候，有人碰巧接应了我，是咱们的同志吗？"

"有人接应你？"许太白有些诧异，但很快就想明白了："难怪他没有回电，估计是侦察到了敌人的动向，追踪到了你那里……"

知道是自家同志，傅官熙就更是担心："我在河滩上趁戴离不备，制服了她才走脱的。只是那位同志要面对四五个军统特务，也不知道能不能走脱……"

许太白也一脸担忧，但赵大海此时却瓮声瓮气地发话了。

"你制服了戴离？"

"嗯，夺了她的枪。"傅官熙坦诚相告，把口袋里的手枪也亮了出来。

赵大海却突然一把抓住了他的衣领，将他推到了米堆上。

嘭！

傅官熙后脑撞了一下，虽然是米袋，但也不太好受。赵大海突然气势逼人，让他有些摸不着头脑，不知道哪句话惹恼了他。

赵大海是穷苦人出身，骁勇善战，最后因为腿伤才退居二线，担任特别行动科同志们的保卫任务，但他心中仍旧想着上前线。

面对傅官熙这样的地主阶级子弟，赵大海心存成见也是可以理解的。

但既然已经共同参与了工作，就应该相互体谅。傅官熙自问已经展示出自己的决心了，赵大海却仍旧不买账。

第六十四章　秘密据点

"赵大哥,你这是怎么了?"傅官熙忍着心中怒气,克制着问道。

许太白也过来拉住了赵大海:"赵大海同志,任务紧急,请你克制自己的情绪,都是一家人,有话好好说嘛。"

赵大海却一脸愤慨,指着傅官熙的鼻子骂道:"既然已经制服,又夺了枪,为什么不杀了她?!"

"什么?"傅官熙彻底蒙了。

赵大海情绪却更加激动,几乎是一字一顿地质问道:"别装糊涂!我说,你为什么不杀了她,为什么不杀戴离?!"

傅官熙脑子嗡一声响,自己也回过神来。

是啊,为什么不趁机杀了她?当时虽然还有其他特务在场,而且已经有人急跑过来协助戴离。但他夺了戴离的枪,逃走前连朝她开一枪的时间也没有吗?

不,是傅官熙自己的问题,当时他根本就没有杀死戴离的念头,这才是最可怕的!

赵大海的愤怒确实有他的道理,傅官熙也确实理亏。

"怎么,你曾经被她迷惑,鬼迷心窍,直到现在也舍不得杀她是不是?

"被我说中了对吧?你知道她杀了我们多少兄弟,因为她的情报工作,前线吃了多少败仗吗?

"她若只是跟我们斗智斗勇,我们大不了牺牲便罢了。但她截获的情报、发送的假消息,前线吃一场败仗,就有成百上千的战士被害死,你怎么就舍不得杀掉这个女屠夫!"

傅官熙听闻此言,内心极其震撼,他竟然开始心虚到浑身发抖了。

他本以为自己已经够格加入组织,对许太白说还需要组织考验之类的话,多少有些腹诽。但此时才发现,自己还真的不够格!

第六十五章　米铺放火

赵大海的愤慨，让傅官熙也有些后知后觉。他同样在自问，当时为什么不杀掉戴离？

或许杀人从来不是一件容易的事情，虽然傅官熙杀掉了徐济泰，但并不代表他就能够跨过这道心理障碍。

更何况戴离与他有夫妻之实，傅官熙也能够感受到她是真心的，只是在她眼中，任务比儿女私情要更重要。

就如同许太白等人一样，他们同样将革命和抗战事业看得最重，根本就没有去顾及男女感情。但他们不是木偶，他们是活生生的人，他们也有七情六欲，他们只是把感情埋在心底罢了。

傅官熙没法用这些来辩白，他甚至无法面对赵大海的责问。

关键时刻，还是许太白出面解围了。

"赵大海同志，请先冷静。局势瞬息万变，官熙又没有提早做准备，他又是被绑走的，慌乱之间，哪里能想到这么多？能逃脱回来已经不错。眼下不是苛责的时候，还是把心思放在接下来的行动上吧。"

赵大海是个耿直的火暴脾气，但对许太白却言听计从，他冷哼一声，也就放开了傅官熙。

许太白见此情形，也捏了捏傅官熙的肩膀，朝他笑了笑："赵大海是前线战士，他的战友因为情报被截获，全都牺牲了，可以说都是死在家雀戴离的手里，希望官熙你也能够谅解一下。"

傅官熙早就想过这种可能性，所以也没有太多惊诧，只是朝赵大海说："赵大哥，说实话，我不是慌张，这次是真的顾念私情，心慈手软了。不过我一定会抓住她，一定！"

傅官熙并非情商低的人，许太白刚刚才替他找了借口，他这么说，无异于不领许太白的人情，让许太白有些尴尬，甚至难堪。

但面对赵大海这几个人，傅官熙不想撒谎，也不想找各种借口。许太白对他一直很真诚，他也希望以真诚报之。

赵大海面色稍霁，许是没想到傅官熙这么坦诚："漂亮话谁不会说？也要有那本事才成。"

傅官熙赧然一笑："要说打仗我当然比不上赵大哥，但咱们这些人里头，我对戴离最熟，我一定会抓住她！"

赵大海哼了一声："最看不惯你们这些地主家的傻儿子，尽说些大话。还是先想想怎么过得眼前这一关吧！"

傅官熙转头朝许太白问道："除了米铺，咱们还有临时应急点吗？"

许太白是个聪明人，双眸微眯，顿时又亮了起来："你要放弃米铺？"

傅官熙点了点头："戴离的目标是要把咱们一锅端。之所以抓我，就是想让你们发报求援，把潜伏的同志们全都聚集起来。

"虽然我一路上没有被跟踪，但八位同志往这边聚集，被盯上的概率实在太大了。

"稳妥起见，咱们必须放弃这里。这样一来，能从根本上瓦解戴离的阴谋，她想要一锅端就不可能了。"

许太白认同地点头，但又皱起眉头来："我们离开也不是不可以，这里也不是不可以放弃。但如果我们在外头挂上示警牌，敌人也可能会看到……"

傅官熙眼光冰冷："那就不要挂示警牌，直接把米铺烧了！"

"放火？这……"许太白迟疑了。

"对，放火。我知道小白哥的顾虑，石库门这里放火的话，会殃及池鱼，说不定会牵连到周围的民房。但也正因此，只要火起，居民都会过来扑火，整个石库门会混乱，同志们一定知道发生了什么事。

"再者，局面越乱，他们就越不容易被发现，被盯上的同志也能够趁乱逃脱。

"剩下的问题就只有一个，咱们那个临时应急点，其他同志知不知道？"

许太白点了点头："是知道的，这里如果生乱，他们会退到临时应急点。只是放火的话，万一伤及无辜……"

傅官熙劝道："刚刚我在外面观察了很久才进来的，大概的地形和建筑我都摸了一遍。米铺这里可燃物确实多，但大多存在了地窖里，只要我们把地窖封死，外头烧起来火势不会太大。

"另外，米铺周围没有布匹店之类的，这条路的巷口有井，而且店铺和民居并不挨着，虽然起了点夜风，但不大……"

傅官熙正在劝说，许太白犹豫不决，又去看关幼薇，还跟米铺老板商量了一下。此时赵大海却站了起来。

"我同意他的计划。眼下时间紧迫，顾不上这么多，再犹豫怕是来不及了。"

傅官熙看向赵大海，后者也有些不自然，给自己辩解道："我是对事不对人，你别以为我对你有好感！"

傅官熙摇头一笑，也不多说。许太白到底是下了决心："好，那咱们就把外面的可燃物都搬到地窖里来，尽量把火势压在可控范围。"

"来不及的。小白哥若是放心不过，那就在屋里洒些水，这样的话只会生烟，明火会小很多，动静却大。"

许太白终于下了决心："好，就照你的计划走。"

几个人也无二话，当即去各处洒水。关幼薇要收拾电台，傅官熙拦住了她。

"设备就别带了，万一路上被抓，设备就落在了敌人手上。留在地窖里吧。"

"不带的话他们会搜查，最后还不是落在他们手里？"

傅官熙摇头说："一旦生乱，他们会知道是我们故意为之，对米铺反而不会再搜查，而是第一时间追击我们，设备倒是能保住。"

第六十五章　米铺放火

关幼薇皱着眉头说:"这都是你的推测,如果你猜错了呢?"

傅官熙本想说以他对戴离的了解,这种事是不会猜错的,但到底是没有说出口。

许太白在一旁说:"官熙说得有道理。而且这里起火之后,必然一片狼藉,他们想要搜查也没法进来,等灭火之后再让老五趁机取走就是了。"

关幼薇虽然很不放心,但到底是将设备埋在了米袋里,在赵大海的帮助下,放在了最底下。

准备妥当之后,赵大海将菜油泼在了前厅,点了根火把,许太白等人在后门整装待发。

赵大海想了想,将火把递给了傅官熙。

"你的主意,你来放火吧。"

虽然看着有"推卸责任"的嫌疑,万一真的伤及无辜,放火的也是傅官熙而不是他,但傅官熙却感到很暖心。

虽然脸很臭,但他把机会让给傅官熙,意味着他认同了傅官熙。

傅官熙也无二话,众人最后看了一眼,傅官熙便将火把投了出去。轰的一声,火舌蹿起,照亮了众人坚毅的脸庞。

第六十六章　去留之争

临时应急点是个普通的民居,虽然仍旧在石库门区域,但相对偏僻一些。

周围虽然也有民居,但比较散落,这样的话其实并不算太安全,因为太多人出入,很容易引来注意。

也亏得是深夜,这一带的路灯也很稀疏,周边的居民早已入睡,众人悄悄地进入到了民房里头。

虽然依稀能够看到米铺那边的火光,也能听到骚乱声,但众人却不敢放松警惕。

许太白等人甚至没敢把随身物品放下,几个人黑灯瞎火,就这么坐着,也不敢交谈。

过了有一个小时左右,外头传来了敲门声,终于是有同志找到这里来了。

将窗户遮住,点了盏昏暗的油灯,许太白也介绍了一下。大家的情绪都有些激动。

如此又等了将近一个小时,这里已经聚集了六个人,只差两个人就到齐了。

"小白哥,咱们要趁早撤离了。"他们还在为重聚而激动之时,傅官熙提醒道。

因为在他看来,这个时间点已经是极限了。

潜伏的同志就像许太白和关幼薇一样,最少也是两人一组,因为平时发报和收报需要配合着工作,一个人的话效率太低。

而且两个人能够相互打掩护,对于情报的保密与传递等,都有着极大的好处,这已经是最低最基本的配置。

此刻只有两个人没到,说明他们可能已经被捕,如果不撤离,这个计划会功亏一篑,戴离没能在米铺抓到他们,却会在这个民房里将他们一锅端掉。

"撤离?你开什么玩笑!他们还没到,你这是要放弃他们吗?"

"傅官熙,你还没得到组织的认可,还不算正式的队员,这么快就贪生怕死,要把同志们弃之不顾?"

"即便你还没有得到组织任命,但我们已经将你视为同志。你被抓的时候,我们冒着暴露的风险也要来救你。到头来,轮到我们自己的同志,你却这么绝情?"

傅官熙原本只是建议,没想到还是引发了众怒,毕竟不是每个人都像许太白这样理智。

"当时我被捕的时候,我也认为小白……许太白同志不会这么冒险,因为他是个理智的人,为了顾全大局,应该果断抛弃我才对。

"面对危险,什么才是最重要的,这个问题永远值得思考。如果我们不走,被敌人一锅端掉,整个地下网络都要暴露,以后想要在上海打开局面,就更加困难,而且会危及背后的情报渠道……

"抛弃个人安危,舍弃小我成全大我,这种觉悟难道不是大家都该有的吗?"

傅官熙没有在这个问题上含糊其词,因为他知道,只要是正确的,就必须坚持。如果违背本意,只是为了讨好他们,傅官熙是做不到的。

关键时刻,又是赵大海站了出来:"我同意傅官熙的看法。"

这一次,傅官熙是真的对赵大海有了一个新的认识。

"傅官熙被捕的时候,我就强烈建议不要动用所有人来救他,只是许太白同志坚持要这么做……

"相信你们也知道许太白同志的用意,因为傅官熙懂得东岛语,对整个计划太重要,所以才要冒险救他。

"破译日本鬼子的东岛话密报,不仅仅对上海,对整个抗战都有着重要的意义。他是个战略型人才,必须保全,这个我可以理解。

"但老牛和小蛮妞跟咱们一样,都是基层情报人员,我认为他们也跟傅官熙一个想法。此时此刻的他们,即便被捕,也一定会在心里盼望着我们快点离开。"

赵大海这么一说,倒是把火力全都引到了自己的身上。

"赵大海你说什么屁话!你以为我们搞情报的跟你们前线打仗一样吗?什么壮士断腕这一套不管用!

"如果我们一个个都这样,没法生死相望,整个地下队伍早就完蛋了!

"咱们本就见不得光,如果不相互扶持,死了都没人知道。你没法体会二人小组之间的生死交情，更不明白地下工作者之间的守望！"

赵大海也恼了："咱们是搞革命搞抗战的战士，咱们有着同样的共产主义信仰，能够为此而牺牲，这就是生死交情，这种交情我比你们更深刻！但咱们不是江湖人，咱们出生入死为的是什么？

"为的是整个中国，为的是咱们的老百姓！难道为了救同志，就要把整个大上海，甚至整个北方的作战计划都破坏了吗？"

"如果连身边的同志都见死不救，还怎么奢望能拯救中国！"那人也是激动了起来。

傅官熙见他们又陷入了死一人活百人的老命题之上，也是头疼不已，再争下去就要上升到哲学层面了。

他不想加入这场争吵，只能将问题丢给了许太白。

"许太白同志，你是负责人，这个事情由你来决定。不过我建议大家要一条心，不管做出什么样的决定，都希望大家能够尽快执行，不要拖泥带水，毕竟时间真的不多了。"

傅官熙这么一说，另外几个人又开始反驳："你以为你是谁？你说的就作得准？你怎么确定他们已经被捕？就因为你跟家雀鬼混过？"

这句话其实很难听。许太白皱眉道："就事论事，不要搞人身攻击。都是同志，都是为了大局，不要掺杂个人偏见！"

傅官熙知道这个是自己的"污点"，但同样是自己的优势，他没有避讳，而是正面回答：

"对，就因为我跟她鬼混过，所以我对她的行事作风最了解。

"从米铺到这里的距离有多少，相信大家非常清楚。米铺大火，他们如果能趁乱逃走，早就已经到达这里了。

"之所以迟迟未到，最大可能是戴离已经抓了他们。但戴离不知道我们的位置，办法只有一个，那就是拷问咱们那两位同志，威逼利诱，无所不用其极。戴离迟早会知道这个地方。"

"你现在是质疑我们同志的意志咯？好家伙，你倒是什么都敢说。

第六十六章　去留之争

我们都是久经考验的战士，是不可能出卖同志的！"

傅官熙面色凝重："我并不会怀疑你们的意志，我是太清楚戴离这个人，就算守口如瓶，她也一定会有法子得到她想要的情报……"

第六十七章　争执不下

如此关键的节骨眼儿上，发生争执并非明智之举。许太白当机立断朝众人道：

"你们先带着傅官熙同志离开这里，前往市区外的接应点，我留下来等。一个小时之后如果没等到我，你们就先行撤离。"

"你是我们的领导，是决策者，又怎么能留下来。要是你牺牲了，往后谁来主持大局？"几个人又反对道。

听得出他们对许太白的真心关切，道理也确实是这么个道理。作为领导，许太白的重要性是毋庸置疑的。

"你们既然知道我是领导，就该服从命令！这个事情不要再商讨了，赶紧撤离！"

几个人脸色也难看。其中一名女同志迟疑了片刻，双眼含泪，却倔强地反驳：

"许同志，虽然您是行动组的指导员，但咱们的队伍不搞一言堂，尤其是生死大事，讲的是民主协商。您有权做决策，但我们也有权利提意见。"

许太白知道他们担忧自己留下来之后再难走脱，虽然嘴上在争辩，心里却充满忧虑和关切。但关键时刻，又岂能顾及这些个人情感！

"别废话，赶紧走！"

许太白从来都是个温和可亲的性格，极少有人见过他发怒的样子，此时耐不住性子，可见他心里真是急了。

几个人在那里磨磨蹭蹭，争执不下之时，外头突然传来了杂乱的脚步声。

赵大海从门缝往外头一看，顿时眉头紧皱，咬了咬牙道："这下可好了，谁也走不了了！"

许太白等人过来一看，也是脸色大变。

外头影影绰绰，粗略估算之下，应该有二十几个人，渐渐包围了这个地方。

他们没有穿制服，但服饰很相近，都是帽子加大衣，一看就是潜伏在各地的军统特务。

"这可怎么办？"

"都怪你们，早走就好了！"

"许太白同志，是我们没有顾全大局，都是我们的责任，我们会向组织坦白自己的过错……"

这些人都着急起来。傅官熙扫了一眼，向众人建议道："眼下不是计较这些的时候。大家都把武器弹药拿出来，重新分配一下。"

"重新分配？为什么要重新分配？"虽然他们刚刚错过了撤离的最佳时机，也知道自己的错误带来了多么严重的后果，但并不代表他们就会因此而信任傅官熙。

傅官熙也没有指望这些，他只是想尽可能应对这个困局，从绝境之中找到一些希望，争取能突出重围罢了。

"眼下不再是潜伏刺探任务，而是军事作战，我建议把指挥权交给赵大海同志。正面作战的话，他的经验最丰富，指挥权交给他，我们逃出去的概率最大。

"至于武器的统筹和重新分配，只是我个人的意见。

"就算我还不是正式的队员，但大家已经落到一处，这个事情也关系到我的生死，我当然也有发表意见的权利。我提议让赵大海来指挥作战。"

第六十七章　争执不下　241

这种时候，傅官熙可不会因为忌惮这些关系而丧失最佳的逃生机会。他话音一落，就举起手来，表示投票给赵大海。

赵大海看向傅官熙，虽然面色凝重，但他的眼中充满了赏识与感动，已经不再有当初的偏见和鄙夷了。

因为他在前线英勇作战，负伤残疾之后，撤离一线，他一直渴望能够重回战场。在他的心里，只有重回前线，才能为兄弟们报仇，才能够实现自我价值。否则他就像个废人一样，一直活在这样的心理阴影之下。

而傅官熙的提议，是比较明智的决策，同时，也充分肯定了赵大海的个人能力。

从这个意义上来说，傅官熙起码在这一时刻，并没有将赵大海当成一个残疾的废物，而是一名真正的战士，让他看到了自己原来还有这么大的价值和作用，让他受损的身心得到了最大的弥补。

许太白也站了出来，举起手道："既然你们说咱们讲的是民主协商，那我现在也举手表决。我同意傅官熙同志的提议。"

关幼薇看了傅官熙一眼，也举起了手。

其他人摸出手枪等武器来，你看我、我看你，仍旧有些迟疑。

他们都是两人一组，虽然不是单打独斗，但也差不多，武器成了他们最大的倚仗，起码在他们看来确实是这个样子。

这个时候，赵大海开口说话了：

"时间来不及了，都把武器交出来吧。

"我知道你们的心思，这个时候，能依靠的不是武器，而是战友。事实上即便在前线战场，我们最大的倚仗，也同样是战友。

"想当初我们的武器装备严重不足，已经缺乏到两个人甚至三个人共用一把枪的地步，没有枪的战友只能躲在背后冲锋，捡起敌人的枪来作战。

"武器弹药重新分配，才能够发挥最大的效用。你们想要活下去，想要撤离，就听我指挥吧。"

赵大海对许太白一直言听计从，自打撤离一线之后，也从来没有主动提过意见。因为他在前线的经历，自尊自信早已被磨灭，他自认为已经成了废人。

是傅官熙的话让他有重新振作起来的勇气，让他看到了自己的价值。更重要的是，傅官熙让他看到了一点：只有发挥他的作用，才能够让战友们活下去，不必再重蹈覆辙，眼睁睁看着兄弟们战死而没有半点法子。

他们终于也意识到了这一点，乖乖将武器弹药都交了出来，赵大海进行了重新分配。

傅官熙从戴离手里夺来的手枪，最终并没有发给傅官熙。

"我在士官学校的时候，射击课从来都是名列前茅。我的枪法准，也不缺实战射击的经验。我杀了伪军第三军军长徐济泰，对待这些军统特务，我也绝不会手软。为什么没有给我配备武器？"

这是合理的争取，傅官熙的语气也很平和。他的质疑并非来自赵大海对他的偏见，而只是想单纯知道赵大海的想法。

赵大海也不隐瞒，朝傅官熙道："你懂东岛语，所以我们才召集人手来救你。你现在是我们的重点保护对象，可以说大家走到这一步，都是为了你。

"作为受保护的对象，我们必须尽可能降低你被打死的风险，将你保护在最中心的位置。这么一来，你的射击环境并不好。"

傅官熙恍然，这确实是很合理的安排。但这里有个前提，而这个前提却并不合理。

第六十八章　拼死保护

赵大海的话并非没有道理，但必须建立在一个前提之上，而这个前提并不合理。

同样是特别行动科的战士，傅官熙甚至还没有得到组织的正式认可和委任，怎么就成了重点保护对象？

特别行动科的战士们既然能做这一行，必然都是精通电信技术的精英人才，拥有着旁人所没有的特殊技能，属于无论心理素质还是专业素质都过硬的精锐，为什么要特别对待傅官熙？

即便他懂得东岛语，对当前的大局有着巨大的帮助，但也不至于被保护起来。和平年代人人平等，战乱之中更是如此，都是为了革命和抗战事业，没有谁比谁更金贵。

傅官熙摇头否定了赵大海等人的言论，同时毫不保留地表达了自己的想法。许太白和赵大海等人也都有些愕然。

在他们看来，傅官熙出身封建地主阶级，虽然他的父亲傅淳风是地下党，而且还是组织里最忠诚最英勇的战士，但从来都没有在子女面前暴露自己的身份。

也就是说，傅官熙没有这样的红色土壤，没有被父亲熏陶和教导过，可他却拥有了这样的觉悟。

同志们突然就有些明白，为何戴离宁可以身相许，也要把傅官熙拉到军统那边去了。

傅官熙虽然是富家公子，但他的格局大，眼光高远，心胸开阔，脚下又很踏实。他务实的态度和作风，能够让他一旦进入某个圈子，就彻底专注起来。

就好似没有他做不成的事情，一旦决定要加入，必定会肝脑涂地、在所不辞。

他还没有成为正式队员，但他在思想觉悟方面，已经不需要指导员或者政委来引领了。

这更加坚定了他们要保护傅官熙的决心。

正因为他有了这样的觉悟，即便组织的正式公文还没有下发，但同志们已经将他当成了真正的战友。

东岛语的破译，接下来会成为重中之重。因为日本人有恃无恐，认为我军没有这方面的破译人才，毕竟懂得东岛语的人即便在日本也并不多。

有了傅官熙之后，组织上可以充分利用这个信息差，截获破译日本人的密电，再根据这些情报，制定极具针对性的战略。

"你还是带着傅官熙撤离吧，我留下来掩护你们。"赵大海朝许太白这么一说，后者欲言又止，但还是点头了。

因为他支持傅官熙的观点，把指挥权交给了赵大海，他同样明白服从命令该放在首要位置。

赵大海又转向其他人，朝他们说："敌人太多，留下来极有可能再也回不去。我们都是情报人员，敌人的拷问太残忍，已经无关意志，所以一旦被捕，我不想有人还活着……

"说白了，留下来极有可能会死在这里。"

赵大海表情凝重，压低了声音，冷声问道："你们谁愿意留下来？"

那群刚刚一直在争执的同志们，互相望了一眼，几乎在同时，举起了自己的手，没有落下任何一个！

刚刚争执的时候，傅官熙对他们还有些意见，认为他们太过磨蹭，关键时刻浪费时间在讨论上。

但现在，他们义无反顾地举手，傅官熙看到的不仅是许太白等人，更看到了关通衢，看到了他二哥傅武熙及所有地下工作者的身影。

他们拥有着同样炽烈且坚定的信仰，他们愿意为此付出和牺牲自己的一切，包括最宝贵的生命。

这是傅官熙在戴离那些人的身上无法看到的光辉。或许正因为这样，傅官熙才生出了同样的觉悟。

他与许太白等人相识的时间并不长，许太白也没有给他做过什么思想工作，也没有像杨军武那样劝他、游说他，更没有给他洗脑。

第六十八章　拼死保护

只是经历了这些事情，在这些事情的应对之中，傅官熙受到了感染，这种身体力行，是任何言语教导都无法比拟的。

外头的脚步声越发临近，赵大海朝许太白催促道："没时间了，快走吧！"

撤离一线这么久以来，他第一次挺直了腰杆，仿佛又找回了当初的自信。他双脚并拢，给许太白和傅官熙行了个军礼。

许太白眼眶湿润，一旁的关幼薇已经热泪盈眶，二人给赵大海回了军礼。其他人也大受感动，齐刷刷敬了礼。

所有人的目光都转向了傅官熙。他心头一震，看着他们的目光，能感受到他们殷切的期盼和认同。

"保重！"

傅官熙也不知为何，只是觉得鼻子发酸，很是难受。他不断眨眼睛，稍稍昂头，给所有人敬了个军礼。这就算是这些战友们对他入伍的欢迎仪式，更是他与战友们的诀别。

而就在此时，窗户突然被砸破，一颗手雷骨碌碌滚到了地上！

"躲！"

赵大海眼疾手快，捡起手雷就扔到了角落里，尚未落地，手雷便炸开了！

强大的冲击波将窗户玻璃都震碎了，屋里的摆设都被炸飞。傅官熙双耳刺痛，却是早已被人扑倒在地。他抬头看时，只见关幼薇趴在自己身上。她双耳流血，鲜血更是从额头流出，染得整个面孔都红了。

本以为关幼薇是个女学生，刚刚走出校门，没有经历过血与火的历练。岂知关键时刻，她竟然拼死护住了傅官熙，这完全就是发自本能的举动。

"幼薇！"傅官熙整个人顿时清醒过来。关幼薇已经失去知觉，他查看了一番，看到关幼薇的头上有个伤口，正流血不止，他赶忙用手捂了起来。

"打！"赵大海一声令下，他们开始往外面射击。枪声密集，外面同样在放枪扫射，木门几乎瞬间被打烂！

"走啊！"赵大海知道支撑不了多久，因为对方连手雷都有，武器装备必然比他们更加优良，自己这边又哪里能撑得住！

借着火力掩护，许太白爬到傅官熙这边来，拖着傅官熙要走，后者却抱着关幼薇。

"走！"

许太白热泪盈眶，紧咬牙关。他的意思很明确，要傅官熙丢下关幼薇，如果背着关幼薇，根本就走不远，所有的一切也都没有意义了。

关幼薇前一刻还在拼死保护他，下一刻自己就要抛弃关幼薇？

傅官熙的双脚如同焊死在了地上一般，他不能走！

如果真的这样做，那他与戴离那些人又有何区别？

第六十九章　拼死阻截

一颗手雷彻底改变了一切计划。

傅官熙无法想象，是什么力量驱动着关幼薇在千钧一发之际扑到了自己的身上来。

此时她双耳流血，满面殷红血迹。傅官熙把她拖到了许太白身边来，但他们的出路已经被堵死了。

赵大海他们已经展开了反击，但敌人的火力实在太强大，他们根本抬不起头。赵大海只能用手势下令，停止了反击，以节省弹药。

"想要只保着我出去，是不太可能的。要走一起走，这样逃脱的机会最大！"

傅官熙朝许太白建议。后者也认同，但又很快摇了摇头："这么个状况，就算想一起走也晚了……"

傅官熙却不认同："枪战动静太大，伪军很快就会赶到。只要我们能坚持住，等到伪军警的队伍抵达，咱们就能趁乱逃走。

"再者，咱们不是还有河滩上那位同志吗？我看当时的情势，他应该是逃脱了，说不定一会儿也会过来的。"

许太白面色凝重："坚持不住的，你能想到的，家雀也一定能想到。"

话音刚落，外头的枪声戛然而止，几个燃烧瓶呼呼破空，砸在了房子上，火势很快就蔓延到了屋子里来。

咔嗒！

几声拉弦的声响微不可闻，又是三五颗手雷被丢了进来，非但房门被炸了个稀碎，连房间里的摆设都全被炸烂了。

赵大海等人亏得躲避及时，否则早被当场炸死了。

"一起冲出去，这是最后的机会了！"

赵大海也意识到已经是最后关头了，当即下达了指令。

"往前门冲！"

"什么？"

"往前门冲！"

傅官熙可不是灵机一动。他太了解戴离，之所以用手雷，就是要逼迫他们出逃，为的就是在伪军赶到之前就解决这场战斗。

而在她看来，许太白等人一定会往后门突围，因为后门的地形等占据优势，而且这是人的本能。

但傅官熙同样看穿了她的心思，往前门突围，出其不意，反倒成功率更高。

赵大海迟疑了短短几秒钟，而后开口道："好，那就前门！"

几个人都已经准备妥当，傅官熙把关幼薇背了起来，解了皮带，将关幼薇绑在了身上。

"我不能丢下她。"

面对许太白等人的目光，傅官熙不容置喙地丢下了这句话。后者也不再争辩，毕竟他们心里也是万万不忍心丢下关幼薇的。

"走！"

赵大海一马当先，拖着一条瘸腿就冲出了前门。其他同志也不瞄准，叭叭叭四处放枪，借着火力压制就冲出了房门。

枪声仅仅持续了十几秒钟，一轮打空之后，敌人很快就展开了反击。

虽然关幼薇身材娇小，但背在身上，也别妄想着能跑多快。同志们把傅官熙保护在核心，往前冲了一段，就进了巷子里。

"这样谁都别想走。赵大海同志，请保护好我们的同志和我们的共产主义信仰！"

先前争辩的那几对搭档，毅然决然地留了下来，守在了巷口拐角处。

赵大海知道，在战术上，这个巷口是个易守难攻的好地方，是阻截追兵的最佳地点。

他的一条腿已经废掉了，跑得不够快，他留下来是最合适不过的。但他一个人留下来的话，火力根本压不住追兵。

而许太白虽然厉害，但到底只有一个人。傅官熙也不赖，但他手里没武器，又背着关幼薇。

许太白是组织的核心人物，必须保全他；而傅官熙拥有东岛语的技能；关幼薇又负伤，还是个女同志。

赵大海没有再犹豫，眼含热泪，将身上大部分弹药都留了下来。

突然冲出前门，到底是为他们赢得了一些时间。曾经激烈反对傅官熙，甚至带着明显偏见的那位同志，此时朝傅官熙道：

"傅官熙，如果……我相信组织上一定会认可你的品质和能力，你会成为我们中的一员，而且是最优秀最无畏的一员！"

他的话语充满了真诚，他的眼中带着泪光，里头不难看出对死亡的恐惧，但也看到了英勇赴义的那种悲壮和炽烈。

第六十九章 拼死阻截

傅官熙甚至到现在都没能记住他们的名字。刚刚在接头点见面之时，大家倒是相互介绍过，但只是他们的代号，而没有真实姓名。

傅官熙热泪盈眶，看到主动留下来"送死"的同志们，他终于明白当初的关通衢等人为何要这么做了。

如果时光能够倒流，他一定会理解二哥傅武熙的选择，一定会理解关通衢，一定会理解关幼薇，一定会理解自己的父亲——傅淳风。

这次甚至连告别的时间都没有了，这句话刚刚钻入耳中，他们便匆匆分别，被赵大海催促着往前逃走。

身后很快传来了激烈的交火声，才跑出去几十米，枪声已经渐渐有些零落了。

他知道，这些同志坚持不了多久，虽然把弹药都收了起来，进行了重新分配，但到底是比不过有备而来的军统特务。

赵大海和许太白等人在这里经营的时间不短，对地形路径都非常熟悉，很快就冲出了石库门。到了闹市区，就将武器都收了起来。

饶是如此，关幼薇一脸一身的血迹，也着实骇人。许太白脱下外套，披在了她的身上，将她的头脸盖了起来，就好像背着喝醉了的妹子回家一样，嘴里还不断抱怨着。

街上不断有人投来目光，又很快将目光收了回去，或许这种事情他们也见过太多了。

"去渡口。"赵大海的目标很明确。

傅官熙心里也非常清楚。

他们的据点和安全屋全都被端了，那些留下断后的同志也凶多吉少，眼下最重要的是暂时逃离上海。

因为枪战爆发之后，他们要面对的不仅仅是军统特务的追击，更有伪军部队的搜捕。上海已经待不下去，必须尽快离开。

傅官熙对赵大海说："去我家的商行躲一躲，给幼薇处理一下伤口，我再安排车马船只，否则她撑不住了。"

许太白有些犹豫了。

因为即便是傅淳风,也一直在地下活动,他们从来都没有与傅家的明面生意接触,因为这样风险实在太大。

不是对他们,而是对傅家的影响实在太大了,稍有不慎就会让傅家陷入危机。

第七十章　南下北上

傅家在上海的明面生意还是不错的,否则当初也联系不上花旗银行,更没办法为张天佐牵线搭桥。

傅官熙早先并未插手过家族生意,但掌柜们是见过这个四少爷的,当初又有大少爷的信件。如今傅官熙带着伤员上门,他们也没有大惊小怪。

毕竟是大家族的少爷,大上海又是个是非之地,闹出些什么幺蛾子都不奇怪。

他们早就有为少主人擦屁股收拾烂摊子的心理准备,当下赶忙去找医生,又派人出去打听消息,做得滴水不漏。

估摸着傅淳风当初也没少动用他们,事情办得很是顺利,关幼薇也不多时就醒了过来。

因为耳膜穿孔,她的听力受到了损伤,但还不至于失聪。额头被流弹击中,但得亏伤口不算太深。只是脑震荡和耳朵的伤势,让她整个人都晕头晕脸,短时间没法正常思考。

傅官熙向家里商行打听了消息之后,也是忧心忡忡。

"小白哥,咱们要尽快离开上海。他们已经开始大肆搜捕,戴离那边应该是倾巢而出……"

他对戴离的心思再了解不过了。

军统特务们也付出了鲜血的代价,而且代价极大,这样的损失是戴离无法承受的。

她必须尽快找补，做出成绩，将功赎罪，否则她很难在军统立足。这也不仅仅是军功的问题，还关系到她的面子和威严。

所以就算伪军在四处搜捕，军统特务也不会因此而蛰伏。

伪军的第三军军长徐济泰被刺杀，本就已经闹得满城风雨，几乎是天翻地覆，伪军正在四处掘地三尺地挖人追查。

军统特务虽然比特别行动科的同志们人数多，装备精良，但也不可能跟伪军正面交锋。

在这个节骨眼儿上，他们必定会在地下兴风作浪。且不说早先就有一对搭档被捕，单说那些留在巷口断后阻截的同志们，也不知道有没有被捕的。

一旦被捕，上海地界所有的据点和安全屋，都必然要暴露。

他们不择手段，严刑拷打自是不必多说，同志们意志坚定，一定会守口如瓶，傅官熙也毫不怀疑。

但戴离的审讯手段和技巧实在太过高明，她会利用话术，利用各种各样的花招，从他们的口中得到自己想要的消息，傅官熙同样不会怀疑这一点。

而且傅官熙走脱之后，能依赖的势力就只有傅家的生意，戴离对此一清二楚，很快就会追查到傅家的生意线上了。

虽然他已经交代过家里商行的掌柜们，对伪军一定不能说实话，对戴离一定不能说假话。

伪军无论是军人还是警察，只要抓住一点点口实，就会对商行进行查封，拘捕商行的人。因为徐济泰被刺杀震动了整个地界，他们急需一些成绩。

而戴离虽然心狠手辣，但只是暗中调查，不会为难这些商行的人，因为事情闹大对他们也没有任何好处。

所以对待伪军一定要说假话，但对戴离一定要说实话。

这也符合傅官熙和戴离交往的模式，他与戴离从来都是实话实说，这算是他们之间的一点点共识。如果连这点共识都打破了，那戴离真的会迁怒于商行。

当然了，戴离已经怀疑到商行的头上，这些掌柜们是瞒不过她的，还不如干脆一些，实话实说。

对于尽快转移的提议，许太白也表示认同，对傅官熙说道："我们可以南下，去苏浙避一避风头，那里也有接应的同志。"

傅官熙却摇了摇头："还是回我家吧。"

"北上鹤梨？"许太白有些迟疑了，因为这太过冒险。虽然反其道而行之，说不定能骗过戴离，但他们一旦调查到商行，就会知道商行给他们安排了船只等，行踪很容易暴露。

"戴离是个多疑猜忌的性格，我让商行这边对她实话实说，她会认为我是虚张声势、故布疑阵，反倒会南下去追查。"

傅官熙的话未尝没有道理，但这都建立在心理博弈上，对于保持着严谨态度的许太白而言，这样的决策实在太过冒险。

而且傅淳风的地下渠道源头就在鹤梨，一旦把军统的人全都引到那里去，只怕很容易暴露这条线。

"咱们做这么多都是为了保护傅淳风同志留下来的遗产，关键时候，我们不能再把火头引到你家去，还是南下吧。"

许太白终于是下定了决心。但傅官熙却不这么认为。

"安全屋被端，我们失去了联络的设备。但父亲在我家里留了一套，而且我手里还有戴离的设备。只要回到我家，不管是联络组织，还是监听军统那边的消息，都能够轻而易举地做到。

"而且我二哥和杨军武同志应该还在子龙山，只要回去，他们能给我们提供火力支持，就算戴离发现了，追到鹤梨来，我们也不怕。

"我还是建议北上，不过决策权在你。小白哥你做什么决定，我听从指挥就是了。"

傅官熙这么一说，许太白又转头看向了赵大海。后者摊了摊手："这些事我不懂。不过傅武熙我见过，江湖气虽然重了些，但是个硬骨头，信得过。"

这一路经历下来，赵大海似乎每一次都站在了傅官熙这边，虽然对他仍旧不冷不热。但事实确实是几乎每一次，他都支持傅官熙的意见。

或许这也是他表达认同的一种方式，毕竟他这样的铁血硬汉子，想要日常说些亲切话，与傅官熙称兄道弟，看来是不太可能的。

当然了，他也不是莽夫，他能够保持着理性和客观，每次都站在相对客观的立场来判断和考量，这就着实不易。

许太白不是个优柔寡断的人，刚刚南下的决策如是，现在改变主意北上也同样坚决。

"好，那咱们就北上。"

傅官熙点了点头，便吩咐商行的人去安排了北上的船只，他们仨带着关幼薇，连夜北上了。

当然了，在北上之前，他还让商行的人租赁了一条小船，悄悄南下了。

只有这样，才能骗得过戴离。

这条小船虽然隐秘，但并非天衣无缝，傅官熙连商行的人都瞒着，偷偷留了点破绽。

在挑选商行随行人员的时候，傅官熙挑选了一个药铺子的药工，相信戴离得到这个消息之后，一定会第一时间追赶这艘小船。

第七十一章 三度上山

故地重游，回到家中的傅官熙，恍如隔世，虽然只离开了大半个月，却像出走半生那般沧桑。

他对许太白已经无条件信任，将其带到父亲的卧房，取出了账本和密码本，以及电台设备。

电台设备一共两套，一套是父亲留下的，另一套则是戴离的。虽然戴离没有给他密码本，但许太白却有。

戴离眼下应该南下追踪那条小船，上海伪军又在四处追查，军统方面应该是暂停了监听和情报截取工作。

所以许太白果断地给组织发了报，照着估算，戴离应该还没时间使用电台，但不排除其他军统特务不会使用，所以许太白还是开始利用戴离的设备来监听军统特务的情报传递。

在家里待了几天，关幼薇恢复了过来，许太白的监听也没什么眉目，傅官熙就想着带他们上子龙山走一趟。

当初张德山是扫荡过子龙山的，但最终没有收获，第二次想上山的时候，又被傅官熙引到了仓库去，吃了一个大亏。

傅官熙回到鹤梨是白天，但他还是等到晚上才回家，为的就是掩盖行踪。

回到家里的时候，大哥等人像是见了鬼一样。原来傅官熙被秘密枪决的消息早已传回了家里，所有人都以为他死了。

亏得傅官熙早有准备，只见了母亲和大哥，家里其他人都瞒着，没有见任何一个人。

可即便如此，他还是担心自己的回归会暴露，一旦被张德山知道了，只怕家里又要鸡犬不宁。

张天佐在上海吃了亏，必然会告知父亲张德山，通过大哥的描述，傅家最近也承受了不小的压力，张德山隔三岔五就来找碴儿，不少生意都做不下去了。

这也是傅官熙要抓紧时间上山的原因之一。

家里是待不住的，关幼薇的伤势已经好转，就没必要继续留下来。跟大哥商量了一下，傅官熙还是决定上山。

第七十一章　三度上山

大哥虽然看着软弱，但内心坚韧。二哥傅武熙离家之后，大哥本就郁郁寡欢，如今傅官熙又要步二哥后尘，大哥更是伤感。

原本弟弟"死而复生"，那是天大的喜事，但如今却没法活在太阳底下，他又岂能不难过？

说到底这也是戴离的奸计，原本傅官熙被秘密处决，只是她安排的一出戏，为的是引诱若尾美子暴露真实身份。

谁能想到戴离还有个后招，竟然大肆宣扬傅官熙的死讯，如果傅官熙现在跳出来辟谣，无疑就暴露了自己。

也只有与戴离的斗争得到最后的胜利，打败戴离，傅官熙才有可能重获"新生"。

不过转念一想，也并非没有好处，起码这样更有利于他隐藏身份。他们本来就是地下党，没什么比一个死人的身份更占据优势了。

闲话休提。跟母亲告别，又把事情与她简单说了一下，若尾美子的日本间谍身份等，当然也要告知母亲和大哥。

除此之外，也免不了母子情深一场。看着母亲哭哭啼啼了一会儿，傅官熙又是安慰了一番，而后才带着设备，与许太白等人上山去了。

二哥到底还在不在山上，傅官熙不敢打包票。但在他看来，子龙山是个不错的据点。

二哥和杨军武他们并不像许太白等人那样，他们虽然也搞情报工作，但只是次要。

他们最重要的任务是建立革命根据地，是要壮大兵力，要渐渐往外扩大地盘，要建立武装斗争，与东北抗联互成掎角之势。

子龙山就像一颗火种，他们要不断壮大火焰，从这里发源，不断往外烧，直到整个东北地区都变成一片赤红。

简单来说，许太白他们是在黑夜里行走，打探军情，必要的时候可以刺杀敌方要员，而傅武熙和杨军武他们最终是要与敌人进行正面战斗的。

这也是傅官熙坚持回到鹤梨的原因之一。

因为在他看来，二哥他们一旦筹备得差不多了，第一个目标是谁，那就再明显不过了。

张德山这个警长，必然是首个目标。只有拿下张德山，夺取了他们的武器弹药，才能真正打开局面，从而招募更多的同志。

虽然他们也有了些底蕴，但在情报方面非常不足。如果能跟许太白联手，那就能够相互补充，实在是一举两得的双赢局面。

傅官熙和许太白这边能给他们提供情报支持，而他们能够为许太白这边提供掩护和安全保障。

傅官熙已经不是第一次进山了，虽然天气已经转暖，但山上仍旧清冷，没有了积雪，就像被剪掉了毛的羊，整座山显得瘦骨嶙峋。

赵大海和许太白背着设备，傅官熙在一旁照顾关幼薇，走上了山路。

关幼薇虽然已经有所好转，但体力还是跟不上。虽然是同志，又算有过命交情，但毕竟男女有别，傅官熙想要背她也不方便，甚至搀扶她都有些尴尬。

关幼薇又是个脸皮薄的，最后实在坚持不住了，还是傅官熙大胆提出来，一切都是为了革命和抗战，大家都是战友，战场上不分男女，这才让赵大海来背她。

赵大海白了他一眼，敲了敲自己的腿，骂傅官熙虐待残疾人，他自己走路都不方便，还要背一个大姑娘云云。

傅官熙只好让许太白来背。许太白却笑了笑说："听说你们以前还差点结成夫妻，眼下却这么见外，倒是有些说不过去。

"封建思想要不得，自由恋爱是民主的表现。咱们既然一起搞革命抗战，就要相互扶持。你们不好意思说是青梅竹马，好歹也是发小，就当是兄弟姐妹相互扶持，让官熙背你吧。"

关幼薇已经累到了极点，许太白这番话说到了这个地步，她也就红着脸，埋下头去，不再说话。

傅官熙稍稍蹲了下来，关幼薇也没有正面趴在他背上，而是侧着身子，蜷曲着双腿，半个身子靠在了傅官熙的背上。

虽然姿势别扭，让傅官熙更加费力，但这样接触面会小很多，而且身体不会紧贴，也避开了关键部位。

说到底关幼薇还是封建思想作祟，放不下心里的负担，许太白又趁机"教育"了她一番。

一路上因为这个倒也开起了玩笑来，气氛也没那么压抑，走起来也没那么乏累了。

第七十二章　过往传闻

傅官熙第一次上山的时候，还是大雪漫天，积雪过膝。但当时情势危急，又有张六弦带路，也并不觉得如何吃力。

这次没有了积雪的阻滞，但因为携带设备，又背着人，速度反倒奇慢无比。

到了中途，关幼薇整个身子在打战，傅官熙问了，她才声若微蚊不好意思地说她想要小解。傅官熙也有些尴尬，就刻意落后了一段。

赵大海和许太白也有这方面的经验，直接开口解围，让傅官熙先别上来，他们到前面去探探路。

傅官熙找了个避风处，把关幼薇放下，就远远走开了。为了避嫌，他就远远地吹着口哨小曲儿。

虽然更加尴尬，但起码能让关幼薇知道他的位置，不至于没有安全感，毕竟荒山野岭的。

可过了好一阵，也不见关幼薇出来，更没有招呼他。傅官熙心里有些不踏实，就问了几句，听不到回应，赶忙跑了过去。

但见关幼薇抱着双膝，坐在一块山石上，看着山下，目光所及的位置，是关家。

关家已经被张德山抄家了，关通衢也已经南下，关叔满等人也各奔东西，关幼薇这几天都躲在傅家，想回家看看都没办法实现。

傅官熙其实早就察觉到她的情绪不对头，估摸着她也是自己在调节，只是最终还是控制不住，破了心防。

傅官熙坐在旁边陪着，默默抽了根烟，关幼薇低声抽泣了起来。

傅官熙也不知该如何安慰，就只是轻轻拍了拍她的肩膀，而后坐在一旁陪着她。

过了有几分钟的样子，关幼薇终于抹掉了眼泪，虽然眼睛通红，但眼中那股沮丧已经一扫而空了。

她对傅官熙说："太白对你真的太好了，我都有些想不明白……"

傅官熙有些意外，不知道她为什么突然提到这个。不过问了之后，关幼薇又闭口不言，搞得他如隔靴搔痒一般别扭。

关幼薇还在休息，傅官熙见赵大海在不远处卷着烟，就快步凑了过去，递上了香烟，趁机问道："幼薇说小白哥对我太好了，是什么意思？"

赵大海本是个耿直汉子，对傅官熙又早已改观，接了香烟之后，就开口解释道：

"许太白一直喜欢关幼薇……"

虽然只是短短一句话，但傅官熙也是恍然大悟。

关幼薇之所以这么说，看来她早就知道了许太白的心意。不管是两情相悦还是单相思，总之两人心里都是非常清楚的了。

刚刚傅官熙想让许太白来背她，对于他们而言，是个培养感情的好机会，但许太白却坚持要让傅官熙来背。

而且许太白刚刚的话语，开着玩笑，活跃着气氛，但现在回想起来，却是充满了酸楚。

估摸着关幼薇曾经拒绝过他,抑或早已把这个问题说了个通透,许太白是羡慕傅官熙的。

傅官熙非但与关幼薇一起长大,而且两家是世交,又曾经有过婚约。虽然是旧封建社会的那一套,但如果两情相悦的话,娃娃亲也没什么不好。

许太白的话里充满了羡慕甚至嫉妒,但他却云淡风轻、轻描淡写。他的胸怀自是非常宽广,但背后的酸楚,估摸着也只有关幼薇能体会。所以她才会说许太白对他傅官熙实在太好了。

傅官熙还想多问两句,但赵大海闷闷地回了一句:"我以前是个只会打仗的大老粗,现在是个闷葫芦瘸子,又没谈过恋爱,更没成过家,我哪里知道这里面的东西,你问我不是跟向瞎子问路一样样的吗?"

傅官熙还要调侃,许太白已经回来了,他也就闭了嘴。

"幼薇呢?"

"哦,她在后头休息一下,那里避风,她头不会这么疼……"

许太白点了点头,嘴唇翕动,本想着关心几句,但开口到底是变了样:

"你们是发小,往后就劳你费心一点。幼薇跟你同样出身,虽然没吃过什么苦头,但与你一样,内心坚韧得很,不过……

"到底是个女同志,咱们作为男士,还是要发扬一下绅士风度,多照顾照顾。"

傅官熙没多想:"小白哥,您是咱们的头儿,对自己手下也该多关心关心才是,不能总让我顶在前面……

"当初她去我家退婚的时候,差点没把我骂死。什么发小都是假的,别看她瘦小,发起疯来也是要命的……"

许太白哈哈笑了起来,心情似乎很好,但开口又成了他特有的那个样子:

"可不是嘛,手雷丢进来的那一刻,我也没想到她会扑上去救你。

这就是咱们的同志，危险面前不顾个人安危，有大无畏的牺牲精神。只要有了这种精神，咱们的革命和抗战事业就一定能取得更大的成功！"

虽然说得这么义正辞严，但说穿了其实还是在乎关幼薇奋不顾身去救傅官熙。自打知道了他们之间那点关系，傅官熙更加敏感，听得出言外之意了。

当然了，许太白是个大公无私的人，有着高尚的情操，断然不可能因为男女私情而做出什么龌龊事来。但到底还是个男人，在这种事情上吃醋，也是再正常不过的事情。

但傅官熙是情场老手了，又岂能看不出来，许太白对这段还没开始就结束的感情，多少还是有些意难平。即便到了现在，仍旧没有死心。

人哪，就是这样，情愫的种子一旦种到了心房里，想要拔除就千难万难了。

这也是傅官熙鼓励许太白的原因。

在他看来，许太白和关幼薇已经是革命同志的生死情谊，如果能够走到一起，当然是最好的。

只是这种事情并不是单方面的，多少还得看关幼薇的反应。从目前了解的来看，应该是郎有情妾无意，但许太白一门心思全都扑在了工作上，又岂懂女儿心？

如果关幼薇真的对他没有半点意思，刚刚又何必向傅官熙抱怨许太白对他太好？

这分明是对许太白把她推给傅官熙感到不满，说明她心里还是在意的。

或许连他们自己都不知道，只有傅官熙这个局外人，尤其是情场老手，才看得懂双方的心思。

两人在说话之时，关幼薇也走了过来。

"嘀嘀咕咕什么呢？快走吧，再不走天就黑了。"

许太白尴尬一笑："好，咱们出发。"

第七十二章　过往传闻

傅官熙看着他的表现，简直就是不懂风情的情场新手，心想自己这一路上说什么也要撮合撮合了。

第七十三章　成功会师

本想着撮合一下这对年轻人，但时机似乎并不太合适。

往上走了一段之后，赵大海渐渐感受到了危机，也变得更加谨慎起来。

他们的负重太大，背着机器，关幼薇又行动不便，武器方面也不太充足。如果山上不是傅武熙和杨军武的队伍，而是张德山的暗探，只怕要遭遇伏击。

赵大海如履薄冰，几次压下脚步，让傅官熙等人原地等待，他一个人到前面去探路。

分明已经感受到对方的存在，隐秘处甚至有不少眼睛在盯着他们，但就是不现身。

赵大海回来之后，也是眉头紧皱，朝许太白说："我用鸟哨发了几次暗号，但都没有回应，只怕不是咱们系统里的人……"

许太白也是面色凝重，但想了想，又试着解释道："杨军武他们是东北抗联的，武装斗争力量与我们情报系统本来就没有交集，暗号不对也正常。"

"再者，他们躲在这里建立根据地，也是谨慎行事，担心敌人会冒充，不轻易现身也是情有可原的。咱们先到指挥所再说吧。"

所谓的指挥所，其实就是子龙山的聚义厅。只是"聚义厅"充满了封建社会的风气，许太白不想用这个叫法罢了。

傅官熙想了想，还是朝他们说道："小白哥，让我上去看一看吧，如果是我二哥，他会认得我的。"

"你们一直在上海，没来过这里，他们认不出来也正常。但二哥的人不会认不得我，杨军武同志也认识我的。"

许太白正要摇头否决，毕竟傅官熙不比赵大海，缺乏实战经验，但后者却提前堵住了许太白的口。

"让他去吧，好歹是正经军校出来的，侦察和反侦察能力不比咱们差，枪法嘛，也过得去。"

赵大海这么说着，就解下了配枪，掉转枪头，递给了傅官熙。

傅官熙拿了武器，朝许太白说了句："幼薇就交给你照顾了，我去去就回。"

虽然只是随口这么一说，但很明显，关幼薇和许太白对视一眼，都有些尴尬，甚至脸红。

傅官熙看破不说破，嘴角露出狡黠的笑容来，也不让他们察觉，快步往前面去了。

他当初上山来的时候，见过杨军武，二哥也教过他山上的暗号和切口。傅官熙走了一段，发现没人主动上前来，就摘了一片树叶，吹了几声。

他摘下帽子，挂在山道旁的树枝上，而后躲在了树干后面。

轻易露脸确实是危险的，赵大海和许太白的担忧也不无道理，如果真的是敌人占据了山头，他贸然现身，会成为活脱脱的人肉靶子。

在树干后头守了十分钟左右，果然有三五个人摸了过来，手里都举着步枪。

他们围着帽子观察了一阵，目光警惕，四处扫视。傅官熙在暗中观察，果真让他找到了二哥的身影。

"二哥，是我，官熙！"

傅官熙从树干后头现身。傅武熙一看，顿时热泪盈眶，快步奔了过来，用力捏了捏他的肩膀。

"四儿，果真是你！"

第七十三章　成功会师

看他这样子，想来也是收到了傅官熙被处决的消息。

或许也正因为这个消息的影响，所以当手底下的探子告诉他，有个疑似傅官熙的人鬼鬼祟祟出现在山道上，他才会这么警惕，才不敢相信，才派人不断刺探和侦察。

到了最后，他听到了树叶暗号，这才亲自过来确认，没想到还真是自家弟弟！

一段时日不见，傅武熙的江湖气似乎收敛了不少。他的目光之中多了一些东西，傅官熙以前看不清楚，但现在却看得很通透。这种光，他在许太白和赵大海等人的眼里看到过。

简单叙旧，解释了自己假死之后，傅官熙就带着二哥来到了许太白这边。

几个人见了面也是惊喜万分，帮忙扛着设备就来到了山上的指挥所，又见到了杨军武，不过那个毛子却不在。

杨军武是东北抗联的政治思想工作者，许太白虽然是搞情报的，但同时兼任政委和指导员，情报人员的思想工作也是他在做，所以两人的共同话题也不少。

夜里在指挥所摆了简单的接风宴，双方共享了信息和情报。听得许太白这边的经历和遭遇，傅武熙和杨军武等人也是惊叹连连。

当他们听到那些同志为了给他们争取时间而牺牲之时，杨军武摘下眼镜，偷偷抹了一把眼泪，其他人也是义愤填膺，满目悲壮。

杨军武与许太白商议了接下来的阶段性任务和目标。许太白也不藏着掖着，毕竟早就跟傅官熙商量好了。提议说出来之后，杨军武等人也表示了热烈欢迎，双方算是一拍即合。

毕竟这个提议是皆大欢喜，能够相互扶持，是最好的选择了。

傅武熙没想到弟弟也走上这条路，就更是欣慰。虽然组织纪律要遵守，但这天夜里，大家还是破例喝了点酒，以示庆祝。

接着又是讨论接下来的工作。在山上监听是个不错的选择，而傅武熙这边正在"招兵买马"，他的目标是将整个鹤梨地区的乡亲们都联合起来。

这是一股不可小觑的力量，如果能够吸收进来，对夺取张德山的警察所，有着巨大的帮助。

而且他们的工作与重庆政府有着本质上的区别。重庆政府的人只是为了搜刮资源，老百姓在他们眼里就只是一茬茬韭菜，是人力、物力、财力资源。

但在杨军武和许太白的眼中，他们不拿群众一针一线，但需要得到老百姓的认同，从思想上让他们接纳共产主义的光辉思想，主动向组织靠拢。

民心，永远是最大的资源，比所谓的物力、财力、人力更加持久和强大。

得民心者得天下，这句话放在何时都不会过时，所以杨军武和傅武熙一直在做基层群众工作。

当然了，这里面也有分工，杨军武主要是在群众中宣讲，而傅武熙则是游说各大家族以及江湖力量。

这些人如果思想发生转变，他们的势力转化为武装力量，那杨军武等人的实力可就是几何级的增长了。

不过眼下看来，他们的工作进展得并不顺利，想要很多人转变思想还是比较难的。

傅官熙曾经是他们中的一员，对此自是有着深刻的体会。

虽然工作阻力很大，任务也有些困难，但到底是有了立足之地，往后要如何开展工作，还是需要多商量商量。

无论如何，傅官熙终于感受到了这一点，他有了干革命和抗战事业的那股子踏实劲儿了。

第七十四章　工作重心

借着傅淳风留下的发报机，许太白已经向组织进行了详细汇报。不过迟迟没有得到回复和下一步的工作指示，等了两天多，才收到暂时原地休整的指令。

对于联合子龙山的请示，组织上也已经正式批准，所以许太白等人也就安心住了下来，并着手工作。

在山上监听和拦截敌台信号是不错的选择，这个工作就交给了关幼薇，毕竟她行动不太方便，正好能蹲守电台。

许太白跟杨军武负责思想工作，在山上开了个讲堂，每天上文化课，教识字，也讲马克思主义思想等，傅官熙也会去听课。

赵大海则给他们讲实战。这方面原本一直是毛子巴可洛夫在做，他教的是伏龙芝军事学院的那一套，负责理论课，也有演习等。赵大海拥有着极其丰富的实战经验，两人很快就走到了一块儿。

而傅官熙出身士官学校，他们同样欢迎至极，不过却是将傅官熙当成假想敌。也就是说，傅官熙在演习中扮演日本鬼子，用鬼子的战略思想和战术等，与他们进行演练，也算是相得益彰。

许太白一直在等上海方面的消息，不过组织上没多久就确认了那些同志已经英勇就义，众人举行了一场哀悼会。

徐济泰被刺杀，无论对于军统还是傅官熙他们这边，都是个好消息，但组织上并不认为许太白等人该退出上海。

许太白他们是地下情报人员，而不是杨军武这种搞根据地的作战人员，他们的战场在后方，在敌人的阵营之中，而不是在荒山野岭。

虽然子龙山这边的工作搞得有模有样，但都是杨军武和傅武熙在牵头，说到底还是他们的工作。许太白这边算是寄人篱下，暂避风头可以，但总不能一直留下来。

这也是组织上为何说是暂时休整，休整过后，还是要回到上海，甚至到南京、重庆去。

许太白早有这样的觉悟，虽然"寄人篱下"，但也要主动发挥作用，所以才给他们讲课，做些力所能及的事情。但私底下他会提醒傅官熙几人，迟早是要回归他们自己的战场。

消息往来也正常，但有一点却让傅官熙心存芥蒂，那就是组织上同意了他的申请，他正式成为许太白的同事，但没有接受他的入党申请。

许太白解释了很多，也说起关幼薇等人的入党经历，但傅官熙还是有些不舒服。

无论如何，这件事总不能一直耿耿于怀。组织不批准，说明自己做得还不够，还得继续努力，这个觉悟他还是有的。

在山上待了几天，众人已经渐渐习惯。关幼薇仍旧守着电台，其他人要么上课要么操练，日子也就这么过着。

这一天，傅武熙简单乔装后准备下山。

傅官熙问了才知道，原来二哥经常下山，为的是游说周边的大户人家，让他们加入到革命和抗战的队伍当中。

群众永远是基础，得到了群众的支持，这个事才能成功。傅武熙在本乡本土有着极高的威望，靠着那杆大枪，不管是民间老百姓还是江湖人士，都认他这块招牌。

但难处也同样在这里。他曾经是江湖枭雄，突然变成了地下党，很多人没法接受。

让他们卖个面子，出点钱，这些都不是问题。但让他们真正投入到这项伟业当中，很多人却犹豫不决。

人的觉悟到底有多高，这个不好说，很多人活在伪军的"统治"下，甚至活在日本鬼子的铁蹄之下，也能够忍受屈辱。

中华民族是生命力最顽强的民族，平民百姓就像坚韧的草根，哪怕被石头压着，也会发出绿芽儿，向着阳光。

但想让他们团结起来，不惜一切代价，去做所谓的"杀头买卖"，非到不得已，他们是不会加入的。

杨军武的身份比较敏感，但他是搞思想政治工作的专业人士，先前都是他与傅武熙一起下山。但正因为他的身份和言谈举止，说明了情况之后很多人避之不及，甚至干脆拒之门外。

就好像杨军武是个瘟神，会给他们的家庭带来灾祸一般。

所以接下来的时间，都是傅武熙在做这项工作，但进展并不顺利。

山上人马越来越多，吃喝用度也是个大问题，傅武熙这段时间都靠江湖上的朋友在筹措物资。

傅官熙免不了要问为什么不动用傅家的资源。傅武熙坦言相告，并不想牵连傅家。

倒不是只巴望着别人拼了性命加入，自家人却不想被牵连。而是因为父亲傅淳风留下来的，不仅仅是家产，更重要的是那条生意渠道。

这条生意渠道为共产党输送了大量的物资，不管是从民间、从商场，还是从日本鬼子和伪军，乃至从国民党的手里。那些稀缺的药品，甚至一些枪支弹药和电信工具等，这些都是极其难得的东西，全靠着傅家这条线。

当然了，其他地区也有类似的生意渠道，但在整个东北地区，傅淳风这条线举足轻重，甚至可能决定战争的走向。

傅武熙与杨军武商量过，坚决不会动用这条线。

虽然傅淳风被立花千门卫暗杀之后，与鬼子那边的大阪第四师团后勤生意已经断了，但整条生意渠道并没有受到毁灭性的破坏。

不过也必须尽快恢复生意，否则这条线就会失去作用。

而且傅淳风已经去世这么久了，必须有人去接班。现在账本在傅官熙的手里，这个事情自然需要他去做。

与二哥的一番交谈，让傅官熙明白了很多。这件事情，他必须去做，价值和作用会比在山上扮演假想敌要来得大。

他决定跟着二哥下山，拿着账本，去见一见那些生意联络人，把生意继续做下去，这才是真正继承父亲的遗志。

许太白有些不放心，毕竟现在还没有戴离的消息，不知道她的确切动态。虽然傅官熙推测她已经南下，但保不准她什么时候就会发现上当了。

一旦她发现，很快就会掉过头来搜查，估摸着第一时间就会找到傅家这条线上来。傅官熙去联络生意的话，危险性还是相当大的。

但这条渠道实在太过重要，生意断了这么久，也是时候去接续了。许太白到底是同意了。

许太白将自己的配枪交给傅官熙，但傅武熙却退了回来，因为带着枪反倒更加危险。

傅官熙认为有道理，有二哥带着，哪里还需要担心安全问题？

第七十五章　接管生意

虽然没有配枪，但傅武熙也没有大意到无所忌惮的程度。他还是送了傅官熙一套子午棍。二人褡裢里头装着行脚用品，账本则被傅官熙留在了山上，联络人全都记在他脑子里。

所谓子午棍，也叫子母棍，据说脱胎于梨花枪和戚家枪枪法，去掉枪头之后，演化成了棍法。

莫看只是一根不起眼的棍子，也着实让傅官熙感到热血沸腾。

他很小的时候，就梦想着能像二哥一样，仗剑天涯、行侠仗义，这也是很多孩童的梦想。

如今，兜兜转转，他终于还是有了这么个机会。

一路上，二哥也给他讲了一些棍法。当然了，都不是表演的花架子，而是有着实战作用的，动作简单有效，直来直往，大开大合，将棍子的长处发挥到了极致。

傅官熙好歹是军校出身，身体素质过关，也时常练习刺刀等，所以学起来并没有什么难度。

下山之后，傅武熙先去了几户人家，但效果并不太好。正如之前所言，这些人会卖二哥面子，但大多就好像交保护费一样，只是想"花钱消灾"，并不想搭上身家性命去做这件事。

傅官熙看在眼里，也体会到了扩大根据地的诸般难处。其实他们在山上所经历的这些，并不比许太白他们容易。

这天辗转到了马北镇，终于轮到傅官熙登场了。

马北镇从沈阳进货，发往山东等地，是个商品中转地，这里的联络人是春源药铺的老板魏三元。

傅官熙与二哥风尘仆仆，进到铺子里来。马北镇是个热闹的市镇，又碰上集日，铺子里咳嗽声不断。

虽然是个药铺，但大堂里有个郎中在坐诊，留着山羊胡，戴着狗皮帽，还戴着一副眼镜，此时正在给病患把脉，问了几句，就开起方子。

看诊的人排到门外的街道，拐了几个弯，可见这郎中还是有些名气的。

傅官熙和二哥走进铺子之后，也没人上前来接应。柜台那边都忙着抓药，后面有在煎药的，药香充斥整个铺子。

傅官熙走到柜台，朝那药工说了句要找老板。药工看他的穿着打扮和言行谈吐，也不敢怠慢，让他稍等一下，抓完了手里的方子，便走进了内堂。

魏三元很快就走了出来，目光从傅官熙的身上扫了过去，很快就停在了二哥的身上。

"傅二爷？您怎么来了？"

二哥的名头着实响亮，毕竟是神枪弟子，又是单枪匹马扫荡子龙山马贼窝的强人，十里八乡又岂能不认得？

傅武熙与魏老板互相唱喏，后者扫视了大堂。那看诊的郎中似乎注意到了，投来目光，向魏老板点头示意，魏老板就把傅家兄弟引入了内宅。

"听说二爷在子龙山举旗，怎么跑到马北来了？"魏老板有些疑惑，说话很是老到。

二哥却摆了摆手，纠正道："不是举旗，只是想为乡亲们做点事，保护乡里。"

魏老板若有所思地点了点头，而后笑着说："二爷做的是大事，咱们也得二爷关照。一会儿我知会账房一声，绝不让二爷空手而归。"

傅武熙略显失望，就好像前几次游说其他人一样，即便他明知道魏老板不是游说对象。

"魏老板别误会，今天不是我来找你，是我家四儿来找你。"

傅官熙此时往前一站，压低声音朝他说了句："史臣重朱家，君乃隐于酒。"

魏老板面色大变，但很快就平静了下来，同样回了一句："时事尚纵横，雄心宁复有。"

对完了之后，他起身去关门，而后朝傅官熙问道："二爷在场不打紧吧？"

傅官熙想了想，摇头道："不打紧。"

魏老板点了点头，轻叹了一声，一边倒茶一边感慨道："我一直等着傅家大少，寻思着他怎么还不过来。后来又想着二爷能过来。没想到啊，最后竟然是四爷主持生意了。"

傅官熙苦笑了一声："我自己也没想到。"

魏老板也不多说，朝傅官熙道："想必四爷也清楚，生意停了几个月了，再不去牵头，怕是接续不上。咱们这条线现在是群龙无首……"

傅官熙早就考虑过，当即说道："我见过况科长。不过眼下我的身份不能再暴露，没办法再去见他，所以只能让你来做这个事……"

第七十五章 接管生意

简单地把自己的经历说了一遍，傅官熙也道明了来意。魏老板有些惊叹，点头说："没想到啊，这里头还这么多惊险。四爷放心，我马上就放话出去。

"不过，咱们的生意大头是大阪第四师团的二手武器弹药和药品，早先都是傅老爷去接洽。现在鬼子那边已经在查，这个生意还能不能做下去，还是两说。"

傅官熙点头说："你先放话出去吧，生意可以照常开展了，以后账目都汇总到我这里，不要再送去傅家，送去子龙山。我会让二哥帮我接收。"

魏老板应了下来，而后朝傅官熙道："四爷接下来打算怎么做？"

傅官熙虽然有账本，但很多东西无法在账本上体现出来。父亲留下的账本明细，里面可没教他具体怎么做。

"魏叔比我更清楚形势，您觉得当务之急是什么？"

魏老板是除了况科长之外的第二联络人，当然了，在生意方面，他甚至可以说是第一联络人。还是他最清楚状况。

傅官熙毕竟没做过生意，而且对这条生意渠道的了解仍旧停留在账本上，实在有些难以着手。

魏三元想了想，朝傅官熙道："照着我的意思，搁以前的话，四爷该走一遭，把底下的人都见一见，把生意都摸清楚，买方卖方都见个面。但现在嘛，兵荒马乱的，能不见就不见了……

"买方那边只要持续送货，就完全没问题，下游渠道没有受到什么影响。就是上游已经断了，需要四爷尽快接上。"

傅官熙明白他的意思："其他生意可以继续了，鬼子那边，我去跟卖方见个面，看看还有没有回旋的余地吧。"

因为傅淳风被刺杀，没有了日本鬼子那边的货源，这才是生意遇到的最大麻烦。

但傅官熙没法确定一件事情：是因为父亲被刺杀所以才断了生意，还是因为父亲做生意才被刺杀？

第七十六章　生意伙伴

是因为被刺杀而影响了生意，还是因为生意才招来了刺杀，这有本质上的区别。

如果仅仅只是因为刺杀而断了生意，那么这个生意还可以继续去谈、继续去做。

但如果是因为生意才被杀，傅官熙此时去接洽生意，就会陷入与父亲一样的危险境地。

父亲是被立花千门卫刺杀的，此人是日本鬼子的间谍头子，连若尾美子都是他的下属。

而若尾美子能跟着傅官熙来中国，泄露傅家的秘密，阻拦傅官熙兄弟几个调查父亲的死因，坏了不少事，说明他们的目标非常明确，对傅家的情况应该有了足够的了解。

由此看来，也就更倾向于后一种可能，父亲是因为这桩生意，才招来了刺杀。

这种情况下，再去接洽生意，危险性自是不用多说的。

不过反过来想，自打日本鬼子入侵我华夏开始，双方就已经是不死不休的仇敌，但大阪第四师团等一些日本军队，仍旧在贩卖军用物资。这就说明，只要利润足够大，生意还是可以继续做的。

日本鬼子本来就是贪婪自私的恶魔。他们当中大部分都是狂热的军国主义者，但也有很多人被逼无奈，自然也有不少人只是想浑水摸鱼。

他们之中也有些人是反对战争的，虽然只是极少数，但也不是完全没有。这些人会暗中资助中国人抗日，也有很多人流落到东北等地区，其实也非常敌视日本帝国主义军队。

当然了，这些都是少数，争取这少数的一部分人，让他们在鬼子那边发挥作用，为中国提供帮助，这就是傅淳风一直在做的事情。

从春源药铺出来之后，傅官熙朝二哥说："二哥，咱们得去沈阳一趟了。"

沈阳不是安生之地，伪军耳目遍地，日本鬼子也多，但那里到底是中国人的地盘。傅武熙没二话，点头道："那咱们就去沈阳。"

沈阳可不能就这么走着去，不过二哥是跑惯了江湖的，马上联系朋友买到了票，二人坐了火车，很快就到沈阳了。

火车站盘查并不算太严，气氛还算平和，买卖照常在做，但伪军欺压百姓的现象也不少。街上有不少乞讨者，个个双目无神。

二哥咬着牙，对傅官熙说："我们积蓄力量，就是为了能打下沈阳。东北抗联已经打了两次，不过并没能成功。"

傅官熙早知道二哥想做大事，只是没想到他的野心这么大。沈阳是兵家重地，驻扎的伪军和日军很多，想要打下来，子龙山那点人马还远远不够。

不过在傅官熙的眼中，二哥是潜龙在渊，他迟早能够做成这件事。

"二哥，我相信你会成功的。"

傅武熙也不多言，只是跟着弟弟，两个人很快就来到了城中的一家茶楼。

那是傅淳风与日本方面接洽的地点，傅官熙有了账本，很容易就对上了身份，预约了时间，干脆就在茶楼住下了。

只是住了三天，那边才来了人。

这三天，傅官熙和二哥也没有闲着，借着茶楼方面的帮助，把沈阳城走了个遍，默默记下了不少有用的信息，包括城防等，都记了下来。

二哥的心情越发低落，想来是看到了沈阳驻军的大体情况，感觉攻下来确实太难。

傅官熙也有些忐忑，毕竟关于日本方面的生意伙伴，除了账本上的一个名字，再没有其他信息。

到了第三天的晚上，才有人过来敲了他的房门。

来者是茶楼的掌柜，他让两个伙计把房间里里外外都检查了一遍。气氛一下子就有些紧张起来。

检查完毕，掌柜道了歉，而后便有两名穿着大衣、戴着帽子的保镖来到了门前，把守在了门口。

楼梯上传来皮鞋走路的声音，一个高瘦的身影出现在了走廊上。

此人也就四十来岁，留着一字胡，看起来有点像混血儿。

他的身边跟着一位矮胖的女士，穿着花格长裙，戴着一顶帽子，挎着一个皮包，有点像报社的记者，不过一开口就知道是翻译。

"这位是近藤先生，请问您是哪一位？"

名号对得上，近藤正是账本名册上的生意联络人，不过也只是个代号罢了。父亲的代号是永华，傅官熙也沿用了这个代号。

翻译还没开口，近藤已经出声了："永华已经死了，你是他的儿子？"

他用的是日语，但微眯着双眼，打量着傅官熙，没有对翻译说话，反倒是直接问了傅官熙。

傅官熙也不等翻译，用纯正的东京都口音回答说："是，晚辈是永华的儿子，以后正式接手生意，请先生多多关照。"

近藤稍稍鞠躬，傅官熙请他进了房间。近藤没有叫翻译留在外面，而是让她坐在一旁，算是作陪。

"为什么这么久了才来见我？"傅官熙在慢条斯理地泡茶之时，近藤轻声问道。

他的声音很是浑厚低沉，给人一种极其可信的安全感。

傅官熙没有停手，仍旧泡着茶，嘴里却笑着说："父亲死得不明不白，我觉得是受累于与您的生意，生怕自己也死在这上头，一直在犹豫要不要接手。"

近藤点了点头："合理。"

转而又问道："我听说永华先生不止一个儿子。看你年纪不大，应该不是长子吧？为什么不让长兄来接手？"

傅官熙苦笑一声："如果这生意真的会要命，又何必让长兄来冒险？我只不过是个庶子。"

近藤又点了点头："合情。"

接了傅官熙奉上的茶，观其色、嗅其香、品其味，近藤也是品茶的老手。

而后近藤微眯双眸，又问："既然明知道危险，为什么还要做这个生意？

"是明知山有虎偏向虎山行，还是人为财死鸟为食亡？"

傅官熙心头发紧，思绪也在飞转。因为他能感受到，近藤在试探他！

如果不是傅官熙有着极强的反侦察能力，与戴离相处太久，深谙话术交锋的猫腻，习惯了这种节奏，还真就迷迷糊糊着了近藤的道。

喝了一口茶，傅官熙笑着说："如果只是为了利，也是眼前的小利。我想要的是这条生意渠道，往后做大了，做铁路，想把生意做得更大！"

近藤闻言，眼睛放亮了。

第七十七章　作陪翻译

近藤显然来了兴趣，放下茶杯，饶有兴趣地追问："小永华先生有什么高见？"

傅官熙谦逊一笑："不算高见，只是一点点小野心。

"无论是盛世还是乱世，人口都要流动，做道路生意，是稳赚不赔的买卖。中国是传统的农业国家，中国人对土地有着别样的依恋，只要在地上的，谁都抢不走。

"道路交通也一样，做这样的生意，才长久。"

近藤啪啪鼓掌两声，赞道："高论！"

"不过……如果连土地都被抢走了呢？要知道，我们日本国的面积很小，对土地同样有着别样的眷恋。而且我们深受中国文化的影响，与你们很像的呢。"

傅官熙摇了摇头："一方水土养一方人，也有说一种米养百种人。你们的国土面积小，所以千百年来也塑造了你们的民族性，可以理解，但不能原谅。你们在战场上是不可能赢的。"

傅官熙说到这里，近藤的脸色难看起来。但傅官熙又补了一句："虽然战场上赢不了，但生意场上，我们却可以双赢，不是吗？"

近藤摇了摇头："我首先是个日本人，而后才是生意人。我们付出了这么大的牺牲，最后是一定会胜利的。"

傅官熙哈哈笑了起来："所以你卖武器给我们，也是为了胜利？"

近藤没有隐瞒："你们的野战军根本不敢跟我们正面作战，只是一味打游击。我们卖给你们的武器，很大一部分其实不是在打日本人，而是让你们自相残杀。从这个层面来说，是的，我们出卖武器，同样是为了最后的胜利。"

傅官熙笑不出来了。

因为近藤说得也有道理，这些武器除了会对付日本人，也会对付伪军、对付国军，很多时候伪军冲在前头，无论输赢，死的都是中国人。

但没有这些武器，会死更多的人，胜利的机会会更加渺茫。战乱年代，枪杆子说话，武器装备不分善恶，使用者才分。

这也是为什么国军会用美国、德国等国家的武器。武器和士兵是打仗的基础，不管从哪里获取。

傅官熙沉默良久，最终还是叹气："战争永远没有赢家，这点你可认同？"

近藤正要说话，傅官熙却抬起手来："算了，求同存异吧，这才是生意人该有的姿态。"

说到这里，傅官熙朝二哥使了个眼色："二哥，你去催一催厨房，看看饭菜准备得怎么样了。"

傅武熙有些诧异，因为这不在计划当中。对方带了两个荷枪实弹的保镖，万一要对傅官熙不利，会非常凶险。

虽然没有配枪，但在这种狭窄的房间里，傅武熙能够近身搏斗，那两名保镖根本不是他的对手。

可如果只剩傅官熙，只怕情势会非常不妙。

"四儿……"

"没事的，你去吧。"

傅武熙迟疑了片刻，到底还是选择了相信自家弟弟。

傅官熙看了看旁边的翻译，而后说道："请近藤先生也出去吧。"

"你……你说什么？"

近藤恼怒起来，下意识去看身边的女翻译。后者却用同样纯正的日语吩咐道："没事，你出去吧。"

近藤整个人的气场瞬间弱了下来，声音甚至有些颤抖，变得恭顺异常："是！"

近藤有些难以置信地看了傅官熙一眼，也不敢转身，就这么弓着腰，一步步退出了房间，顺便把房门也关了起来。

傅官熙倒了一杯茶，送到了女翻译的面前，用华语问道："这位姐姐怎么称呼？"

"姐姐？你说话从来都是这么不规矩的吗？"女翻译没有用华语，也不是日语，而是用的东岛语！

傅官熙心头有些震惊，但面上却掩盖了过去，故作讶异道："东岛语？我听过不少，能听懂一些，姐姐是在夸我说话规矩客气吗？"

女翻译盯着傅官熙看了好久，似乎在确认傅官熙有没有说谎。而后才用日语说道："是东岛语。果然是在士官学校进修的高才生，没想到这么短的时间，连东岛语都听得懂了。"

傅官熙正要谦逊，后者又补了一句："不过只知其一不知其二，还要多多努力。"

傅官熙尴尬一笑："只是附庸风雅，充充面子。现在回到中国了，也没必要学了。"

女翻译笑了笑："我不喜欢跟老实人做生意，你知道为什么吗？"

傅官熙摇头："做生意讲的就是诚信，有谁会不喜欢老实人？"

女翻译解释说："老实人容易吃亏。作为生意伙伴，你吃亏就等于我吃亏。我更喜欢狡猾一些的奸商。"

傅官熙笑了起来："想做奸商很容易，老实人才难得。与奸商合作固然能赚一时的利益，但与老实人合作才能长长久久。"

女翻译没有认同，而是继续说："我们要做的就是短期生意，用最短的时间，赚取最大的利润，这是我们的生意经，同样是战争的意义所在。"

傅官熙也不打算跟她辩驳，开门见山地问道："所以我不算合格的生意伙伴？"

女翻译考虑了片刻，点头说："确实不算。

"不过……你的父亲也不算合格的伙伴，但生意还是一直做到了现在，所以这个也不是问题。"

傅官熙哑然失笑："那真正的问题是什么？"

女翻译身子前倾，盯着傅官熙问道："真正的问题是，你会不会打仗？"

傅官熙微微一愣，而后如实答道："我没打过仗，实在无法回答你。我只能说，我在士官学校的成绩还算不错。这个回答能解决你的疑惑吗？"

女翻译盯着傅官熙，后者也不避开她的目光。

此时看来，这日本女人年纪并不算大，也就二十七八岁，因为是圆脸，又是矮胖身材，所以才显老。但五官还算漂亮，肤质细腻，牙齿整洁白皙，说不定换一身扮相，会是个不错的美人。

就这么盯着傅官熙许久，她终于伸出手来，自我介绍道："我叫浅

第七十七章　作陪翻译

野英。"

这是账本名册里没有的名字。傅官熙伸出手来，同样自我介绍："我叫傅光西。"

他的身份不能暴露，他不得不临时造了个化名，而且他怀疑对方也是假名。

浅野英的手很暖、很软，有种说不出来的吸引力，傅官熙一度不想松手。

她也没有松手的意思，而是问道："那么光西君现在可以跟我说一说，是怎么看出我才是主事人的？"

第七十八章　生意朋友

近藤的表现可以说无懈可击，为什么傅官熙能看出浅野英才是真正管事的人，这让浅野英感到困惑。

她本以为傅官熙会长篇大论，会从她身上某个破绽开始推理。毕竟在日本，推理小说是非常受欢迎的，上流社会也喜欢具备推理能力的人，认为这样的人是天才。

因为他们心思缜密，思考能力出众，这样的人在任何行业都能够大有作为。

但傅官熙让她有些失望。

近藤表现得非常自然，而且他的名字就在账本上，可以推断出他确实跟傅淳风做过生意。而这个浅野英，应该是新上任的掌柜。抑或是空降下来的某个权势人物，直接插手了这桩生意，说不定她还有军方首脑的背景在撑腰。

傅官熙之所以能看出她的身份来，不是因为她身上暴露了什么破绽，而是她没有一个翻译该有的专业和谦卑。

虽然坐在一旁作陪，但傅官熙的焦点很容易从近藤的身上转移到她的身上。

她虽貌不惊人，甚至平平无奇，但似乎总有一股神秘的吸引力。

这不是随便能够假扮出来的，这是从小到大养尊处优的贵气。这种气质，混迹上流社会的傅官熙，见过实在太多太多了。

他们的一举一动、言行谈吐，都有着那股味道，不露痕迹，仿佛与生俱来，但也正因此，会吸引同类的赏识。

傅家传承几百年，有着大家族的底蕴，这份贵气比明治维新时代才奉行文明开化的日本人要更加深厚。

"如果我说只是直觉，浅野小姐会相信吗？"

正是这句话，让浅野英感到有些失望。但转念一想，又有些沾沾自喜。

在日本，多少人挤破了脑袋都没办法跻身上流，很多人绞尽脑汁、用尽手段去钻营，即便进入到那个圈子，也会出尽洋相。

而单从刚刚泡茶的功夫来看，就知道傅官熙是个十足的贵家公子。这种贵气不是谁都能有的，这是骨子里流露出来的东西。

所以被傅官熙靠着直觉感受到自己的贵介身份，浅野英又岂能不感到高兴？

"所以，你打算抓着我的手多久？"浅野英露出笑容来，竟还有两个浅浅的酒窝。

傅官熙却没有失态，也没有松手，只是笑着说："那就要看浅野小姐什么时候松手了。"

浅野英这才松了手。傅官熙稍稍低头："是我失礼了。"

嘴上这么说，但他可是半点歉意也没有，反倒带着一股玩笑气。浅野英心里小鹿乱撞，面上却又只能强忍着。

傅官熙这样的情场老手，可是将她的心理拿捏得死死的。

虽然她是贵家小姐出身，但同样因为这个身份，使得她无法做出太过出格的举动，在交际场上，同样也没有越矩的行为。

这样的身份成了她的优势，但同样也给她造成约束。而傅官熙是个天真烂漫的性格，贵气之余，又擅长玩乐，洞察人心，自然把她拿捏得死死的。

"浅野小姐，咱们是先交朋友，还是先谈生意？"傅官熙趁热打铁，又补了一句。他分明看到浅野英偷偷咽了咽口水。

"我只谈生意，不谈朋友。"浅野英言不由衷地应了一句。傅官熙也不揭穿。

此时外头响起了轻轻的敲门声，茶楼方面已经准备好饭食，都是些精致的日本料理，鱼生之类，小碟小碗，琳琅满目，摆了一桌子。

傅官熙有条不紊，发现伙计摆放错误了也不说，只是默默地纠正过来，一举一动都充满了观赏性。

"浅野小姐，请。"

浅野英点了点头，却没有回应，而是朝傅官熙问道："明天可以让近藤和你手下的人接触一下吗？"

傅官熙在沈阳三天，可不仅仅只是四处闲逛，生意联络人自然也见了不少的，可谓做足了准备。他当即回答说："一切都看浅野小姐的意思，你们方便，我们就方便。"

浅野英有些讶异："我以为你们断了生意这么久，应该急于恢复交易才对。"

傅官熙淡然一笑："实话实说，确实有点急。但生意这种事急不来，总不能强买强卖。与其如此，不如随遇而安。

"再说了，生意是双方的，近藤先生完全可以找其他生意伙伴，但最后还是等了几个月，然后来见我，那就说明你们没有更改合作的意愿。而且……

"说不定你们比我们更急呢……"

浅野英脸色微变："怎么可能？我们的东西不愁卖不出去，你若不信，我们可以取消交易。"

如果她不说这话，傅官熙还拿不准；说了这话，傅官熙反倒有信心了。

他们的货都是从军方那里抠出来的，为了保证货源的持续性，他们已经形成了一定的模式。

生意链断了之后，他们的货物会产生积压。如果是普通货物，积压就积压了，但军用物资一旦积压，很容易被发现，一旦被发现，他们会遭受极大的惩罚。

而且这是见不得光的生意，他们没办法正大光明地去寻找其他生意伙伴，总不能随便找个商人就卖这些东西出去。

"那就太可惜了。浅野小姐刚刚想必也听到了，我是个怕死的人，为了接手这个生意，权衡了几个月。如果浅野小姐做生意的决心不够，没能给我足够的安全感，这个交易取消也是好的。虽然有些遗憾，但……是这样的。"

傅官熙这么一说，浅野英也是暗自咬牙。虽然面上已经在强行掩饰，但微表情已经出卖了她的心虚。

傅官熙也没有再逼迫，而是做了个请的姿势："我们还是先用餐，交个朋友。浅野小姐可以回去想一想到底要不要跟我做生意，我可以等你消息。"

浅野英松了一口气，拿起筷子来，又停住，朝傅官熙说："我谈生意，不谈朋友。"

傅官熙眯着眼睛笑了起来："这样？我知道了。"

浅野英心头一荡，一张圆脸都红了。她稍稍低头，将食物塞进嘴里，这次到底是有些失态了。

第七十八章 生意朋友

第七十九章　深夜接头

傅官熙到底是拿下了浅野英。翌日一早，商行的人就过来请示，说是已经与日本方面的人接洽，不过第一批货需要傅官熙亲自去交易。

傅官熙虽然也曾有过疑虑，但生意伙伴从近藤换成了浅野英，第一次交易亲自来做，也还在情理之中。

饶是如此，傅官熙还是决定去好好调查一下这个浅野英到底是什么来历。

想要调查一个日本人，并不容易。傅官熙原本想要吩咐商行的人去做，但他们只是生意人，并不擅长这个，而且一旦被发现，生意也就黄了。

许太白等人倒是调查的老手，可惜他们这次没有过来。能依靠的就只有二哥傅武熙了。

"这个好办，江湖人最适合这项工作。你跟我来，给你办得妥妥的。"

二哥没有任何迟疑，就带着傅官熙来到了沈阳城中的一家武馆。

沈阳是东北重镇，自是藏龙卧虎之地，傅武熙的名头不敢说震彻江湖，但好歹也不是什么无名之辈。

傅官熙本以为他来武馆是寻朋友，谁知道他却是来踢馆的，噼里啪啦一顿好打，桌椅家具烂了一地，然后潇洒离开。

一天之内，二人将沈阳城中大大小小的武馆都逛了一圈。到了晚上，傅武熙在酒楼摆了十几桌宴席，白天打输的人全都来了。

傅官熙没想到还能以这种方式交朋友，在他的印象之中，以武会友可不是这么个会法。

但酒过三巡，所有人竟然都开始称兄道弟，也堪称神奇。

约莫等了三天，眼看着晚上要交货了，傅武熙终于是收到了关于浅野英身份的情报。

"这个浅野英本名桥本早妃，哥哥是大阪第四师团的后勤军官，原是个本分人，家族算是军人世家。他因为不同意上级的策略，擅自行动，导致所在师团差点全军覆没……

"此役过后，他被视为军中耻辱，更令家族蒙羞，遭遇降职等处理。他心里气不过，就开始加入了倒卖军资的行列。"

"这玩意儿想倒卖就能倒卖？"傅官熙也有些诧异。

傅武熙点了点头："为了方便，他主动申请调职，如今在伪军这边当教官。

"平时实战操练和演习等，都会使用一些老旧或者淘汰武器，乃至于兵工厂的一些残次品。作为教官，他想要倒卖这些东西，简直易如反掌。"

"所以我们跟他买的就是这样的武器装备？能用吗？"傅官熙得知内情之后，也有些担忧。

他在士官学校的时候也参加过演习，可无论枪支弹药还是其他物资，都跟前线所用一样，以免新兵上了战场之后无法适应。

"这些二鬼子在日本人眼里就是狗，给淘汰品已经不错了。伪军方面有时候还会用这些武器来打仗，没什么可奇怪的。"

傅官熙也不再多想，桥本早妃化名浅野英跟他做交易，这情报应该不会错。

但他想不明白，身为一个女子，为何有这样的勇气来做这些。

"要不然还是别去了……"二哥是个江湖人，对危机比较敏感，搞不清楚底细就去交易，实在有些冒险。

但傅官熙认为，总得有人先迈出第一步，如果连这点风险都没胆量去承担，往后就没法接续这条生意线了。

傅武熙留了个心眼儿："你带着商行的人去交易，我跟几个朋友在外头接应你，苗头不对你就撤。"

"你那些江湖朋友能做到这个地步？"这是傅官熙心里的真实想

法，但终究没有在二哥面前说出口。

在他看来，这些人刚输给了二哥，之前又素未谋面，只是喝了一顿酒，还是一下就摆了十几桌的和头酒。酒肉朋友差不多，又不是过命交情，他们就肯做到这个地步，愿意跟荷枪实弹的日本人对着干？

二哥或许也看出了傅官熙的疑虑，但他没有解释太多。

到了夜里凌晨时分，傅官熙带着商行的人，拎着货款就来到了约定的地方。

只是他没想到，地点竟然就在伪军的眼皮底下，是个半军事化的货运仓库。

浅野英，或者说桥本早妃也果真亲自前来，身边仍旧带着那两个保镖。

"没想到你真的来了，你就不怕我不讲信用？"桥本早妃嘴上虽然这么说，但眼神坚定，似乎笃定了傅官熙不会失约。

她跟傅官熙一样，对他们上一次面谈都有着很大的自信。

傅官熙微微一笑："我只是个商人，想要做生意赚钱，没什么好躲的。"

桥本早妃也笑了："我就喜欢你一本正经说假话的样子。"

傅官熙听闻此言，心里免不了咯噔了一下。果不其然，对方话音刚落，那些搬卸货物的工人突然从仓库里跑了出来，手里都拿着武器！

傅官熙等人很快被包围了起来，商行的随行人员顿时脸色大变。

他们既然做了这个生意，也早有这样的觉悟。只是没想到，会被对方给骗了，他们身上可都没有武器。

"你这是什么意思？"

"啧啧……看来官熙君真的对我半点印象都没有了。长得丑的人果然无法引起你的注意，我甚至跟你一起打过牌，你对我都没有半点留意呢……"

傅官熙摇头道："不可能的，我不是嫌贫爱富的人，更不是贪图美色之辈，但凡我见过的人，总归会留有印象。我确定没有见过你。"

虽然这么说，但傅官熙心里已经涌起了不祥的预感，心思飞转，其实是在寻找逃跑的机会。

桥本早妃将帽子摘了下来，盘着的头发解了下来，头发披散，又取出手帕来擦拭了脸上的妆容，而后挺直了腰杆。

只是挺直腰杆，便觉得她陡然长高了好几厘米，整个人的气质也发生了巨大的变化。

更重要的是，脸上的妆容被擦拭掉之后，她的五官大变。傅官熙盯着她的脸看了一会儿，也有些迷惑。

虽然她像换了个人一样，但傅官熙仍旧确信自己从没见过她，更不用说跟她一起打过牌了。

"官熙君，还想不起来吗？"

桥本早妃将一颗蜜饯塞入了嘴中，说话有些含糊。她的嗓音变得浑厚，而后二指放在了人中的位置，就像胡子一样。

傅官熙盯着看了一会儿，总算是有了点印象，心中也是暗道不妙！

"原来是你！"

桥本早妃摇头一笑："你总算是想起来了。就你这样的记性，也不知道美子妹妹是怎么看上你的。"

第八十章　江湖义气

是的，傅官熙终于想起来了。

在他看来，浅野英这样的女人，他没道理见过了会忘记，更何况还一起打过牌。

但他万万没想到的是，对方极其擅长乔装。

当初他与若尾美子初次见面的时候，确实有过一个牌局，而桥本早妃就是参加牌局者之一。只不过当时的她是男装打扮，还贴了假胡子。

她与傅官熙前几日见面的时候，又经过了改扮，双重掩护之下，傅官熙没能认出她来，也正常。

可问题就在这里了，她当初为何要女扮男装去打牌，这才是关键。

如今想来，她与若尾美子应该是交情极好的姐妹，之所以跟着去打牌，应该是为了给若尾美子把关，看看傅官熙这个男人靠不靠谱。

而若尾美子在傅官熙的手里吃了亏，桥本早妃要帮着找回场子，就更是顺理成章。

"美子也在这里？"

桥本早妃冷下了脸："你居然还有脸提美子的名字！"

"她对你这么好，不惜跟着你来中国，你竟然这么对她！"

傅官熙也是苦笑："她为什么跟着我来中国，你不会不知道吧？她早知道我的父亲是被日本人杀害的。本就是另有所图，又何必说得这么深情？"

桥本早妃摇头，压抑着愤怒："你根本不知道她为你付出了多少，你也不知道她有多少苦衷！

"不过说再多也是无用，我早就警告过她，你这样的男人根本就靠不住。"

桥本早妃不给傅官熙回应的机会，开门见山地问道："我问你最后一个问题，你到底有没有爱过若尾美子？"

傅官熙沉默不语。

桥本早妃有些得意，但神色很快就黯淡了下来，稍稍提高了声音，朝身后道："你看吧，我早说了，中国的男人是不懂爱情的。"

话音落地，若尾美子从仓库里走了出来。

再次见面，傅官熙也是感慨万千。眼前的若尾美子，既熟悉又陌生，他心情自是复杂的。

但傅官熙没有再纠结于男女之情，因为他心里很清楚，若尾美子是日本间谍，是立花千门卫的手下，父亲的死，就是他们的阴谋。

虽然明知道这场交易有风险，但傅官熙无论如何都没想到竟然是若尾美子在背后操纵。落入她的手里，麻烦可就大了。

这样的情势之下，真如二哥所说，即便他那些所谓的江湖朋友愿意出手，也需要时间来制定策略。

这么一想，傅官熙只能拖延下去，想想该如何脱身了。

"你真的要跟我谈男女之爱吗？我甚至怀疑，你当初与我的相遇，是否也只是一场戏罢了，该难过的难道不是我吗？"

傅官熙故作气恼地质问若尾美子。后者走到了傅官熙的面前来：

"在你家的时候，我三番五次给你暗示，但你都没有留下来。作为一个女人，你知道我心里有多挫败吗？

"没有人能抵挡我的魅力，不管我们之间有没有产生爱情，但爱欲总该是有的。你不是什么正人君子，为什么对我就这么规规矩矩的？

"啊，我知道了。你不想跟我好，其实是对我产生了爱护之心，说到底你还是爱上了我，对吗？"

"这又有什么意义？"傅官熙深谙欲擒故纵的道理，想要拖延时间，意图绝不能太明显，反倒要摆出不想多说的姿态。

果不其然，若尾美子哈哈笑了起来，但很快就停了下来，自言自语道："不对，如果真的对我动了心，为什么你就可以跟戴离那个女人睡在一起？"

她的表现有些神经质，情绪变化很大，颇有些喜怒无常、难以捉摸的意思。

傅官熙趁机刺激她道："你不是我喜欢的类型，或者我们注定了不能在一起，你身上没有什么吸引我的地方。"

若尾美子作为日本间谍，诱惑力是她最大的武器，但却在傅官熙面前失效，这才是她最在意的事。

果不其然，傅官熙这么一刺激，若尾美子顿时激动了起来：

"不可能！你一路上对我有多么殷勤，这是骗不了人的！"

若尾美子凶相毕露，掏出手枪来顶住了傅官熙的额头。她的脖颈上青筋暴起，极其愤怒。

身后那些日本人见得若尾美子掌控了局势，也松懈了下来。

这是个好机会。

虽然若尾美子情绪很激动，但傅官熙知道，她不会对自己开枪，因为她还没有得到想要的答案。

如果二哥的人能够在这个时候现身，应该就能够制造混乱。

只是那些江湖朋友真的信得过吗？

傅官熙表示怀疑。

他没有闯荡过江湖，对所谓的江湖人了解不多，很大程度上都只是听说。至于那些演义小说上的事情，只是看个故事罢了，并没有太过真切的感受。

如果硬要找个认知，那就是二哥打马贼的事情，这应该是距离他最近的江湖传奇故事了。

傅官熙偷偷扫了一眼，周围一片寂静，期待中的援兵并没有出现。

若尾美子却已经朝身后的人吩咐说："先把他绑起来，我一定会让他说实话的！"

若尾美子煞费苦心，找了桥本早妃来演戏，自然不可能只是谈男女之爱。她是日本间谍，最终的任务当然还是获取情报。

傅官熙并不清楚她了解多少内幕，或许她并不知道傅官熙已经是地下党，或许她还认为傅官熙是戴离的人，这些都有待进一步确认。

二哥的人没有出现也尚能接受，若尾美子严刑拷打自己，说不定自己也能从她的身上得到一些情报。

当然了，如果自己一直被她控制着，即便得到了情报，无法传递回去也是没用的。

短短时间内，傅官熙的心中已经翻腾了几十上百个念头。

然而就在此时，夜空中突然出现了几十道光亮，而后就是叭叭叭的"枪声"！

所有人都吓了一大跳，看清楚状况之后也是脸色大变。

黑暗之中激射而来的不是枪火，而是焰火！

这些焰火破空而来，射入仓库，落在房顶，也在人群之中炸开，场面顿时混乱了起来。

二哥的朋友来了！

这一刻，傅官熙只觉得热血沸腾，整个脑子嗡嗡作响。原来一面之缘真的能托付生死。

他见过不顾国家存亡、百姓生死的马贼，他见过二鬼子，见过汉奸，见过邪恶阴暗的地主土豪，也见过无数为了革命和抗战牺牲的人。

今天呢？

第八十一章　落入黑牢

关刀、铁棍、长剑、匕首、飞镖，甚至是弹弓。

这些在小说里才会读到的东西，都出现在了傅官熙的面前。

二哥拎着长枪，一马当先，闯入了人群当中，一枪就挑翻了一个敌人，而后一扫，打断了一人的腿。

然而若尾美子这边的人手里有枪，经历了短暂的混乱之后，开始射击了！

不断有人倒下，有人惨叫，有人哀号，但仍旧有人不断冲上来。

傅官熙不清楚二哥跟他们都说了些什么，但他们应该知道自己要面对的是什么。

这些人英勇无畏地冲锋，又不断倒下，傅官熙看得双眼模糊。

"走啊！"

傅官熙朝二哥他们大声哭喊，但他们仿佛入了魔，对身处的凶险视若无睹一般。

若尾美子显然也被他们这股气势给吓住了。

他们虽然手里有枪，但人数却不占优势，加上仓库已经着火，而仓库里可是存放有弹药！

"撤退！撤退！"

若尾美子挟持了傅官熙，而桥本早妃也吓得花容失色，在两名保镖的护卫之下，开始且战且退。

傅官熙没有反抗，因为他知道，眼下的若尾美子已经丧失理智，一旦自己打算逃走，她一定会毫不犹豫地开枪打死他。

二哥带着江湖朋友还要再追，傅官熙不断大声喊着，让他们快走。

然而现场实在太过混乱，直到若尾美子带着他远离了仓库。他不清楚二哥是生是死，更不清楚那些江湖朋友是死是伤。

若尾美子这边倒也罢了，那里毕竟是伪军的地盘，一旦伪军出动，二哥他们会面临更大的危机，能不能逃脱还是问题。

不过眼下也顾不了这许多，因为傅官熙自身都难保了。

若尾美子把他关押在了伪军的牢里。

这牢里充斥着一股子恶臭，因为暗无天日，也见不到任何东西。傅官熙只知道地板上黏黏糊糊的，只得站了一夜，即便再累，也没有蹲坐下。

外面隐约能听到鸡鸣，但没有任何光线投射进来，这是完完全全的黑牢。

傅官熙起初还默数着时辰，后来实在太累了，只能靠着墙壁闭目养神。

等再度听到开门声和脚步声时，他已经蹲坐在了墙根。

马灯的光照了进来，傅官熙很不适应，眼睛有些刺痛，忍不住掉眼泪。

他看到了若尾美子和张天佐，但与此同时，他也看清楚了牢房内的场景。

地上黏黏糊糊的是黑泥，估计是鲜血和便溺的混合烂泥，实在是够恶心人。

张天佐让人把傅官熙押到了隔壁的刑房，看来他并不打算顾念旧情。

"傅少，相识一场，我给你个机会，把你知道的全都告诉我，我会向他们求情。"

张天佐彻底成了若尾美子的走狗，显得那么面目可憎。

傅官熙完全可以编造一些谎言，以他的本事，说不定还能蒙混过去。但在这一刻，他看到张天佐的姿态，有种说不出的厌恶。

在他看来，曾经的张天佐拥有着富家公子的恶习，但本心应该不算坏。然而他终究是走到了这一步，跟他家老子一样，彻底成了二鬼子。

与二哥的江湖朋友只是一面之缘，他们跟二哥还是不打不相识，但这些人却能够托付生死。

反观张天佐，有了这样的对比，傅官熙再难说出什么好话来，甚至连编造谎言都不屑去做了。不过傅官熙也不是没有收获，张天佐的逼问很笼统、很含糊，没有半点针对性，这说明什么？

说明他们掌握的情报其实并没有想象之中那么多，甚至根本不知道傅官熙与戴离之间已经闹翻了，更不知道傅官熙现在是许太白这边的人！

傅官熙也听说过伪军和日本人是如何虐杀地下党的，虽然若尾美子和张天佐与他相识，但并不代表他们会放过自己。

或许他们现在不会杀掉自己，但也只是暂时的罢了。他们不会杀他，但可以虐待他，可以严刑拷打。

因为他们在戴离的手里吃了大亏，而且徐济泰被刺杀，这样的损失，必须找补，必须报复，他们甚至比许太白等人还要迫切地想要挖出戴离。

而所有的希望，如今都寄托在了傅官熙的身上，他们又岂会放过这个机会？

"你想知道什么？"傅官熙想要开口，但最终没有问出这句话来。

因为说多错多，想要编造谎言，就要把谎言当成真话去说。他决不能轻易开口，否则若尾美子一定会怀疑。

他在士官学校学过相关的课程，虽然都是拷打居多，但也有介绍遇到了刑讯该如何应对。

在这方面，傅官熙有着足够的策略，但策略跟现实完全是两码事。

他没有开口的意思，张天佐可不会满意，于是让人将傅官熙绑在了老虎凳上，又找来了一把钳子和一把竹签。

"别说兄弟不仗义，两样随你挑，是拔指甲，还是扎签子，你来选。"

傅官熙仍旧没有说话，但你要问他心里怕不怕——

怕！

怕得要死！

十指连心，谁见了这样的刑具不怕？

但或许这就是考验傅官熙的时候了。他绝对不能轻易开口，因为他很清楚，轻易得来的情报，对方是不会相信的。坚持越久，吐出来的情报才越显得真实。

所以想要骗过张天佐和若尾美子，就必须坚持得足够久。至于要坚持多久，傅官熙也不知道，这种事，总归要试过才知道。

张天佐有些失望，啧啧道："傅少这是看不起我啊。这样吧，两种都试一试，看看傅少比较喜欢哪一种。嗯，就这么决定了。"

张天佐准备走上前来，却又被若尾美子挡住了。

她俯下身来，直视着傅官熙问道："官熙君，真的对我无话可说吗？"

傅官熙甚至没有抬头。他能看到若尾美子胸膛起伏，似乎在强行压抑心中的愤怒。

僵持了两分钟，若尾美子终于站了起来："官熙君，这是你逼我的。相信我，折磨的是你，心疼的是我……"

她的假仁假义，更像是在激起张天佐的嫉妒。后者走了过来，用钳子轻轻敲着傅官熙的手指，就好像在挑着西瓜一样。

"该从哪个开始呢？"

"傅少，你说大拇指和小拇指，哪个更疼？"

"算了，一会儿听你叫唤就知道了，哪个叫得大声哪个疼，应该是这么个道理。"

第八十二章　严刑拷打

傅官熙的牙齿已经松动了，牙根都出了血，终于体会到了咬碎钢牙是什么滋味。

他分明在强忍，但最终还是喊出声来，眼泪鼻涕控制不住地流淌，最后甚至哭出声来。

有那么一刻，他甚至在想，自己为什么要坚持，为什么要受这份痛苦？

但他想起了自己的入党申请没有通过，他想起了关通衢，想起了那些为保护他而牺牲的同志们。

他从未想过，会有那么一天，他曾经想不明白的关幼薇等人的信仰，会在自己的身上体会到。在子龙山上，他与其他人一起，听着许太白讲思想政治课。对于不识字的其他人而言，政治学名列前茅的他，更容易听懂课程，也早早明白了那一套理论。

但接受这套理论有个过程，他从不认为自己已经信奉了这个社会制度和理念。他的转变从来不是因为学了课本上那些理论知识，相信关幼薇等人也一样。之所以接受这些，是目睹了无数同志和先辈们前赴后继，用付出和牺牲，践行了这个理论。

而现在，他从质疑者，变成了接近者，而后又成为践行者。他有过动摇，甚至在那些时间里，根本就没有心思考虑这些，他的思绪全部被痛苦填充，无数次想过要妥协、要投降。是同志们的牺牲，那一幕幕悲壮的画面，支撑他坚持了下来。

如果他这么轻易放弃了，会对不起那些同志。与其说是敬佩，不如说是愧疚，甚至有些"攀比"。他不能让这些同志失望，不能让他们的牺牲变得一文不值。

他想过差不多了，应该可以骗过若尾美子和张天佐了，但最终他还是坚持了下来，直到他左手五个指甲全都被拔了下来，他仍旧没有开口。

若尾美子眼睛一眨不眨，就这么盯着傅官熙的眼睛，仿佛在品尝他的痛苦。

而张天佐满身是汗，仿佛受刑的是他，而不是傅官熙。

"傅少，你真是让我刮目相看。不管你信不信，我比你还难受啊……"

他的眼中透着一股说不清道不明的悲伤和愧疚，但傅官熙并没有进一步去思考。

"张天佐，你要是不想做，我就换个人，你回去找你父亲混吃等死好了。"

本以为若尾美子会良心发现，可惜啊，她反倒对张天佐使用激将法，这就更加坚定了傅官熙的想法，这个人是不会轻易受骗的。

张天佐听得这话，咬了咬牙，朝若尾美子拍胸脯道："美子小姐说的什么话，我求之不得呢！"

他转身面对傅官熙，面色凝重："那么，我们换另一只手，这次试试签子吧。"

此时，桥本早妃走了进来，打断了张天佐。

"换个方式吧，拔指甲只有第一片和最后一片。他要真能开口，拔第一片的时候就会开口；他要是不开口，全都拔完了他也不会开口的。"

这番话让傅官熙对桥本早妃有了全新的认识。本以为她与若尾美子一样，只是富家小姐，名媛交际花。不过此时看来，她拥有着极其熟练的审讯技巧和经验，应该是个严刑拷打的"专家"。

张天佐似乎松了一口气，而后朝她请示道："早妃小姐打算怎么做？"

桥本早妃稍稍蹲了下来，朝傅官熙问道："你还记得我们在茶楼分别之时的事情吗？"

傅官熙已经被折磨得身心俱疲，但他头脑仍旧保持着清醒，此时回想起来，便升涌出一阵不安了。

当夜他与桥本早妃离开茶楼之时，一个小女孩突然跑出来，撞在了桥本早妃的身上。

那是茶楼掌柜的女儿，才五六岁的样子，天真可爱，一双水汪汪的大眼睛，简直如同降临人间的小天使。

桥本早妃当时还把小女孩抱了起来，随手解下自己的一条手链，送给了那个小女孩。

傅官熙不敢往更坏的方向去想，他终于抬起头来，盯着桥本早妃，后者却捕捉到了他眼神的变化。

"看来你领会到我的意思了，很好，说明对你有效。"

桥本早妃朝身后的人吩咐了一声，那两名保镖就出去了。桥本早妃又下了指令："找个医生过来，给他的伤口消毒，免得感染了。"

医生很快就到场，给傅官熙的手指消毒包扎，甚至还给他喝了点盐水以补充体液。

也就半个小时左右，两名保镖去而复返，果真把那个小女孩给抱来了。

小女孩如同受惊的兔子，直到看见了桥本早妃，才停止了哭泣。

她似乎记得这个阿姨曾经送了手链给自己，而手链此时就戴在她的手上。

当然了，小女孩心思单纯，并不知道将要发生些什么，出于天性，见到女性会联想到母亲，自然而然会生出安全感来。

桥本早妃把小女孩抱起来，那小女孩似乎还记得傅官熙这个大哥哥。她虽然眼中仍旧残留一些惊慌，但已经不再哭泣了。

桥本早妃没有再跟傅官熙说话，而是朝小女孩说道："你别怕，这两位叔叔太喜欢你了，所以才找你来这里做客。你愿意让两位叔叔陪你一起玩吗？"

她眯着眼睛笑着，充满了母爱，就好像天底下所有的母亲一样。

小女孩开心了起来，任由那两名保镖抱着自己。傅官熙看着那保镖的手放在小女孩身上的位置，他意识到桥本早妃想要做什么了！

"你连最基本的人性都没有了吗？"

傅官熙终于开口了。

"呵呵，开口了？早知如此，就不拔指甲了。

"不过来都来了，总不能让我的人得不到好处。他们是真的喜欢小孩，先让他们一起玩一会儿吧。"

那保镖背着光，也看不到他的面孔。但当他抱着小女孩要走的时候，傅官熙仿佛看到他的身体幻化成一个黑洞，要将小女孩彻底吞噬。

"放过她！"傅官熙几近咆哮。

桥本早妃却不紧不慢："怎么，知道怕了？现在却由不得你了。"

"恶魔！你放了她！放了她！"此时此刻，傅官熙已经顾不上什么计划了。他确实急了，因为他知道，桥本早妃和那些日本人，真的什么禽兽不如的事都做得出来！

桥本早妃却不为所动。眼看着那日本人抱着小女孩，就要消失在视野之中，傅官熙心如刀绞，这简直比拔指甲还要痛苦千倍万倍！

第八十三章　驱虎吞狼

傅官熙是真的着急了。桥本早妃终于还是发了话，那个日本保镖仍旧没有任何表情，只是抱着小女孩，站在了门口处。

"说吧。"

桥本早妃像模像样地拿出一个小本子，像是记者采访一样准备记录。

傅官熙抬手指了指小女孩。桥本早妃皱了皱眉，才吩咐道："送她回去。

"等等，还是让茶楼掌柜自己来领回去吧，省得傅桑不放心。

"这样总可以了吧？"

桥本早妃虽然让步了，但傅官熙并没有开口的意思。一直等到守在外面的茶楼掌柜进来，把自家女儿抱走，傅官熙才开口。

"你想从哪里开始？"

桥本早妃看向了若尾美子。后者走上前来，朝傅官熙说："就从认识戴离开始吧。"

傅官熙叹了一口气，闭上眼睛想了想，也就将事情始末说了出来。

若尾美子的焦点果然是在戴离的身上，可见她一直以为傅官熙是戴离的人，而且她被戴离摆了一道，女人之间的仇怨可比想象之中要更加顽固和深刻。

傅官熙没有提起许太白等人，这就造成了一个微妙的局面，戴离不计代价追捕许太白等地下党，而若尾美子为首的日本间谍，又在掘地三尺地寻找戴离复仇。

也亏得这次过来做生意没有带着关幼薇等人，否则就要引起若尾美子的怀疑了。

当然了，若尾美子对傅家的底细实在太清楚，等傅官熙讲完戴离这一节之后，又开始问傅官熙到底有没有跟地下党合作之类的。

只是她忽略了一个问题，她了解傅家，傅官熙同样了解她，半真半假之下，她没有再怀疑下去。

"所以，是戴离给了你承诺，让你跟我们做生意，以便她掌握我们的情报？"

傅官熙点了点头："她说这桩生意不但能追踪到你，还能追踪到地下党，也能为他们军统所用，是一石三鸟的妙计。"

若尾美子听完之后果然勃然大怒，与桥本早妃商议了一番，而后又来问傅官熙："她现在在哪里？正在执行的又是什么任务？"

傅官熙冷笑一声："你觉得她会告诉我吗？她虽然许诺官位给我，但不过是利用我罢了，你不会真以为她会因为爱上我就把我当成心腹吧？"

若尾美子不置可否，只是酸酸地冷声道："是你天真，竟然以为她真的爱上了你。"

"不，如果她知道我被捕，一定会想方设法来救我的。"

听闻此言，若尾美子也是双眸发亮。而这正是傅官熙想要的效果。

如果能引发他们之间的战斗，可谓驱虎吞狼，看着他们互相争斗、两败俱伤，就可渔翁得利了。

当然了，站在民族角度，傅官熙更希望戴离能取得胜利。虽然军统也不是好东西，但起码是中国人。

"具体去了哪里不知道，往哪个方向去了总该知道吧？"

傅官熙故作心虚："我怎么会知道。"

若尾美子威胁说："不要逼我再把那女孩子抓回来，这次再抓回来可就真的放不回去了！"

傅官熙"败下阵来"："我偶然见到她买了南下的车票。"

"南下？哪里的车票？"

"山东。"

"山东？难道是要找我舅舅的麻烦？"若尾美子虽然只是小声嘀咕，但傅官熙知道，自己的目的已经达到了。

若尾美子是不可能放过这个机会的，戴离连她舅舅都盯上了，已然是不死不休。

有了傅官熙这张牌，若尾美子不可能不以此来大做文章，将傅官熙当成诱饵，甚至用傅官熙来传递假消息，请君入瓮，应该是若尾美子的计划。

她们认为傅官熙已经被逼入绝境，因此目前对傅官熙的招供没有怀疑。

傅官熙得到了喘息之机，若尾美子甚至把傅官熙提出牢房，软禁了起来，不过日常所需都不算亏待。

如此又等了两三天，其间若尾美子也是软硬兼施，但傅官熙的口径都没有变化，前后言语也没有矛盾的地方，反倒总能够相互印证，她也就放心下来了。

傅官熙虽然看起来被动，但很多次都主动套话，而且痕迹稍微有些明显，就是为了让若尾美子反过来套他的话，如此才能让若尾美子感觉自己才是最聪明的人。

自以为聪明的人，才更容易犯错。

又过了两天，二哥又组织了江湖朋友进行了一次营救，虽然冲突很激烈，但并没有成功，好在没人被捕，也没有留下尸体，也算是不幸中的万幸。

但傅官熙免不了担忧起来。

因为二哥一定会把消息送回到许太白那边，一旦他们加入其中，反倒会被若尾美子看出破绽，自己的那一套说辞也就站不住脚了。

傅官熙是阶下之囚，能做的实在是太少了，都是嘴上功夫。他连给二哥示警都做不到。

第八十三章　驱虎吞狼

直到这天下午，一直给他送饭的人换成了一个老妈子，傅官熙在白饭里吃出一张小纸条来，才算是安心下来。

江湖人正面干架或许不太行，毕竟武器装备差距太大。但若是讲到关系网络，江湖人才是最牛的。

比如早年间的走镖，其实并不是看镖师多么能打，而是看镖局与那些地头蛇的交情，这里头就是江湖人的关系网在发挥作用。

三教九流之辈，很容易抱团取暖，而这个老妈子，正是那些江湖人派来给傅官熙送信的。

傅官熙很快就给二哥写了回信，嘱咐他不要让许太白插手。篇幅有限，也没法解释太多，只能简单写几句，让他们不要担心自己。

老妈子将信送出去之后，接下来的几天果然是风平浪静。直到半个月之后，若尾美子终于又找上了傅官熙。

她一身风尘，整个人都有些憔悴，可见这段时间确实没有闲着。

"陪我走走吧。"

若尾美子心事满满，一脸愁容。傅官熙也有些好奇，平素里不配合的他，想了想，还是跟着她走了出去。

出来之后傅官熙就能感受到明显的变化。

因为外头的守备力量并没有想象中那么森严，甚至比前段时间还要弱不少。

难道她已经开始布局了？

在傅官熙看来，若尾美子之所以撤走守卫，就是要露出破绽，让戴离认为有机可乘。

傅官熙其实心里也没底，不知道自己是否值得戴离拼死来救。但有一点可以确定，戴离如果没法找到许太白等人，那么绝对不会放弃自己这个突破口。

第八十四章　乱中逃脱

傅官熙没有太多的话语，有一搭没一搭，对若尾美子也是爱理不理，两人在这处伪军私宅里转了几圈。傅官熙也没有错过良机，将周遭的地形和路线都记了下来。

到了晚上，外头枪声大作。傅官熙也是心情激动，在房间里等了半个小时左右，房门突然被撞开，却是一副陌生面孔。

"你是傅官熙？"

来人约莫四十多岁，穿着一身旗袍，看起来像华灯初上时要出去打牌的上海大娘子。

"是。"

"跟我走！"

"你是谁？我为什么要跟你走？"傅官熙没有移步，但却下意识去摸桌上的镇纸。

旗袍女人突然抽出手枪："别乱动！你根本没得选，跟我走！"

傅官熙只好放下镇纸，跟着她走了出去。到了外头，守卫已经倒在了走廊上，鲜血遍地，着实骇人。

私宅里在枪战，旗袍女人却仿佛家鼠一般，带着傅官熙七拐八绕，竟真的出了私宅！

后巷就有车子在接应，眼看着离车越来越近，一群人从黑暗中冲了出来，手里全是刀剑短斧。

"是二哥的人！"

傅官熙正要喊话，旗袍女人的枪口已经顶住了他的后腰："老实点！"

傅官熙扭过头去，见得这女人也是一脸忧色，估摸着她也没想到会功亏一篑。

后面无路可退，前路又被堵住，她只能把傅官熙押着，两人暂时躲在巷子边的酸菜瓮后。

"戴离呢？"

"别废话！"旗袍女人并不想多说。

但傅官熙可不会放过这个机会：

"不会是被日本人打死了吧？"

"你闭嘴！要不是为了你这废物，我们的人也不会中计。看着同胞被日本人打死，你就这么得意？"

傅官熙"不识好歹"地反问："你们不也杀自家同胞吗？你们杀地下党的时候，怎么没想过他们也是同胞？"

旗袍女人满目怒火，举起枪托要打，傅官熙却昂头起来。旗袍女人将手枪一转，枪口抵住傅官熙的额头。

"虽然家雀有命令，要把你活着带回去，但只要还有一口气也算活着，你最好安静点！"

旗袍女人显然在思考对策，她需要一个安静的环境。

很明显，只要她敢带着傅官熙冲出去，迎接他们的将是刚才那一大群人。

虽然手里有枪，但她只有一个人，而对面则是七八个手持利刃的江湖高手，根本就没可能顺利上车，即便上了车，也未必能跑掉。

可总不能一直躲在这里，否则后面的日本人一旦追上来，她也是必死无疑。

傅官熙心里也在计较。虽然她话不多，但从刚刚那几句气话来看，戴离这边损失惨重，否则她也不会气急败坏。

"现在不冲出去的话可就没机会了哦！"

"你闭嘴！"

"要是我的话，就冲出去抢车，成功机率还是很大的。"

"闭嘴！"

傅官熙的额头挨了一枪托，眉角裂开，鲜血流了下来，可见后者真的已经心神大乱了。

"这可不仅仅只是你的命，我也是小命不保。在这里蹲得越久，生机越是渺茫。你这么犹豫不决，怎么当得了特务？

"不过也是，这一身衣裳穿得这么合适，估计你也就是打牌陪酒的命，打枪干架这种事，还是算了。"

傅官熙不断火上浇油，旗袍女人越发急躁起来，一把拎起他的后领，竟是将他当成了人肉盾牌。

傅官熙总算是明白过来，这女人对抢车那群人的身份很清楚，也就是说，她知道是二哥的人在营救自己！

对于自己的目标，傅官熙从来都很清楚，他要的就是这女人乱中出错。在傅官熙言语刺激之下，旗袍女人终于挟持了傅官熙，来到了接应的车子前头。

"都别动！不然我会打死他！"

傅官熙放眼一看，果然都是熟面孔。虽然二哥没在其中，但有几个人是一起喝过酒的，傅官熙对他们有印象。

"大家都别动，她真的会打死我，请大家先撤退吧！"

傅官熙此言一出，那些人也是迟疑起来。傅官熙没多说，打开了车门，那旗袍女人却拿枪顶住了他："你想干什么？"

"不逃吗？那就在这里等死好了。"

女人咬了咬牙："你到那边去，我不会开车。"

傅官熙摇头苦笑："我也不会啊。要不咱们再等一等？"

"别耍花样，去开车！"

这女人也是发起狠来，又打了傅官熙一枪托，后者只好钻进了驾驶室。

"各位哥哥，救命之恩，傅某记在心里了，劳烦各位给我二哥报个平安。"

第八十四章 乱中逃脱

傅官熙抱拳道谢。这些江湖人也是抱拳回礼。傅官熙发动了车子，果断往前开。

"走哪边？"到了前面的岔路口，那女人却没有及时指引，傅官熙不得不放慢车速。

"你要是不知道，我可就开回家了。"

旗袍女人一脸焦急："出城！"

傅官熙哑然失笑："出城？你开什么玩笑！城里枪战，伪军一定会关闭城门，现在出城不等于自投罗网吗？

"我是不打紧，到了城门口，伪军盘问起来，我正好有机会脱身。就怕你会惹麻烦。"

那女人握枪的手开始颤抖起来。

傅官熙不清楚她的身份，但可以看出，她这种特务，适合在社交场合活动，但实战却生硬得很。

旗袍女人显然也在思考当中，过得良久，才给傅官熙指了路。

车子很快就开到了城西，仍能够隐约听到枪声，但也算是远离了战场。

车子停在一家铺子前，是个书店，进屋之后满是油墨气味。

屋里黑灯瞎火，旗袍女人点了灯，将窗门都关了，还挂上了黑布帘子，这才算是松了一口气。

"别动！"

傅官熙想在屋里走走看看，后者却警觉起来，而后找来了绳子，想绑住傅官熙。

想绑人当然得两只手，这意味着她会在某个时刻放下手里的枪，这可就是傅官熙的机会了！

这女人虽然出手狠辣，但毕竟是女人，力量上比傅官熙弱很多。傅官熙虽然背过身去，但呼吸变得越来越轻，他在等待时机！

第八十五章　密码界画

人就是这样，遇到危险就想回家，回到家之后就会松懈，松懈后总会露出破绽来。

这旗袍女人同样如此。同伴们给她制造了机会，让她去救傅官熙，这应该是戴离的计划。

旗袍女人没有太多实战经验，并不适合执行这样的计划。虽然傅官熙也不了解计划的具体情况，但依照着戴离的性格，选择她应该是无奈之举，是没有办法的办法。

傅官熙也不知道哪个环节出现了问题，但从这女人慌乱的表现来看，肯定是出了大问题的。

这等节骨眼儿上，如果傅官熙再不行动，可就要错失良机了。

手腕上感受着绳索捆绑的松紧程度，傅官熙终于等到她放下了手里的枪。他也不转身，只稍稍低头，猛然后仰，后脑勺撞在了旗袍女人的鼻子上！

"啊！"

旗袍女人一声惨叫，已经被傅官熙的头撞到。傅官熙挣脱双手的绳索，一把将旗袍女人压制在了地上。

后者如岸上的鱼儿一样挣扎起来。傅官熙手脚并用，将她死死压着。但后者似乎对反抗压制有着很丰富的经验，双腿缠在傅官熙的腰上，用手来掰傅官熙的手指。

咔嚓！

虽然傅官熙已经及时缩手，但左手小拇指还是被旗袍女人掰断了。

疼痛难忍，只是短短一刻，旗袍女人又一脚踹在了傅官熙的裆部。傅官熙疼得几乎快要失去知觉。

那女人也真是心狠手辣，翻身骑在了傅官熙的身上，双手扼住了傅官熙的脖子。

因为疼痛，加上缺氧，傅官熙几乎要昏过去。但他知道，这是唯一的机会，如果不成功，就再没法逃走了。

腰身往上一挺，傅官熙的双脚从她后背绕了过来，夹住了她的脖颈，再用力挺腰，就将她整个人扳得仰面倒下。

傅官熙顺势起身，又骑在了她的身上，一拳打在她的腮下，击中颈动脉。那女人双眸怒睁，而后昏了过去。

傅官熙这才泄了气，整个人疼到痉挛，也不敢让小指回复位置，揉了揉下腹，不敢再逗留，把这女人绑了起来，捡起地上的枪，就要离开这个地方。

车子还停在外头，只要上了车，他就能逃脱了。

但走到门口，傅官熙还是停住了脚步。

旗袍女人几次三番焦躁到不行，想不出落脚的地方，犹豫再三才来到这个地方，可见这里已经是她最后的选择。

当然了，也有一种可能，那就是不到万不得已，不能使用这个安全屋。

这就意味着，这里极有可能是一个对于他们而言非常重要的安全屋。

有如此分量的地方，肯定藏着他们的秘密！

想到这里，傅官熙开了个门缝，观察了一番，外头静悄悄的，也没人追上来，顿时放心了不少。

戴离等人被耽搁在了若尾美子那边，战斗短时间内没办法结束，而他则开车带着旗袍女人来到这个安全屋，所以时间应该是充裕的。

如果这里是他们计划中最后的接应点，戴离等人应该不会很快赶到这里来。

有了这样的推断，傅官熙就打消了立即离开的念头，而是开始搜查这座安全屋。

不过问题也接踵而来。因为这里是书店，想要搜查纸质文件的话，难度简直不要太大。

但傅官熙不是门外汉，他接触的戴离和许太白等人都是特工之中的精英，对他们的工作模式和风格，他有着足够的了解。

那些重要的情报，当然会藏在意想不到的地方。

所以傅官熙很快就略过了表面的摆设，寻找保险箱或者地窖密室之类的地方。

不过让他有些失望的是，搜查了一遍，并没有找到什么暗门。

虽然找到了铁笔和蜡纸等印刷物，也找到了一些宣传单子，可以证明这是他们的据点，但并没有太大的用处。

"会藏在哪里呢……"

傅官熙不得不停下来，冷静地思考。他甚至想叫醒这个女人，对她进行逼问。

但想了想，还是打消了这个念头。

只有神不知鬼不觉地阅览这些情报，才能发挥出情报的真正作用。

沉思良久，傅官熙睁开了眼睛，再度搜查起来。

不过这次他却没有操之过急，而是将自己代入到戴离的角色之中，想象自己如果是她，会把东西藏在哪里。

傅官熙的视线从房间的摆设扫过，而后停留在了一幅画轴之上。

书店里挂了不少工笔画，但这幅却是界画，画里是一处园林，很是宏大，也很复杂，建筑密密麻麻。

所谓界画嘛，算是中国画之中比较特殊的一个门类，因为需要用到界尺来作画，所以称作界画。

讲究的是细致精准，线条繁复得很。

傅官熙将油灯凑近了看，果然让他找到了界画的秘密！

这界画里头竟然藏了密码本！

是的，确确实实藏着密码本，不是将密码本实物镶嵌其中，而是将密码本的内容，全都隐藏在了画作之中。如此高明的手段，造成了灯下黑的效果。

密码本是最重要的东西，却明晃晃地摆在房间里，试问谁又能看得出来？

若非傅官熙与戴离相处很久，对她的个性了如指掌，即便换了许太白这样的精锐特工，只怕也很难找到这个密码本！

傅官熙倒是想将这幅画带走，但瞬间就打消了这个念头。

带走这幅画没有半点意义，因为带走之后，戴离就会更换密码本，这幅画也就失去了作用。

傅官熙找来纸笔，将密码本的内容全都抄录了下来。眼见着时间还宽裕，就边抄边背。

最好的法子当然是记在脑子里，不过傅官熙生怕有所遗漏。再者，如果自己没法回去，还能想方设法把手抄本送回去。

除此之外，他还要时不时关注环境，以免旗袍女人突然醒来，看到他的行动。

眼看着密码本的内容终于要抄完了，外头却突然传来了窸窸窣窣的脚步声！

傅官熙吹灭了油灯，手里握着枪，心里也是急了！

第八十六章　夺路而逃

傅官熙正为自己的收获而激动之时，门外传来了动静，他着实吓了一跳。

在他看来，二哥的人应该不至于追到这里来，最大的可能是戴离脱离了危险，赶到这个安全屋了！

吹灯之后，傅官熙紧握手枪，到了门后。外头突然又安静了下来，估摸着他们发现了屋前的车子，警觉起来了。

屏息凝神，傅官熙也在感知着外头的动静，双方就这么僵持着。约莫几分钟之后，人影闪动，有人上了车，应该是搜查，而后开始包围这间屋子。

只是短暂的停歇，房门突然被撞开，亏得傅官熙退得快，否则要被连带着撞飞出去。

叭叭叭！

外头子弹狂射，傅官熙只能躲在书柜后头，屋里的东西都被打烂了。也亏得旗袍女人躺在地上，否则早就被打死了。

嘭！

一颗手雷毫无征兆地炸开，傅官熙耳朵嗡嗡刺痛。外头亮起了强光，照得整个屋子通亮。

傅官熙总算是看清楚了这些人，他们穿着夹克、戴着帽子。不远处的路灯下，隐约能看到人影，闯进来的却是桥本早妃那两个保镖。

叭叭叭！

傅官熙连开了几枪，闯入的保镖瞬间被打倒，那些想要继续闯进来的人立即停下了脚步。

此时傅官熙却见得地上的女人开始往内屋爬，想来该是让手雷震醒了。

"不想死就别动！"

傅官熙低喝了一声，女人也停止了动作，朝傅官熙道："屋里有机枪，想活就给我松绑！"

傅官熙迟疑之时，那女人又开口道："咱们都是中国人，就算再怎么打，也要先杀日本鬼子再说，不是吗？"

外头的敌人已经开始商讨对策，很快就会进行下一波攻击。他手里就只有手枪，而且子弹已经打了大半，没有支援，只能束手就擒。

情势分析并不难，决定却不好做。因为这个女人同样心狠手辣，保不齐会被她阴一把。

不过两害相权取其轻，傅官熙也没再犹豫，过来给女人解了绑，那女人就往内屋走，来到床边，掀翻了床板，床底竟然真有机枪！

"机枪我拿不动，也用不来，你自己挑。"旗袍女人选了两支手枪。傅官熙也无二话，将两支手枪别在腰上，端起了机枪。

这才刚要走出内屋，外头又开始扫射，把隔墙都打烂了大半，火力着实猛烈。

傅官熙只好朝那女人问道："这屋子有后门吗？"

旗袍女人白了他一眼："独栋小屋，哪儿来的后门？我在侧翼给你掩护，你顶在前面，找机会冲出去，不然都得死！"

虽然把自己当成了炮灰，但也无可厚非，谁让自己端的是机枪。傅官熙也没二话，等枪声稍稍停，便开始反击。

虽是轻机枪，但后坐力也挺大，傅官熙一开始还有些不适应。至于准头之类的就不用去考虑了，反正机枪的主要作用就是火力压制，扫射就完事了。

一梭子子弹打完，傅官熙正在换弹，却不见旗袍女人开枪掩护，扭头看时，也是大惊失色。

因为那女人早已不见了踪影，床边的衣柜已经被打开，里面的衣服散落一地，衣柜后面竟是个暗门！

"大意了啊！安全屋怎么可能没有其他出口！"

傅官熙暗道不妙，一边换弹，一边钻到了衣柜里。穿过暗门之后就是屋后的矮墙，矮墙挨着屋墙，墙皮是纸板伪装的，一捅就破。

因为前门交战激烈，原本守在屋后的敌人都转到前门去了。

那女人已经不知去向。傅官熙倒是想丢掉机枪，省得累赘，但想想敌人的火力，还是留了下来。

这安全屋在城西的居民区，周遭都是贫民的矮房，道路并不规整。因为发生了枪战，居民们都紧闭门户，隐约能听到孩子的哭声，随即被父母捂住了嘴巴，以免招来横祸。

傅官熙跑出去一段，发现了一片菜地，一个身影正穿过菜园子，突然栽倒在地，干脆不起来了，趴在了菜地里。

旗袍女人毕竟不是前线作战人员，衣服鞋子都不方便，菜地又不好走，摔倒也正常。

傅官熙赶了过去，没想到那女人突然开枪，差点把傅官熙当场射死。

"简直愚蠢！"

如果她不开枪，两个人都能悄无声息地逃一段距离。如今枪声一响，敌人就会锁定位置！

傅官熙本想抓住这女人，但枪声响了之后，傅官熙也只能丢下这个女人，溜进了右侧的居民区。

右侧居民区的环境更杂乱一些，已经是贫民窟一样的窝棚区，一头扎进去之后才发现里头很多死巷，堆满了杂物，好几次走到了尽头才发现是别人家的院子。

后头又响起枪声，应该是那女人跟日本人交上火了。

傅官熙可不敢停留，原路返回到岔路口，又往另一个方向逃窜。

虽然日本人未必比他了解此处地形，但架不住他们人多，一旦形成合围之势，傅官熙就成了笼中之鸟，插翅也难飞了。

也不知走到了什么地方，傅官熙有点像无头苍蝇，只能凭借着方向感，尽可能朝着同一个方向走。

到了前面，脚步声凌乱，一队人马突然出现在了前方。傅官熙赶忙躲到了草棚后头去，一脚踩下去黏黏的，也不知道是猪圈还是什么地方，总之是臭不可闻。

前面的人很快就分散开来，他们低声商量着什么，傅官熙也听得不太清楚。只是临近了才看清楚，他们手里不是枪，而是各种杂七杂八的民间武器。

"是二哥的人！"

第八十六章　夺路而逃　　313

傅官熙心头大喜，当即跑了出去，朝那些人喊道："我是傅官熙，我在这里！"

那些人本来已经分散开来，听得这话，又往这边聚拢过来。

"傅四爷，总算是找着你了，快跟我们走！"

夜色太昏暗，傅官熙隐约认得几个熟面孔，也不啰唆，跟着他们在窝棚区游走。

这些江湖人在这块区域简直如鱼得水，没有半点阻碍，几次遇到敌人，都能轻易躲开。傅官熙总算是松了口气。

眼看着前头光亮渐盛，应该是快要走出这区域了，突然又传来轰隆隆的汽车声，七八道汽车灯光往这边照射过来。

敌人的援军也到了！

这些伪军二鬼子荷枪实弹，开着汽车过来，这是要彻底封锁道路了！

第八十七章　再度落难

本以为得了接应，应该能够逃脱生天，岂知敌人的援兵竟然又来了。

江湖人停了下来，似乎在商议路线。傅官熙趁机问了句："我二哥呢？"

为首之人回答说："傅二爷早先在那边仓库受了伤，所以托付我们过来寻四爷。"

"二哥受了伤？"傅官熙心头一紧。因为他知道二哥轻伤不下火线，如果不是伤势影响到了行走，一定会亲自过来找自己，可见他伤势非常严重。

"四爷，咱还是先想想自己的处境吧……"那人也有些急了。

傅官熙沉思了片刻，朝众人道："诸位大哥熟门熟路，若是三五成群怕是走不脱，但各自散开走，该是能逃的……"

那人是个直肠子："若不带你，自是能走；但带着你，扎眼得很，哪里走得了那么利索。"

傅官熙干脆说道："那就不带我，各位大哥请快点走吧！"

"什么？你说什么屁话！我等受二爷所托，就算拼了命，也必是要保你周全！"

傅官熙抱拳道："诸位哥哥大恩，傅某铭记在心。但你们走了，我才能安全，请各位不要耽搁。"

"这又是什么道理？"

"你们各自逃散，会吸引二鬼子的注意。我留在这里，反倒是灯下黑，试问谁会原地不动束手就缚？"

众人恍然大悟，但还是摇头道："四爷，这可不是儿戏，这是生死攸关、马虎不得的事情，若是想岔了，你可就走不脱了。"

傅官熙自是清楚这个道理，他现在只能赌，但并非没有胜算。反倒是跟着他们逃走，危险性更大。

"诸位哥哥放心，我就留在这里，等你们把伪军都引走了，我再寻生路。"

几个人想了想，好歹他们能走脱，并非没有生机，也就不再啰唆，朝众兄弟吩咐说："那咱们就散开撤了，走的时候动静都给老子搞大一些，一定要把二鬼子都引走！"

又转向了傅官熙道："这是四爷你的主意，你自个儿也要小心些。"

傅官熙点了点头，便藏在了巷尾的暗处。这些个江湖朋友纷纷冲了出去，外头果然一阵骚乱。

傅官熙就这么缩着，直到外头渐渐安静下来，他才算是松了一口气。

正要探头出去观望，却见得黑洞洞的枪口，正顶着自己的脑门！

"你倒是狡猾！"

傅官熙抬头一看，不正是那旗袍女人嘛！

第八十七章　再度落难

本以为她跟日本人交火，要么被打死，要么被捕，没想到她竟然活了下来，走脱了不说，竟然还能找到自己。

她或许跟傅官熙一个想法，在二鬼子被引走之前，暂时躲起来。

两人赌对了。

"不想死就老实点跟我走！"旗袍女人四处扫视，傅官熙也老实站了起来，跟着她走出暗巷。二人七拐八拐，还真离开了交战之地。

军统这边的安全屋已经没了，旗袍女人带着他来到了一处歇脚地，是法国人开的酒店。

虽然两人狼狈不堪，但酒店这边似乎见怪不怪了，又或许旗袍女人是这里的常客，总之侍应生没有半点惊诧，便将旗袍女人迎了进去。

旗袍女人将傅官熙的手脚绑了，又用抹布堵住了他的嘴，走进洗浴间，水声哗哗，足足大半个小时才穿着睡袍走了出来，头发湿漉漉的，但精神已经恢复过来。

赤脚走在软绒地毯上，旗袍女人惬意地开了一瓶洋酒，抱着手臂，一饮而尽，喉间发出畅快至极的声音。

"为了你这小王八蛋，差点把老娘给害死了！"

她抬脚就要踢，但似乎想起自己穿的是睡袍，也就收了脚。

她给服务台打了个电话，而后又不知给谁打了个电话。约莫过了十来分钟，就有侍应生送来了蛋糕之类的甜点和牛奶等饮料。

旗袍女人也不理会傅官熙，大口吃着食物，直到睡袍下的小肚子都凸显出来，才停止了进食。

"不想死就老实待着！"旗袍女人留下一句话，就躺到了床上，拉过一条被单来，胡乱盖着，不多时就传来轻轻的鼾声，竟然睡着了！

傅官熙也是欲哭无泪，他的手脚被绑得太结实，此时都已经发麻了。虽然被反绑，无法看到，但他能够想象得到，双手应该已是淤血发黑，如果再这么绑着，怕是双手都要废掉了。

可他嘴里被抹布堵着，无法发声叫喊。这旗袍女人精通绳艺，绑人的技术实在是过硬，傅官熙没半点逃脱的机会。

他只能像蚯蚓一样扭动身子，一点点往床边挪动，借着脑袋和脖颈的力气，靠在了床边，用头发蹭着那女人的脚底板。

旗袍女人突然跳了起来。发现是傅官熙，登时来气，举手要打，想了想还是忍了，把抹布拔了出来。

"手要废了，松个十来分钟再绑吧。"

"废了就废了，老娘差点被你害死，废你一双手又怎么了！"

"戴离的命令如果是杀我，你早就杀了，留我到现在，说明她并不想杀我。你要这么虐待我，她休想从我嘴里得到半点情报，到时候她会怪谁？"

"就你这鬼样子还想威胁我？"

"不是威胁，是提醒。"

旗袍女人沉思了片刻，到底还是跳下床来，绕到傅官熙背后，把他的双手给解开了。

傅官熙倒是想趁机反击，但他的双手已经发麻，没有半点知觉，双脚又仍旧被绑着，根本就没有胜算。

解放了傅官熙的双手之后，旗袍女人也不敢放心去睡觉了，把剩下的甜点和饮料推到了前面来。

"吃吧，大少爷！"

虽然嘴上没好话，但她到底是让了步。傅官熙也没得寸进尺，活动活动双手，气血顺畅之后，就去拿盘子里的叉子。

眼看着要拿到手，旗袍女人突然抬脚将盘子踢飞。

"傅少爷不会这么天真吧？"

她的笑容阴险，充满了嘲讽。傅官熙抬头看时，心里是真的火了！

第八十八章　又落敌手

本以为旗袍女人多少还有点善心，谁知道她不过是想戏耍傅官熙罢了。眼看着到嘴的食物被踢翻，傅官熙心里气极。

虽然双脚仍旧被捆绑着，但双手已经解放，活动了这么一小会儿，气血已经畅通。傅官熙双手用力向后一撑，整个人扑了上去，当即将旗袍女人扑到了床上。

他的双手掐住她的脖颈，后者也是脸色大变，双手乱抓，却哪里敌得过傅官熙！

傅官熙没有杀人之心，他只是想扼晕了她之后好逃走。岂知旗袍女人也留了一手，挣扎着从枕头底下摸出手枪来，抵住了傅官熙。

傅官熙也只好松开了手。旗袍女人一脚将他踢翻在地，照着他的脑门就是一枪托，傅官熙的额头登时流血。

"你个王八蛋是真够狠！"

旗袍女人单手揉了揉脖颈，低声骂了句，而后又将傅官熙的手给绑了起来。

她找来一条皮带，劈头盖脸抽了傅官熙好几下，傅官熙的脸上顿时留下两三条红痕。

正要再打，外头传来敲门声，女人警惕起来。

"谁？"

她丢了皮带，拿起手枪，闪身到了门后。

"是我，开门！"

傅官熙隐约听到声音，也是喜忧参半。房门打开，走进来的果然是戴离！

戴离走进房间来，见傅官熙躺在地上，又看着这房间里一片狼藉，想来也该想象得到发生了些什么。

她扫了旗袍女人一眼，后者也心虚地低下头去。

啪！

五个指印留在了旗袍女人的脸上。

"我的人你也敢打？"

旗袍女人很惊诧，也很委屈。因为在她看来，傅官熙已经投靠地下党，那就是党国的死敌！

戴离却不管这些，蹲下来给傅官熙松了绑。瞥了一眼，那旗袍女人刚刚跟傅官熙打斗一场，衣衫凌乱，大腿都露出来了，此时也尴尬。

"穿好衣服，去门外守着！"

戴离这么一说，后者如蒙大赦，赶忙换了衣服出去了。

戴离走到衣柜旁，取出男士睡袍来，隔空比照了傅官熙的身材，而后点了点头。

"你进去洗个澡，换身衣服，我等你。"

傅官熙了解戴离的性子，她这么淡定，说明外头应该没有危险。但越是这样，就越说明自己越危险了。

横竖已经落入她的手里，傅官熙也没其他法子，进去洗了个澡。出来一看，戴离已经让人重新送来了食物和饮品。

"逃了大半夜，饿了吧？先将就吃一点吧。"

傅官熙没二话，坐下来就吃。戴离则倒了一杯洋酒，在一旁慢慢品着。

"许太白他们还有安全屋？"

傅官熙抬起头来，看了戴离一眼，摇头说："这次来沈阳只有我和二哥，太白他们没来。"

言毕，傅官熙又猛然抬起头来，正好碰上了戴离的目光。

"看来你是真的不知道呢。没错，他们已经到了沈阳，应该是截获了我们的电报，过来救你的。"

傅官熙眉头紧锁，戴离却不紧不慢："你知道他们在沈阳的据点吗？"

傅官熙笑了笑："你放了我，我就告诉你。"

戴离嗤笑一声："你自己都不知道，还怎么告诉我？别跟我耍花样了。"

"既然这么确定我不知情，为什么还留着我？"

戴离前倾身子，眯着眼睛笑道："这不是用你当诱饵，引许太白他们过来，也好一网打尽嘛。

"在上海让你们给逃了，还上了当，去南边找了这么多天，耽误了多少事。这次可不能再让你们逃了。"

"这可是二鬼子的地盘，你们也得缩着脑袋过日子,说设伏就设伏？"

戴离将手中的酒瓶用力一掷，酒瓶砸在了门板上，玻璃碴和金黄的酒液四处溅射。门外的人打开门来，除了旗袍女人之外，还有三五个密探。

"这里是法国领事馆的地盘，二鬼子进不来，就算闹翻天也不会有人找我麻烦。"

傅官熙恍然，紧接着又问道："那你打算怎么引诱许太白他们上门来救我？"

戴离摆了摆手，那些人又退了出去，顺便把门又关了起来。

"我就是太信你了，以往什么都跟你说，结果自找麻烦。这次我就不跟你说了，你呀……"

戴离摸了摸傅官熙的脸，笑着说："你就扮演好你的角色，老老实实待着，别给我再节外生枝。等真把许太白几个一锅端了，我再好好感谢你。"

傅官熙甩开她的手，愠怒道："你为什么不直接杀了我？"

戴离揉了揉自己的手："年轻人火气不要这么大嘛，刚刚那位姐姐没给你消消火？"

傅官熙白了她一眼，后者继续说道："毕竟是你杀了徐济泰，我欠你人情；当初如果没有你帮忙，我也摆脱不了张德山。一码归一码，该谢你的还是得谢谢你。"

"既然想谢我，干脆把我放了不是更好？"

"你过分了啊！"戴离拍了拍手，站了起来，"你就先好好歇息，只要不离开这个房间，没人会找你麻烦。可如果你真不识抬举，我可是真的不顾旧情了哦！"

言毕，戴离果断离开了房间，也不再让旗袍女人进来。门外依稀传来二人的谈话声，傅官熙也听不甚清楚。

虽然得了自由，但傅官熙在房间里搜查了一遍，并没有找到什么可用的东西。没法传递消息，即便想要向许太白他们示警也做不到。

许太白他们在子龙山监听敌台，说不定戴离真的故意放出消息，引诱他们来沈阳，这是有着极大可能的。

从戴离的表现和反应来看，这个事情八九不离十，傅官熙也难免忧心忡忡。

"该怎么办好……"傅官熙躺在床上，思考起对策来。

二哥受了伤，生死不知，许太白他们又被戴离的消息误导，情势不可谓不严峻，偏生傅官熙又成了阶下囚。

虽然眼下得了喘息之机，但早先被折磨了一番，手指甲都被拔了五个，身上更是疼痛难忍，一闭眼就睡了过去。

直到第二天早上，他才被噩梦惊醒了过来。下意识去摸手指，又是一阵钻心的疼。

戴离倒是不急不躁，亲自送来了早餐，还与傅官熙说了一会儿话，免不了提起桥本早妃和若尾美子对他的严刑拷打等，好像在故意折磨傅官熙的精神。

傅官熙倒是想从她嘴里再套出些什么有用信息，但戴离一旦警觉起来，他就再没有任何机会。

第八十八章　又落敌手

第八十九章　谈甚合作

在法国人的酒店里逗留了两天，戴离也不着急，只是守株待兔，就等着许太白等人上钩。

傅官熙心里也很是不安，毕竟目前的他根本就做不了什么。直到这一天，有个侍应生进来送餐，朝傅官熙低声说道："四爷，是二爷让我来的。"

傅官熙心头一紧，抬头一看，那年轻人约莫二十出头，剪了个西式短发，看起来干净利索，眼神清澈，并没有江湖人的圆滑。

他曾怀疑这是戴离的试探，但想了想又不对，如果是戴离的试探，也该谎称是许太白的人，没必要假扮江湖人。

"二爷为什么不自己来？"傅官熙试探了一句。

那年轻人皱眉道："二爷伤势太重，虽然他想来，但兄弟们放心不过，摁着他呢。"

有了这个信息，傅官熙可以确认这个年轻人确实是二哥傅武熙找来的帮手了。

"你回去告诉二爷，不管他打算怎么营救我，现在都不要轻举妄动，把人全都撤走。这边已经在设伏，一旦进来，就中计了！"

侍应生下意识往外头观望，似乎有些想赶紧离开的意思，该是个机灵人。

傅官熙想了想，拉住了他，将他胸袋里的小本子取了出来，找了钢笔，写了一封信，对他叮嘱道："让我二哥尽快把这封信送到许太白的手里！"

侍应生也不敢打开，收了密信就匆匆离开了。

傅官熙也是松了一口气，本想着没有了通信渠道，无法向外头示警，亏得二哥的人到底是有些手段，竟然还能摸进来。

二哥是个聪明人，了解情况之后，相信一定会给许太白送信，他们就不至于中埋伏了。

放下了这心中大石，傅官熙总算能够好好休息一会儿了。

毕竟他被桥本早妃和若尾美子严刑拷打，身心受到了极大的创伤，尤其是失去了指甲的左手，即便已经结痂，每次看到都会引发内心的疼痛。

这种痛苦会影响他的睡眠，有时会令他无法入睡，有时即便入睡也是噩梦连连，抑或被噩梦惊醒，甚至在半夜发出惊叫。

如今倒是好了，有了二哥通风报信，就算戴离一直软禁自己，也不过是拖延时间罢了。

说不定他还能从戴离这里套取情报，甚至想方设法逃脱，也是很有可能的。这里毕竟是法国领事馆的地方，而不是戴离的私家后院，破绽到底是有的，否则江湖人也混不进来。

然而傅官熙刚舒舒服服躺下，房门就被踢开了。

"看来你还是不死心呢……"

戴离走了进来，将密信丢到了傅官熙的身上，身后跟着的可不就是那个侍应生嘛！

亏得傅官熙留了个心眼，并未用明文来写信，而是用的电码，想要破译，必须得有许太白手里的密码本。

不过信的内容就算不破译，戴离应该也能猜到大概的内容，想想也是多此一举，不过好歹能恶心戴离一下。

"若换作是你，会死心吗？"傅官熙反问了一句。戴离一脚踩在了床上，皮鞋就落在傅官熙两腿之间，距离裆部就只有那么一拳的距离。

"我已经没有耐心跟你玩这套把戏了，许太白再不来，我只能处决你，逼他们现身！"

傅官熙呵呵笑了起来："你若是放出消息，许太白固然能收到，但若尾美子同样能收到。以桥本早妃的能力，你觉得法国人的地盘她能进不来？"

戴离面色冰冷："你了解我，我想做的事情，还没有不敢做的！"

她从侍应生的身上夺过纸笔，又写了封信，丢到了那侍应生的身上，冷声道："送回去吧！"

听得此言，傅官熙也是双眸微眯，心头发紧。

他到底还是中了戴离的话术！

她确实没法破译信的内容，但刚才一番对谈，她心里已经有了把握。

侍应生确实是二哥的江湖朋友，但到底也只是朋友，做不到生死相托，要命的是让戴离给抓了个现行。

如今戴离要将计就计，自己写了信送过去，只怕内容却是要好生斟酌的了！

戴离这个女人心机实在深，她未必会用傅官熙的口吻来求救，甚至这封信与傅官熙写的相差不多，应该是在劝傅武熙和许太白不要来救他，但对于戴离设伏的情报，一定会模棱两可！

傅武熙拼着重伤也要搭救弟弟，许太白等人不惜从子龙山来沈阳，所有的一切，都是为了傅官熙。

如果他们确认了傅官熙就被软禁在这里，又岂会无动于衷？可一旦这样，就真的中计了。

"一定要做得这么绝吗？我实在不明白，国共之间的分歧就这么大？团结协作，一致对外，才真正有利于这个国家，你不会不知道这个道理吧？

"为什么不对若尾美子和桥本早妃动手，一定要盯着许太白他们不放？

"戴离，我真的不明白，真的想不通了。"

或许这是看清了她的真面目之后，傅官熙说过最真诚的话语了。

戴离嘴唇翕动，欲言又止，最终还是摇了摇头："屁股决定脑袋。

你已经决意加入他们,只会站在他们的立场和角度来看待问题,我说再多也是无用。"

傅官熙道:"我也不用你嘴上说些什么,我只是想让你尝试一下,与他们合作一次,杀掉若尾美子和桥本早妃,说不定你会改变主意的。

"或者,你不想跟他们合作也行,就当跟我合作,总归要尝试一下,不是吗?"

戴离哈哈大笑了起来,最后甚至捂着肚子,眼泪都快笑出来了。

"你们先出去吧。"

戴离将其他人全都打发了出去,而后坐到了床边来,盯着傅官熙道:"你以为我们是什么角色?我们只不过是棋子罢了。怎么合作是上头的事情,我们只要奉命行事就好。

"再说了,你不过是个阶下囚,就算你是自由身,只怕现在还不算他们的核心成员,你又凭什么跟我合作?

"就算我们可以合作,你会完全信任我吗?"

傅官熙只是稍稍迟疑,戴离已经继续开口道:"所以啊,你不信任我,我也不信任你。最基本的信任都已经不复存在了,又谈什么合作?

"你还是太天真了,或许此役过后,你会更有体会。你就好好看着吧。"

第九十章　逃生无门

戴离是真的失去了耐心,没再跟傅官熙多说什么,径直离开了房间。

傅官熙心里着急,但没有半点用处。到了晚上,戴离也不过来了,甚至于那些送餐的,也都只是酒店的侍应生,连旗袍女人都没有过来看过他。

一直到了凌晨，旗袍女人才过来用铁链和手铐把傅官熙铐在了床架上。

傅官熙意识到今夜极有可能会爆发冲突，也是无心睡眠。到了下半夜，外头果然陆续传来了打斗的声音，虽然没有枪声，但摔摔打打的动静实在太大。

"还是来了……"傅官熙喜忧参半。

喜的是，双方没有爆发枪战，估摸着也是有微妙的默契和共识，都知道即便是在法国领事馆的区域之内，一旦爆发枪战，伪军也一定会介入。

无论戴离还是许太白等人，都不愿意日本人和伪军介入，所以应该是达成了某种共识，只要对方不主动开枪，自己就不会开枪。

虽然戴离的人多，但许太白能得到二哥那些江湖朋友的帮助，只要不是枪战，这些江湖人反倒占了优势。

忧的是，戴离到底是有心算无心，许太白等人落入伏击之中，即便占据些许优势，也不大。

傅官熙倒是想趁机逃脱，但手铐和铁链将他锁在了床架上，他活动幅度没办法太大。

傅官熙甚至如同猴子一样爬到了床架上，想要绕开手铐，甚至想着折断铁杆床架，但终究没能成功，反倒从床架上摔了下来。

"他们一定会来带我走的，甚至戴离会更紧迫一些。"傅官熙心里如此想着。

但他的希望很快就破灭了。

戴离没有过来，旗袍女人也没有过来，甚至他们的手下也都没有来这个房间。

戴离显然将这次伏击当成了大决战，如果成功了，傅官熙就没有任何价值，可以就地处决了。

而如果她们输了，也没必要再带着傅官熙逃走，因为不会再有这个机会。

意识到这一点之后，傅官熙清楚地看到了自己的处境。

他必须趁着这个机会逃出去，否则一旦许太白等人失败，意味着他也会死在这里。

而他能逃出去的话，起码还能有所助力。更何况双方的目标并不一样。

戴离或许是抱着大决战的心思，你死我活，不死不休，但许太白等人却不是。

许太白他们习惯了游击战和持久战，他们并不认为这就是他们跟戴离的最终决战，他们的目的是把傅官熙救出去。

只要他们看到傅官熙已经逃脱，那么他们就会撤退，自然不会在这里做无谓牺牲。

"必须要逃出去！"傅官熙的心中坚定了这么一个信念。

他一直都在研究这个床架，但此时，他把目光投向了手铐。

这个手铐太过结实，他又没有钥匙，而旗袍女人已经意识到这些风险，房中所有的摆设，以及那些细小坚硬的物件，全都被清理干净，以免傅官熙把手铐给打开。

既然床架动不得，手铐解不了，傅官熙就只能从自己身上想法子了。所谓山不转水转，大抵是这么个意思。

他左手的指甲已经全都被拔掉，虽然已经结痂，但伤口仍旧在痛，而且日夜折磨着他。

承受着这样的疼痛折磨，让傅官熙渐渐适应了这种痛苦，多少也有了心理准备。

咬了咬牙，他抬起右手来，深吸了一口气，开始将左手大拇指往掌心方向硬掰，甚至将整个大拇指，从第一节骨头开始，往里头死命地压！

他的双脚踩住手铐，右手开始抓住左手腕，然后拔萝卜一般，硬生

第九十章　逃生无门

生将左手掌从手铐里拔了出来！

他的大拇指和掌肚的皮肉已经被撕裂，鲜血横流，整个大拇指都要被拔下来了，关节已经脱臼，疼痛到麻木。但他尚且能忍住。

虽然左手就像被硬生生扒了皮一样，但这是他主动选择的结果。没有必死的求生信念，根本就没法做到这一点。

经历了这一场痛苦之后，傅官熙整个后背早已被汗湿透。他深呼吸了几分钟调整状态，总算是缓了过来。

他取了毛巾将左手包扎起来，甚至用皮带勒住了左手臂，为的是止血，同时也是为了转移疼痛。

做完了这一切之后，他环视四周，除了一个镇酒的铝制冰桶，房间内似乎没有什么称手的家伙什了。

但冰桶显然不能拿来当武器。傅官熙将桌子推倒，一脚踩断了桌子腿，右手抄起半截断桌腿就往外走。

然而当他拉门之时，这才发现，房门竟然从外头锁住了！

这锁头可不是酒店安置的，而是铁链条和一个大挂锁，显然是戴离提前安排的。

也难怪没人再来监视他，原来除了把他铐在床架上之外，房门都已经锁死了。

傅官熙尝试了一下，门太过结实，根本没法破门而出，只能将目标又转向了窗口。

窗户倒是没有锁死，因为也无法从外头锁死。这是三楼，楼下就是坚硬的地板砖，若是从三楼跳下去，就算摔不死，也极有可能丧失行动能力。

失去一只手的功能，尚且不是什么大问题；可如果失去了行动能力，傅官熙逃出来也就没有了意义，因为他没法与许太白等人会合。

"要不要跳？"站在窗前，傅官熙开始考虑这个问题，很认真地在考虑。

如果他发出呼救，率先发现他的可能是戴离的人，也有可能是许太白的人。如果是后者，他们还能带走傅官熙；但如果是前者，他就彻底完蛋。

最好的法子莫过于在窗前等待，见着许太白或者二哥的人，给他们信号，吸引了他们的注意力，而后才跳下去，说不定他们还能接住自己，减少损伤。

但时间并不允许。与其如此，根本没必要用一只手掌的代价来逃脱，留在房间里等待救援就好了。

之所以要提前逃走，就是为了与许太白等人提前撤退，避免与戴离的大决战，只有这样才能将伤亡降到最低。

傅官熙放眼观察，发现窗台有个凸出的边沿，如果左手没受伤，可以借助双手的力量，挂在三楼窗台，而后松手，自由落体，落到二楼的窗台边沿。

那时将无法保持平衡，自己会再坠落，但好歹减少了一层的高度，未必会受重伤。

当然了，这些都是傅官熙的估算。而且他的左手已经丧失了功能，想要攀挂在窗台边沿都做不到了。

"到底该怎么办，怎么办？"傅官熙还在飞速寻思着对策。

第九十一章　全身而退

傅官熙站在窗前，外头打斗的动静越来越大，留给他思考的时间已经不多了。

因为有江湖人的加入，许太白这边在近身肉搏方面肯定略占优势，戴离必然会挟持傅官熙以掌控主动，所以他们应该很快就会来房间捉拿傅官熙了。

"跳！"

傅官熙最后还是做出了跳窗的决定。

不过在跳之前，他必须做些准备。不再耽搁，他先将薄被绑在了床架那根铁链上，又将蚊帐接在了被单上。

抓住蚊帐的一头，又在右臂上缠绕了好几圈，傅官熙咬了咬牙，到底是跳了下去。

眼看着他就要着地，蚊帐却被撕裂开来，自身体重几乎要将他的右臂拉到脱臼，但傅官熙到底是安全"着陆"了。

因为是后院，傅官熙还得寻找一条出路。此时前方传来脚步声，傅官熙只能躲到了厨房里。

这才刚进厨房，便见一众厨子和侍应生都蹲在地上，双手抱头，挤作一团，瑟瑟发抖。

见傅官熙左手包扎处有血渗出，浑身被汗浸湿，他们以为是暴徒闯了进来，一个个不禁惊呼出声，胆大一些的则举着菜刀等利器，在前面保护同伴。

傅官熙"嘘"地做了个噤声的手势，压低声音朝他们解释了几句，便蹲在了门后。

傅官熙遭受软禁，侍应生每日给他送餐，有些人认出了傅官熙，知道他也是受害者，顿时也松了一口气。

"我要出去，该怎么走？"傅官熙蹲着挪了过来。其中一名女孩子于心不忍，拿了毛巾过来，给傅官熙重新包扎了左手。

"还是别出去了，酒店应该已经报警，一会儿警察过来了，这些暴徒一个都跑不了的。"

那女孩子虽然脸色煞白，但到底还是比较冷静，看她姿态和神色，想来应该是酒店的高级职员。

"我不能让二鬼子警察抓住，给我指条出路吧。"

二鬼子三个字说出口，便等于变相承认自己是地下党，厨房里的众人一时间神色复杂。

傅官熙知道他们里头肯定有人支持伪军，甚至大部分人都在所谓的"统治区"里生活得很好；也有人只是单纯想要在乱世之中躲避，将法国领事馆的地盘当成"桃花源"。

傅官熙不是没考虑过这种情况，但他相信一定也有人没有忘记国家的苦难，肯定还有人愿意帮助地下党。

如果这样的人连一个都没有，那自己做这么大牺牲，根本就没有任何意义。

果不其然，那女孩子往身后扫了一眼，有人神色慌张，有人羞愧低头，有人双眸放光、情绪激动。

女孩子咬了咬牙，朝傅官熙道："从这里出去右转，有个侧门是用来运送食材的。穿过侧门能见到一个仓库，仓库左边就是后门，出了后门就是巷子了。"

傅官熙知道这意味着什么，一旦有人秋后算账，如果她的同事们向警察告发她帮助地下党，这个女孩子将会遭遇很大的麻烦。但她还是给傅官熙提供了帮助。

"我要到前门去呢？"

"从后门的右边绕过去，那里有个咖啡馆，在咖啡馆的拐角那里能观察到酒店的前门。"

傅官熙点了点头，默默记下路线。正要出去，想了想，又转身回头，朝蹲在地上的那些人说道：

"大家都是同胞，我很感激你们的帮助。希望你们保留最后的良知，不要举报这位小姐，实在瞒不过，就说是我胁迫她的。过几天我还会回来，她要是有什么麻烦，你们就是凶手，我不会放过任何一个人！"

傅官熙一气说完，朝那满目湿润的女孩点头致谢，这才溜出了厨房。转个弯之后，果然见到了侧门，穿过侧门就看到了仓库和后门，一切都如那女孩所说的那样。

出了后门，傅官熙发现巷子里竟然有人打斗，他的现身很快就引起了双方的注意。

"赵大海！"

借着昏黄的路灯，傅官熙很快就认出了个头出众的赵大海。他喊了一声，抄起门边的花盆，砸在了压制赵大海的那人后脑上。

那人昏倒在地，赵大海翻身起来，见到傅官熙也是大喜。傅官熙放眼一看，其他两人则是二哥那边的江湖朋友，早先也见过。

赵大海与傅官熙帮助那两人打倒了敌人，便带着他们来到咖啡馆的拐角，观察着前门。

前门已经被封锁，酒店里头时不时传出打、砸的声音。傅官熙没犹豫，朝赵大海道："大海哥，可以发信号让他们撤退了。"

"撤退？他们不敢开枪，咱们有你二哥的朋友帮忙，正好痛殴他们一顿！"

傅官熙摇头苦笑："戴离下令不让开枪，就是为了最后的决战，想的是将咱们全都生擒活捉。但酒店那边已经撑不住，有人报警了，再不走谁都走不了。"

赵大海听闻此言，也意识到了问题的严重性，当即取了个鸟哨吹了起来。

鸟哨的声音非常尖锐刺耳，穿破了夜空。赵大海吹了几次之后，便朝傅官熙道："咱们先撤。"

横竖留下来也做不了什么，傅官熙也就点点头，跟着赵大海离开了。

他们很快来到了一处木料仓库，二哥傅武熙很快就被扶了出来，兄弟二人重逢，也是一阵唏嘘。

难怪二哥没法去营救他，此时的傅武熙浑身打着绷带，绷带上血迹殷红，伤势尚未恢复。

傅武熙见到自家弟弟同样受伤极重，简单交流了几句，也是心疼得很。

在木料仓库这里等了一会儿，许太白也带着弟兄们回来了。

仓库等处从来都是三教九流聚集之地，各有各的本事。派了人出去遮掩痕迹，安静度过一夜，这才确定没有被跟踪到这个地方。

虽说如此，但这里毕竟不安全。与许太白等人商量了一番之后，众人还是决定先回子龙山，毕竟那里才是大本营。

傅武熙跟着傅官熙来沈阳，是为了做生意，不过生意伙伴换成了桥本早妃，这桩买卖是没法做下去了，留在沈阳也没了意义。

正打算趁着天刚亮出发，外头的人突然进来急报，说是大批伪军已经包围了仓库！

第九十二章　江湖壁垒

伪军为什么能追踪到这里已经不再重要，重要的是如何去应对。

傅武熙有伤在身，傅官熙同样行动不便，尤其是他左手毛巾被拆开之后，伤口触目惊心，即便是再冷酷的江湖汉子，见了也有些不忍。

"二爷，咱们一众兄弟拼了命也会把你们安全送走，这就动身吧！"

傅武熙一个个踢馆过来，正所谓不打不相识，如今才能与这些江湖人称兄道弟。傅官熙本不觉得这是什么过命交情，但没想到他们能做到这个地步。

傅武熙摇头道："来不及了，你和弟兄们先走吧。这是你们的地盘，你们总有办法脱身，就不要管我们了，你们做得已经够多了。"

那些人一个个神色悲愤："我等空有一身武艺，报国无门，眼下正是我等出力的时候，又岂能做了缩头龟！

"若今日走了，往后就再也抬不起头来了，就算日子安稳，良心也不会安稳。二爷什么都不必多说，今日咱们同生死、共进退！"

许太白等人在一旁看着,也是满目感动。

"二鬼子火力猛,咱们武器上吃亏,不能硬拼。咱们得想个法子突围出去,到了外头,大家都散了,能逃几个是几个。"

许太白就怕这些江湖人太过莽撞,到时候难免会出现不必要的伤亡。

明知道武器装备吃亏,还要硬拼,这不是有骨气,而是没脑子。

虽然有些憋屈,但江湖人也明白这个道理,不畏牺牲并不代表不珍爱生命。

"木料仓库是咱们的行会所在,往后无论如何都洗不干净,被二鬼子盯上也就再没法做生意了。我看一不做二不休,烧!"

这些个江湖人也是果断,只有烧起大火来,他们才能趁乱逃脱。

"这可是你们的生计……"许太白有些不忍,这么大一个仓库,真要烧起来,损失实在太大。

但这些江湖人却很是洒脱:"咱们行走江湖,走到哪里都不愁一口吃的。国难当头,这点浮财又算得了什么!"

他们心意已决,许太白也没二话,想了想,又朝赵大海他们叮嘱了几句,几个人想了想,将自家的武器装备都取了出来。

"你们谁会用枪可以来领武器,虽然不多,但好歹能周旋一下。不过武器不能落到敌人的手里。"

这些人都是老江湖,见得枪械,都玩味地笑了起来。

"知道我们为什么对二爷这么服气吗?

"这年代,正如很多人说的,功夫再高也怕菜刀,但二爷仍是硬生生凭着一杆长枪名震南北。这就是咱们练家子最后的颜面。"

话已至此,除了心生敬意,许太白也再没多说什么。江湖人拎起自家武器,反倒是让傅官熙等人大开眼界。

常听说十八般兵器,演义小说里倒是见过,现实生活中却少见。

此时的他们很像开台唱戏,但众人没有因此而生出半点笑话之心,反倒涌起满满的敬佩和一丝丝悲凉。

这群人仿佛是冷兵器时代最后的战士，在枪炮之中，他们的武器显得那么落后和沉重。但他们身上散发出来的悲壮，却又让人热血沸腾。

"兄弟们，动起来！"

一群人没有激情澎湃的动员，只是简单的一个指令，就全都开始活动起来，泼了油便四处放火。

傅武熙背着自己的大枪，在燃起大火的仓库前，与这些江湖人抱拳行礼，人人眼中都有光。

"放下武器！"

外头的伪军已经冲了进来，见得大火肆虐，有些惊慌。火光中人影闪动，他们也不敢贸然进攻，只是在外围喊叫威慑。

"山高水长，后会有期！"

"后会有期！"

诸人眼泛泪光，做了诀别，便分散开来，各自寻找生路。

许太白和赵大海等四五个同志，保护着傅官熙兄弟俩往仓库南面走。刚走了十来步，就被前面一队伪军给拦住了去路。

伪军这次准备得极其充分，想来是在酒店那里得到了精准的情报，抑或戴离终于坐不住，把情报分享给了若尾美子。

叭叭叭！

枪声乍起，刺破夜空，枪口喷吐烈焰，即便在火光之中也极为明显。

火线封锁，他们再没法往前一步，只能缩回仓库旁边的木屋。但火势蔓延，迟早要烧到这边来。

"我和大海同志吸引火力。借着掩护，你们往左侧冲出去，千万不要停下！"

左侧是个斜坡，从斜坡滚下去就能进入一片小松林，穿过松林就能到达乡道，乡道两旁又是林子，只要进了林子，逃生的机会就大多了。

然而傅官熙也同样很清楚，许太白和赵大海留下来的话，极有可能弹尽粮绝，最后没法逃走。

第九十二章　江湖壁垒

"太白哥,要走一起走!咱们都走到这一步了,不能每次都这样!"

傅官熙左手已经包扎,用吊带挂着,右手没事,此时紧握手枪,并不愿意走。

许太白也想跟他讲道理,也想提醒他,他的东岛语对整个事业是多么的重要。

可话到嘴边,迎上傅官熙的眼神,他到底是说不出来。因为他知道,自己不走,傅官熙这次是无论如何都不会走了。

"好!那就一起走!"

话音刚落,几道火光划破夜空,冲向了那群伪军,后者赶忙开火反击。

子弹飞射如雨,半空中炸开火焰,竟然是几个燃烧瓶!

这些燃烧瓶除了其中一个被乱枪扫中,其他的都落在了伪军封锁线当中。

轰轰轰!

燃烧瓶带起了大火,不少伪军被烈焰吞噬,很快就传来了哭天喊地的惨叫。

"走!"

一群人从他们的身后冲了出来,赫然是去而复返的江湖人!

他们手里虽然是冷兵器,但他们的心,却比此处的大火还要炽热!

"二爷,走啊!"

他们的脸被火光映照着,如烧红的钢铁。他们拖着沉重的冷兵器,闯入了封锁线之中。

枪声、喊杀声、惨叫声,封锁线后面已经成了人间地狱。

许太白等人也被震住了,然而一道人影已经冲了过去。

"二哥!"

大火熊熊燃烧,傅武熙就好像江湖人最后的脊梁,拖着那杆长枪,如同穿越了时空长河的猛将,杀向了那些伪军!

第九十三章　封锁反击

"二哥！"

傅官熙不是冲动之人，他也知道二哥同样不是冲动之人。但在这样的情势之下，一切理性都被热血烧光了。

诚如傅官熙先前说的那样，谁的命不是命？

傅官熙举起手枪便跟了上去。二哥已经越过了封锁线，在封锁线的后区，开始了殊死的搏斗。

这些二鬼子可不管误伤友军这种事，反正同伴被烧的被烧、被打的被打，他们也乱了阵脚，此时都在疯狂开枪，不管打的是同伴还是敌人。

傅武熙一下子就被火光和枪声吞没了，傅官熙与许太白等人冲出，叭叭叭放倒了几个敌人。

场面实在太过混乱，赵大海拉住了许太白和傅官熙等人，朝他们大声喝道：

"别进去，在外头放冷枪！"

这是明智之举。一旦进去之后，就会投鼠忌器，与其如此，不如在外围放枪，算是精准打击。

他们的枪法都不错，那些二鬼子在经历了混乱之后，开始往后逃窜，毕竟逃生是人类的本能。

但他们只要脱离混战，就会被赵大海等人狙杀。没想到这么一番冲击，竟是将封锁线给夺了下来！

"把弹药箱全都拖出来！"

火势开始蔓延，加上封锁线里被燃烧瓶点燃，很容易引爆那些弹药箱。夺取了封锁线之后，赵大海当即下达了指令。

虽然出现了伤亡，但江湖人大部分都活了下来，看到傅武熙最后关头与他们同生共死，这群人就再没有什么遗憾的了。

"不管会不会用，都来拿枪！"

赵大海将人手全都组织起来，把封锁线的火都灭掉，开始发放武器，一边发放一边进行简单的教学。

这些江湖人并不是看不上枪械，只是他们对冷兵器的执念太重，但他们对枪械并没有寻常人那种排斥和害怕。

简单地尝试之后，他们很快就掌握了用法。当然了，想让他们成为真正的枪手，这不太可能。但战场之上就是这样，只要学会开枪，往同一个方向持续开枪，就能形成火力压制。

占领这条封锁线，对他们而言实在太重要了。

原本他们还打算逃走，但现在看来，他们完全可以打一仗，把二鬼子们都逼退了，再从容离开！

"是桥本早妃！"傅官熙很快就在仓库那边看到了熟悉的身影，是桥本早妃身边的那两名保镖。

保镖的身边，是桥本早妃和若尾美子。虽然她们都换上了军装，但二鬼子们簇拥在身边保护她们，想认不出来都难。

"趴下，都趴下！"

傅官熙下达了指令，众人都趴了下来，躲在封锁线的沙袋后头。傅官熙朝众人下令道："一会儿我往后面跑，吸引他们的注意，等他们追到近处，就开枪！"

也不给他们任何反驳的机会，傅官熙跳了起来，径直往斜坡的方向跑。

由于封锁线占据有利地理位置，所以这边的视野倒是不错，傅官熙突然跳出来实在是太过突兀，很难不被发现。

"在那边！在那边！快追！"

桥本早妃等人果然察觉到了，瞬间有人开了几枪，打在了傅官熙脚边，泥土四溅，也是惊心动魄。

"打不到。快追上去，别让他逃进树林了！"

他们对周围的地形似乎也做了研究，很快就意识到了傅官熙的逃跑路线，也不再放枪，免得耽搁时间，一股脑儿全都追了上来。

　　傅官熙转身开了几枪，也不瞄准，更不管打没打着，因为这不过是吸引他们过来的表演。

　　果不其然，零星的枪声并不能吓退这些人，反倒让他们更加放心地扑上来。

　　在他们看来，这些江湖人冲击封锁线，完全就是自寻死路。虽然伪军方面也伤亡惨重，但这些手里没枪的人，应该都差不多死绝了。

　　再者说了，他们也不认为幸存的江湖人这么巧就懂得使用枪械，否则他们早就使用了，又何必动用冷兵器？

　　这些人在荷枪实弹的伪军眼中，根本就是笑话罢了。

　　心里没有了这样的顾虑，没有半点防备就冲了过来。

　　可就在此时，赵大海突然一声令下："打！"

　　枪声如暴雨一般，枪口喷吐的烈焰如同一条条火舌，桥本早妃这边的阵型第一时间就被打散了！

　　"中计了！快趴下！寻找掩体！"

　　有人大声下令。但场面实在太乱，有人发自本能地往后跑，没跑几步就被击倒在地，也有人马上趴在了地上，却还是被打成了筛子。

　　伪军保护着若尾美子和桥本早妃，寻找了一个掩体，头都抬不起来，根本没法形成有效的反击。

　　而此时他们身后的火势已经蔓延过来，再不走他们同样走不了了！

　　"强攻，强攻！"

　　虽然强攻会带来巨大的伤亡，但桥本早妃等人显然已经无计可施，那些日本间谍不是前线战士，只能督促伪军往前冲。

　　伪军一个个吓破了胆子，但又不得不硬着头皮当炮灰，结果又被扫倒了一大片，根本就没法靠近封锁线。

　　"投弹！"

这次他们倒是机灵了不少，投了手雷和手榴弹，封锁线这边的火力终于被压制了下去。他们找准机会，果断展开了反击，火力很快就压过了封锁线这边。

"继续打！"

赵大海难得找到这么个畅快反击的机会，仿佛回到了前线一般，听着枪声的节奏，指挥着江湖人进行反击。

他们虽然枪法不行，但执行命令却毫不含糊，也不瞄准，在赵大海的指挥下，他们根本没有冒头，只是高举着枪，或者是伸出枪口。

他们要的不是精准狙杀，而是火力压制。这一招果然有效，二鬼子很快又被压得抬不起头来。

"投弹！"

赵大海一声令下，又翻出弹药箱里的手榴弹，朝那边的掩体投掷了过去。

江湖人搞不清楚手榴弹的使用方法，只能看着赵大海，有样学样。

他们虽然不是战士，但他们的力气很大，投弹对于他们来说根本不是什么难事，找准机会就丢了出去。

"轰轰轰！"

桥本早妃和若尾美子根本没上过战场，早已被吓得花容失色、肝胆俱裂，此时周遭不断发生爆炸，她们哪里还能说出半句话来！

"撤退！撤！"

第九十四章　山雨欲来

都说穷寇莫追，但赵大海却等的就是这个机会。

看着伪军往后逃窜，赵大海一声令下，弟兄们都冒头来打，又留下一地伪军尸体。

因为正面没法突破，后方又是大火，他们只能在大火中寻找出路。烟熏火燎能见度又低，若不是对地形早有研究，根本就走不脱几个人。

眼看着差不多了，赵大海才让弟兄们停止了攻击，盘点了剩余的武器弹药，撤退到了林子里。这一战不能说大获全胜，但也算是酣畅淋漓、大快人心！

江湖人也是第一次感受到了战场的残酷和热血，在林子里稍微整顿了一下，众人恢复了些许精力。

许太白也没有错过这个机会，给他们做了思想政治工作，希望他们能够为国家、为百姓出力。

这些江湖人没有过多犹豫，纷纷表示要跟着傅武熙回子龙山。

子龙山缺人手，这是不争的事实；这些江湖人又无牵无挂的，木料仓库也被烧了，正好去了龙山，双方也算是一拍即合。

这些人虽然政治觉悟不高，但都有着家国情怀。更重要的是，思想政治工作根本不需要许太白或者杨军武来做，因为这些人对傅武熙服气得很。

虽然仍旧丢不掉江湖习气，但有傅武熙带领着他们，这群人迟早会蜕变成合格且出众的无产阶级革命战士。

唯一的遗憾是没能在这场战斗中杀掉若尾美子和桥本早妃，但战果已经非常喜人了。

许太白和赵大海等人都是特别行动科的精英，回子龙山不成问题。但带着傅官熙两兄弟，还有诸多伤员，也免不了力有未逮。

再加上若尾美子和桥本早妃吓破了胆子，伪军损失惨重，如今满城风雨，四处搜查。也亏得木料仓库在城外，否则他们连出城都困难。

饶是如此，想要顺利逃脱，还是需要花费很多工夫。他们没法走大路，只能跟着江湖兄弟们走山野小路，风餐露宿不说，照顾伤员就成了极大的麻烦。

关幼薇留在子龙山监听电台，如今没有医护人员跟随，只能照着土法子来疗伤。荒山野岭虽然也有不少中草药材，但是没法保障洁净度，山泉水清洗伤口，更容易诱发感染。

一路上走走停停，又要顾及伤员，又要躲避追捕，这一路并不轻松。

许太白和傅武熙商量了一下，决定在山里暂避风头，派了江湖兄弟到左近的市镇或者村落里购买疗伤用品等。

虽然容易暴露，但江湖人从来都是谨慎行事，也有着自己的生存法则，与人打交道更是烂熟。

他们本来就是行脚的老手，隐匿踪迹更不用说。虽然耽搁了大半个月，但到底是没有因为伤势而减员。

傅武熙身子骨强悍，很快恢复了过来。傅官熙的手倒是麻烦，因为被手铐刮去了大面积的皮肤，以至于发脓溃烂，惨不忍睹。

江湖兄弟们每天给他用烈酒来清洗，虽然减缓了感染，但又造成了烧伤。最后不得已，还是带着傅官熙下山，请了郎中来看，这才渐渐好转。

耽搁了一段时间，大家都恢复得差不多了，唯独傅官熙的手，仍旧有些保不住的态势。

许太白当机立断，决定继续赶路，到了子龙山大本营，他们才能进一步给傅官熙治疗左手。

风头过去了一些，他们行动起来也不需要再步步为营。有这些江湖兄弟打先锋，即便走的野路，都有贵人相助，顺风顺水。又过了五六天，总算是回到了子龙山。

见到傅官熙这等惨状，关幼薇也是心疼不已。因为傅官熙的手已经严重溃烂，除了清创之外，还得借助盘尼西林之类的药物。

这种西药最是紧缺，为了挽救他的手，只能让人下山，找到了大哥傅文熙，通过傅家的渠道，弄到了药物。

这是非常冒险的一件事，甚至有可能牵累到傅家，这是大家都不愿意看到的。

但傅官熙没能谈成生意，还差点死在桥本早妃的手里，傅家这条生意渠道没法打通，无法再从日本人那边获取武器装备和药物等货物，也没必要像以前那么小心谨慎了。

傅官熙就读士官学校的时候，擅长交际，也经常混迹其中。给他足够的时间，他也能够重新找到供货渠道，但当务之急得先保住小命再说。

关幼薇这些天几乎昼夜不离地照料着傅官熙。因为感染太严重，傅官熙不断高烧，意识模糊，甚至胡言乱语，大家都非常担忧。

但众人也并没有因此而闲着，带回来的武器装备很充足，在傅武熙的带领下，赵大海开始"练兵"。

这些江湖人急需训练，子龙山的人跟他们脾气相近，但都有些争强斗狠的心思，在赵大海的引导之下，形成了良性竞争的氛围，子龙山上热火朝天。

因为傅官熙受伤，所以傅文熙也让傅家偷偷输送物资到山上来。加上杨军武等人又在筹措物资，山上的状况也是越来越好，颇有些兵强马壮的意思了。

然而就在这个时候，许太白监听到了不好的消息。

若尾美子和桥本早妃追捕傅官熙失败，最终还是把目标转移到了傅家来！

照这消息，她们已经开始联络张德山，要对傅家进行大搜查，几乎与抄家无异，为的就是逼迫傅官熙现身。

不幸中的万幸是，若尾美子和桥本早妃只是让张德山提前做好准备，在她们抵达之前，不准张德山轻举妄动，以免打草惊蛇。

许太白没有因为傅官熙养伤而对他有所隐瞒，而是把大家都召集到傅官熙的房间宣布了这个消息，然后大家一起商量对策。

子龙山积蓄力量，本来就是为了武装斗争。如今子龙山得到了扩充和补给，也有了一战之力。如果能够提前发动攻势，夺取警察所，应该是最好的策略。

但在此之前，必须解决傅家的难题。傅家必须先暗中撤离，否则一旦这一仗打输了，他们会被若尾美子屠戮殆尽。

虽然生意渠道没有打通，但傅家除了日本人的军火生意之外，还有其他渠道，傅家必须要保住。

除此之外，还有很多细节需要商议，众人也是集思广益，各抒己见，大家都能感受到了风雨欲来的情势。

傅官熙很感激许太白没对他有所隐瞒，但他不是担忧傅家，而是忌惮戴离！

第九十五章　自我价值

子龙山在监听日本人，戴离同样也在监听日本人。子龙山截获了消息，那么戴离极有可能也已经收到了风声。

傅官熙与戴离的牵扯太深，对她也太过了解，以她的行事风格和心性，不可能放过这样的机会。

这是三方博弈。鹬蚌相争，渔翁得利，谁是蚌，谁是鹬，谁是渔翁，这是个极其关键的问题。

子龙山已经开始紧锣密鼓地筹备和训练，傅家也在傅文熙的主持下，开始不动声色地进行转移和撤离。

这个行动必须低调且隐秘，动静太大的话必然会引起张德山的警觉。所以即便傅家人心惶惶，但众人还是在傅文熙的指挥下，有条不紊地暗中行动。

但留给他们的时间并不充裕，撤离只能选择在晚上进行，仓促之中，难免有些大难临头的惶恐。

傅家带来了消息，母亲希望能够上山与傅官熙见一面，估摸着也是担心以后再也见不着了。

但出于大局考虑，傅官熙还是拒绝了。他甚至不能趁着夜色下山去看一看母亲。

因为他必须安心养伤，只有把自己的伤养好了，才不会成为大家的累赘。

傅武熙和赵大海等人已经开始商议进攻警察所的作战计划，巴可洛夫和杨军武也参与进来。因为傅武熙等本土人提供了鹤梨城详尽的地图和布局，制作了精确的地形沙盘，所以格局上也一目了然。

但战役之中除了地理因素，更多的还是兵力和武器装备，以及作战能力的估算。

傅武熙与张德山基本没有太多接触，唯一的一次接触是他被捕。虽然他当时也留了个心眼儿，但到底没能探查到警察所的兵力信息。

傅官熙倒是用计坑了张德山一回，使他吃了个大亏。但从伤亡规模上也同样没法推断出警察所的真正战力。

作为警察所，他们的首要任务是维持地方治安，也有协防的任务。但毕竟是以维护治安为主，这些人并没有太强的作战能力，人数上也不会太多。

饶是如此，同志们还是严谨地将每一个细节都考虑了进去。

傅官熙此时也提出了一个值得注意的地方，那就是警察所方面私自雇佣的那些密探。那些人虽然都只是闲散人员，但同样不能轻敌。

集思广益，归纳总结，最后还是制订出了初步的作战计划。傅官熙又派人下山去实地探察，将警察所的状况都摸了个一清二楚。

得到了指令的张德山已经开始扩充队伍，增强战力，甚至已经开始从邻近的城镇调集援兵。

众人又极具针对性地对整个计划做出调整，这才定下了最后的突袭时间。

行动的前夜，许太白找到了傅官熙，对他说："官熙，这次行动你就坐镇后方吧，一旦失败，我希望你能带着幼薇和剩余人员尽快撤离。"

傅官熙早知道他会有这样的打算，大家一起商议计划的时候，并没有当场提出，也是在顾及傅官熙的感受。

傅官熙知道自己是个累赘，没办法提供更多的帮助。他的作用不该放在战场上。

"想要夺取警察所，必须有内应，这个人选只有我。因为我进入过警察所，先前跟戴离和张德山打过交道，对于内部情况，我最清楚。"

"照着计划，其实不需要内应，我们也能够拿下来。深夜突袭，出奇制胜，应该没什么难度。"

傅官熙摇了摇头："话虽这么说，但张德山不是笨蛋，他这些天都在扩充兵力，如果正面强攻的话，伤亡损失会比预想要更大。

"我们还需要对付即将到来的伪军，必须最大限度地保存战力，即便再小的伤亡，若有机会避免，都应该避免。武装斗争中周全的计划固然重要，但同志们的人身安全同样不可忽视。

"这不是增加胜利的砝码，而是关系到同志们的安危。任何可能导致同志们受伤甚至牺牲的事情，我们都应该尽量去避免。"

许太白轻叹了一声："哪有战争不流血的，不可能一切都完美地依照你的想法去发展……"

傅官熙仍旧坚持己见："确实如此。但现在有机会让我们去争取更好的结果，为什么不去尝试？

"归根结底，还是你们把我看得太重要了，或者说把我的东岛语看得太重要了。

"有了东岛语，对翻译鬼子密文固然重要，或许也真的能影响战局。但战争就是由一个个战役组成的，就好像在起一座高楼，第一百层之前的九十九层，才是最重要的。第一百层建成之后才最宏伟辉煌，但如果没有下面的九十九层，那只能是空中楼阁，存在于幻梦之中罢了。"

傅官熙也是用心良苦，甚至已经有些苦口婆心。他说了这么多，其实就是想像先前的几次那样，重申自己的立场，告诉他们自己的命并不比别人金贵半分。

许太白寻思着傅官熙的话语,终于还是被说服了。

"那你打算怎么做?"

傅官熙能给出这样的提议,心里早就做好了打算,他对许太白说道:"让我下山去找况景青。况科长是我父亲的第一联络人,由他当内应,应该不成问题。

"而且他能在邮局当科长,又几次三番掩护父亲的行动,说明他有自己的本事。现在已经到了最后关头,他再潜伏着也没什么意义,是时候爆发了。"

"况景青吗?其实他并不算我们组织内部的人,甚至不能称他为同志……"

许太白这么一说,傅官熙也愣住了。

因为作为父亲的第一联络人,傅官熙是非常信任况景青的。虽然在关键时候,况景青并没有给他提供实质性的帮助,但他还是给傅官熙指点了迷津的。

可如今听来,况景青这个人似乎还另有隐情,甚至他的身份都不是傅官熙所想的那样!

他到底是什么身份来历?傅官熙必须搞清楚这一点。因为想要寻求况景青的帮助,让他当内应,就必须向他透露整个作战计划。如果况景青无法信任,还去接触他,必然会提前暴露计划!

第九十六章　过往信念

许太白对况景青的情况并没有想象之中那么了解,只是将知道的都告诉了傅官熙。

况景青是傅淳风的线人,但他最早的时候是中统的人。不过他的政治立场并没有改变他对伪军和日本鬼子的仇恨。

换个说法就是，不管是哪一方的人，只要是抗日，那就是他的同志，他就乐意帮助。

虽然明面上只是邮局的一个科长，但他的能力比想象之中要大。当初戴离之所以选择潜伏在张德山的身边，其实很大一部分原因，就是在监视况景青。

可也正因为他的立场没办法明确，所以很多事情又不能让他参与进来，所以能发挥的作用自然也就有限。

子龙山这次发动武装斗争，是要将警察所取而代之，意味着会影响到整个地区的归属，况景青也会因此而失去他的身份掩护。他会不会帮忙，这就值得去权衡和考虑。

傅官熙沉思了片刻，觉得还是要见一面，才能做出最后的决定。

许太白没有否决这个提议。虽然下山有着一定的风险，但他还是打算亲自护送傅官熙下山。

傅官熙当即拒绝了许太白的帮助。因为许太白面孔太生，下山容易引起注意。

傅武熙是风云人物，又被通缉，自然是没法抛头露面。至于杨军武等人，整个东北地区都在通缉，否则也不会一直躲在子龙山上了。

商量了一下，傅官熙最后还是独自下山了。

因为戴离没有出面辟谣，以致外界一直认为傅官熙已经被秘密枪决，对很多人来说，他都已经是个死人。

他对鹤梨城很熟悉，能够避开诸多警察所耳目，稍稍乔装打扮一番，也就不会被人发现。

饶是如此，傅官熙还是选择了夜晚行动。费了一番周折，到底是找到了况景青这边来。

他并不知道况景青的家庭住址，只能来到邮局附近那家茶楼，让茶楼的人去送信邀请。

至于信的内容，傅官熙也有了前车之鉴，虽然用的是普通电码，但已经足够了。

况景青是邮局的科长，转译电码并不是什么难事。但对于茶楼伙计之类的人，这就是一道天堑。

在茶楼坐了约莫大半个小时，况景青终于还是赴约了。

见到傅官熙的他，似乎并没有太大的意外，仿佛他早已知晓了内情。这也更加证实了许太白对他的大体印象，这个人确实比想象之中更有势力。

傅官熙也不敢直接提起作战计划，只是询问了况景青与父亲傅淳风的一些过往事情。

况景青倒是没有拐弯抹角，开门见山地问道："什么时候动手？"

只是简单的一句话，就已经说明他知道的远比想象中的要多，傅官熙甚至一度怀疑子龙山都有他的眼线。

因为整个作战计划即便在子龙山，也只有核心人员知道，这也就意味着，核心人员里有人给况景青情报了。

想起与核心人员讨论要不要信任况景青这件事，傅官熙就感到非常的不安。

傅武熙、许太白、关幼薇、赵大海、杨军武和巴可洛夫，这几个人谁会是况景青的人？

"我能相信你吗？"傅官熙也不再绕来绕去，直截了当地问起。

况景青却有些不悦："你想信就信，不想信就不信，我又不搞你们山上那一套！"

傅官熙微微点头："我父亲能把你列为第一联络人，说明他是极其信任你的。就冲着这份信任，你就不能给我一个信任你的理由？"

况景青沉默了良久，还是开口说道："你父亲曾经说过，四个儿子里头，你最不像他，但他最喜欢你。知道为什么吗？"

傅官熙只能摇头。况景青却眼眶湿润："因为你最像我。"

第九十六章　过往信念

"像你？什么意思？"傅官熙心中满是诧异。况景青却仿佛陷入了回忆当中。

"我与你父亲的故事太多，三天三夜都说不完。但我想告诉你的是，你现在走的路，我也曾经走过。

"我与你一样，出身富贵，家境甚至比你还要好一些，但同样是庶出。我比你的处境却又差一些，从小到大并没有得到过父亲的疼爱。

"我同样是留洋归国，而且也是士官学校。你没想到吧？说起来我还是你的学长。

"回来之后，我也想着为国军效力。甚至比你更进一步，我是真的成了党国的军人，进入了中统，成了人人敬畏的特务头子。

况景青回忆起往日荣光，抬起头来，眼神熠熠，甚至嘴角挂着些许得意的笑容。

"要不是认识了你父亲，或许现在我已经在重庆，身居高位，谈笑之间就能改变无数人的命运。

"你父亲的政治觉悟其实并不高，至少没有你高。他直到去世前的两年，才正式加入了中国共产党。他后半辈子做的事，都是在帮助共产党，但他私底下跟我说，他只是想为国家、为百姓做些事。

"我跟他说，国民党也可以为国家、为百姓做事，但他却不认同。他觉得只有共产党才能代表无产阶级的利益，国民党从根本上就输给了共产党。"

况景青谈论起这些来，语气之中带着坦然，光明磊落，仿佛他只是个第三者，又像是他全都亲身经历过。

"总之嘛，你说得没错，你父亲，他信我。"

况景青递过一根烟，自己又点了一根，默默抽了几口，往后伸了伸腰，朝傅官熙问道："我不知道这个算不算理由，但就是这么个意思吧。现在你可以决定要不要相信我了。"

傅官熙未曾想到他与父亲会有这样的往事。更重要的是，透过况景青，他看到了父亲走向共产主义的道路。

他从未想过父亲会走上这条路，正如同他原本不相信自己也会走同一条路一样。

这让他对父亲有了全新的了解。他能体会到，父亲向家人隐瞒一切，背负着骂名，内心是多么痛苦。

他更能想到，父亲每次完成任务，心里会多么轻松。为共产主义事业不懈奋斗，这是他人生的价值。

或许直到他牺牲的那一刻，他的信念才算真正铸就成功了吧。

这样的父亲，让傅官熙敬佩又爱戴，他没道理不追随父亲的脚步。这一次警察所的武装斗争，就是他革命之路的真正起点！

第九十七章　最后准备

虽然况景青的立场并不明确，但听完了他与父亲的故事之后，傅官熙还是决定相信他。

原因很简单，这些故事如果不是他今日说出来，只怕将永远埋在地底下，傅官熙是无法得知的。

而这些故事会坚定傅官熙追随父亲的脚步，会使他成为信仰坚定的无产阶级革命战士。

况景青在很清楚这一点的前提之下，仍选择告诉傅官熙，换个说法就是，他其实是在用自己的方式，支持傅官熙走上这条道路。

只是他的为人和脾气就是这样，所以表达得有些委婉，仅此而已。

当傅官熙看清楚了这一点之后，他没理由继续怀疑况景青的动机和企图。

"况叔，就像当初你帮助我父亲那样来帮我一把吧！"

傅官熙朝况景青伸出手。后者没有与他握手，只是默默将三才碗里的茶一饮而尽，轻轻放下了茶盏。

"你就在这里住着，等我消息。"抹了抹嘴角，况景青便这么离开了。

傅官熙并没有怀疑他的能力，既然他已经答应了，那就安心等待消息。

如此等了两天左右，到了第三天的夜里，况景青终于来了。

"可以给你们的人发消息了。张德山的儿子率先回来了，接风宴就在明天晚上，这就是机会。"

"张天佐回来了？若尾美子和桥本早妃呢？"张天佐的回归，无异于侧面证实了子龙山截获的情报是准确的！

"她们带着伪军和日本特务，要坐火车来。张天佐提前回来是为了做好迎接的准备。机会就只有明天晚上，否则他们的大部队回来之后，就很难下手了。"

傅官熙恍然大悟，没想到况景青把时间节点掐在了这个节骨眼儿上。这固然是个不错的时机，但如果他们没能成功拿下警察所，或者说无法在"闪电战"之中取得胜利，打成持久战的话，等到伪军抵达，他们将会腹背受敌，就再没有翻盘的可能了。

饶是如此，傅官熙也没有太多迟疑，将消息发出了城外，也开始紧张地做战前准备。

在士官学校之时，他也参加过很多次的演习，但演习毕竟只是演习。好在这一段时间的历练，他也积累了不少实战经验，好歹算是经过了生死考验的。

送走了况景青之后，傅官熙还有些紧张，没法入睡，到了凌晨时分，才迷迷糊糊睡下，岂知这一觉就睡到了下午。

因为茶楼在邮局附近，而邮局就在十字街路口，所以当张天佐回来的时候，他还是被吵醒了。

是的，如果只是张天佐一个人低调回来，傅官熙自然不可能被吵醒。

但张天佐这一次却带了七八个人，颇有些招摇过市的意思，更像是"衣锦还乡"，为了炫耀而摆架子。

风风光光，派头十足，他带着七八个人回来，警察所的人还列队去城门口迎接，动静闹得很大，傅官熙自然也就被吵醒了。

这七八个人都穿着军装，荷枪实弹，坐着军车，呼啸而来，闹得满城皆知。张天佐甚至探出车窗，朝两边看热闹的居民挥手致意。

小人得志的张天佐，想来也抱着同样的想法，这次无论如何都要把子龙山彻底铲平，把傅官熙等人全都揪出来，"晒"死在阳光之下。

切莫小看了这几个人，这七八个人就是七八支枪，他们的出现虽然在许太白等人的预想状况之内，但傅官熙必须及时发消息出去，让他们选用预备的应对策略。

待得街上平静了一些，傅官熙也就赶紧来到城门口附近。不过据点的人已经提前把消息发出城外了，傅官熙这才算是安心下来。

回到茶楼之后，况景青已经在房间等着他了。

"看到了？多了七八条枪，你们还有把握吗？"

傅官熙点了点头："山上早就估算过敌人的火力，也考虑过可能会有人提前回来做准备。虽然没想到是张天佐，但在战力方面并没有超过我们的预想。"

"好，那就按照原计划行事吧。"

傅官熙忍不住问了句："况叔叔这边怎么个打算？"

事到如今，况景青也不再隐瞒："我在这里经营多年，人手不少。但他们都有家有业，妻儿老小都放不下，我也不勉强。

"不过他们都是手艺人，有着自己的本事。警察所那边要靠你们，但接风宴的酒楼已经打听到了，酒楼那边就交给我们。

"我们拖住张德山，你们先拿下警察所，能拿下枪械库，就算赢了七八分。"

傅官熙点了点头，但还是有些不放心："张天佐为了面子和排场，肯定会把那七八个二鬼子和日本人都带去酒楼。你们想要拖住他们，会不会有问题？如果人手不够，我可以跟山上联络，给你们增派几个人手……"

况景青摆了摆手："我既然定下了这么个计划，就有过考虑。你不用多管闲事瞎操心，做好各自的工作，整个计划才能奏效。"

虽然况景青说得云淡风轻，但傅官熙能够明显感受到他的压力。

正如他所说的那样，手底下那些人都跟他一样，在这里扎根经营多年，早已融入了市井生活，他们已经没法像孤家寡人那样豁出性命。

做出这样的决定来，必然会付出巨大的代价甚至是牺牲，在这个层面来考虑，况景青所付出的勇气和决心，也是极其不容易的。

况景青似乎不太希望跟傅官熙讨论这些婆婆妈妈的感情，拍了拍大腿，站了起来："那我们就去准备。接风宴晚上八点开始，我们十一点动手。你们可以凌晨时分去警察所，务必要在破晓前夺取枪械库，天大亮之前必须结束战斗。"

将时间定了下来之后，况景青不再逗留，傅官熙也赶忙将作战时间送到了城门口的据点。

早前他已经得到了反馈，子龙山的同志们已经潜伏在了城外，做好了入城的准备。当然了，夺取城门，自然是傅官熙和据点那两位同志的任务。

傅官熙还必须跟这两位同志商量一下如何夺取城门，心里也紧张起来。

因为真正的战斗终于要来了！

第九十八章　夺取城门

在傅官熙看来，只要等接风宴那边动手，动静起来了，把守城门的人一定会往城内支援，人手最少的时候，傅官熙等人就可以去夺取城门，这是最稳妥的计划。

与城门口接头的两位同志商量了一下之后，这个计划也就这么定了下来。

此时刚刚入夜，还有些准备的时间，傅官熙也与两位同志做了交流。

他们不是子龙山上的人，而是傅武熙一直留在城内的耳目，身份一直是隐秘的。

若不是这次要彻底摊牌，他们仍旧还是城镇里的小店铺老板。对于这次的行动，他们不敢说视死如归，但也是下了很大决心。

他们毕竟在城里生活很多年了，也都有妻儿老小，原本也并非山上的同志，而是傅武熙多年的朋友。

正如早先所言，很多思想政治工作，与其让杨军武和许太白来做，反倒不如让傅武熙来做更合适一些。

傅武熙在江湖上的名望，就是一块招牌，虽然充满了旧社会的一些习气，但并不是什么坏事，因为这样能最快最稳固地凝聚人心。

杨军武他们之所以要做思想工作，也就是最早期的统战工作，说到底就是要跟党外人士交朋友，团结一切可以团结的力量。

单纯从这一点出发的话，抛开交朋友的手段和方式，傅武熙在这方面拥有着先天优势。

与两人交流了一番之后，傅官熙心里其实还是挺震惊的。他们并没有经历过太多生死大事，他们做的最出格最危险的事情，也不过是在城里搜集情报，而后悄悄送出城去，交给傅武熙。

可这次他们却要拿起武器，夺取城门。用他们的话来说，这是"造反"。

当然了，这也只是玩笑话，因为这本来就是中国人的地方，伪军无法代表全体中国人的利益和立场，他们是为虎作伥的二鬼子，迟早要被消灭。

第九十八章　夺取城门　355

所谓的"统治区",归根结底也只是统治区,最终会变成解放区,会回归到原来的主人们手里。

今夜,所有的一切,都是为了这个目标。

所有地下工作,都是为了战争服务,为武装斗争服务,是为了在武装斗争中取得胜利。

三人看着表,几乎是读着秒。

傅官熙和另一位同志就留在了城门口附近,盯着城楼上的岗哨。其中一人时不时往返,关注着酒楼那边的动静。

把守城门的人原本并不多,因为鹤梨一直是个挺平静的县城,平日里也没有什么大事发生,当初被"占领"也没有爆发大规模的反抗。

过了晚上十点,傅官熙三人就打起了精神来。他们来到了城根,虽然在民宅里,但还是摸到了房顶,占据高点以便监视。

时间一分一秒过去,眼看着要到十一点,酒楼方向突然就亮了起来!

这亮光比焰火还要刺目,几乎照亮了大半个县城。而后便是巨大的爆炸声,冲击波如巨浪一般冲了过来,掀起一阵热浪!

"这……这动静也太大了吧!"傅官熙也没想到,况景青是不鸣则已一鸣惊人,不动则已一动就满城撼动!

大爆炸吸引了把守城门的那些人,傅官熙甚至连给城外发信号的工作都省了。

城门口的守军第一时间就吹响了哨子,但发现并不管用,就吹起了小号,而后集合起来,往酒楼方向去了。

傅官熙三人仔细观察,发现他们只留下了两处哨塔上的守卫,统共也就四个人。

傅官熙朝其余二人道:"咱们分头行动,两个人去处理那两座哨塔,一个人在底下等着,得手之后就开城门。"

简单商议过后,傅官熙拔出手枪来,便摸上了城楼。

这城楼已经非常老旧,原本就是古城墙改造的,只是在上面增建了两三座哨塔。因为承重能力有限，只能建简单的木塔，无法同时容纳太多人，也没有放机枪之类的重武器。

正因为不是防御型炮楼，只是起监视作用的哨塔，所以傅官熙才更有信心拿下。

摸到城楼上之后，傅官熙绕到了正面来。因为哨塔上的人都在关注着城内酒楼的情况，反倒对城墙上的情况并未关注太多。

傅官熙一直摸到了哨塔底下，本想着先下手为强，但还是决定先观察另一座哨塔的动静。

一旦他先动手，哨兵会警觉，如果另一位同志还没有就位，就会提前暴露，危及那位同志的生命。

稍微这么一等，那边反倒先传来了枪声。傅官熙放眼一看，一名哨兵已经坠落城下，而那位同志正在哨塔里与剩下的哨兵肉搏。

傅官熙没有再犹豫，趁着哨塔里的哨兵探头瞄准对面之时，果断开枪，将那哨兵当场打死！

发现哨塔下方有敌人之后，另一名哨兵也不敢再冒头，躲在哨塔里，隔着哨塔木板的缝隙，叭叭叭放了三枪。

这三枪差点没把傅官熙打死，但同时也暴露了那哨兵的位置。傅官熙朝上方回击了两枪，对方又反击，傅官熙没能登上哨塔。

这边枪声一响，就代表着他们的作战意图已经暴露，拖延下去，酒楼那边的人就会发现是调虎离山之计。

一旦他们全都集合到城门口来，傅官熙三人走不掉不说，城外的同志也没法进来，整个计划就彻底失败了。

傅官熙等待着机会，保持冷静，等到枪声停歇，耳中听见楼上的人正在换弹夹，他知道自己的机会来了。

趁着这个节骨眼儿，傅官熙放了两枪，同时快速爬上了楼梯，刚冒头，一个枪托就打了下来。

可见哨兵被傅官熙开枪干扰，并没能成功换弹，关键时刻，只能用枪托来击打傅官熙。

亏得傅官熙反应够快,偏头躲过,一枪就打中了那哨兵的肩膀,那哨兵只能躲回哨塔,大声求饶道:"别杀我,我投降,我投降!"

傅官熙冲到哨塔上,将哨兵的步枪给夺了过来,又让他将子弹带都丢在了脚下,傅官熙顺势收拢起来。

往左侧一看,那边哨塔也已经结束了战斗。傅官熙发了信号,对面的同志就给城楼下发信号,城门轰隆隆打开了!

只是傅官熙看着不断磕头求饶的哨兵,心里倒是有些为难了,他该如何处置这个哨兵?

第九十九章　兵不血刃

傅官熙还在迟疑该如何处置这名哨兵,后者一直在磕头求饶,他也有些于心不忍。

将哨兵捆绑起来之后,傅官熙将他带了下来。

此时傅武熙等率领着大部队已经进入城内,傅官熙见到另一位同志也将哨塔上那名哨兵给带了下来,虽然没有事先约定,但都很有默契。

许太白知道傅官熙的想法,朝傅官熙道:"先绑着,集中关押,等事情结束之后再处理。"

傅官熙自是没有异议,将两名哨兵五花大绑,又塞住了嘴巴,将他们丢在了哨所里头,并锁了房门。

做完这一切,众人便去往警察所。因为早已探查了路线,大家绕开了酒楼,很快就冲到了警察所。

果真如预想的那样,警察所几乎所有的兵力都集中在了酒楼那边,留守人员知道抵挡不住,果断弃械投降,甚至主动打开了枪械库。

有了枪械库的火力补充,众人总算是松了一口气。留了一部分人守着枪械库，其他人更新了武器装备，便往酒楼方向去了。

况景青到底带了多少人，酒楼那边的战况又是如何，他们并不是太清楚。但无论如何，况景青是必须要救回来的。

甚至一旦去晚了，就怕况景青和他的人根本就撑不住。

只是到了酒楼这边，大家也是傻了眼。

酒楼坍塌了大半，但奇怪的是，酒楼的人全都在救火，似乎并没有出现什么伤亡。倒是张德山父子，竟是死在了酒楼大火里头，他们带来的人也是死伤惨重。

子龙山这边有备而来，又夺取了枪械库，此时兵强马壮。反观对方，张德山父子就这么不明不白地死在了爆炸和大火之中，剩下的也是群龙无首。

虽然不知道况景青是如何谋划的这一切，但可以肯定的是，他和酒楼方面一定早有约定，否则酒楼的人不可能这么整齐，一例伤亡都未曾出现。

傅官熙甚至怀疑整个酒楼都是他的人，而剩下的那些敌人根本就来不及怀疑酒楼方面，因为张德山父子还在火里，他们需要酒楼的人来救火。

子龙山大部队的出现，让他们措手不及，甚至根本就没有抵抗之力。因为他们来赴宴，除了张天佐带来的七八个人为了排场而携带枪支，其他人都是轻装而来。

本以为会是一场苦战硬仗，没想到最艰难的一部分，已经让况景青安排的一场爆炸彻底解决了。

虽然场面上有些残忍，但不得不承认，结局确实很完美。

如果说有什么让人遗憾的，那就是况景青和他的那些人，一个都没有留下来，也不知道是死在了爆炸里，还是提前撤离了。

将战俘全部控制了之后，众人也开始指挥人手扑灭大火，清点里头的伤亡情况。

虽然面目全非，但身上遗留的一些物品，还是让战俘们很快确认了张德山父子的尸首。

一直到天大亮，这次行动总算是暂告一段落，可以说兵不血刃，取得了完胜。

夜里动静实在太大，所以杨军武第一时间将预先印刷好的宣传单等，派了人手，挨家挨户去发放，做思想工作。

警察所变成了临时指挥所，傅武熙接管了城防。为了防止消息走漏，早已关闭城门，在各处设置哨卡，施行短时间的封闭管理，所有人不准出入城区。

老百姓短时间的惶恐自然是有的，有人主动来指挥所"慰问"，但更多的人出于本能，选择关门闭户，不敢上街。

杨军武对此也早有预料，对于老百姓此时的心理和情绪也非常能理解，对派发宣传单的同志们也是千叮万嘱，让他们注意方式方法，千万不能引起民众反感。

又这么忙碌了一天，城里人都知道了傅武熙是"主将"，恐慌的气氛才渐渐缓和下来。

对于他们而言，第一时间跟他们提地下党或者东北抗联，或许他们多少有些疑虑，但只要听说傅武熙的名字，那么一切也就都顺理成章了。

到了翌日早晨，城里的那些富户已经准备好了"犒军"的慰问物资，敲锣打鼓往指挥所这边聚集。

又是封建社会的老一套，杨军武和许太白等人虽然并不排斥，但对于这些慰问物资和钱财一概不收，而是趁机向他们宣传了一番，做了细致的思想工作。

杨军武和许太白召集大家开了几次会，集中讨论了接下来的工作。思想工作自然是要放在首位，但守备工作也不能忽视。

因为张天佐只是探路"先锋"，若尾美子和桥本早妃带领着日本特务和伪军，不知何时就会抵达这里，那时才是真正的硬仗。

只有挡住他们的攻击，才能稳固胜利的果实，这个地方才能成为东北抗联撒下的又一颗火种，才能渐渐燃烧在东北平原的大地之上。

单靠杨军武他们的力量，未必能做到这一点。而且枪械库里的武器装备为数不少，足够装备更多的人，组建规模更大的队伍。

所以在积极备战，加强城防的同时，他们必须号召城内的民众走出家门，拿起武器，加入到他们的队伍当中。

鹤梨城本来就是卧虎藏龙的地方，很多人即便没有军事训练的经历，但也有一定武术功底。这些人就如同那些追随傅武熙来子龙山的江湖人一样，他们只要稍微训练几天，就能够大派用场了。

傅官熙作为本土人，这两天也与关幼薇等人四处走访，做乡亲们的思想工作。

因为早前都在传说傅官熙已经死了，此时才知道，原来傅官熙还活着，只是加入了地下党而已，这些人一时间也是百感交集。

在这样的情况之下，傅官熙不得不现身说法，介绍自己的心路历程，不断展示自己身上的伤疤，尤其是手上的伤疤等。

当他们看到傅官熙那只被拔掉所有指甲的手掌，再听他讲述这种种经历，效果也是显而易见。

只是傅官熙没想到，连续三天，都没有人主动找上门来。

直到这一天，终于有人打破了零的纪录，但来者也是让傅官熙大吃一惊。

第一〇〇章　城狐社鼠

当傅官熙看着周烟炮扭扭捏捏走进指挥所的时候，他也有些错愕。

因为在他的印象中，周烟炮这个儿时死党，是个最怕死的人。

并且周烟炮喜欢赌钱，不太顾家，家里的钱都可以拿出去赌，有几次赌输了差点连老婆都卖了，这样的人根本算不上什么好人。

傅官熙对他的评价连本性不坏这四个字都不敢用，最多只能说他还识得大是大非，对日本鬼子和二鬼子极度痛恨，或许这是最正面的一个评价。

所以当他出现在门口的时候，傅官熙心里失望的成分更多一些。

在他看来，这样的人似乎没有资格进入到革命抗战的队伍之中。但杨军武等人却很欢迎。

对于他们这些常年做思想政治工作的人来说，在宣传对象的选择上，可以用有教无类这个词来形容吧。

"花花……你……你真的活着？！"

周烟炮就算劣迹斑斑，但讲到兄弟义气，却是毫不含糊的，这种人充满了旧社会的一些劣根性，但恰恰又是某些群体的典型代表。

傅官熙把他迎了进来，让他坐下。后者却没敢坐，许是担心会被革命队伍清算。

因为同志们除了既定的工作计划之外，这些天都在清理张德山的残余势力，也有几次杀鸡儆猴的行动。

那些人都是张德山的秘密警察，无论是性情还是背景等，都跟周烟炮有相似之处。

如果不是杨军武等人也在场，只怕周烟炮该是要跪下来，求傅官熙放过他了。

当然了，这也暴露了普通老百姓对革命队伍的一些误解。在他们看来，就像是一朝天子一朝臣，统治区变天了，他们自然是人心惶惶，生怕殃及池鱼，只能战战兢兢活着。

傅官熙与他闲谈了几句，态度温和亲切，就像他刚从日本回来那时候一样。

"大烟炮，这次我可没有钱接济你了。"傅官熙甚至开起了玩笑来。

没想到周烟炮却是当了真，扑通就跪了下来。

"官熙，虽然我游手好闲，也做了一些很不地道的事儿，但我从没有给张德山当过走狗，还请官熙和各位同志老爷明察！"

众人见得这场景，听了这番话，也是哭笑不得，敢情周烟炮把他们当成造反的土匪山大王了。

"官熙，你还是给他讲讲吧，这误会我看也是挺深的了。"许太白有些"幸灾乐祸"。

傅官熙也是摇头苦笑，把周烟炮扶了起来。

这几天他都在做这项工作，也是轻车熟路。不过他并不打算照本宣科，而是像极了唠家常，把自己的经历都告诉了周烟炮，后者也是惊叹连连。

"还记得官熙你说过，要为国民党办事，做个国民党高官来着。没想到啊，最后……"周烟炮是个没什么眼力见儿的人，说话也是直来直去。

要不是把他拉到一旁来，傅官熙都有些尴尬了。

"我也是经历了这么多事，才总算是看清楚了咱们国家未来的发展方向和趋势。咱们到底是要自己当家做主的，命运掌握在咱们的手里。但咱们必须团结起来，团结就是力量。而这股力量，必须有人来引领方向，才能发挥出最大的作用。共产党，就是这个领头羊，是咱们这些迷路人的启明星。"

傅官熙听得多了，也说得多了，难免把杨军武那一套说辞都用上了。但实践证明，这一套说辞反倒更能让老百姓产生一些根本上的认知。

这些都是他们从无数政治思想工作中总结出来的经验，能够在最短的时间之内，精准简洁地阐述观点，获得认同。

果不其然，周烟炮啧啧道："看来官熙你果然也是做了大官，说话都不一样了。"

傅官熙摇头，很认真地说："不是官，是同志，是志同道合的战友。虽然也需要服从命令，但大家都是平等的，都是为了共同的目标去奋斗。"

第一〇〇章　城狐社鼠　363

这样的话语有些生硬，甚至略显做作，但对于市井中的周烟炮这样的人，反倒能够让他们思想认识上发生根本性变化。

周烟炮摇头苦笑说："大道理我也不懂，我今天来其实是想……是想问问，我能不能加入你们？"

傅官熙早有所料，朝周烟炮严肃地说道："刚刚跟你说这么多，就是为了让你知道，我们是干什么的，为什么要这么干，以后要怎么干。你大概都清楚了，确定还要加入我们？"

周烟炮苦涩一笑："我知道自己的斤两，我并不是什么干净的人。但我痛恨鬼子，官熙你是最清楚的，这一点上，咱们算不算同志？"

傅官熙点了点头："算。"

周烟炮鼓起了勇气来："这么说来，咱们是同志，那我就能加入你们，是不是？"

傅官熙也不多言："你想好了？"

周烟炮不好意思地挠了挠头："其实寻思了一天一夜了。我这半辈子算是白活了，接下来的日子，我不想再这么混下去，哪怕是死在战场上，我也不会再皱一皱眉头。官熙，给我个机会！"

说到激动的时候，周烟炮上前来，握住了傅官熙的手，满目激动，甚至隐约有些泪花，颇有些大彻大悟的意思。

傅官熙正要说话，周烟炮又拉着他的手道："你跟我来。"

傅官熙还没回应，就被周烟炮拉到了外头去。杨军武等人见状，也是好奇，纷纷跟了出来。

到了指挥所门外，周烟炮打了个呼哨，巷子里鬼鬼祟祟闪出了十几二十人。这些人说实话看起来有些"獐头鼠目"。

他们都是所谓的城狐社鼠，游手好闲的混子，此时却全被周烟炮召集了起来。

"官熙，我可给他们拍胸脯打过包票，说……说你一定会顾念旧情，收留咱们……"

说到这里，周烟炮又心虚地低下了头。

傅官熙有些难办了。

因为他对周烟炮有不浅的了解，知道他的过往，也知道他的立场。但对于其他人，他没有深入的了解。

这些人都是擅长投机钻营的人，短时间的考察未必就能看出他们的本性。

"这……"傅官熙看向了杨军武和许太白。说到底，专业的事情，到底是要交给专业人士来做。

第一〇一章　炮声隆隆

傅官熙拿不定主意，只能与杨军武、许太白商量。许太白最后还是让杨军武来做决定。

"他们既然有这个心，也不能打消他们的积极性。起码他们能起个示范作用，就留下吧。"

周烟炮听得"领导"这么说，顿时开心起来。杨军武却是话锋一转：

"不过你们的旧思想必须要抛掉。来这里不是当官享福，要做好付出和牺牲的心理准备。

"在此之前，我希望你们能够做一些后勤工作。因为大家都是平等的，不会因为你们先前的风评不好，就推你们到前线去当炮灰。"

杨军武这么一说，这些人也是情绪高昂，一个个都觉得自己来对了地方。

杨军武不愧是做思想工作的，只是短短几句话，将该说的都说清楚了，丑话也说到了前头，又给了足够的关怀，让他们感受到了足够的尊重。

傅官熙在一旁听着，也是佩服不已。

周烟炮等人本来就没有抱太大的希望，听说被收留了，一个个喜出望外，又主动请缨要去游说其他人。但杨军武却摆手拒绝了，只是让他们安心做后勤准备工作，马上派人将他们都安顿了下来。

对于杨军武的心思，傅官熙也看得出一些。

周烟炮等人已经是起了示范的作用，不需要他们去游说谁，只要听说他们都加入了，那其他人就会放下一些顾虑了。

当然了，也有人会因此而产生误解，认为他们不过是乌合之众，会拉低队伍的口碑。但总体来说，这几天都在做思想宣传，总要奇正相合才能出效果。

或许他们现在对傅官熙等人还有些误解，但当他们了解到周烟炮等人的经历后，相信会改变这个想法。

果不其然，到了下午，就有不少人来探口风，第二天一早，很多人都来报名了。

工作进展得还算顺利，傅武熙等人在城防方面也做了不少努力，积极备战，也一直没敢打开城门。

没想到的是，若尾美子和桥本早妃这么快就到了。

这天晚上，正是万籁俱寂之时，一声炮响，彻底打破了夜晚的静谧。

伪军来了，而且还动用了迫击炮！

炮弹轰击在城墙上，破旧的城墙很快就面目全非，同志们不得不跳下城墙，退到了第二道防守线。

伪军甚至没有进城的意思，连靠近了喊话都没有，直接就发动了突袭。可见他们早已打探清楚情况，说不定一直在伺机行动。

也亏得同志们的防守做得好，即便是夜里也足够警觉，第一时间发现了敌情。但敌人只是一味用火力来压制。

他们动用山炮和迫击炮，几乎将整个城门口区域都轰炸了一遍，要不是提早疏散了居民，只怕早已伤及平民了。

为了节省弹药，傅武熙下令不得反击，城里没有射出哪怕一颗子弹，就像被动挨打的沙包一样。

敌人的耐性也非常好，炮轰过后竟然没有发动突袭和强攻，轰了几轮之后，硝烟滚滚，城内燃烧起大火，炮声却停歇了。

傅武熙赶忙指挥人手把防线往前推，后方则组织人手灭火和清理救治等。

这一夜无人入眠，人人心惊胆战。乱世中的百姓就如同风中残烛那般脆弱不堪。

到了第二天，不少人来到指挥所，有的大喊救命，有的求着开放城门，让他们这些平民出城等，场面极度混乱。

当然了，也有很多人终于意识到了最后关头已经到来，主动加入到了队伍当中。

因为杨军武等人早就在宣传单上预测了这个事情的发生，而且绝大部分的人对日本鬼子和伪军的罪恶行径都早有所闻，所以混乱持续的时间并不算太长，很快就平复了下来。他们需要面对自己的内心，做出选择。他们很快得到了确切的答案，城门不可能打开，所有人都做好与城池共存亡的准备。

因为就算打开城门，他们也不可能顺利逃生；就算能逃出去，又能逃到哪里？

日本人和伪军已经占领了东北地区，他们的罪恶之手会不断往南，他们会不断践踏国土，会不断残害同胞，躲根本就不是办法。

当他们意识到这一点之后，自然会团结起来，一致对外。

指挥所这边聚集了大部分的青壮年，甚至很多老年人也都满腔热血地过来听从调遣。

这种众志成城的气氛和精神，很快就弥漫到了城镇的每一个角落，人人都希望通过自己的方式奉献一份力量，哪怕只是做些力所能及的事情。

他们将存粮贡献出来，收集淡水资源，生怕敌人会围城。他们主动提意见和建议，出谋划策，出钱出力，所有能想到的方式方法，几乎都有人在尝试。

看到这里，傅官熙知道，这已经到了最后一步，人心可用，剩下的，就只能看客观存在的差距了。

敌人一上来就是山炮和迫击炮，分明是想先声夺人。他们不紧不慢，对攻下城镇似乎并不着急。他们是在使用心理战术，在征服这个城镇之前，他们想先击溃老百姓的心理防线！

到了中午，敌人又开始了新一轮的炮轰，根本就不按常理出牌。正当所有人紧绷的神经放松下来，傍晚时分敌人再度发动了炮击。

直到目前为止，傅武熙等一众同志，连敌人的规模多大，武器有多少，阵地在哪里，指挥部又在哪里，这些重要的军事情报，都没能掌握哪怕一丁点儿。

傅官熙终于感受到了若尾美子和桥本早妃彻底除掉他们的决心，或许从他们把张天佐提早放回来开始，敌人就已经制订好了这个计划。

又或许他们一直在城外，探查到了所有情报之后，才极具针对性地制订出了这样的策略和战术。

无论如何，从目前来看，他们的战术极其奏效。如果他们只是佯攻而并不强攻，甚至只围不攻，这座城迟早会从内部崩溃。到了那个时候，他们会兵不血刃取得胜利。

傅官熙听着隆隆的炮声，就像死神的丧钟一样。

第一〇二章　尝试突围

伪军果真使用了围而不攻的战术，接连两三天都是只放炮而不强攻。虽然间隔几个小时炮轰一轮，而且动静不算太大，但城门周遭早已稀烂。

鹤梨县是座古城，城墙原本就破败不堪，只是在城墙上构筑了几个哨塔，而木楼哨塔早已被轰塌，城墙也已经被炸毁七七八八，傅武熙只能组织人手，在民宅区用沙袋等构筑防御工事。

到了这个程度，几乎算是正门大开。饶是如此，伪军都没有发动总攻的意思。

伪军就像戏弄着老鼠的猫，一直在折磨着鹤梨城老百姓的内心。

杨军武不断发动人手去做宣传工作，关幼薇和傅官熙也是日夜奔忙，动员百姓，不希望他们出逃。

因为这就是伪军想要的效果，只要百姓出逃，军心士气溃散，他们就能不战而胜。

老百姓都有这方面的担忧，不少人都认为战争是军人的事情，平民是无辜的，既然城池已经成了战场，他们只要撤出去，就能够保得一家老小平安无事。

杨军武和关幼薇等人不得不加大宣传力度。日本鬼子残害平民的事情也不是一件两件，烧杀抢的"三光政策"早已天下皆知。

得益于控制城市之后与民无犯，再加上傅武熙的江湖威望以及傅家的号召力和影响力，整个城镇的百姓还算是团结一心，暂时并没有出现外逃的事件。

但这也只是时间问题，又过了两天，已经开始有人坐不住了。

他们从伪军力量最薄弱的南门溜了出去。起初只是一些小门小户的穷苦人家，到了后来，竟然已经有大户人家开始拖家带口地离开。

他们甚至用钱财来贿赂伪军。至于他们能不能顺利逃脱，城内的人也无从得知。

到了第三天，伪军开始把外逃的富户公开处决，并吊起尸体示众，众人终于明白了他们的用意。

他们不会放过任何一个人，他们要折磨整个城镇的人，无论从身体还是灵魂，都彻底地践踏！

看着城外被吊起的那些尸体，城内的人终于打消了逃走的念头，开始积极加入到守城的行列中来。

傅官熙起初还有些不明白，这等做法虽然有杀鸡儆猴的震慑作用，但无异于将老百姓全都推到了傅武熙这边，变相地使城内的人全都团结了起来。

但反过来想一想，伪军对自己的兵力规模和武器装备都有着绝对的自信，他们要彻底毁灭这个地方，使得其他地方的人再没有勇气掀起武装斗争。

这对于整个大战略而言，价值是极其巨大的。

傅武熙和杨军武他们想要搞武装斗争，想要将东北抗联的胜利战果不断扩大，就必须守住这座城镇，如果失败，势头会被彻底压下来，会影响到整个东北地区的军心士气。

当局部战役的结果影响到整个大的战争局势，他们背负的责任就更大了。

许太白等人每天都清点武器装备，也都发动了城里的工匠，尽可能去制造守城的器械。虽然都是一些土办法，但聊胜于无，大家都希望能够尽可能地提升取胜的概率。

不过更严峻的麻烦到底还是来了。

围困会带来物资缺乏的问题，随着时间的流逝，这个问题会越来越明显。傅家虽然早早撤离了，但家里头的物资还有不少，此时傅官熙起了带头作用，将物资全都捐了出来。

其他富户人家虽然都想明哲保身，但在这个节骨眼儿上，他们都知道已经是生死存亡的时候，也就不再吝啬，物资问题才算是得到了缓解。

"咱们这是坐以待毙，必须主动出击，否则真要被困死了。"

杨军武提出这个想法，几乎在第一时间就得到了大家的认同。主动出击也不是不行，但必须有外部接应或者援助。

"我们必须向东北抗联求援。线路已经全部被切断，只能用电台，这个任务就交给你们了。"

许太白接受了这个任务。事实上这些天他们也都在用电台联络外界，只是伪军在干扰，效果并不是很好。

伪军的干扰车不断绕城而走，扰乱信号传递。这种干扰车并不常见，可见若尾美子和桥本早妃对他们已经恨之入骨，集合了这么多资源，就是要把他们全都埋葬在这里。

许太白和关幼薇等人尝试了很多次，但信号断断续续，根本就没办法发报。

到了夜里，实在没办法，众人商量之后，还是决定派人出去求援。这样虽然很冒险，但也是没办法的办法。

想要出去，只能用反击来进行火力掩护，能不能突围还待两说，但起码要尝试一下。

"只要脱离这个范围，电台就能用。让我返回子龙山。"许太白很清楚目前的形势。

他们不需要派人到东北抗联去求援，只要能脱离干扰车的工作范围，就能够发报，毕竟电波要比脚力或者任何交通工具都快。

赵大海和许太白等人带着电台设备，傅武熙也召集了人手，做了反击战的战前动员。

杨军武发表了激昂的动员讲话，大家备受鼓舞，分发了武器之后，大家立刻开始准备。

当晚的九点钟左右，在敌人又一轮炮轰结束之后，傅武熙发动人手，发起了第一次反击！

然而到了城外，他们果断退了回来。

因为伪军的规模实在太大，武器装备也压制得太厉害，他们根本就是寸步难行，刚冒头就被枪林弹雨给逼了回来。

伪军的子弹仿佛不要钱一样，对着城门方向就是一通胡乱扫射，机枪嗒嗒嗒没完没了，根本就不给任何机会。

这一次尝试没有达到目的，反倒使得士气严重受挫。很多人——准确来说，绝大部分的人都认为，除了投降，没有第二条路可走。

因为双方的实力悬殊，根本就没有一战之力。

子龙山虽然也积攒了不少武器和人手，但警察所的枪械库毕竟只是警用武器装备，而且数量并没有想象中那么多，射程和杀伤力就更不用多说，这些手枪步枪，根本就没办法对抗伪军的机枪和迫击炮。

消息封锁也没有用，因为大家的参与度太高，所以这个消息很快就传了开来，人人自危。

第一〇三章　折中办法

城中军心溃散，士气低迷。虽然不断有人在城中走动，进行战备宣传，但人人如行尸走肉一般，没有半点生气。

杨军武还在做思想宣传工作，尽可能调动大家的积极性，但收效甚微。

因为在实际的差距面前，任何语言都会显得苍白无力，根本没有半点说服力。

"这该如何是好……"杨军武在旁人面前都是侃侃而谈、自信满满，只有在核心成员的面前，才会展露出这种担忧。

大家也陷入了沉思之中，都在想方设法破局。

武器装备方面，伪军完胜，人手兵力同样如此，他们能用的只有军心士气。可经过这一次突围，军心士气丧失了大半。

这根本就是个死局，是不可能胜利的一场战斗。

面对这个讨论结果，大家也不好说接受不接受。无论如何，投降是不可能的，战略性的撤退在考虑的范围之内。

但撤退跟失败没两样，一旦撤退，会被伪军击杀，死伤会更惨重。

要命的是，平民也参与到了行动中来，伪军根本不会放过平民。他们能走，平民却走不了，到时候伪军和日本鬼子真要屠城，这是谁都接受不了的结果。

打又打不赢，退又退不了，大家就像砧板上的鱼，只有任人宰割的份儿了。

外头又开始了炮击，城里的人都有些麻木了。

傅武熙仍旧不断组织人手保持警戒，以免敌人趁机发动总攻。这根弦永远紧绷着，以致大家早已身心俱疲。这也是敌人的战术，而且是极其有效的战术。

他们只动用了几门迫击炮，就彻底牵制住了城内所有人的守备精力，压垮了所有人的神经。

这是备受折磨的事情，因为你不知道他们什么时候就会发动总攻，孤立无援，只能一遍又一遍起来戒备，没法得到片刻的休息。

寻求外援成为当务之急。如果一直找不到外援，便只是这几门迫击炮，就足够击溃所有人的心理防线。

傅官熙不得不重新分析。

虽然伪军占据了绝对优势，但仍旧不紧不慢，仍旧有条不紊，仍旧想用最彻底最稳妥的办法来取胜。

从这个层面来说，也印证了他们早先的猜想：敌人在乎的不是这场战役，而是这场战役为整个战局所带来的巨大影响。

原本是子龙山扬名立万的崛起之战，反倒被敌人利用，成了敌人宣扬武力的工具，这才是真正让人挫败的事情。

傅官熙辗转反侧。他来到了指挥所，杨军武等人还在彻夜商量对策，面对着沙盘和地图，就好像巧妇数着米缸里仅剩的几粒米，想着如何才能填饱一家人的肚子。

"太白哥，我有个想法。"傅官熙只是个人的想法，所以也没有找杨军武，只先跟许太白商量。

许太白是个明白人，如果真的是好法子，傅官熙没必要遮遮掩掩，先找他商量，估摸着也是自己都没把握。

"事到如今，本来就没有万全之策，你不要有什么心理负担，有什么想法尽管提出来。"

得到了许太白的鼓励，傅官熙也就放下了心理负担。

"他们切断了我们的信号，重点监控咱们的频道。但有一个办法我想试一试……"

傅官熙压低声音，在许太白的耳边说了几句，后者也是脸色微变。

过了许久，许太白才面色凝重地点了点头："先试试吧。"

他带着傅官熙来到了设备房，关幼薇正在电台旁尝试着收发电报，只是一直没能成功。

"让我试试吧。"

傅官熙来到了电台前，熟练地进行了调频，很快就得到了信号反馈！

"这……这是什么频道，竟然没有被干扰和封锁？！"关幼薇也有些惊讶。可当她看清楚了频道之后，眉头顿时皱了起来。

是的，傅官熙用的是家雀的频道，也就是戴离的联络频道。虽然只是进行测试，但足以证明，这条频道是没有被干扰和屏蔽的！

在若尾美子等人看来，傅官熙和戴离早已不死不休，国共两党的矛盾也早已激化到一定程度。起初还只是国军的特务刺杀共产党人，后来成了明面上的围剿，双方打得火热，甚至比抗日还要激烈。

"你……你想向戴离求援？"关幼薇有些难以置信。因为无论从哪方面考虑，她都认为戴离不可能会帮助他们。

军统特务虽然数量众多，比他们强大不少，但到底只是特务机构，而不是正规的作战部队。

此时国民党的作战部队，除了散落在全国各地的一些营团，绝大部分兵力都在西南地区，东北地区全都是伪军。而共产党人虽然全国各地都有，但没能建立起可观的规模，只能是地下组织的状态。

这也是为何子龙山的武装斗争有如此巨大的影响力，因为他们是共产党从地下转到地面战斗的标志性队伍。

当然了，东北抗联同样也拥有着大规模的军队，但大多是打游击战，而且根据地并没有多少，子龙山如果能崛起，无疑是一针强心剂。

但从敌人的方面来考虑，他们应该与关幼薇乃至所有人的想法一样，国共合作早已成为历史，不可能再有这样的事情发生。

况且即便戴离能够顾全大局，愿意帮助傅官熙，但他们都是特务，而不是作战部队，根本就没办法帮助他们解围。

但傅官熙从来就没想过戴离会组织部队来给他们解围，他只是希望戴离能够帮助他们传递求救信号罢了。

只要戴离肯帮忙，军统的电台就是中转站，傅官熙可以把情报发给他们，而他们愿意帮忙的话，可以把消息转发给东北抗联等抗日队伍，甚至发全国通报，一定会有人来解救鹤梨！

第一〇四章　个人判断

这确实是个不错的办法，当然了，也只是没有办法的办法。

看起来即便不成功，也没什么损失。但深思过后，大家也就明白了傅官熙的顾虑。

戴离不愿意帮忙，如果只是袖手旁观，那也就罢了，可如果她趁机落井下石，他们这边就会雪上加霜。

把自己的命运——不，把整座城市的命运，押在戴离的身上，并不是明智之举。

而且只要想一想，把所有人的命运赌在军统特务到底是优先抗日还是优先剿共，便只是想，也足够让人难受的了。

傅官熙之所以会考虑这个办法，同样是建立在他对戴离的了解上，这是极其主观的一个判断,所以他才先找许太白商量。

"戴离会果决狠辣地刺杀伪军第三军军长徐济泰,除了清理叛徒这个理由,很大程度上是因为他们同样视伪军为仇敌。

"虽然他们确实在残害共产党人,但他们也从没放过日本人和二鬼子。在对待日本人和二鬼子的态度上,我认为他们跟我们是同一立场。

"如果我们赢了,对他们确实不利,但日本鬼子和伪军赢了,对他们则更加不利,她更无法接受后一种局面。

"这个女人不是一般的特务,她拥有着很强的大局观,虽然手段卑劣、无所不用其极,但在大是大非面前,她跟周烟炮没什么两样……"

傅官熙将戴离和周烟炮相提并论,其实并不太恰当,起码在关幼薇看来,确实是这样。

因为代号"家雀"的戴离,残害了很多共产党人,也刺杀过不少有名的抗日人士,因为她的存在,很多人的抗日成果都化作了泡影。

如果她真的分得清大是大非,很多刺杀行动根本就不会发生。傅官熙的理由,在他们看来多少有点牵强。

傅官熙做出这样的判断,完全是建立在他对戴离的个人见解上,这就变成了把所有人的未来,押在了傅官熙的个人判断之上。

虽然共产党中也有个人领袖,但他们做事从来都是民主协商,这样能够集思广益、取长补短,这是最稳妥的策略。

如果他们让傅官熙做了这件事情,失败了自是"遗臭万年",就算成功了,也不会太光彩。

"我考虑的是鹤梨的无数父老乡亲,考虑的是子龙山的武装斗争对整个东北抗联乃至于全国抗日力量的鼓舞振奋。只要能赢,没有什么光彩不光彩的。"

傅官熙之所以来找许太白,正是因为许太白对他的思想并不排斥,拥有着其他政治指导员所没有的包容。

也正因为这样的包容,才给了傅官熙一个"因材施教"的正确引领，让傅官熙走上了无产阶级革命的道路。

许太白沉思良久，朝傅官熙说："这未尝不是一个办法。但为将者未虑胜先虑败，未虑得先虑失，让我们先来看看，如果戴离不帮忙，会产生什么样的影响和后果吧。"

许太白走到了桌前，拿起纸笔，列出了可能发生的一些情况。

"收到情报之后，戴离肯定也很惊讶，以她的性格，应该会怀疑这其中是不是有诈。"

傅官熙摇头："不会。虽然我不知道外界是什么情况，但可以想象得到。"

"怎么说？"

"就像我们把子龙山这场武装斗争政治化，使之能影响东北地区乃至全国抗日的军心士气一样，若尾美子也想用这场战斗来立威，所以他们会在内部大肆宣传。

"戴离或许没法再监听我们的情报，但她一定不会放过伪军和日本人的情报。也就是说，就算我们不发报，戴离对这里的情况也是有所了解甚至全盘掌握的。"

许太白点了点头。傅官熙继续分析道："所以她不可能认为我们有诈。再者，她知道我们跟他们不一样，我们的首要目标是抗日，而不是像他们剿共那样，专注于窝里反。"

许太白点头表示认可，继续说道："如果她想落井下石，又会发起什么样的行动？"

傅官熙想了很久，才谨慎地分析道："他们不可能潜入到这里来刺杀我们，没有这样的可能。

"他们能做的只会是帮助日本人封锁消息，让东北抗联无法得到我们这里的讯息；抑或发布假消息，吸引东北抗联的注意，然后趁机刺杀咱们的领导人物。"

许太白不置可否，反问道："如果是这样的结果，是我们能承受的吗？或者说，在可能会导致这种结果的情况下，我们还能这么做吗？"

这也正是傅官熙迟疑的地方。

在内心深处，他宁愿相信戴离不会这么做。毕竟无论国共，大家都是中国人，都是同胞，都该一致对外，以抗日为先。但凡还有些良知，在这种情况下，就该抛开分歧，先除掉日本人和二鬼子再说。

傅官熙这是在赌，赌戴离是不是真的无可救药，或者说赌国军是不是真的还有那么一点点人性和良知，在抗日方面，能够与共产党、与全国同胞站在一起，哪怕只有那么一次。

"虽然客观分析的风险很大，但……是的，我还是愿意相信她一回，或者说，我愿意相信国军一回。"

"为什么？"许太白发出了最后的拷问。

傅官熙沉默了很久，终于还是开口了："因为他们也是中国人。"

许太白皱起眉头，摇头道："伪军也是中国人，这些二鬼子对我们的同胞有过同情和良知吗？"

傅官熙不想辩驳，他也没有为国军洗白的意思，但还是从客观的角度解释了一句：

"国军和伪军的立场在根本上就不同。伪军是日本鬼子扶植起来的傀儡政权，而国军还在抗日，只是不跟我们站在一起罢了。

"他们也在抗日，而且也为此付出了巨大的代价，也牺牲了很多人，涌现出了许多可歌可泣的英雄人物和事迹，这一点，应该可以认同吧？"

许太白沉默良久，没有回答这个问题，而是朝傅官熙问道："所以，你全都考虑过了，对吗？"

傅官熙认真地用力点头："我觉得可以尝试，我也想试试。"

许太白深深吸了一口气，看着电台，紧抿着嘴唇。

第一〇五章　枪法可行

许太白沉默良久，还是带着傅官熙找到了杨军武，几个人又集合起来商量了大半夜。

虽然是傅官熙的提议，但这绝不是他能擅自去做的一个决定。

没想到的是，杨军武第一个站出来表达了自己对这个建议的支持。

"这个事情没有什么光彩不光彩的，国民党人同样是我们的统战目标，也同样是我们需要去争取的联盟，甚至在某些时候，国民党人是我们的第一统战目标。

"官熙同志说得没错，他们也是中国人，他们也在抗日，虽然政治目标不同，但在对待日本人的立场和态度上，我们保持着某种一致。我认为可以尝试，我投支持票。"

杨军武一直是政治思想工作的指导员，他的表态也打消了大家的顾虑，大家也都同意了这个计划。

这让傅官熙有些吃惊。因为在他的印象中，他们对待国民党人的态度应该非常坚决才对，毕竟军统特务追捕和刺杀共产党人的行动已经成了常态。

杨军武的表态展现出了共产党人大局为重的宽大胸怀，同时也展现出了他们的统战工作非常明确。

即便国民党对他们做到了这个地步，他们仍旧将之视为同胞，在抗日这方面，仍旧对国民党抱有期许和信心。

傅官熙没有犹豫，与诸人商量好了内容之后，就开始发报给戴离。

得益于戴离对傅官熙曾经的信任，他曾帮助戴离监听敌台，对他们的密码本也了如指掌。

消息发出去之后，傅官熙一直守在电台旁。只是一直到了第二天，仍旧没有得到任何回复。

许太白等人也有些失望，或许心里想着这个计划该是失败了，他们甚至已经开始商量接下来的对策了。

不过傅官熙还是没有放弃。到了早上九点多的时候，戴离方面终于回复了！

许太白等人对回复的情报仍旧抱着怀疑态度，但傅官熙却很肯定这是真的。

密文转译过来很简单，只有三个字：还人情。

这很符合戴离的风格。更重要的是，只有傅官熙和戴离清楚其中的意义所在。

傅官熙曾经帮助戴离躲过了张德山，而且不止一次帮助戴离，甚至刺杀徐济泰也是傅官熙的"功劳"。

戴离曾经说过，她会还人情给傅官熙，所以傅官熙知道，这是戴离的回复。

当然了，傅官熙很清楚戴离的大局观，她是不可能为了个人恩怨或者为了还人情而罔顾大局的。

傅官熙所考虑的东西，戴离也一定会慎重地考虑，无论于公于私，戴离都应该会帮这个忙。

也不知道是戴离与他们之间的情报被截获了，还是因为时机已经成熟，就在今天，就在他们收到情报的同时，城外的伪军和日本鬼子，终于发动了总攻！

敌人的队伍里有鬼子军，也有伪军，他们阵型很分明：伪军顶在前头，日军在后，在炮火的掩护下，朝城门口发动了冲锋。

他们的火力非常密集且强大，压得城内守军抬不起头来，很快就冲破了城门，到了第二道防线的沙袋防御工事前。

赵大海作为前线的总指挥，下达了反击的命令。子龙山的人受过军事训练，身先士卒，也不再节省弹药，顶着猛烈的火力压制，打退了敌人的第一轮的冲锋。

杨军武等人也到了前线来，虽然他让许太白和傅官熙等人留在后方主持大局，但许太白还是毅然决定跟着上阵了，傅官熙也没有退缩的道理。

用他们的话来说，敌人发动总攻之后，已经没有什么前线后方了。

虽然他们主要是做情报工作，对前线作战并不擅长，但城中很多人也不擅长。子龙山的原班人马确实接受了很长时间的军事训练，但从沈阳追随傅武熙回来的那些江湖人，却没有太多训练。

他们不缺实战经验，但那是冷兵器的实战，面对枪林弹雨，他们跟后方的平民一样会心惊胆战。

从敌人发动总攻的第一声炮响开始，许太白傅官熙这样的情报人员，就已经失去了作用。

因为抵挡不住敌人的总攻，会全军覆没，甚至会被屠城，没有退路可言，自然也就没有什么后方了。

到得前线来，敌人的进攻已经暂时停歇，傅武熙等人正在将伤员往后方拖扯，很多人遍体鳞伤，也有人彻底没有了气息。

这就是战争。

巴可洛夫正在给伤员包扎，关幼薇赶忙上前去，指挥他们将伤员运送到后面的民居里头，组织人手救治。

巴可洛夫抽着烟，用俄语在骂着，见许太白等人过来，用俄语跟许太白交流了两句。

许太白是伏龙芝军事学院毕业的高才生，估计是在跟他讨论接下来的战术，傅官熙也听不懂。

巴可洛夫点了点头，而后拉着许太白往后头走。傅官熙总觉得有些不对劲，就跟了过去。

"我想帮忙。"傅官熙拉住了许太白。后者还没发话，巴可洛夫已经问道："你的枪法好吗？"

傅官熙道："射击课名列前茅。"

第一〇五章 枪法可行

"移动靶成绩多少？"巴可洛夫有些谨慎。傅官熙似乎明白了他的意图。

"你可以相信我。"

巴可洛夫没再多问，也没时间多问，点头说："那你也加入吧。"

傅官熙跟着他来到了左侧的民宅，里头存放着一些弹药，他却视而不见，走到角落里，打开了一个箱子。

箱子里头有两支黑色的步枪，还散发着好闻的保养油气味，是新枪。

"这两支莫辛纳甘步枪是我的个人珍藏，交给你们了。"

许太白双眼放光，拿起枪来，拉了枪栓，检查了一下，嘴角浮现笑意。

傅官熙却有些不满意，因为这是莫辛纳甘M91-30狙击步枪，自带的3.5倍率的瞄准镜，只能狙击600米以内的敌人，而且因为瞄准镜是固定的，挡住了弹夹插口，没法填装五发子弹，只能打一枪填一发。

当巴可洛夫问他枪法的时候，傅官熙已经隐约察觉到了他的意图。

敌人进攻太猛烈，除了狙击敌人的军官，没有别的办法能阻挡敌人进攻的脚步。

而队伍里唯一的职业军人是赵大海，但他是冲锋兵，不是狙击手，唯一能信赖的就只有伏龙芝军事学院深造过的许太白。

许太白在苏联学习，对莫辛纳甘步枪情有独钟，而且非常熟悉，但傅官熙更喜欢三八大盖之类的枪械。

"还有别的选择吗？"

第一〇六章 狙击计划

傅官熙当然希望还有别的狙击枪可以选，但很可惜，这两支莫辛纳甘步枪是巴可洛夫的私人收藏，其他枪支早已分发下去了。

巴可洛夫果然白了他一眼，朝傅官熙说道："你看看我的额头，上面写有军火商三个字吗？"

傅官熙苦笑，后者却不依不饶："有吗？"

"没有。"

"知道为什么没有吗？因为我他妈的就不是军火商，我从哪给你搞其他的枪！"

巴可洛夫本来脾气就不好，估计总是被人背后叫毛子，心里也有火。当然了，这也是玩笑话，他是提供战术和训练支援的，是苏联方面的顾问，却能够跟着杨军武到山里吃苦，是个非常厚道的老好人。

"我错了，我向你道歉。"傅官熙认真起来。

巴可洛夫也不再计较，将步枪递给了傅官熙后还不忘叮嘱："这可是我的新娘，你对它温柔一点。"

傅官熙也是哭笑不得，只好点头说："我尽量。"

许太白正在收纳子弹，傅官熙免不了问了巴可洛夫一句：

"你收藏这两支枪，枪法应该也是非常好的，为什么不跟我们一起行动？"

许太白有些惊讶地看了傅官熙一眼。

傅官熙也明白他的意思。或许在许太白看来，傅官熙很懂得人情世故，说话之道更是非常老辣，不该问这么唐突的问题。

但傅官熙知道巴可洛夫是个直肠子，不会因此而生气，弄清楚原因会更安心一些。

巴可洛夫也没有掩饰什么，回答说："我的枪法当然是最好的。但我要照顾这些宝贝，没有人比我更懂得如何使用他们。"

顺着他的手指，傅官熙看到了角落里的手榴弹和炸药。

手榴弹也就罢了，即便没接受过太多的训练，有把子力气也能够投掷出去。但炸药这玩意儿，实在不容易在战场上产生效用。

傅官熙也不知道巴可洛夫打算怎么利用这些炸药，但他既然这么说了，肯定早有计划。傅官熙本想打破砂锅问到底，但还是被许太白拦下了。

"敌人不会给我们喘息的机会，还是抓紧时间准备吧，我们还要寻找制高点。"

傅官熙点了点头，也开始收拾子弹，很快就跟着许太白离开了民房。

巴可洛夫就这么站在门口，点了个根烟，狠狠地抽完，踩灭了烟头，等傅官熙再度扭头看时，他已经从屋里抱着炸药出来，身影很快就消失了。

傅官熙虽然心中疑惑，但也收拾了心情，开始寻找适合的狙击点位。

居高临下，登高望远。制高点是狙击手最好的舞台，如果哨塔没有被炸毁，应该是不错的地点。

但哨塔缺少掩护，很容易成为敌人的靶子，也有着致命的缺陷，只是说在高度方面，是最合适的选择。

考虑到射程和视野，傅官熙和许太白只能退而求次，在城墙后方选择最高的建筑物。

"我们还是分开行动，一左一右，最好能够同时射击，这样不容易被锁定位置。"

"你跟我对一下表，约定时间，说不定能做到。"

许太白说得很轻松，但执行起来却并不太现实。如果是二人一组或者三人一组的狙击小队，相互协作，说不定能够做到，但一个人是无法独立完成的。

"还是拉倒吧，战场上瞬息万变，我们还要挑选目标，时机也是稍纵即逝，哪里能掐得准！"

傅官熙免不了吐槽了一句，说完才醒悟过来，许太白不是什么新手，怎么会说出这么业余的话来，难道他紧张了？

这不太可能。

想到此处，傅官熙朝许太白看了一眼，却见他嘴角挂着笑。

"还紧张吗？"

傅官熙恍然大悟，原来他之所以给出这么荒唐的提议，是为了缓解自己的紧张情绪。

说实话，傅官熙确实很紧张，但看到许太白的笑容，他感觉轻松了不少。

"紧张还是有些的，但躲在暗处放冷枪，总比下面的同志安全一些。"

许太白点了点头，朝他说道："你要克服心理障碍，不要有任何犹豫，但也不要被射杀敌人的快感吞噬。记住了？"

许太白的表情很严肃。傅官熙也用力点了点头："记住了。"

傅官熙不是没想过这些问题，他曾无数次幻想过这样的画面和场景，真正到了这一刻，终于有了实现的机会，底下那些伤亡的同志、那种惨烈的场景，让他忘记了曾经所有的幻想。

在士官学校的一次次演习所积累下来的经验，以及那些在他看来太过分、太不人道的实战训练，在这一刻，发挥了作用。

他终于有些明白，为什么日本鬼子的士兵能够这么快速地投入到战场，并很快适应战场，变成杀人的机器。

从许太白的提醒来看，伏龙芝军事学院估摸着也是差不多的教学风格。

当然了，能够进入军事学院深造的基本上都是军官，甚至是将领，他们更多的是学习战争艺术、策略战术理论等等，而不是实战和射击之类的。

这些都是基层士兵才更应该学习的技能技巧，而且需要不断地练习。

但傅官熙对那些理论知识并不是很感兴趣，反倒学这些基础课程的时候更卖力。或许也正因此，今天算是派上了用场，也算是命中注定了。

与许太白分开之后，傅官熙往城墙右侧快步走去，在他的视线里，一座钟楼很是惹眼。

这钟楼是中式风格，想来应该是寺庙之类的所在。

虽然看着很近，但走了有十来分钟，傅官熙才算是找到了地方。

这里竟然是一座明王庙。虽然全国各地有着不少风格各异的寺庙和道观，里头供奉的神祇也不尽相同，但供奉明王的寺庙，傅官熙在国内还是第一次见到。

寺庙里冷冷清清，原本该是断了香火。毕竟这些日子人人自危，加上敌人已经发动总攻，城墙附近的居民早已转移到了城内。

但奇怪的是，大殿里竟然香烟袅袅，弥散着檀香的特殊气味！

第一〇七章 狙杀成功

木鱼声很快传入耳中，傅官熙走进大殿，绕到了后堂，看到了一个佝偻的背影。

和尚很老了，看起来连行走都有些困难。听到脚步声，他扭过头来，看到背着长枪的傅官熙，有些错愕。

但他的目光很快变得犀利起来，站起来，怒气冲冲地指着傅官熙，含糊不清地斥责了几句。

他的口音有些重，但傅官熙听得出个大概。

傅官熙不是烧香拜佛的那种人，所以对这座明王寺并不了解，对里面的僧人就更不清楚。

老和尚在斥责他，说什么佛门清净之地，不该携带武器进来之类的话。

傅官熙着实有些生气，因为他并不喜欢和尚，总觉得他们是不劳而获，靠着别人的香火钱过日子。

也有人说过，道人乱世下山，盛世归隐，和尚乱世就躲起来修行，盛世就跑出来化缘。不过也有人说僧兵也帮着俞大猷将军抗击过倭寇之类的话。

傅官熙并不想针对某个群体，或者歧视某种宗教、干涉别人的宗教信仰自由等。

他只是单纯觉得这个老和尚有些顽固不化。这都什么时候了，日本鬼子都打到城门口了，为了守护家园，人人都在奉献和付出，这老和尚竟然还说出这样的话来。

傅官熙没有跟他讲道理，因为他已经太老了，该懂的道理都懂，跟老年人讲道理，完全是自讨苦吃。

他都这么老了，能明白的话早就明白了，能觉悟也早就觉悟了，一大把年纪还是这个想法，想要说服他已经不太可能。

傅官熙没有理会他，走出后堂，找到一个小楼梯，便登上了钟楼。

钟楼上的视野果然非常开阔，因为在城门口的右侧，所以从侧面能观察到整个战场，加上瞄准镜的话，完全可以做到一目了然。

而且这钟楼上还有个古老的铜钟，能够给他提供掩护，简直就是个完美的狙击点。

透过瞄准镜，傅官熙也能观察到敌军的动向，他们已经在整理队形，即将要发动第二波进攻了！

等到架枪的时候，傅官熙才发现一点美中不足：因为钟楼四周有半人高的围栏，所以没法用卧姿，采用半蹲的话还行，但架枪就不够稳定了。

傅官熙正在架枪观察战场，老和尚竟然跟了上来。他的手里挂着一根拐杖，气喘吁吁，见到傅官熙在架枪，也不好再往上爬，只是站在阶梯上，扶着栏杆，怒目而视。

"你先下去休息吧，等打完了仗，你再骂我。

"当然了，如果我还活着的话……如果我被打死了，你嫌我弄脏了你的清净之地，可以朝我的尸体吐口水。"

傅官熙说完这句话，扭过头去，不再理会那老和尚。后者很是愕然，像个赌气的孩子，紧抿着嘴唇，竟是坐在了楼梯上。

第一〇七章　狙杀成功

此时敌人又开始发炮，炮弹破空而来，落入城中，爆炸四起，冲击波甚至撞得铜钟都微微摇晃起来。

傅官熙屏息凝神，用瞄准镜搜索着目标。

巴可洛夫的计划目标非常明确，必须狙杀敌人的军官或者关键人物，这样才能够逼退他们的进攻，所以傅官熙对冲锋的炮灰并不感兴趣。

好几次他的目光都不由自主地转移到城内，想要看看同志们的伤亡情况，各种杂念不断涌上心头，甚至会闪现出各种画面来。

他的心脏在狂跳。不少流弹打在寺庙的墙体上，甚至打在铜钟上，他只能闭上眼睛，稳住心神。

战场上的敌人纷纷倒下，他在想，许太白或许已经锁定了目标，或许已经狙杀了好几个人，又或许像自己一样，正在选择合适的目标。

闭目了好一会儿，傅官熙才做到心无旁骛，再度睁开眼睛，锁定了敌人后方。

他没有看到若尾美子或者桥本早妃，却找到了他们的指挥所，一顶相当大的帐篷。

之所以这般确定，是因为普通士兵夜里搭起帐篷休息，甚至不用帐篷直接露天休息，但白天或者作战的时候，一定会收起帐篷。

而那种规模的大帐篷，只能是临时指挥所，更何况帐篷周围构筑了防御工事，后方还停了好几辆军用车。

若尾美子和桥本早妃这样的人，应该会躲在更后方的地点，最不济也会躲在帐篷里，不可能抛头露面。傅官熙很快就将目光转移到了更前一些的地方。

在他们的第二道防线后面，有个穿黄色军装的指挥官，虽然没有佩刀，却时不时举起望远镜来观察着战场。

他躲在防御工事的后面，只是偶尔探头，要不是望远镜反的光时不时闪一下，傅官熙还真就找不到他。

"就是他了！"

傅官熙深呼吸，等待着那军官再次探头瞭望。终于，十几分钟后，那军官又站起来，举起了望远镜。

傅官熙的食指紧绷起来，正要扣动扳机，但见那指挥官的后脑爆开一团血雾，他身后的副官被溅了一脸血迹！

是许太白"捷足先登"了！

这也说明自己的判断没错，或者说，许太白做出了跟他一样的判断。

工事后方的那些敌人纷纷趴下，指挥官的尸体也被拖了回去。但很快，他们的副官就召来了机枪手，似乎在寻找许太白的位置。

傅官熙没有任何犹豫，趁着那个副官露头指挥之时，扣动了扳机！

叭！

枪声乍起，那副官脑袋开花！

"中了！"

傅官熙心头激动万分，却没有因此而耽搁半分，而是将狙击枪收了回来，快速换弹，以免反光的瞄准镜暴露自己的位置。

透过围栏的缝隙，他微眯双眼，观察着对面的情况。但毕竟肉眼没法看得更清楚一些，只能看到人影晃动，敌人的后方一片混乱。

或许他们根本就没想过，城内竟然会有狙击手。

这么多天的围困，他们不断炮轰，城内却没有反击一枪，使得他们对守军的大体情况有了一定判断。

或许也正因为这样，巴可洛夫才决定用狙击的法子来震慑他们。

没有指挥官在前线坐镇，那些冲锋的士兵或许短时间内没有察觉，但如果他们身后的那些士官也被狙杀呢？

真正的关键人物，恰恰是那些前线的士官，他们扮演着"督战"的角色，同时也是前线作战的第一指挥，那些人才是真正的目标！

第一〇八章　惨烈悲壮

指挥所，烛光有些昏暗，城里早已断电。

傅官熙走进来的那一刻，所有人都站了起来，桌面上散落着六七个弹壳。

傅官熙掏出五个弹壳来，丢在了桌上，带着歉意朝许太白说道："空了两枪。"

他们已经坚持了三天，傅官熙在第二天的时候换到了另一个地方，视野并不是很好，但已经别无选择。

他不能一直待在钟楼，因为这样迟早要暴露自己的位置，所以他跟许太白每天都会换一个地方。

到了第三天，他还是决定回到钟楼，那里的视野条件太好，他抵挡不住这个诱惑。

今天入夜之后，傅武熙和赵大海没有回来。

因为敌人白天会被狙击，夜里却不会，所以敌人极有可能在夜里发动冲锋。傅武熙和赵大海必须坚守在前线，防止敌人突袭。

傅官熙走下钟楼的时候，老和尚嘀嘀咕咕了半天，送了他一条念珠，戴在他的手腕上。

傅官熙听不清楚他说了些什么，不知道是为了打发他，求他别再去钟楼，还是赞许了他的做法。

无论如何，他没把神神道道的老和尚放在心上，也不会因为他而影响了狙击计划。

三天的消耗，弹药已经快见底，傅官熙和许太白每天能分到手的子弹也已经到了个位数。

他们的狙杀效率极高，所以数量不多的子弹会优先分给他们。而今夜，傅官熙领到了最后五发子弹。

许太白同样也是五发，这已经是他们最后的库存。

没有人说太多，也不需要再说什么，大家都很清楚，如果敌人今夜发动总攻，那么今夜就是最后一夜。

或许他和许太白连最后这五发子弹都用不上。

沉默着坐了一会儿，吃了些干粮，他们像平时一样，在指挥所里找了个角落，打算小睡一会儿。

然而就在此时，周烟炮满身黑灰和血迹，从外头闯了进来。

"守不住了，二爷让你们撤退，快撤退！"

周烟炮手里的步枪已经不成样子，枪管弯了，枪托破裂，只剩下半截，可见已经到了近身肉搏的态势。

"撤退？我们可以退，城里的乡亲父老又往哪里退？"许太白双眼通红。

关幼薇也从外头闯了进来，伤兵营早在两天前就已经撤到了比指挥所更靠后的地方。

想来她也收到了同样的命令。

傅官熙和许太白同时站了起来，紧握着手里的枪，默默地走了出去。

"谢谢你。"

"为什么？"

"因为你没有再提什么东岛话，没再让我逃走。"

傅官熙言毕，许太白也是哈哈笑了起来。

他转向了关幼薇，突然朝她说道："关幼薇同志，我……"

傅官熙是何等聪明之人，虽然许太白欲言又止，但他知道许太白想说什么，因为关幼薇脸红了。

生死诀别的悲凉气息渐渐弥散开来，或许只有这时，他们才会坦露心迹，似乎已经看到了接下来的结局。

关幼薇饱含热泪，摇头道："许同志，现在不是说这些的时候，还不是时候，还不到时候……"

许太白摇头苦笑，长长地呼出一口气来："是我的意志不够坚定，我检讨，呵呵……"

关幼薇正要说些什么，外头却突然亮起耀眼的光芒！

城墙位置接连发生了大爆炸，一团团爆炸的火焰从南到北，整个城墙变成了愤怒的火龙一般！

"是……是巴可洛夫！"

傅官熙终于明白巴可洛夫为何不拿枪，为何说只有他才能发挥那些炸药的作用。

冲击波很快就席卷而来，热浪扑面，甚至掀翻了周围的屋顶，沙石砖头、各种各样的杂物就好像奔腾而来的洪流一般，朝着建筑物砸了下来！

"趴下！趴下！"

许太白将关幼薇扑倒在地，用身体保护着她，傅官熙等人全都趴在了地上。

爆炸声接二连三，不绝于耳，这种程度的大爆炸就像天地在发怒一样。

指挥所轰然倒塌，傅官熙只觉得后背像被发怒的大象群踩踏而过一般，很快就陷入了昏迷。

当他再度醒来，已经是第二天的早晨。

城墙彻底毁了，他们再没有任何的防御工事。二哥傅武熙没有回来，巴可洛夫没有回来，赵大海也没有回来。

杨军武面无血色，紧闭着双目。他的一条腿没有了，地上全是鲜血，其他人也大都身受重伤。

关幼薇仍旧在四处奔走，即便她已经无计可施，即便伤员也没力气惨叫和哭喊。

许太白手里提着两支枪，将其中的一支交给了傅官熙。现在剩下的，只有他们手里的十发子弹。

"我们会取得胜利。"

许太白就像痴人说梦一样，但他的眼神又是那么坚定。

傅官熙尝试着站起来，后背太疼了，但咬牙还能坚持，他也就站了起来。

"他们很快就会进城，指挥官也一定会进城，不会再躲在帐篷里了。我们会杀掉他们的，对吗？"

傅官熙明白他的意思，这已经是最后的机会。

"如果是若尾美子和桥本早妃，那就一人一个。"

许太白点了点头，补充说："若尾美子交给你吧，毕竟你们有交情，好歹也算给人家一个交代。"

傅官熙咧嘴笑了起来，许太白也在笑。

关幼薇察觉到了这边的动静，她拦住了两人的去路。她的眼睛肿得厉害，眼泪已经流干了。

看着两个人，她朝傅官熙伸出了手。傅官熙知道她的意思，跟她重重地握了握手，或许这是她最好的表达了。

许太白嘴唇翕动，目光有些黯淡，傅官熙都能闻到醋味了。

此时关幼薇松开了傅官熙的手，低着头，轻轻张开了双臂，温柔地抱了抱许太白。后者微微一愕，而后热泪滚落，嘴唇轻轻点在了关幼薇的额头上。

傅官熙露出笑容，走到外头，晨曦普照，浑身温暖。

街道上早已面目全非，青石路都已经裂开，民宅更是惨不忍睹，虽然没有明火，但房屋仍旧冒着烟，热浪袭人。

破败的场景不断往前延伸，透过烟雾，他甚至隐约能看到城门那边的场景。

往前走了十来分钟，他看到了钟楼。不过铜钟已经坠落，钟楼被炸毁，只剩下一半。

老和尚还在明王寺里。铜钟坠落，把大殿的神像砸烂了，碎了一地。老和尚跪在破碎的神像面前，喃喃念着经。

第一○九章　时刻准备

老和尚扭过头来，一脸惊愕。

傅官熙没有理会，正打算绕到后面去，登上破残的钟楼，老和尚却拉住了他。

他用手从神像的脸上抹下一些金粉，竖起二指，涂在了傅官熙的眉心处，而后朝傅官熙跪坐了下来。

傅官熙心头一震，明白了他的意思。

他想搀扶，但到底没有伸出手，只是双脚一并，朝老和尚行了个军礼。

当他登上阶梯的时候，身后传来老和尚的念经声。声音不大，却直击人心。

铜钟太过沉重，将二楼的平台砸出一个大洞，围栏也只剩下半截，傅官熙只能趴在阶梯的尽头，正好能将枪口伸出去。

夜里的爆炸使得敌人也损失惨重，他们的伤亡甚至比城里还要大。

但正如许太白推测的那样，他们认为胜利已经到手了。

他们集合起来，整个队伍基本靠伤兵们勉强支撑着。

而瞄准镜里，傅官熙期待的身影终于出现了！

若尾美子和桥本早妃，以及一个日军指挥、一个伪军指挥，四个人并肩而站，若尾美子和桥本早妃稍稍靠后。

他们随后登上了敞篷汽车，如同阅兵的将领，像睥睨天下的征服者。他们要用胜利者的姿态来入城。

傅官熙在等待，他终于明白巴可洛夫为何要问他移动靶的成绩了。

这么远的距离，移动的车辆，他没有太大的把握，只能等待他们入城，在最短的距离，才能获得最大的成功。

汽车移动很慢，前后左右的卫兵也很警惕，先锋兵入城之后，先是鸣枪试探，而后分散到民宅和街道，并没有遇到任何抵抗，正如他们所想。

汽车的速度开始提升，说明他们已经相信胜负已定。

桥本早妃露出笑容，转头向那名日军指挥官道贺，四个人竟然大笑起来。

不过笑容并没有持续太久，枪声乍响，桥本早妃前额开花，木桩一般往后倒下。

若尾美子没来得及尖叫，她一脸惊骇，浑身颤抖，已经不知所措。而日军指挥官早已趴到了车斗里，抱着头，忘记了拉扯呆若木鸡的若尾美子。

叭！

傅官熙果断开枪，若尾美子被打掉了半边脑袋。

枪声骤起，子弹如雨，敌人开始扫射。入城的士兵开始往后退，汽车急刹，发出尖锐刺耳的刹车声，而后想要掉头，没想到挡风玻璃碎裂，驾驶员当场被狙杀。

傅官熙快速换弹，因为车子掉头，他能看到趴在车斗里的日军指挥官，稍稍瞄准，一枪正中他的后脑！

伪军指挥官仓皇寻找掩体，但他发现车斗并不安全，选择了跳车，混入到士兵之中，疯狂往回逃。

又是一声枪响，伪军指挥官倒地，但很快又爬了起来，肩膀上全是血迹，许太白打偏了。

傅官熙换弹，正要瞄准，那些士兵到底是发现了他的位置，疯狂扫射之下，傅官熙根本没法抬头。

他知道许太白或许也已经暴露，只能暂时躲避，枪声却不曾间断过。

傅官熙在等待时机，等待他们的弹夹打光，他们换弹之时，就是傅官熙反击之时。

枪声戛然而止，他们不再扫射，傅官熙抬头一看，嘴角露出惨笑。

因为敌人的后方，迫击炮已经被抬了出来，正瞄准着他的方向！

傅官熙稍稍瞄准，一枪干掉了一个炮手，但炮弹很快就落在了寺庙，平台剧烈摇晃。亏得没有打中二楼平台，角度低了些，击中了一楼。

傅官熙换上了第四颗子弹。打完这颗子弹，还剩下最后一颗，他并不打算留给自己，应该用它多杀一个敌人！

抬头瞄准，又一名敌人倒下。傅官熙摸出最后一颗子弹，正打算填弹，忽然天摇地动，二楼平台被击中了。

他被炸飞到半空，而后又砸落到阶梯，滚落下去，房顶终于塌陷下来，将他彻底掩埋。

黑暗很快将他吞噬，连同他的灵魂，也陷入了黑暗之中。

他做了个很长的梦：他坐在父亲的肩头，走在街道上，看着两边热闹的小铺子。他在草地上奔跑，却嗅闻不到青草和泥土的气息。

他努力尝试，像狗一样去嗅闻。因为他听人说，梦里是没有嗅觉的，只要嗅闻到气味，他就能醒过来了。

他确实嗅闻到了气味，很熟悉的气味，女人的气味。

当他醒来的时候，床边是戴离。

"为什么是你？"傅官熙没有问这是哪里，因为这已经不重要了。

戴离笑了笑："为什么不能是我？"

没等傅官熙发问，戴离就将事情的大概过程简单说了一下。

东北抗联的援军终于到了，歼灭和俘获了所有敌人。之所以来得这么晚，是因为他们在途中打败了增援的敌人，这一仗算是大获全胜。

"许太白呢？"

"还活着吧，听说是这样。"戴离没有隐瞒。傅官熙又问："为什么是你？"

又是老问题。戴离似乎有些烦了，朝床边的小桌子上指了指。傅官熙挣扎着抬起上半身一看，桌上躺着一部老旧的经书，一旁有个小小的木鱼，圆润如玉，看起来就是老物件。

傅官熙重新躺了回去，朝戴离问道："你打算怎么处置我？"

"随你。"

"随我？"

"我欠你两个人情，只还了一个。"

傅官熙点了点头："你能带我去找许太白吗？"

"不能，我的脾气还没好到那种程度。"

"也是。"傅官熙苦笑。

"不过，我可以放你出去，能不能找到他们，看你自己。"戴离接着补充道。

傅官熙深吸一口气，攒了些力气，忍痛爬了起来。

"那就谢谢了。"

走了两步，他又昏了过去。

当傅官熙再次醒来的时候，他已经在车上，是被颠簸的车子摇醒的。

迷迷糊糊之间，他又睡了过去，反反复复几次，直到不再摇晃。等他醒来的时候，又回到了床上。

不过这一次，坐在床边的不是戴离，而是关幼薇。

傅官熙睁开眼睛，看着泪流满面的关幼薇，长长舒了一口气。没多久，许太白也过来了，只是他的一只袖管空空荡荡，半个脑袋连同一只眼睛，都包裹在了绷带里。

"能起来？"

"嗯。"

傅官熙坐了起来，关幼薇去搀扶他，跟着许太白走到了房间外头，来到了客厅。

客厅里坐了几个人，穿着朴素的旧长袍，也有人穿着泛白的西装，还有中山装。

他们就这么看着傅官熙，而傅官熙的目光，却投在了客厅的墙上。

那里挂着一面颜色有些老旧的党旗。

"傅官熙同志，我和关幼薇同志作为你的入党推荐人，你愿意吗？"

傅官熙禁不住眼眶湿润。那个穿着泛白旧袍子的中年人站了起来，紧紧握着他的手，朝他说道：

"傅官熙同志，欢迎你加入党组织。当年你的父亲，也是在这面党旗下宣誓的。你，准备好了吗？"

傅官熙热泪滚落，心里对自己说："是的，我时刻准备着呢！"